BASTEI
LÜBBE

DIANA L. PAXSON
im BASTEI-LÜBBE-Programm:

20112 Tochter des Lichts

Diana L. Paxson

Tochter der Finsternis

Roman

Ins Deutsche übertragen von
Lore Straßl

BASTEI LÜBBE

BASTEI-LÜBBE-TASCHENBUCH

Fantasy
Band 20114

Erste Auflage: Dezember 1988

Deutsche Lizenzausgabe 1988
Bastei-Verlag Gustav H. Lübbe GmbH & Co., Bergisch Gladbach
Originaltitel: Lady of Darkness
Ins Deutsche übertragen von Lore Straßl
Lektorat: Susanne Tschirner
Titelillustration: Boris Vallejo
Umschlaggestaltung: Quadro Grafik, Bensberg
Satz: Fotosatz Schell, Bad Iburg
Druck und Verarbeitung:
Brodard & Taupin, La Flèche, Frankreich
Printed in France
ISBN 3-404-20114-0

Der Preis dieses Bandes versteht sich einschließlich
der gesetzlichen Mehrwertsteuer.

Inhalt

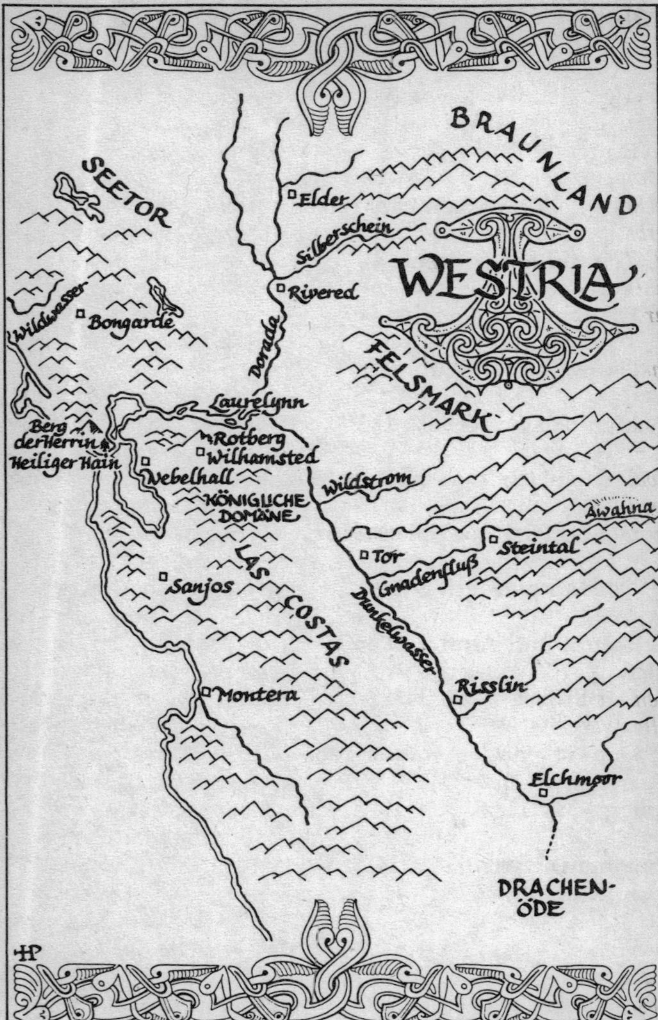
BRAUNLAND
SEETOR
WESTRIA
Elder
Silberschein
Rivered
Wildwasser
Bongarde
Dorada
FELSMARK
Laurelynn
Berg der Herrin
Heiliger Hain
Rotberg
Wilhamsted
Nebelhall
Wildstrom
KÖNIGLICHE DOMÄNE
Awahna
Steintal
Tor
Gnadenfluß
LAS COSTAS
Sanjos
Dunkelwasser
Risslin
Montera
Elchmoor
DRACHENÖDE
HP

Prolog

Der Wacholdermeister raffte seine graue Kutte zusammen und setzte sich darauf, in den Schatten einer Eiche auf dem sonnigen Hügel oberhalb von Nebelhall. Vorsichtig breitete er ein Seidentuch aus und legte sein Päckchen Tarotkarten darauf. Jenseits der Dächer von Nebelhall fiel das Land sanft zur Großen Bucht ab. Herbstnebel verschleierten die unteren Hänge des Berges der Herrin, der so über dem Wasser zu schweben schien. Durch die Vermählung König Jehans mit Lady Faris hatte sich das vergangene Jahr als sehr ereignisreich erwiesen; ein wenig Ruhe tat gut.

Genießerisch sog er die frische Luft ein. Sie roch nach den Köstlichkeiten, die für das nachmittags beginnende Erntefest zubereitet wurden. Dann nahm er die Karten in die Hand und mischte sie. Er suchte die KÖNIGIN DER STÄBE *– dunkel, schlank und feurig – die Faris versinnbildlichte. So jung und ängstlich war sie gewesen, als der König sie zur Gemahlin nahm, daß viele ihre Zweifel daran gehabt hatten, ob sie je zu einer richtigen Königin würde. Doch der Meister hatte ihr Gesicht gesehen, als sie vor einem Monat Jehan mit den Steinen der Elemente geholfen hatte, einen Waldbrand zu löschen. Zu dem Zeitpunkt, so glaubte der Wacholdermeister, war ihr endlich bewußt geworden, was es bedeutete, des Königs Gemahlin zu sein. Es gab keinen besonderen Anlaß, der ihn dazu gedrängt hätte, jetzt die Karten für sie zu legen. Aber er fand es manchmal recht nützlich, und außerdem sollte mangelnde Übung ihm nicht die Geschicklichkeit rauben.*

Aber es sah auch nicht so aus, als hätte er sie verloren. Gleich die erste Karte, die er zog – jene, die den gegenwärtigen Einfluß auf die betreffende Person zeigte, für die man auslegte – war die HERRSCHERIN, *umgeben von Feldfrüchten. Er dachte an Faris, die mit jedem Tag ihrer Schwangerschaft schöner und strahlender wurde. Sie* WAR *jetzt die Herrscherin, das wußte er mit Sicherheit.*

Wie die Regeln es erforderten, zog er eine weitere Karte, die ihre kreuzen sollte. Der KÖNIG DER KELCHE. *Diese Karte wies auf einen blonden Mann in verantwortungsvoller Stellung hin. Stimmte hier Überkreuzen mit umgekehrt Liegen überein?* DAS *konnte Verrat bedeuten!*

Wichtiger noch, WEN stellte die Karte dar? Natürlich ging es auch in Westrias Politik nicht ohne Intrigen, doch dem König und Caolin, dem Seneschall, war es bisher immer gelungen, die schlimmsten Intriganten im Griff zu halten. Brian, der Lord Befehlshaber von Las Costas, war auf größere Unabhängigkeit aus, doch war er eher ein Feind Caolins als der Königin und des Königs. Deutete die Karte auf die Elayaner hin, die nun Santibar, Westrias südlichste Stadt, für sich beanspruchten? Aber wie könnten sie zur Gefahr für die Königin werden?

Seufzend wandte er sich der nächsten Karte zu, die zeigen sollte, was im besten Fall erreicht werden konnte. Es war die SIEBEN DER KELCHE, die üblicherweise auf die Unbeständigkeit allen irdischen Reichtums hinwies. Sie gab ihm ebenfalls ein Rätsel auf, doch wahrscheinlich würden die weiteren Karten es klären.

Die Karte für erreichte Leistungen war die ZWEI DER KELCHE, deren Bild eine Maid und einen Jüngling darstellte, die einander Treue gelobten. Das war schon besser. Die Abgebildeten sahen sogar ein wenig wie Faris und Jehan aus. Die folgende Karte war die LIEBENDEN, was seine Auslegung zu bestätigen schien. War das der Einfluß, der sich jetzt im Schwinden befand, bedeutete es wahrscheinlich, daß ihre Liebe nun reifte.

Die sechste Karte war für die Zukunft. Als der Wacholdermeister sie umdrehte, krampfte sich sein Magen zusammen. Es war die KÖNIGIN DER SCHWERTER, und sie bedeutete Trauer. Die siebente, für die persönliche Einstellung, erwies sich als die ZWEI DER STÄBE, die einen mächtigen Mann mit Kummermiene inmitten seiner Reichtümer zeigte.

Mach weiter, befahl sich der Meister. Erst wenn die Karten alle aufgelegt sind, kann ihre Bedeutung klar werden.

Rasch legte er die nächsten zwei Karten auf. Sie sollten die Umgebung zeigen, in der alles geschehen würde, und die Wünsche der Person, für die die Karten gelegt wurden. Er erschauderte, als er den TURM sah und den TOD auf seinem dunklen Pferd. Der TOD konnte als Karte der Umgestaltung gedeutet werden; doch für den TURM gab es keine hoffnungsvolle Auslegung.

Und was war mit der letzten Karte? Die Luft schien abgekühlt zu sein, obgleich kein Wölkchen sich vor die Sonne geschoben hatte. Der Meister mußte sich zwingen, die letzte Karte aufzulegen.

Die HOHEPRIESTERIN blickte ihm entgegen mit ihren geheimnisvollen Augen unter der Krone. Sie hatte Faris' Gesicht – wieso war ihm das noch nie an der Karte aufgefallen? Aber welcher Weg konnte von der üppigen Fruchtbarkeit der HERRSCHERIN hierher führen? Während er darauf starrte, schwebte flüchtig der Schatten eines Schmetterlings über den rätselhaften Zügen der Priesterin.

Es ist schon so lange her, seit ich dies zum letztenmal versuchte – ich habe das Gefühl dafür verloren, *sagte sich der Wacholdermeister. In diesem Augenblick hörte er seinen Namen rufen. Er blickte den Hang hinunter und sah Faris, die ihm von der Gartentür aus winkte. Hinter ihr kam ein Reiter die Straße hoch. Sein blondes Haar glänzte im Sonnenschein. Es war Caolin.*

Ich werde die Karten morgen wieder legen, nahm der Meister sich vor. Bestimmt erzählen sie dann eine andere Geschichte. Rasch sammelte er sie ein und legte sie in ihre Hülle zurück. Er achtete nicht auf den schneidenden Wind, der sein schütteres Haar durcheinander wehte.

1 Ernte

Von der Kerze in Faris' Hand sprang die Flamme zu dem Kienspan über; das Reisig entzündete sich prasselnd. Durch die Heftigkeit überrascht riß Faris rasch die wallenden Ärmel ihres orangen Gewandes zurück. Doch die Schönheit des Feuers bezauberte sie. Wie Adern wirkten die dunklen Äste in dem Feuer in den Farben eines Sonnenuntergangs, verliehen ihm ein Muster, das sie an den erfrorenen Chrysippusfalter von heute morgen erinnerte. *Ich könnte diese Flammen zu einem wärmenden Mantel weben,* dachte sie. In ihren Händen pochte das Blut bei dieser Erinnerung an die Macht. Sie holte tief Atem, stand auf – vorsichtig, ihres noch ungeborenen Kindes wegen – und drehte sich zu den andern um, die im Halbkreis um Nebelhalls große Feuerstelle saßen.

»Heute sind die Mächte des Lichtes und der Dunkelheit im Gleichgewicht, und wir feiern das Fest des Herdes und der Ernte. Doch ehren wir nicht nur das Herdfeuer, sondern auch die Erde, die sowohl den Landmann wie die Ernte hervorbringt. Laßt uns deshalb aufs neue das ABKOMMEN bestätigen, das uns wie alle anderen Geschöpfe der Erde bindet …«

Wie von selbst flossen diese Worte aus ihrem Mund, als eröffne ein anderer Teil von Faris' Bewußtsein die Feierlichkeiten. Sie sah nicht nur die vom Feuer erhellten Gesichter des Hofs, den sie und Jehan um sich versammelt hatten, sondern auch ihr eigenes gespiegeltes Abbild. Für Jehans Haushofmeister Patrick und seine Gemahlin Carlota war sie die verehrungswürdige Priesterin des Herdes. Ihre Freundin Rosemarie sah sich selbst, groß und blond, am Herd Erics vom Seetor, den sie liebte. In den Augen ihres Bruders Farin strahlte Faris ihr Bild in einer anderen Schönheit als der einer Sterblichen entgegen. Doch das ausgebildete Bewußtsein des Wacholdermeisters erkannte in ihr, mit dunklem Haar und reifendem Schoß, die Erntekönigin.

Neugierig forschte sie in den Augen Caolins, des Seneschalls. Unwillkürlich erschrak sie, denn sie waren kalt und nicht zu deuten. *Aber Jehan liebt ihn,* dachte sie. *Deshalb muß auch ich ihn lieben.* Sie bemühte sich, ihn in ihre Beziehung zu Jehan mit einzubeziehen, und nun erblickte sie ihr Bild aus seiner Sicht: im Glorienschein jenes Tages, als sie und Jehan den Waldbrand bezwangen, und beinahe das Gegenteil davon, das Bild einer abstoßenden, halb tierischen Trächtigkeit und Fülle.

Verstört suchte sie Jehans vertraute Kraft. Sein Bild von ihr als flammenumhüllte Göttin, als Herrin des Feuers, beruhigte sie wieder. Und nun umfaßte ihr Bewußtsein das Feuer im Herd und die Erde unter ihr, die goldenen Berge Westrias und das Leben, das sie bewahrten. Sie war ein Baum, der in der Sonne atmete; ein Lachs, der den Bach hochschwamm; ein Keiler, der einen Rivalen herausforderte. Sie war die Herrin von Westria ...

Und dann brachte der König sie in die Wirklichkeit zurück, und sie erkannte, daß die Zeremonie fast vorüber war. Die andern legten die Opfergaben – Salz und Wasser, Milch und Honig, Brot und Wein, Kürbis und Mais – vor die Feuerstelle.

Hell und klar erklang ihre Stimme: »Wir haben diese Gaben vor unseren Herd gelegt, doch wir können nicht weihen, was bereits heiliger ist als wir. Laßt uns deshalb diese getrennten Gaben in unserem Körper aufnehmen, und während sie in uns eins werden, wollen wir uns miteinander verbinden und mit der Erde, aus der wir kommen ...« Sie hob segnend die Arme und spürte, wie die Luft um sie pulsierte. Sie war nun Dienerin und Herrscherin in einem, und in diesem Augenblick sah sie einen Weg, die Furcht vor der Selbstaufgabe zu überwinden, die sie gehindert hatte, Jehans Leidenschaft zu erwidern.

»So sei es vollendet im Namen der Erde und des Wassers, der Luft und des Feuers, und im Namen des Schöpfers alles Lebenden!« Tief atemholend senkte sie die Hände und beugte sich, um den Fußboden zu berühren und so die Kraft, die sie gerufen hatte, in die Erde zu leiten.

»Jetzt ist meine Herrin die Meisterin ihres eigenen Herdes!« rief Jehan aus. Faris seufzte und eilte dankbar in seine Arme, ohne das nachsichtige Lächeln der anderen zu beachten. Carlota hastete zur Küche, und Caolin erhob sich steif und wandte sich ab.

»Macht Platz! Macht Platz für das Festmahl!«

Caolin wich unwillkürlich einen Schritt zurück, als Jehans Knappe Philip vorüberstolzierte, die Hände vor den Lippen, als bliese er eine Fanfare. Rosemarie und Branwen folgten ihm mit einer Riesenschüssel voll Salat und einer gewaltigen Terrine mit Meeresfrüchten.

»Armer Caolin!« Jehan zog den Seneschall mit sich zur Tafel. »Wir werden unser Gespräch über Lord Brians Mission in Santibar verschieben müssen.« Es spielt keine Rolle, sagte sich Caolin, als er sich setzte. Solange sich der Lord Befehlshaber von Las Costas im Süden befand, gab es wenig, was er gegen ihn hätte unternehmen können. Er strich sein blondes Haar glatt und seufzte.

»Ihr habt ja einen richtigen Garten hier!« Der Wacholdermeister zog den Saum seiner grauen Kutte etwas hoch und ließ sich neben Faris am Fuß der Tafel nieder.

»Nun ja, so gut es hier eben geht ...« Sie lächelte und tischte ihm eine großzügige Portion auf. Der Kranz aus goldgelben Chrysanthemen saß bereits etwas schief auf ihrem Haar. *Sie war wie eine Göttin, als sie den Stein des Feuers trug,* dachte Caolin. *Was ist sie jetzt?*

Er nahm sich ein Stück von der Ente, die mit wildem Reis und Kräutern gefüllt und in Lehm gebacken war. Die Schüssel mit Zucchini in Dillkäsesoße ließ er weitergehen. Er hatte sich von den Speisen bereits mehr genommen, als er gewöhnlich an einem Tag aß. Jehan stand an der Anrichte und schnitt Scheiben vom Lendenstück eines Hirschs.

»Das ist mein Beitrag zum Fest«, erklärte er.

»Es war ein meisterhafter Schuß!« begeisterte sich Philip. »Fünf Meilen folgten wir der Fährte des Tieres und Mylord spannte gerade den Bogen, als der Wind wechselte und ...«

»Genug, Philip«, unterbrach ihn der König. »Es war das Schicksal des Hirsches, nicht meine Geschicklichkeit.«

Abrupt schloß der Junge den Mund. Faris blickte ihn mitfühlend an. »Es wird noch mehr Jagden geben – es war ein fettes Jahr, und wir helfen dabei, das natürliche Gleichgewicht zu halten, genau wie Raubtiere auch. Ich habe gehört, daß sich manchmal Wildschweine von der Küste in diese Berge verirren.«

»Wildschweine!« Philips Augen glänzten wieder. Caolin stocherte auf seinem Teller und nahm einen weiteren Schluck von seinem Wilhamstedwein, als Obst und Käse angeboten wurden. Jehan lockerte seufzend seinen Gürtel. »Bestimmt hat es noch nie im ganzen Land je ein solches Festmahl gegeben!« Er lächelte Faris über die ganze Länge der Tafel hinweg zu.

»Das kommt daher, daß es Euer eigenes ist, Mylord«, sagte Carlota und stellte eine Schüssel mit Stachelbeercreme vor ihn.

Er griff nach ihrer Hand. »Danke Carlota, daß du all diese Jahre gewartet hast, als es so aussah, als würde ich nie eine Herrin in dieses Haus bringen.« Er schaute sich um. »Ich weiß, wann ich Grund habe, glücklich zu sein!«

Caolin sah Essensflecken auf des Königs Wams; sah, daß Jehan begann, einen Bauch anzusetzen; sah, wie die feste Linie des Kinns zu verschwimmen anfing, und etwas in ihm zog sich schmerzlich zusammen. Ganz deutlich entsann er sich der makellosen Schönheit Jehans vor langer Zeit. Doch die Erinnerung an des jungen Königs straffe Haut und geschmeidige Schlankheit wurde nun von der Vision eines gemächlich schwerer werdenden Körpers mit ergrauendem Haar überlagert, mit einem vom guten Leben geröteten Gesicht und Augen, die nicht über eine füllige Frau und Kinder um den Herd hinaussahen. Erschrocken schaute Caolin auf seinen eigenen Gürtel hinunter, der nun etwas enger saß als am Morgen, jedoch noch im gleichen Loch geschnallt war wie in den vergangenen zehn Jahren.

»Für mich ist Glück, geborgen unter jenen zu sein, die ich liebe«, sagte Faris, und ihre Stimme zitterte ganz leicht. »So habe ich mich seit dem Tod meiner Mutter nicht mehr gefühlt.«

Farin schob seinen Kürbiskuchen zur Seite und griff über den Tisch nach ihrer Hand. »Ich bin glücklich, solange ich meine Harfe und mein Schwert habe!«

Caolin hörte ihnen mit wachsender Gereiztheit zu. Bildeten sie sich denn alle ein, daß der Sinn des Lebens ein voller Bauch und ein Platz am Feuer war?

»Das Glück kommt zu mir, wenn ich Teil des harmonischen Einklangs aller Dinge bin«, sagte der Wacholdermeister mit einer Stimme, die gleichzeitig rauh und sanft war. »Aber ich durfte mein Leben an angenehmen Orten verbringen – so ist Zufriedenheit bei mir keine Tugend.«

»Dann müßt Ihr eine Herausforderung suchen, die Euch helfen wird, Euer Glück zu verdienen!« entfuhr es Caolin. »Der Kampf darum, mehr zu erreichen, als wir haben, beweist uns, daß wir leben. Versteht Ihr denn nicht ...« Abrupt hielt er inne, als er die erstaunten Gesichter sah, die auf ihn gerichtet waren; er versuchte zu lachen. Einen Moment begegnete er dem ernsten Blick des Wacholdermeisters. Er senkte den seinen rasch, als ihm voll Unbehagen bewußt wurde, daß ausgerechnet der Mann, den er am wenigsten mochte, offenbar der einzige war, der ihn verstanden hatte.

Der Tisch leerte sich. Philip und der Meister setzten sich zu einer Partie Schach zusammen. Farin holte seine Harfe hervor. Caolin stellte sich abseits und beobachtete, wie die Farben sich veränderten und es in der Halle dunkel wurde. Nach einer Weile wandte er sich wieder dem Feuer zu, um Jehan zu fragen, wann sie über den Bericht von Santibar sprechen könnten.

Er stellte fest, daß der König mit dem Kopf auf Faris' Schoß eingeschlummert war und ihre Hände auf seinem dunklen Haar lagen. Jehan schlief offenbar tief und fest, eingelullt von dem üppigen Essen und den weichen Armen seiner Frau. Caolin kämpfte gegen den Drang an, ihn auf die Füße zu reißen und hinauszuziehen, fort von den murmelnden Frauenstimmen und der Wärme des Feuers.

Aber es würde nichts nutzen. Solange Jehan Geborgenheit in Faris' dunklen Augen fand, war er ebenso verloren für ihn, als wenn der Pfeil des Verräters im vergangenen

Frühjahr sein Herz getroffen hätte. Faris war so erdgebunden wie die Melonen neben dem Herd, und ihre Arme umklammerten ihn wie die zähen Ranken, die sich kaum noch lösen ließen, wenn sie erst einmal Fuß gefaßt hatten.

Mit unterdrücktem Stöhnen verließ Caolin die Halle. Seine braune Stute tänzelte nervös, als er sie aus der Stallung führte, aber er gab ihr einen Klaps und zog rasch den Sattelgurt fest, ehe sie noch dazu kam, sich aufzublähen. Die Straße lag bereits im Dunkeln, doch die Stute kannte den Weg. Über den Paß drückte ihr Caolin die Fersen in die Weichen, und als sie die ebene Strecke unterhalb des Nußbaumhains erreichten, trieb er sie zum Kanter an. Durch Wilhamsted galoppierten sie bereits, und fast hätte Caolin einen Jungen niedergeritten, der seine Schafherde am Straßenrand entlangführte.

Die Stute machte einen weiten Satz, und Caolin wurde durchgerüttelt. Doch dann, mit dem regelmäßigen Rhythmus des Galopps, kehrte etwas Ordnung in sein Gedächtnis zurück. *Jehans schlaffer Körper ... Faris' selbstzufriedener Blick ... das Silber in Jehans Haar ...*

Als sich die Straße über die unteren Hänge des Rotbergs wand, gestattete er der Stute, im Schritt zu gehen. Der Gipfel hob sich dunkel vom Himmel mit den ersten Sternen ab. Caolin unterdrückte das Verlangen, das Pferd zu dem Tempel zu lenken, den er zur Mittsommerzeit errichtet und wo er die Macht des Berges berührt hatte – der eine Ort, an dem er er selbst sein konnte und nichts vortäuschen mußte.

Was vortäuschen? Die Stute stockte im Schritt, als seine Finger sich um die Zügel verkrampften. *Seit Jehan sich mit Faris vermählt hat, täusche ich vor, daß alles in Ordnung ist, obwohl er seither jeden Tag ein bißchen mehr von seiner Jugend verliert, von seiner Schönheit, seinem Feuer. Als sie den Waldbrand bekämpften, waren sie wie ein Götterpaar, doch Faris hat ihn erneut an die Erde gekettet.* Er gab dem Pferd wieder die Fersen. *Wird Jehan in zehn Jahren noch ebenso glücklich sein, wenn Faris zu einer fetten Muttersau geworden ist wie ihre Schwester, und wenn ihm bewußt wird, daß er seine Männlichkeit weggeworfen hat?*

Aber was konnte er tun? Er ließ die Stute jetzt trotten und starrte in die Nacht, bis seine Gedanken eine bestimmte Richtung einschlugen. Das Volk verlangte, daß der König eine Königin und einen Erben hatte. Was geändert werden mußte, war die *Besessenheit*, mit der Jehan an Faris hing. Seine Leidenschaft zu ihr mußte geheilt oder so verwandelt werden, daß Faris von selbst aufhörte, ihm mit ihrer Selbstsucht die Luft abzuschneiden. Ja, das wäre besser, denn es würde gar nicht erst ein Schuldgefühl in Jehan aufkommen lassen.

Aber Jehan wird leiden ... Caolins Magen verkrampfte sich. Nur zu gut erinnerte er sich an Jehans Leid, als die Liebe ihn einst enttäuschte. Wollte er das noch einmal durchmachen? Noch einmal verzweifelt nach Möglichkeiten suchen, die Jehans Lächeln zurückbringen könnten? Noch einmal die Angst, ihn alleinzulassen? Aber vielleicht enttäuschte Faris Jehan ohnehin. Im vergangenen Frühjahr war ihre Herzlosigkeit das Gespräch in der ganzen Korona gewesen! Er mußte dafür sorgen, daß Jehan ein derartiger Verlust nicht mehr treffen würde, und dann würde er alles, wie schon einmal, mit seiner eigenen Liebe ausgleichen.

In der Bibliothek von Laurelynn gab es Bücher, die nicht einmal die Meister der Schule kannten. Gewiß würden sie ihm einen Weg zeigen, wie er Jehans Liebe zu Haß werden lassen konnte, um ihn so von seiner Torheit zu befreien.

Wieder gab er der Stute die Fersen und peitschte mit den Zügeln auf ihren Nacken ein, bis sie in wildem Galopp zur Flußstraße hinunterstolperten. Dann lockerte Caolin die Zügel und entspannte sich im Sattel. Der Wind kühlte seine Stirn, und in der Ferne glommen bereits die Lichter von Laurelynn.

»Ihr müßt vorsichtig sein, Mylord. Ich glaube, daß Brian Euch so feindlich gesinnt ist wie Ihr ihm.« Ordrey machte es sich in dem weichen Sessel bequem und bürstete Staub von dem elayanischen Kilt, den er noch trug. Er war ein kleiner, hagerer Mann mit schütterem, rotbraunem Haar und Caolins vertrautester Diener.

Caolin betrachtete die Papiere, die Ordrey ihm gebracht hatte. Er wünschte nur, er wäre schon eher damit gekommen, nicht erst Mitte Oktober. Brians Gekritzel, mit vielen Schreibfehlern, war für jemanden, der es unbedingt lesen wollte, gerade noch zu entziffern. Der Brief war an Brians Gemahlin Alessia von der Mondbucht gerichtet, aber der Ton hätte für jeden Waffengefährten gepaßt.

Wir haben hier getan, was wir konnten, und Du darfst mich gegen Ende November zurückerwarten. Ich glaube nun, daß mein Widersacher nicht der König ist, sondern sein Seneschall. Caolin ist kein Krieger. Angenommen, Elaya greift uns an, wie wäre es, wenn ich Jehan dann sagte, daß ich nicht in den Krieg ziehen werde — und auch keiner meiner Leute — solange Caolin die Schlüssel des Königreichs trägt? Wird Jehan für seinen Seneschall den Thron aufs Spiel setzen?

Caolin starrte durchs Fenster auf den Hof. Wenn Jehan vor die Wahl gestellt würde, was würde er tun?

»Brian hat vor, meinen Kopf zum Preis für seine Schwertdienste zu fordern«, sagte er leise.

Ordrey nickte. »Es stimmt, daß Elaya rüstet. Sie hämmern das Eisen der Wüstenminen zu Schwertern. Und die Truppen halten ihre Manöver unterhalb von Palomons Zitadelle ab. Wir werden Brians Schwert im Frühjahr brauchen!«

»Aber meinen Kopf nicht weniger!« erwiderte der Seneschall heftig. »Schon allein um sicher zu gehen, daß wir am Verhandlungstisch nicht verlieren, was wir im Krieg gewinnen.«

Ordrey zuckte die Schultern. »Ich will Euch nicht widersprechen. Aber wie wär's, wenn Ihr so tätet, als bekäme Brian seinen Willen? Vereinbart mit dem König, daß Ihr ›zurücktreten‹ werdet, bis der Krieg vorüber ist. Nachdem er eine Weile die Last allein getragen hat, wird er Euch nur zu gern wieder in Euer Amt erheben.«

Caolin trat ans Fenster, um es zu schließen. Gesinde eilte über den Hof, Karren brachten die Erzeugnisse Westrias in die Königsstadt und verließen sie mit den Waren aus Laurelynn. Er berührte die Butzenscheibe, als könne er den Puls des Königreichs durch seine Fingerspitzen fühlen. Und er wußte, daß das mehr als nur eine Redewendung war.

Das Herz Westrias schlug hier in diesem Gebäude, in dem Berichte über all das gesammelt wurden, was sich im Königreich zutrug. Und er war es, der sie auswertete, verglich und verstand. Aber würde Jehan es auch so sehen?

Und was würde geschehen, wenn er Ordreys Rat befolgte? Würde Brian sich mit diesem Sieg über ihn zufriedengeben? Oder würde diese Kostprobe von Macht seine Gier noch erhöhen? König und Seneschall konnten sich die Verantwortung für ein Reich teilen, doch bei den Streitkräften durfte nur einer den Oberbefehl haben!

Caolin schüttelte den Kopf. »Wenn Brian Westria erst in der Hand hat, wird er es nicht mehr loslassen, fürchte ich.« Er wandte sich wieder dem Brief zu.

> *Halt die Augen offen und setze unsere Freunde auf Caolin an, wie zuvor auf den König. Ich befürchte, daß es nicht leicht sein wird, ihn zum Rücktritt zu bewegen ...*

Caolin unterdrückte den Wunsch, die dünnen Papierblätter zusammenzuknüllen. Behutsam legte er sie auf den Schreibtisch zurück. *In einem Punkt hast du recht, Brian,* dachte er. *Freiwillig gebe ich Westria nie auf!*

Er wandte sich wieder an Ordrey. »Bisher haben Brian und ich nur miteinander gespielt! Aber Jehan wird ihn nicht lenken können ohne mich, und ich möchte nicht, daß er hier Unruhe stiften kann, während Jehan im Krieg ist! Brian wird einmal über seine eigenen Füße stolpern, doch ich kann nicht warten, bis es soweit ist ...« Bedächtiger fuhr er fort: »Wenn Brian es nicht von selbst tut, müssen wir nachhelfen!«

Ordrey grinste. »Ja, natürlich! Aber was ist, wenn Jehan dahinterkommt?«

Caolin antwortete nicht. Er trat wieder ans Fenster und starrte blicklos durch die Scheibe, während allmählich die

Abenddämmerung einsetzte. Er erinnerte sich daran, wie er Jehan das letzte Mal gesehen hatte: schlafend in den Armen seiner Königin.

Jehan durfte es nie erfahren!

> *In früher Zeit heiligte jeder Gott bestimmte Tiere, um durch sie seine Macht zu offenbaren ... Im Norden nahm sich der Gott, der über die Fortpflanzungsfähigkeit der Menschen bestimmte, den Keiler zum Symbol, seiner Wildheit und Fruchtbarkeit wegen.*

Caolin legte das Lesezeichen zurück und schloß das Buch behutsam. Staub von uraltem Leder blieb an seinen Fingerspitzen haften. In jedem Buch auf seinem Tisch waren ähnliche Stellen markiert – das Ergebnis seiner Arbeit von einem vollen Monat in der Bibliothek von Laurelynn. Er rieb sich die von Schlafmangel geröteten Augen. Mit diesen Forschungen konnte er sich immer erst beschäftigen, wenn sein Tagewerk getan war, zu Zeiten also, wenn er nicht nach einer Möglichkeit suchen mußte, Brian unauffällig ein Bein zu stellen.

In seinem Kopf waren zwei Probleme zu einem einzigen geworden: Jehans Vertrauen zu Brian, das Caolins Stellung bedrohte, zu zerstören und Jehans Besessenheit für Faris zu zerschlagen, die seine Liebe in andere Bahnen gelenkt hatte. Die Mittel für letzteres hatte er in den Büchern vor ihm gefunden.

Daneben lagen die Notizen über die Riten und Symbole, auf die er seine Magie aufbauen würde. Er hätte gern mehr Zeit zur Vorbereitung gehabt, doch Samhain war schon nächste Woche, und Jehan würde nach Laurelynn zurückkehren. Deshalb mußte er rasch handeln.

Es war lange her, seit er die in der Schule der Weisen gelernten Grundsätze zeremonieller Magie angewandt hatte. Trotzdem war es verhältnismäßig einfach, die Symbole so zu ordnen, daß sie die Macht des Geistes lenkten, bis daß die erschaute alternative Wirklichkeit eigene Realität erlangte. Für die wirkungsvollsten Rituale konzentrierten sich viele gemeinsam auf das gewünschte Ziel. Doch mit ausreichender Willenskraft vermochte ein einzelner Zauberer es auch ohne Hilfe zu schaffen.

Caolin stützte den Kopf auf die Hände. Er erinnerte sich an die Warnung, Magie nie allein durchzuführen. Jemand, der ohne Hilfe zauberte, vergaß leicht, daß er nur ein Sterblicher war, und daß die Macht, derer er sich bediente, eine Gabe war, die nur zum Besten für alle angewandt werden sollte.

»So wird es auch sein!« rief er. »Obgleich ich bezweifle, daß die Narren in der Schule es so sehen würden! Ist eine Herde Schafe klüger als der Hirt, nur weil sie ihm zahlenmäßig überlegen sind.«

Er schob seinen Stuhl zurück und ging in seinem Gemach hin und her. Er würde bis Sonnenuntergang warten müssen, ehe er beginnen konnte. Obwohl er wußte, daß Aufregung und Angst töricht waren, konnte er nicht stillsitzen. Er öffnete eine Kiste und lehnte den ausgestopften Keilerschädel an die Wand, den er im Palast in Laurelynn entdeckt hatte.

»Du wirst mir helfen, alter Eber!« Er drehte den ausgestopften Kopf so, daß die Glasaugen im Schein der untergehenden Sonne rot aufglühten. »Das ist nicht viel anders als die Methode, derer ich mich zur Lenkung von Ordrey und der anderen bediene ...« In diesem Moment erinnerte er sich, daß er seine Fähigkeit, sich den Geist anderer untertan zu machen, nicht mehr angewandt hatte, seit er Ronald Sandreson verhört hatte und der Mann gestorben war.

»Ich unterschätzte Ronalds Schwäche ...«, wandte er sich wieder an den Keilerschädel, als könne dieser ihm Absolution erteilen. »Das bedeutet jedoch nicht, daß mit meiner Methode etwas nicht stimmt! Ich bin zwar nicht imstande, in den Geist anderer einzudringen, aber es gibt genug, was ich *tun* kann. Weshalb sollte ich meine Forschungen unterbrechen? Schließlich ist das Ganze zum Wohle Westrias!«

Die Tür knarrte. Er wirbelte herum, ehe ihm bewußt wurde, daß es nur die taubstumme Margit mit seinem Abendessen war. Sie wandte die verunstaltete Gesichtsseite ab und lächelte ihn scheu an.

»Ja, Margit«, sagte er freundlich. »Du mußt mir heute etwas Kräftiges vorsetzen, denn ich habe eine schwere Arbeit vor mir: Ich muß eines Königs Leidenschaft für seine Königin von Liebe in Gier verwandeln!« Er deutete auf die Kisten. Als Margit unsicher blinzelte, zeigte er ihr ein Wams Jehans und ein Gewand der Königin. Als er das Gewand vor sie hielt, bemerkte er plötzlich, wie sehr sie, trotz ihrer Entstellungen, Faris ähnelte.

»O nein – geh noch nicht, meine Hübsche ...« Er zog sie zu sich, ohne auf ihr Zittern zu achten. »Du lebst, um mir zu dienen, nicht wahr? Nun, du sollst mir wahrhaft gute Dienste leisten! Mein Plan war nicht schlecht, doch ich glaube, ich sehe jetzt eine noch bessere Möglichkeit!«

Er blickte sie an. »Möchtest du schön sein, Margit? Du sollst so schön werden wie eine Königin! Schlüpf in dieses Gewand!« Er bannte ihren Blick und sandte seine Befehle in ihren Geist, bis sie gehorchte. Schamhaft zog sie das Gewand über den Kopf und entledigte sich darunter ihres letzten Kleidungsstücks, als wäre ihr Körper ebenso verunstaltet wie ihr Gesicht. Dann stand sie vor ihm und strich nervös die grüne Seide glatt, die sich über Busen und Hüften leicht spannte. Er zog ihr das Tuch vom Kopf und löste die Spangen aus dem hochgesteckten Haar. »Dunkles Haar wie *ihres* ...«, murmelte er. »Nun sollst du Faris *sein.*«

Er schloß die Augen und ließ das Bild der Königin mit allen Einzelheiten, die er kannte und an die er sich erinnerte, vor seinem inneren Auge vorüberziehen. Sie war zierlich ... ihr Kopf reichte gerade bis zu seinem Kinn ... ihr Hals war lang, die Schultern waren schmal und die Knochen so zerbrechlich wie die eines Vogels. Leidenschaftslos rief er sich ihre Figur ins Gedächtnis, formte ihr Gesicht mit den feinen Kurven von Wangen und Stirn, und die Falte ihrer Lider, die ihren braunen Augen Mandelform verliehen. Sie hatte ein kleines Muttermal am Ende einer der geraden Brauen, erinnerte er sich. Überrascht, daß er sie so gut im Gedächtnis behalten hatte, hielt er kurz inne.

So – das war Faris – eine gewöhnliche Sterbliche, in der Jehan aus irgendeinem Grund die Göttin verkörpert sah. Genau das war es, was er ändern wollte.

Caolin hob seinen Ring, um die letzte Glut des Sonnenuntergangs darin zu fangen. Er hielt Margits Blick fest, bis ihre Augen sich auf das Glitzern des Ringes richteten. Dann übertrug er in ihren Geist ein Bild von Faris, doch nicht genau das der Frau, die er kannte, sondern ein sorgsam verändertes, das Jehan sehen sollte. Und schließlich formte er ein Bild, wie diese grüngewandete Faris in den Spiegel schaute. Dann zog er Margit zu dem kleinen Spiegel neben der Tür, er nahm seine Hand herunter und ließ sie ihr Spiegelbild dort sehen.

Einen Moment fragte er sich, ob es gelingen würde. Dann beherrschte er seine Gedanken, denn er wußte, daß sein eigener Unglaube seinen Plan zum Scheitern bringen konnte. Er hielt den Atem an, als Margit in den Spiegel starrte und schließlich ganz langsam zu lächeln begann.

Erleichtert stieß er den angehaltenen Atem aus. Die Haltung der Frau veränderte sich. Ihr Rücken wurde gerade, sie straffte die Schultern, so daß ihr Busen mehr zur Geltung kam. Die Königin drehte den Kopf wie ein Vögelchen, bei Margit wurde diese Bewegung kokett und ihr Lächeln seichter und sinnlicher. Margit streckte sich genußvoll vor dem Spiegel und bewunderte sich. Ein Lächeln stahl sich um Caolins Lippen. Die Rolle, die er sich selbst zugedacht hatte, war vielleicht gar nicht so unangenehm.

Das Licht begann nachzulassen. Rasch schlüpfte Caolin in Jehans Wams, griff nach dem Keilerschädel und zog Margit hinter sich her in das innere Gemach. Alsbald flakkerten Kerzen auf dem Altar des Feuers; sie verliehen der Ebermaske, die er dort aufgestellt hatte, ein gespenstisches Leben.

»Herrin des Feuers ...« seine Stimme hallte dumpf in dem kleinen Raum wider. »Entzünde in uns die verzehrende Flamme! Herrin des Feuers – hilf mir, diese Frau mit Gewalt und Schmerzen zu nehmen, bis sie haßt und fürchtet, was sie bis dahin liebte.«

Seine Stimme dröhnte, während er die Kohlen anzündete und das Räucherwerk auflegte, dessen Rauch schließlich erstickend durch den Raum wallte. Er zählte all die Abscheulichkeiten auf, deren der Mensch in seiner Leidenschaft fähig war, beschwor jedes Bild fleischlicher Lust, das er sich nur vorzustellen vermochte.

Er zündete Kerzen an, bis der Raum in Flammen zu stehen schien und ihm der Schweiß über den Rücken rann. Auch Margit schwitzte. Durfte er hoffen, daß sich nun eine andere Art von Feuer entzündete? Der Geruch des Räucherwerks machte ihn schwindelig. Margit hatte die Augen halb geschlossen und ihr Puls pochte sichtbar am Halsansatz. Sie glaubte nun, daß sie Faris war. Jetzt galt es, sie zu überzeugen, daß er Jehan war.

Das Bild des Königs erfüllte ihn sofort, jede, auch die geringste Kleinigkeit war seinem Gedächtnis unauslöschlich eingeprägt. Einen Augenblick stillte die Erinnerung an Jehans Schönheit seinen Geist. Da seufzte Margit, und Caolin besann sich darauf, was er tun mußte.

Rasch erforschte er sein Gedächtnis nach jedem Ausdruck, den er je in Jehans Gesicht gesehen hatte, vom herzlichen Lachen bis zu dem ungesunden Zorn, wenn der König von Verrat erfahren hatte. Rasch verdrängte er die Erinnerung an das sanfte Lächeln Jehans, wenn sie sich geliebt hatten. Dieser Ausdruck würde nie wieder ihm gelten, doch das spielte keine Rolle mehr, solange er ihn von Faris trennen konnte.

Frustriert erkannte Caolin, daß es Jehans Unfähigkeit war, eine Frau mit purer Gier anzusehen, die die derzeitige Anstrengung überhaupt erst erforderlich machte. Doch Margit mußte unbedingt des Königs Gesicht so sehen – mit dem Ausdruck Caolins. Er übertrug das Bild Jehans in Margits Geist.

Ich bin Jehan ... Er schauderte, als er sich vorzustellen versuchte wie es wäre, in diesem schönen Körper zu leben, Männer zu führen, die ihn liebten, über Westria zu herrschen und die Steine der Macht zu tragen.

Er zerriß Margits Gewand von der Schulter bis zum Knie und lachte über ihren Versuch, ihre Blöße zu bedecken. Seine Hände strichen über ihren Körper, brutal griffen seine Finger in ihr zurückzuckendes Fleisch. Dann zwang er sie in die Knie, hob seine Tunika und zeigte ihr, was er von ihr erwartete.

Er hatte beabsichtigt, ihre Demütigung lange hinzuziehen, den Anblick ihres an seine Schenkel gepreßten dunklen Kopfes zu genießen, doch die Leidenschaft, die er aufgebaut hatte, wuchs nur zu rasch. Keuchend warf er sich auf sie, rammte sie mit seinem Körper, bis die Speerspitze seines Angriffs ihren verwundbaren Kern traf. Ihre Lippen verzerrten sich zu einem lautlosen Schrei, doch ihre Gegenwehr führte nur dazu, daß er noch tiefer in sie eindrang.

Caolin fühlte, wie Macht in ihm wuchs und Besitz von ihm ergriff, so wie er es mit dem Körper unter sich getan hatte. Lichter tanzten wie verrückt, und der Keilerkopf beobachtete sie lüstern mit seinen roten Augen. Dann schlangen die Arme der Frau sich fester um ihn, und er sah nicht Margit, sondern Faris – nein, nicht Faris, sondern ihr verwandeltes Ebenbild. Er hatte versucht, den dunklen Schatten der Liebe zu rufen, und nun war seine Göttin hier. Ihre Augen waren schwarzes Feuer, ihre roten Lippen preßten sich gierig auf seine, ihre Beine schlossen sich wie eine Zwinge um ihn. Etwas in der Tiefe seiner Seele, die nur Jehan einmal berührt hatte, schrie gellend auf. Sein Fleisch gehörte nun der Dunklen Herrin. Ein ehernes Klingen dröhnte in seinen Ohren. Er wurde in die Tiefen eines Vulkans gerissen. Sein Körper explodierte in einem Beben, das seine ganze Welt verschlang.

Mit einem lauten Knacken zersprang die Schale der Walnuß. Faris löste die Nußstücke heraus und ließ sie in die Schüssel fallen. Die harte Schale warf sie ins Feuer. Carlota machte Nußkuchen für das Samhainfest, für dessen Vorbereitungen sie gut eine Woche benötigten. Rosemarie verfehlte den Herd. Mit baumelnden Zöpfen bückte sie sich nach den Schalen und warf sie nun aus geringerer Entfernung in die Flammen. Als sie sich wieder aufrichtete, war ihr Gesicht gerötet.

»Faris ...«, sie schluckte, »jetzt, wo du dich so gut eingelebt hast, ist es Zeit, daß ich nach Hause zurückkehre.« Das Feuer prasselte, als es die Nußschalen verschlang, dann knisterte es nur noch, wie zuvor.

Faris starrte sie an. »Aber Rosemarie, ich brauche dich!«

»Du hast Branwen und Carlota als Hilfen, und Jehan, um dich zu lieben – und bald auch das Kind.«

»Wenn Jehan ständig um mich sein müßte, würde das selbst seine Liebe belasten! Außerdem hat er so viele Pflichten im Reich, bei denen ich ihm nicht helfen kann.«

»Kannst du nicht, oder willst du nicht, Faris? Hast du es versucht?« fragte Rosemarie.

Faris seufzte und verschränkte die Hände über ihren Bauch. »Nein, noch nicht. Ich nehme an, es fällt dir schwer, das zu verstehen – du hast ein großes Haus geführt, seit du deinen Namen annahmst. Mich jedoch erfüllt schon Panik allein bei dem Gedanken, dem Palast in Laurelynn vorstehen zu müssen!«

Rosemarie legte beruhigend eine Hand auf die ihre. »Arme Faris! Ich wollte dir nicht weh tun. Vielleicht habe auch ich Angst.«

»Angst vor einer Begegnung mit Eric?« Faris sah, wie ein herzhaftes Lachen Rosemaries betrübte Miene vertrieb.

»Mir ist, als sprächen wir darüber nicht zum ersten Mal.« Plötzlich lachten beide.

»Nun«, sagte Faris schließlich. »Wenn mein Traum wahr wurde, warum sollte nicht auch deiner wahr werden?«

»Also gut! Ich verspreche, bei dir zu bleiben, bis das Baby seinen Milchnamen hat.«

Faris lächelte und griff nach einer weiteren Walnuß. Ihr Blick kehrte zu den tanzenden Flammen zurück. Hier mit Rosemarie war es warm, und heute nacht würden sie und Jehan eine andere Art von Feuer entzünden. Doch während sie in das Feuer blickte, schien es ihr, als forme sich dort mit Flammenlinien die boshafte Schnauze und die glühenden Augen eines Ebers. Die Schatten schwebten um sie wie dunkle Schwingen, und einen Augenblick empfand sie das Bedürfnis, sich von ihnen einhüllen zu lassen.

Jehan, schrie ihr Herz. *O Jehan, komm bald – ich fürchte mich vor dem Feuer!*

2 Der Eber von Samhain

Flammengischt tanzte durch die Dunkelheit. Bilder kamen und schwanden: Das verwitterte Holz eines Wagens ... Jehans Gesicht weiß über blutigem Verband ... Blut überall ...

Faris schrie abwehrend auf und kämpfte gegen die Bande an, die verhinderten, daß sie zu ihm eilen konnte.

»Faris, wach auf! Alles ist gut!«

Faris sah Schatten und Feuerschein. Als ihr bewußt wurde, daß Jehan sie in den Armen hielt, entspannte sie sich und wandte sich ihm mit einem Seufzer des Schauderns zu.

»Faris, mein Liebling, weine nicht – es war nur ein Traum.«

»Ein Traum!« Schon die ganze Woche schlief sie schlecht, denn Bilder verfolgten sie, für die sie keine Worte fand. »Du warst verwundet und da war soviel Blut!« flüsterte sie. »Mußt du denn unbedingt am Abend von Samhain den Eber jagen?«

Er lachte beruhigend und zog sie an sich, so daß ihr Kopf sich an seine Schulter schmiegen konnte.

»Ist es das, was dich im Traum beunruhigt? Wir werden zwölf Mann gegen ein armes Tier sein, wie wild es auch immer sein mag. Du solltest lieber Mitleid mit dem Eber haben.«

»Aber er hat einen kleinen Jungen getötet ...«

»Ja, das Kind eines meiner Männer. Deshalb muß ich auch gehen«, erklärte er, als sie sich wimmernd an ihn klammerte. »Mein Liebling, ich bin Wirklichkeit – überzeuge dich davon!«

Sie nahm seinen Kopf in die Hände, spürte die festen Knochen unter seiner Haut und den kräftigen Hals, wo die langen Sehnen zu den gewaltigen Muskeln von Brust und Schulter verliefen. Jehans Haut fühlte sich unter ihrer Berührung so glatt wie Seide an und besaß den fast unmerklichen Salzgeruch, der ihr so vertraut geworden war.

Ihre Hände strichen über seinen Körper und bestätigten, was heimliche Blicke sie zu würdigen gelehrt hatten. Aufs neue staunte sie über die gewaltigen Muskelstränge seines Unterarms und über die etwas rauhe Haut seiner Finger, die einen aufbäumenden Hengst zu beruhigen vermochten und sanft wie Schmetterlingsflügel ihre Wangen streicheln konnten.

Ihre Hände versuchten seine Taille zu umfassen, glitten zu seinen Schenkeln hinunter. Er verhielt sich ganz ruhig, nur sein Atem kam etwas unregelmäßig, als ihre Hand sich um die samtige Haut seines Phallus legte. Sie spürte, wie er unter ihren Fingern anschwoll, und ihre Angst um ihn wandelte sich zu Zärtlichkeit. Sie beugte sich über ihn, um ihn zu küssen, und spürte, wie in ihrem Körper ein Verlangen wuchs, das auf seine Leidenschaft antwortete.

Farin wetzte die zwei Fuß lange Klinge des Eberspeers. Seine Hand hielt inne, als er den Schrei aus dem Schlafgemach von Faris und Jehan hörte, und er zuckte unter der schrecklichen Angst seiner Schwester zusammen, die sich auf ihn übertrug. Dann wurde das Murmeln der beiden eins mit den üblichen nächtlichen Geräuschen von Nebelhall.

Farin beschäftigte sich wieder mit seiner Arbeit, und das gleichmäßige Schaben von Stein auf Stahl übertönte für ihn alle anderen Geräusche. Da streifte ihn ein Luftzug. Er blickte auf. Branwen, Faris' Zofe, stand an der Tür. Zitternd hielt sie ihr Nachtgewand zusammen.

»Ich hörte etwas – mir war, als riefe die Königin ...« Zögernd betrat sie die Halle.

»Offenbar hatte Faris einen Alptraum. Wie dumm, daß sie den König weckte.«

»*Ihr* seid noch wach.« Branwen kniete sich an die Feuerstelle und hielt die Hände über die wärmenden Flammen.

Farin hob den Speer. Der rötliche Feuerschein spiegelte sich auf der glänzenden Klinge, die aus einem unter den Ruinen nahe der Küste ausgegrabenen Stück Stahl geschmiedet war. »Ich bin zu aufgeregt, um zu schlafen«, gestand er. »Ich habe noch nie zuvor einen Eber gejagt.« Nun fiel der Feuerschein auf den glatten, acht Fuß langen Eichenschaft, denn er hatte den Speer gehoben, um die Schärfe der Schneide zu prüfen.

»Seid vorsichtig!« rief Branwen erschrocken und drehte ihren langen braunen Zopf zwischen ihren Fingern. Vor dem Feuer, das ihr seine eigene sanfte Schönheit lieh, sah sie rührend verwundbar aus.

»Der Eber hat eine dicke Haut ...« Farin prüfte die Speerspitze.

Branwen schauderte und blickte aus dem Fenster, als befürchtete sie, das schreckliche Tier käme herbeigestürmt. »Ich wünschte, Ihr müßtet nicht auf diese Jagd!«

»Der Keiler hat das ABKOMMEN gebrochen – er hat einen Menschen getötet! Also muß der König ihn töten. Nun ja, dadurch werden wir zum Samhainfest Wildschweinbraten bekommen!« Er blies den Wetzstaub von der Klinge.

Leises Lachen war aus dem königlichen Schlafgemach zu vernehmen und das Knarren des Bettes. Branwen nahm Holz aus dem Korb, und als sie sich vorbeugte, um es ins Feuer zu legen, klaffte ihr Nachtgewand auseinander, und Farin sah die Rundung ihres Busens.

Sein Gesicht glühte plötzlich – und das nicht allein aus dem Grund, daß das Feuer neu aufloderte. Rasch beugte er sich wieder über seine Arbeit, doch das rhythmische Knarren der königlichen Bettstatt war nicht zu überhören, und er konnte das Bild von Branwens Busen unter ihrem Nachtgewand nicht verdrängen.

Jehans Hand streichelte über Faris' Brüste und die Rundung ihres Bauches und ließ ein Prickeln auf ihrer Haut zurück.

»Du findest mich immer noch begehrenswert, obwohl meine Taille so gut wie verschwunden ist?«

»Ist eine reife Birne nicht köstlich?«

»Aber ich werde zu rundlich, als daß es für uns noch bequem wäre!« gab sie zu bedenken.

Jehan drehte den Kopf, und sein Atem kitzelte ihr Ohr. »Es gibt eine Möglichkeit ...«

Faris stützte sich auf und legte sich über ihn. Sie stöhnte, als ihr Bauch auf Jehan drückte. Ein paar Herzschläge lang hielt sie den Atem an und blickte auf sein Gesicht, das so rätselhaft wirken konnte.

»Jetzt darfst du dich bewegen ...«, hauchte Jehan schließlich.

Faris spürte, daß etwas anderes als Lachen ihn erbeben ließ. Nun konnte sie ihn deutlicher sehen, so als leuchte er. Ihr Körper strahlte Hitze aus, und sie wurde ganz ruhig, als sie sich an andere Male erinnerte, da sie ein solches Glühen verspürt hatte – beim Beltanetanz, und als sie die Steine der Macht angelegt hatte. Doch diesmal hatte sie die Wahl, ob sie die Flamme ersticken oder nähren und sich endlich ganz hingeben wollte.

Entschlossen legte sie die Hände auf Jehans Schultern und begann, ihren Körper auf seinem zu bewegen. Sie ritt auf Wellen süßen Feuers, die sie zu einer unbekannten Küste trugen, bis sie nicht mehr wußte, ob sie sich bewegte oder er. Sie beugte sich über ihn und suchte seine Seele, während sie sich seines Körpers nicht länger bewußt war, von seinem Bewußtsein fing sie verstreute Ansichten ihres Antlitzes auf; es strahlte in einem Glanz, in dem ihre Schönheit nicht so sehr verwandelt wie offenbart wurde.

Ein Schrei schwoll in ihr an, und sie fühlte es mehr, als daß sie es hörte, wie Jehan ihren Namen rief. Dann versank sie, und ihr Freudenschrei hallte auf allen Ebenen ihres Seins wider, wie der Klang einer großen goldenen Glocke.

Als er diesen Schrei hörte, ließ Farin die Waffe in seiner Hand fallen. Branwen klammerte die Finger um seinen Arm. Er drehte sich um, und zu seiner eigenen Überraschung küßte er sie. Sie seufzte leise, und ihre Arme schlossen sich um seinen Hals. Farin keuchte unter der Hitze, die mit einemmal unerträglich schien. Er riß die Kleider von sich und taumelte vor dem Herdfeuer mit Branwen auf den Boden.

Die Gedanken des Wacholdermeisters, der in seinem Gemach meditierte, wandten sich plötzlich den Festen in der Schule der Weisen zu, und er lächelte.

Rosemarie drehte sich unruhig im Schlaf. Sie drückte den Kopf tiefer ins Kissen und murmelte Erics Namen.

Caolin stöhnte und preßte den Körper auf die zerwühlte Decke. Das Geräusch zerreißenden Stoffes weckte ihn, und er lag ganz still, bis sein hämmerndes Herz sich beruhigt hatte. Er fragte sich verärgert, wen er in seinem Traum geliebt hatte.

Nach einer Weile stolperte er zum Fenster und schlüpfte in seinen Morgenrock. Die frische Luft versprach baldiges Morgengrauen. Er fröstelte, denn die Oktobernacht war kalt. Müde stützte er den Kopf auf die Hände. Sein Körper war noch wund vom Ritual der vergangenen Woche, und seither hatte er keinen ruhigen Schlaf mehr gefunden. Seltsamerweise war die Wirkung auf Margit geringer gewesen als auf ihn. Die Frage war, was war zwischen Faris und Jehan geschehen?

Als er die Tür öffnete, sah er etwas Weißes davor auf dem Boden liegen. Eine Nachricht mit der leicht geschwungenen Schrift Jehans. Jemand mußte sie des Nachts gebracht und, da er ihn nicht hatte aufwecken wollen, vor die Tür gelegt haben. Aber der König sollte doch heute nach Laurelynn zurückkehren! War es möglich, daß er irgendwie Kenntnis von der Falle bekommen hatte, die der Seneschall für Brian vorbereitete? Caolin riß die Hülle auf und fluchte, denn die Zeilen verschwammen in der Dunkelheit. Rasch griff er nach Feuerstein und Stahl und zündete eine Kerze an.

Er überflog den Brief. *»Mein lieber Freund ... ein Keiler, der bei Wilhamsted ein Kind getötet hat ... mit einer größeren Schar am Samhainabend unterwegs auf der Jagd nach ihm ... Bitte, entschuldige mich beim Bürgermeister und den andern.«*

Samhainabend ..., dachte Caolin. Das war heute. Der Aufschub von Jehans Ankunft würde ihm mehr Zeit geben, Brians Schicksal zu besiegeln. Allerdings ... Er fragte sich, weshalb sein Herz so erschrocken pochte, und las den Brief noch einmal und aufmerksamer.

Jehan würde also auf einen menschentötenden Keiler Jagd machen! Ein Bild der Ebermaske, die er bei seinem Ritual benutzt hatte, schwamm vor Caolins Augen. Und Wilhamsted lag am Fuß des Rotbergs ...

»Nein!« rief Caolin und schüttelte abwehrend den Kopf. »Es ist nur ein ganz gewöhnliches Tier, und Jehan ist ein erfahrener Jäger!« Aber er wimmerte bei der Vorstellung, daß der Keilerschädel, den er am Altar des Feuers hatte liegenlassen, den Berg hinabstürmte, um zu zerreißen und zu töten.

»Es ist nicht meine Schuld!« rief er erneut aus. »Es gibt nichts, was ich tun kann!« Doch er suchte bereits in seinem Schrank nach Jagdkleidung und zog seine Reitstiefel hervor. Der Morgennebel vor dem Fenster löste sich bereits im zunehmenden Tageslicht auf.

Jehan biß noch einmal herzhaft vom Brot und vom Käse ab. Er staunte, wie üppig die Wilhamsteder die Tafel beladen hatten. In diesem Jahr hatte das Fest der Toten, das sie jedes Jahr feierten, eine grimmigere Bedeutung. Zwei der Männer, die versprochen hatten bei der Jagd mitzumachen, um den kleinen Jungen zu rächen, waren noch nicht eingetroffen. Jehan wußte natürlich, daß es Zeit kostete, alles zu organisieren. Er zügelte seine Ungeduld, zu Faris zurückzukommen, und zwang sich, einen weiteren Bissen zu essen. Die Erinnerung an ihre Nacht der Liebe erregte noch jeden Nerv in ihm – wie sollte er da mit Genuß essen?

»Wenn dies ein Krieg wäre, würde ich mit dem König in die Schlacht ziehen.«

Jehan blickte durch die Stube und erblickte seinen Knappen Philip. Er redete mit einem etwa sechzehnjährigen Mädchen, deren Finger unablässig mit dem Dolch in ihrem Gürtel spielten.

»Dies *ist* Krieg«, erklärte sie grimmig. »Keiner von uns kann sich dem Eber allein stellen, aber mein Vater hat mich dazu eingeteilt, die Treiber zu führen, die ihn in die Falle jagen sollen. Wir werden eine Menge zu tun haben!« Sir Walter von Wilhamsteds Tochter sprach mit düsterem Stolz. Sie war sich ihres Standes als Schwester des getöteten Jungen voll bewußt.

»Mein Vater sagt, ich mache genug Lärm, um die Toten zu wecken – ich nehme an, da bin ich auch imstande, den Eber zu erschrecken ... Ich hoffe, wir sehen, wie die Männer ihn erlegen!« sagte Philip eifrig.

Jehan unterdrückte ein Lächeln. Er erinnerte sich, wie aufgeregt er gewesen war, als er bei der Nabelschweinjagd seines Vaters Treiber hatte sein dürfen.

»Möchtet Ihr Bier, Mylord?« Eine Frau, deren dicke, eisengraue Zöpfe zum Kranz hochgesteckt waren, reichte ihm eine Kanne und lächelte den König wie einen alten Freund an. Jehan dankte ihr und versuchte, sich an ihren Namen zu erinnern.

»Oh, es ist schon lange her«, sagte sie, als sie sein Zögern bemerkte. »Es war noch zur Zeit des alten Königs. Euer Roß lahmte in der Nähe meines Hofs und Ihr bliebt über Nacht.« Sie lachte.

»Frau Martina!« Er nahm ihre Hand und lächelte, als er sich erinnerte, daß er in jener Nacht mit ihr geschlafen hatte. »Verzeiht mir – Ihr habt Euch weniger verändert als ich!«

»Nun, Ihr seid jetzt ein verheirateter Mann und ein Kind ist unterwegs, wie ich hörte.«

Jehan lächelte. »Ja. Das ist auch der Grund, weshalb ich heute meine Gemahlin nicht mitgebracht habe.« Er wurde sich des unterdrückten Weinens im Nebenraum bewußt. »Ich wollte, Faris wäre bei mir – als ich zu der Mutter des Jungen sprach, wußte ich nicht, was ich sagen sollte.«

»Ihr seid unser Landesherr hier, nicht nur der König des Reichs. Es genügt, daß Ihr kamt.«

Vor dem Haus wurde Hufgeklapper laut, Begrüßungsworte waren zu hören. Jehan drehte sich zur Tür um, als sie aufschwang, und war überrascht, seinen Seneschall zu sehen.

»Caolin!« Jehan runzelte die Stirn und blickte den Seneschall an, der seine Kapuze zurückwarf. »Ist etwas passiert?« Das bleiche blonde Haar Caolins stand hinter den Ohren hoch, und sein Wams war nur halb zugeschnürt. Doch es war sein Gesichtsausdruck, der Jehans Besorgnis geweckt hatte.

Faris! dachte er. Da wurde ihm bewußt, daß Caolin ja nicht von Nebelhall, sondern von Laurelynn kam. »Ist etwa der Feind eingefallen?« Er lachte und streckte dem Freund die Hand entgegen. Caolin drückte sie, als wolle er sich vergewissern, daß der König auch wirklich aus Fleisch und Blut sei.

»Nein – wieso sollte etwas passiert sein? Ihr schriebt mir, daß Ihr heute auf Jagd gehen werdet, und ich hatte Lust, Euch zu begleiten. Ich kenne die Gegend hier ziemlich gut.« Der Seneschall straffte die Schultern und strich sich durch sein zerzaustes Haar.

Der König musterte ihn unauffällig. Er wunderte sich über die dunklen Ringe um Caolins Augen. Ja selbst das Fleisch des Gesichts wirkte verändert, als hätte es seinen Halt an den Knochen verloren.

»Wart Ihr krank?« Jehan reichte ihm einen Bierkrug.

Der Seneschall schüttelte rasch den Kopf. »Ich schlafe in letzter Zeit sehr schlecht. Vielleicht brauche ich ein bißchen Bewegung in frischer Luft.«

»Seid Ihr sicher, daß das alles ist? Ihr müßt noch irgendeinen *anderen* Grund für Euer unerwartetes Kommen haben.« Jehan blickte den Freund mit zusammengekniffenen Augen an, doch er verstand nicht, weshalb Caolin abwechselnd rot und bleich wurde. »Ich kann nicht glauben, daß Ihr nicht beabsichtigt, die Gelegenheit zu nutzen, mit mir über Politik zu reden!«

Caolin nahm einen tiefen Schluck und zuckte die Schultern. »Ich habe keine Papiere bei mir, aber natürlich gibt es immer Neuigkeiten.« Jehan hob fragend eine Braue. »Der Lord Befehlshaber vom Seetor ist wieder krank, und man nimmt an, daß er bald dahinscheiden wird.«

Der König seufzte. »Hakon wird mir fehlen. Und die Herrschaft wird in so jungen Jahren eine schwere Bürde für Eric sein – wie gut ich das aus eigener Erfahrung weiß!«

»Und die Gesandten von Santibar werden bald zurückkehren«, fuhr Caolin fort.

»Das habe ich erwartet«, sagte Jehan abwesend. Seine Gedanken galten noch Eric. Vielleicht sollte er ihm den Wacholdermeister für eine Weile schicken.

»Ich danke euch, daß ihr in der Stunde der Not alle gekommen seid ...«, dröhnte Sir Walters Stimme. Jehan und Caolin drehten sich zu ihm um. »Der Nachmittag neigt sich bereits seinem Abend zu, und ich habe geschworen, meinen Jungen nicht zu bestatten, ehe ich nicht den Kopf des Ebers zu seinen Füßen begraben kann.«

Jehan zuckte angesichts dieses Verlangens nach Rache zusammen. *Aber wer weiß, wie ich mich verhielte, würde eines meiner Kinder getötet*, dachte er. *Was empfände ich da?*

»Ihr habt die Fährte des Ebers abgesteckt?« erkundigte er sich rasch.

Sir Walter nickte. »Er hält sich gewöhnlich an den Hängen des Rotbergs auf, doch er kommt immer durch dieselbe Schlucht, um sich im Bach zu suhlen. Wir haben dort die Netze ausgelegt, um ihn darin zu fangen ...«

»Und *wir* haben die Speere, um ihn festzunageln, wenn wir ihn gestellt haben!« warf Farin ein.

»Und die Hunde?« fragte der König.

»Fünfzehn«, antwortete Jaime von Palodoro, ein Nachbar. »Die Meute, die ich für das Tal halte. Sie spüren alles auf!«

»Und wir haben etwas, das er wittern wird!« erklärte Sir Walter mit grimmigem Stolz. Er hielt ein kleines Messer hoch, an dem einige blutgetränkte Borstenbüschel klebten. »Mein Junge hat ihn gezeichnet! Und ich schwöre, daß ich seinen Mörder ohne Zögern, ohne Mitleid töten werde ...«

»Ohne das ABKOMMEN zu brechen.« Jehans ruhiger Ton ließ die andern verstummen, als sie sich erinnerten, wer er war.

»So sprecht das Gelöbnis und laßt uns aufbrechen«, flüsterte Sir Walter heiser.

Jehan nahm seine Waffe aus dem Speerständer und legte beide Hände um den Schaft. Die andern folgten seinem Beispiel. Nach einem tiefen Atemzug schloß der König die

Augen, und sein Geist griff nach den Männern um ihn.

»Im Namen der vier Elemente, deren Gleichgewicht das Gleichgewicht alles Lebenden symbolisiert; im Namen des All-Schöpfers, möge die Wesenheit, die über den Stamm der Schweine herrscht, uns jetzt hören!«

»Höre uns jetzt!« stimmten die andern im Chor ein.

»Auf diese Klingen schwören wir, daß wir diese Jagd nicht aus Bosheit, Gewinnsucht oder zum Vergnügen durchführen, sondern um dem Gesetz des ABKOMMENS zu seinem Recht zu verhelfen, das für jedes Geschöpf Gültigkeit hat. Mit unseren Waffen werden wir den Keiler herausfordern, sich zu verteidigen, Leib gegen Leib, Hauer gegen Stahl. Und sollte er als Sieger aus dem Kampf hervorgehen, vergeben wir ihm unsere Toten, so wie wir dich um Vergebung für seinen Tod bitten.«

Im nun einsetzenden Schweigen stießen die Speerspitzen aller Anwesenden mit metallischem Klicken auf den Boden. Draußen kläfften die Hunde in ihrer Ungeduld. Der Rotberg aber wartete unbewegt.

»Wie lange müssen wir denn noch hier herumsitzen?« Caolin spähte durch das Dickicht auf den Hang des Rotbergs über ihnen.

»Hab Geduld, alter Freund ...«, sagte Jehan leise. »Diese Jagd ist so etwas wie ein Krieg im kleinen. Viel Marschieren und Warten und ein paar Scharmützel, und die enden, bevor sie richtig begonnen haben.« Er hatte sich immer noch nicht bewegt.

»Sir Walter sagt, daß der Keiler in der vergangenen Woche jeden Abend auf Futtersuche hier vorbeigekommen ist.« Farin hockte auf einem pockennarbigen, gebogenen Stück Zement, das Teil irgendeiner uralten Mauer gewesen war. »Sie halten die Hunde gegen den Wind, bis er die Schlucht betritt.«

Caolin blickte in Jehans klare Augen und in sein ruhiges Gesicht. Er fragte sich, ob auch seine Männer ihn so sahen, wenn er sie in die Schlacht führte. Sowohl Pflicht als auch Neigung hatten dem Seneschall immer die – wie er fand –

dornigeren Aufgaben zugeteilt, wie die Versorgung der Streitkräfte oder die Friedensverhandlungen nach den Kriegen des Königs. Nun sah er einen Aspekt von Jehans Wesen, den er nie die Gelegenheit gehabt hatte kennenzulernen.

Jehan lächelte. »Das Warten fällt auch mir nicht leicht. Meine Herrin und ich haben endlich unser höchstes Glück erreicht, und ich möchte wieder bei ihr sein.«

Caolin wand sich innerlich unter dem Triumph in Jehans Augen.

»Komm doch mit mir nach Hause, Caolin«, fuhr der König fort. »Du bekommst ein gutes Mahl und ein weiches Bett.«

Die Brosamen von deinem Tisch und ein Lager vor deiner Tür. Wie lange kann ich von den Überresten deines Glücks leben? Die Worte zitterten hinter der Schranke seiner Lippen. Doch ehe Caolin zu antworten vermochte, brach das hysterische Kläffen der Hunde die Stille. Die drei Männer sprangen auf und griffen nach ihren Speeren. Alle Sinne unterwarfen sich dem Gehör, als sie sich bemühten, das Durcheinanderbellen und -rufen und das vereinzelte tiefe, wütende Grunzen des Keilers zu unterscheiden.

»Was ist nur los? Wir müssen nachsehen!« rief Farin. Er kletterte einen Lorbeerbaum hoch und war zwischen den wippenden Ästen verschwunden, ehe Jehan ihn zurückhalten konnte.

»Gott der Schlachten! Er ist ein Koloß! Sie sind jetzt alle um ihn und versuchen ihn hierherzutreiben ...« Sie hörten einen schrecklichen Schrei. »Er hat einen der Hunde aufgespießt ... noch einen ... oh! Philip entging ihm nur um Haaresbreite!«

»Farin! Komm herunter! Wir müssen bereit sein ...«

Jehans Befehl wurde von Farins entsetztem Aufstöhnen unterbrochen. »Er ist durchgebrochen!«

»Was?«

»Der Keiler – er stürmt geradewegs das Ufer hoch!« Der Baum bebte, als Farin sich auf seinem Ast streckte, um mehr zu sehen.

»Auf welcher Seite?« rief der König.

»Unserer!« Farins Stimme klang plötzlich schrill.

»Runter!« schrie Jehan. »Er darf nicht auf uns aufmerksam werden!«

Caolin folgte dem König zur verhältnismäßig ungeschützten Sohle der Schlucht, während Farin vom Baum sprang und sich hinter ihnen her einen Weg durchs Dikkicht bahnte.

Wieder lauschten sie und machten sich nach dem Kläffen der Hunde ein Bild davon, wo sich der Eber befand.

»Sir Walter ...«, brüllte der König. »Der Keiler ist am Netz vorbei. Wir müssen ihm weiter unten den Weg abschneiden!« Er zog sein kurzes Jagdschwert und hackte auf die Seile ein, die das Netz hielten. Augenblicke später waren Sir Walter und seine drei Männer bei ihm und folgten seinem Beispiel. Als das Netz frei war, zerrten sie es hinter sich her und hofften, sie könnten es immer noch so einsetzen, daß das Tier sich darin verfing.

Hastige Schritte kamen näher. Jaime von Palodoro stolperte um die Biegung, dicht gefolgt von Philip und den andern Treibern.

»Walter, tut mir leid – er ist zu schlau ...« Jaime unterbrach sich, als ein Hund vom Ufer hochschoß. Er blutete aus einer klaffenden Wunde an der Seite.

»Mylord, wir laufen die Schlucht hinunter. Folgt uns, wenn die Hunde den Keiler aufgescheucht und wir ihn umzingelt haben ...« Sir Walter führte seine Männer im Laufschritt um die Biegung.

Caolin stützte sich auf seinen Speer und blickte nervös auf das Geröll an den unteren Hängen der Schlucht, das im Schein der untergehenden Sonne purpurn glühte.

»Jaime sagt, daß ein Eber manchmal kehrtmacht und seine Jäger jagt und ...«

»Farin, sei still!« Jehans ruhige Stimme schnitt das Gemurmel des Harfners ab und beruhigte Caolin so schnell, daß dieser sich fragte, ob der König etwa auch den Keiler seinem Willen unterwerfen konnte. Dann sprang er plötzlich hoch wie ein erschrecktes Tier – ein mächtiger Körper brach krachend und mit erstaunlicher Geschwindigkeit durch das Gebüsch.

Der Keiler stolperte über den Rand des Hangs, die Hundemeute um sich herum. Doch ehe die Jäger ihren Vorteil nutzen konnten, war er bereits wieder auf den Füßen. Mit blutigen Hauern stellte er sich ihnen. Er drehte sich, als sie ihn umkreisten. Seine Ohren zuckten, und er schwang den Kopf herum, um seine Feinde besser zu sehen. Auf seiner Schulter schwärte eine Wunde von einem Kampf um ein Weibchen. Hatte der Schmerz ihn so gepeinigt, daß er in das Land der Menschen eingedrungen war?

Der Blick des wütenden Tieres fiel auf Caolin, der unwillkürlich zurücksprang. Sir Walter bahnte sich einen Weg an ihm vorbei, und nur des Königs Hand hielt ihn davor zurück, sich allein auf den Eber zu stürzen. Die Hunde tanzten um ihren Feind. Ihr schrilles Kläffen schmerzte in den Ohren. Doch die Überlebenden waren jetzt vorsichtiger. Der Keiler bewegte sich nur so viel, daß sie ihn nicht in die Beine beißen und die Sehnen durchtrennen konnten.

Sir Walters Tochter und Farin rannten mit dem Netz auf ihn zu, doch der Eber trieb sie zurück, so daß sie auf den losen Steinen ins Stolpern kamen. Caolin spürte, wie der Speerschaft in seinen Händen glitschig von Schweiß wurde. Und nun echote der Hohn Brians und all derer, die je seinen Mut in Frage gestellt hatten, in seinem Gedächtnis. Verstohlen wischte er sich die Handflächen am Beinkleid ab. Niemand durfte jetzt an ihm zweifeln. Aber der Keiler war viel furchterregender als sein Abbild beim Ritual. Verstört blickte er auf den König.

Jehan balancierte auf den lockeren Felsbrocken, den Speer stoßbereit und ein Lächeln um die Lippen. Die Augen nahm er keine Sekunde von dem Tier. »Laßt das Netz fallen«, sagte er. »Wir werden *ihn* angreifen müssen.«

»Dann wird er ganz bestimmt über uns herfallen!« krächzte jemand.

»Jaime, könnt Ihr die Hunde noch zu einem weiteren Angriff rufen?« fragte der König.

»Ich werde es versuchen, Mylord.« Jaime gab einen schrillen Pfiff von sich. Der Rudelführer, eine scheckige Hündin, deren Flanken bereits blutbesudelt waren, winselte unglücklich, sprang jedoch vorwärts und schnappte nach den empfindlichen Ohren des Ebers.

»Jetzt!« schrie der König, als der Keiler den Kopf zurückriß und die Hündin über ihre Köpfe geschleudert wurde. Sir Walter brüllte seinen Schlachtruf hinaus.

Caolin stellte erstaunt fest, daß er mit den andern vorwärtsstürmte. Er stieß mit dem Speer zu. Es war, als hätte er eine Steinmauer getroffen. Der Keiler bäumte sich auf, und Caolin spürte, wie sein Fuß rutschte. Verzweifelt versuchte er seinen Stand zu behalten, während sich der Eber gegen die Speere stemmte.

Zerschlagen vom Kampf mit dem Tier, so wie er es nach dem Ritual mit Margit gewesen war, klammerte sich Caolin an seinen Speer. Die restlichen Hunde sprangen um die Beine des Keilers, um ihm die Sehnen zu durchbeißen. Der Eber zuckte heftig, und Caolins Mund klappte schmerzhaft zu. Ein scharfes Knacken war zu hören, dann flog Jehan rückwärts, mit einem gebrochenen Speerschaft in der Hand.

Der König rollte auf die Füße und zog sein Jagdschwert. Der Keiler schwang zu ihm herum, und seine Augen glühten wild. Die Jäger fluchten. Es war ihnen klar, daß sie nicht die Kraft haben würden ihn zu halten, falls einer von ihnen den Speer zurückzog, um einen neuen Stich zu versuchen, damit der König eine bessere Chance hatte, an ihn heranzukommen.

»Greift nicht von vorn an, Mylord!« schrie Jaime. »Sie können ihn nicht halten, wenn er auf Euch losgehen will!«

»Benutzt das Netz!« kreischte Farin.

»Jaime kann es nicht werfen, ohne daß ihr darin verwikkelt werdet. Wenn ich warte, gelingt es ihm vielleicht, sich loszureißen und euch alle zu verwunden.« Der König duckte sich, immer noch lächelnd, zum Sprung. »Haltet ihn fest!«

Das Blut dröhnte in Caolins Ohren. »Jehan – nicht!« Er fand seine Stimme erst, als der König bereits sprang. Seine schwingende Klinge blitzte in der untergehenden Sonne.

Die Zeit dehnte sich mit erschreckender Deutlichkeit, als das Schwert herabsauste. Die Schneide traf die empfindliche Fleischfalte, wo Hals und Schulter ineinander übergingen. Und dann blendete Caolin die rasende Wut, die in des

Keilers Augen aufblitzte mit Flammen und Dunkelheit, und seine Finger lösten sich vom Speer.

Der Eber warf sich vorwärts – sein helles Blut bespritzte die Männer, die nun nicht mehr genug waren, ihn zu halten – und traf auf den König. Der gewaltige Schädel senkte sich, um den Feind aufzuschlitzen. Sir Walter riß die Axt aus seinem Gürtel und schmetterte sie mit aller Kraft auf die Wirbelsäule des Kolosses. Der Keiler schien sich aufzubäumen, dann sackte er zusammen und zuckte, bis die Botschaft von seinen tödlichen Wunden an seine Gliedmaßen gelangt war.

Blut bedeckte den Eber, den Boden, Caolins Augen. Er tastete blind nach einem zuckenden Vorderbein und spürte andere Hände neben seinen, die den Kadaver vom König stemmten und wegzerrten. *Es ist meine Schuld – mein Ritual hat es verursacht* ... Die Selbstanklagen hämmerten durch seinen Kopf. Dann war die rote Masse entfernt. Caolin sank in die Knie.

»Caolin ...«, hauchte der König. »Jetzt kannst du zeigen, was du in der Schule der Weisen vom Heilen gelernt hast. Schnell, ehe ich den Schmerz zu fühlen beginne.«

Der Tumult in Caolins Kopf legte sich. »Ja, Jehan«, hörte er seine eigene Stimme ganz deutlich sagen. Dunkles Blut quoll unter dem Lederwams des Königs hervor. Caolin hob es hoch und sah die klaffende Wunde von der Lende die Seite aufwärts.

»Zuerst müssen wir die Blutung stillen. Gebt mir eure Hemden ...« Er drückte ein zusammengeballtes linnenes Kleidungsstück auf Jehans Seite.

»Ist er tot?« Es war Farins bebende Stimme. Caolins Herz setzte kurz aus, als er sah, daß Jehans Augen geschlossen waren.

»Es ist das Fest der Toten!« flüsterte jemand mit abergläubischem Schaudern. »Er ist die Opfergabe!«

»Er ist nur bewußtlos!« erklärte Sir Walter und zog sein Hemd über den Kopf.

Caolin warf das andere, das sich voll Blut gesogen hatte, zur Seite, um das frische Hemd auf die Wunde zu drücken. Mit aller Kraft seines Geistes konzentrierte er sich auf das

Stillen des Blutes. Doch wenn der Hauer des Ebers die Oberschenkelarterie aufgerissen hatte, konnte er nicht helfen. Seine Lippen bewegten sich stumm in seinem ersten Bittgebet, seit er die Schule der Weisen verlassen hatte.

»Braucht Ihr noch ein Hemd?«

Caolin blickte hoch und empfand tiefes Mitgefühl für Philip, als er das Entsetzen und die Angst in dessen Augen las. Dann wurde ihm bewußt, daß der Flecken auf dem zusammengeballten Hemd, das er nun auf die Wunde drückte, sich nicht mehr vergrößerte. Er nahm Philips Hemd und legte es statt des durchgebluteten auf die Wunde.

»Die Blutung ist gestillt«, sagte er. »Reißt Saumstreifen ab, mit denen ich das Hemd festbinden kann.« Caolin tastete den König nach weiteren Verletzungen ab.

Als ihr Schock nachließ, begannen die andern durcheinander zu reden. Caolin hörte die stumpfen, gleichmäßigen Schläge, mit denen Sir Walter den Schädel des Keilers abtrennte.

»Bei allen HÜTERN, Jaime, weshalb habt Ihr den König nicht zurückgehalten?« fragte Farin.

»Ich konnte ihn nicht rechtzeitig erreichen! Warum habt ihr den Keiler nicht gehalten? Er schüttelte euch durch wie Hunde, und der Seneschall ließ seinen Speer los!«

Caolin verkrampfte sich, aber Farin verteidigte sich und die andern. Mit der Beredsamkeit des Barden beschrieb er die Kraft des Ebers und ließ keine Anschuldigung mehr aufkommen.

»Ich glaube, das linke Bein des Königs ist gebrochen«, erklärte Caolin nach Beendigung seiner Untersuchung. »Gebt mir den gebrochenen Speerschaft, damit ich es schiene, ehe wir ihn bewegen. Und wir brauchen eine Bahre, um ihn heimzubringen.«

»Bindet das verdammte Netz an ein paar Speere, dann haben wir eine Hängematte«, schlug Sir Walter vor. »Dann ist es wenigstens dazu von Nutzen!«

Caolin beugte sich über Jehan und strich sanft über sein Haar. Der König drehte unruhig den Kopf und murmelte: *»... vergeben wir ihm unsere Toten, so wie wir ...«* Er öffnete die Augen und richtete sie auf den kopflosen Kadaver. »*... dich um Vergebung für seinen bitten*«, endete er.

Dann wandte er sich an Caolin. »Wie schwer bin ich verletzt?«

»Ich habe getan, was ich konnte, Jehan«, versicherte ihm Caolin. »Dein linkes Bein ist gebrochen und du hast eine Wunde an deiner Seite, aber ich glaube, es ist nichts, was nicht wieder heilen könnte.«

Der König atmete behutsam. »Bringt mich heim zu Faris. Bringt mich nach Nebelhall!« Er wurde zusehends bleicher, und Schweiß perlte auf seiner Stirn.

»Das werden wir, Mylord«, beruhigte ihn Sir Walter. »Wir fertigen eine Bahre an, aber es wird ein holpriger Rückweg werden, nicht ohne Schmerzen für Euch, fürchte ich.«

»Schon gut«, entgegnete Jehan mit einer Spur seines alten Lächelns. »Wenn ich Glück habe, verliere ich wieder das Bewußtsein.«

Sie stolperten durch die zunehmende Dunkelheit. Caolin ging neben der Bahre. Seine Füße mußten den Weg allein finden, denn er ließ keinen Blick vom blassen Gesicht des Königs. Der Ostwind blies eisig auf seinen Nacken, als schicke der Berg ihnen seinen kalten Atem nach. Caolin schaute zurück und schauderte, denn der Hang hinter ihnen hob sich wie die Silhouette des Ebers gegen den Himmel ab.

Ein kalter Luftzug fegte durch die offene Tür der Halle. Faris wickelte sich enger in das Umschlagtuch. Sie wünschte sich, die Tür schließen zu können. Doch in dieser Nacht mußte in ganz Westria in jedem Haus eine Tür offenstehen, brennende Kerzen mußten an die Fenster gestellt werden, damit die Geister der Toten nach Hause fanden und willkommengeheißen werden konnten.

Aus der Küche roch es köstlich nach Carlotas Nußkuchen. Sie sollte eigentlich dort sein und mit den andern plaudern, nicht hier allein in der dunklen Halle warten. Morgen würde es ein feines Festmahl geben, mit einem

Schinken aus dem eigenen Keller, falls Jehan nicht eine Lende des Ebers mit heimbrachte.

Aber wo blieb er so lange? Ob sie den Keiler nun erlegt hatten oder nicht, er hätte vor Anbruch der Dunkelheit zurück sein müssen. Hatte er sie über der aufregenden Jagd vergessen? Er hatte bisher nie Rücksicht auf eine Frau oder vielmehr seine eigene nehmen müssen. Aber wie könnte Jehan sie nach der vergangenen Nacht vergessen – wenn selbst die Erinnerung daran das Gefühl in ihr erweckte, sie würde dahinschmelzen?

»Faris, was macht Ihr hier?« In seiner grauen Kutte wirkte der Wacholdermeister wie ein Schatten. Wortlos drehte sie sich zu ihm um, und er legte den Arm um sie. »Macht Euch keine Sorgen, Faris – Jehan ist zu höflich, einfach von seinen Gastgebern davonzueilen, so sehr er sich auch danach sehnt, wieder zu Hause zu sein.«

Er brachte ihr einen Umhang und machte Feuer, da sie sich nicht in einen wärmeren Raum begeben wollte.

Aber es war lange nach Sonnenuntergang, und alle andern im Haus hatten sich bereits zu ihnen gesellt, als sie endlich Hufschlag auf der Straße vernahmen.

Faris trat an die Tür. Fackeln hüpften, scheinbar ohne gehalten zu werden, durch den Bergnebel, beinahe als trügen die Geister der Toten sie. Die feuchtkalte Luft reizte Faris zum Husten.

»Sie wirken nicht sehr fröhlich ...«, meinte Rosemarie. »Ob ihnen der Eber wohl entgangen ist?«

»Sei still, Rosemarie.« Faris spähte durch den alles verschleiernden Nebel, schritt langsam über die Veranda, die erste Stufe hinunter ... die zweite ... Dann hielt sie inne.

Der Wacholdermeister eilte an ihr vorbei, als der Zug sich näherte. Wie in einem Alptraum sah Faris Caolins gequälten Blick, sah den Wagen neben ihm und das Blut, Blut überall. Sie hielten an. Vorsichtig hoben sie eine Bahre aus dem Wagen. Sie sah Jehans weißes, bewußtloses Gesicht und den Schweiß, der auf seinem Haar und Bart glitzerte.

Sie taumelte vorwärts, schrie seinen Namen. Aber sie ließen sie nicht zu ihm.

3 Zeit der Schmerzen

Meine größte Freude ist jetzt, wenn die Schmerzen nachlassen …

Jehans Feder glitt aus. Vorsichtig bewegte er sein gesundes Bein, um das Tagebuch abzustützen, in das er schrieb. Die Wunde an seiner Seite pochte immer noch, obwohl die Jagd bereits einen Monat zurücklag.

Der Bequemlichkeit halber hatten sie ihn in des alten Königs Schlafgemach gebracht, mit der riesigen geschnitzten Bettstatt und dem Betthimmel aus schwerem blauen Brokat. Jehan blätterte um. Er staunte, daß er seit Juni bereits zwei Drittel des Tagebuchs gefüllt hatte.

Ich träume, daß ich in meinem eigenen Bett liege, mit Faris neben mir – daß ich sie in den Armen halte und den Bergblumenduft ihres Haares einatme. Und dann erwache ich in der Dunkelheit und erinnere mich, daß meine beiden Eltern in diesem Bett starben … Farins Musik würde mir guttun, aber ich möchte ihn nicht mitten in der Nacht wecken.

Farin spielte jetzt für ihn. Seine Finger wanderten über die Saiten in einem scheinbar wahllosen Muster, durch das sich eine Melodie fädelte wie das Gold im Brokat des Baldachins. Durch das Fenster hinter ihm konnte Jehan die Morgensonne auf dem Blau der Bucht glitzern sehen. Nach einer verregneten Woche war sie sehr willkommen.

Der König legte seine Feder zur Seite. »Wie heißt dieses Lied?«

Farin blickte hoch, und Farbe stieg in seine Wangen. »Es ist nur eine Harfenweise, Mylord.«

»Es hört sich wie ein Liebeslied an.«

»Auf gewisse Weise ist es das wohl auch …« Farins Finger strichen zärtlich über die goldene Einlegearbeit des Harfenkastens, ehe sie sich erneut mit den Saiten beschäftigten und er sang:

Du meine Harfe, die du so reich mit Klängen mich beschenkst,
Laß mich dieses kleine Lied dir singen.
Treuer als eine Liebste bist du mir immer gewesen,
Nichts könnte mir süßer im Herzen klingen.
Bei dir such' ich Trost, wenn Furcht und Kummer quälen,
Mit frohem Klang vertreibst du sie …
Du läßt mich alle Tränen, allen Zorn vergessen …
Dein Spiel kennt keine bitt're Harmonie.

Farin spielte die Harfe, als wäre sie zu einem Teil von ihm geworden. Er modulierte das Ende der ersten Strophe, dann fuhr er fort:

Für mich bist du der klarste Quell der Schönheit,
Am Herzen dich zu halten, ist mein größtes Glück.
Wenn meine Finger zärtlich deine Saiten kosen,
Schallt alle Schönheit in mein Herz zurück.
Dein süßer Klang ist mehr als Finger wecken können,
Weit mehr als nur des Spielers Phantasie …
Ich weiß nicht, wer von uns ist Instrument, wer Meister,
In dieser Liebesmelodie.

Jehan erinnerte sich an Augenblicke, in denen er und Faris eine solche Harmonie erreicht hatten … Als die letzten Töne verklungen waren, blickte er Farin an.

»Wünschst du dir denn nie einen Menschen, der deine Liebe erwidert?«

Farin berührte mit der Stirn das glatte Holz der Harfe. »Ich war mit Frauen zusammen, und es war schön. Doch wenn ich auf Goldschwan spiele, erklingt manchmal Musik, die ich nie zuvor gehört habe. Ich weiß nicht, wonach wir greifen, aber ich glaube, eines Tages werden Goldschwan und ich es gemeinsam finden!«

Faris und ich fanden es in der Nacht vor der Eberjagd, dachte Jehan. *Doch nun scheint sie mir wieder so fern zu sein, und wir werden noch einmal danach suchen müssen.* Er seufzte, als er sich erinnerte, wie er einst befürchtet hatte, es würde ihm nie gelingen, ihr vollkommene Erfüllung zu bringen. Und nun hatte er Angst, sie würde es müde werden, darauf zu warten, daß er sie wieder lieben konnte. Menschen waren so verwundbar – vielleicht hatte Farin die bessere Wahl getroffen.

»Es ist selbstsüchtig von mir, dich hierzubehalten, Farin«, sagte Jehan plötzlich. »Du solltest in der Schule der Barden studieren.«

»O mein König, laß mich bei dir bleiben!« rief Farin aus. »Eines Tages werde ich vielleicht den Weg des Barden einschlagen, doch jetzt noch nicht. Nicht jetzt!«

»Wohin soll er denn gehen?« Faris schloß behutsam die Tür hinter sich. Sie trug ein loses Gewand vom blassen Blau des regengewaschenen Himmels, und ihre Arme waren voll Chrysanthemen, deren würziger Duft die Luft erfüllte.

»Ich meinte nur ...«, begann der König, doch Farins »Nirgendwohin!« unterbrach ihn.

Kopfschüttelnd machte Faris sich daran, die alten Blumen aus der Vase neben dem Bett zu nehmen.

»Ich brauche wohl nicht zu fragen, was du heute morgen getan hast«, stellte Jehan lächelnd fest.

»Oh, es ist ein so schöner Tag! Die Pappeln glänzen in ihrem bleichen Gold und die Tannen heben sich pechschwarz vom Himmel ab. Nach einem Regen schimmert alles so wunderschön, und man vergißt, wie trostlos es vorher war.«

Sie küßte ihn, und er atmete den Duft von feuchten Blättern und regenfrischem Wind ein. Auf ihrem Ärmel klebte ein bißchen Erde.

»Ja, und ich nehme an, daß du vergessen hast, in andere Schuhe zu schlüpfen.«

»O Jehan! Sie trocknen schnell. Du bist doch derjenige, der krank war – warum machst du dir Sorgen um mich?« Ihre Stimme klang gedämpft durch das Haar, das ihr ins Gesicht hing, als sie sich über die Vase beugte. »Ich könnte dich genausogut pflegen wie Rosemarie ...«

»Du warst ständig krank, als wir Kinder waren ...«, erinnerte sie Farin.

Faris warf das Haar aus den Augen zurück und fuhr ihn

an: »Und *du* hast dir ständig irgendwelche Knochen gebrochen – trotzdem ziehst du in den Krieg!«

Jehan blickte sie verlegen an. Er hatte den Wacholdermeister gebeten, sie fernzuhalten, weil er nicht wollte, daß sie sah, wenn er vor Schmerzen weinte.

»Faris«, sagte er stockend. »Wir wollten es dir ersparen, wegen des Kindes.«

»Es mir ersparen!« Sie kniete sich neben das Bett und barg das Gesicht in seinen Arm. »Vielleicht hast du recht! Ich hätte möglicherweise gefleht, weggehen zu dürfen! Aber du hast mir nie die Chance gegeben, es zu versuchen ...«

Jehan drehte sich auf die Seite. Er strich über ihr Haar, murmelte ihren Namen, und plötzlich hob sie den Kopf und drückte die Lippen auf seine. Er spürte das Erwachen der vertrauten Erregung, und obgleich es nur ein schwacher Abklatsch erinnerter Feuer war, legte er glücklich die Arme um Faris. Einen langen Augenblick blieben sie so, bis die unbequeme Haltung seine geschwächten Muskeln ermüdete und er sich wieder aufs Kissen legte.

»Ist alles für Erics Amtseinsetzung vorbereitet?« fragte er ein wenig atemlos.

»Soweit wir es vorbereiten können«, antwortete Farin. »Ich wünschte, er könnte warten.«

»Eric könnte warten, aber das soll er nicht«, entgegnete Jehan. »Jeder Tag, den wir mit seiner Bestallung zum Lord Befehlshaber warten, macht es schwieriger für ihn, in die Fußstapfen seines Vaters zu treten.«

»Ich glaube, Eric ist eine kleine Zeremonie lieber.« Faris lächelte.

»So klein wird sie wohl trotzdem nicht werden«, meinte ihr Bruder. »Erics Verwandte kommen, Leute vom Seetor und die anderen Befehlshaber. Zumindest Robert von der Felsmark und Lord Brian, falls die Gesandten rechtzeitig von Santibar zurückkehren.«

»Ja, und auch Caolin wird hier sein. Ich freue mich, ihn wiederzusehen«, sagte Jehan.

Caolin griff nach dem Brief und verglich ihn mit dem auf seinem Schreibtisch. Die kritzelige Handschrift war die gleiche, genau wie die Unterschrift, die fast die halbe Seite für sich beanspruchte. Selbst das Siegel mit seinem Relief wirkte echt. Der Mann, den Ordrey mit diesem Brief beauftragt hatte, war wahrhaftig ein Meister in seinem Fach. Selbst Brian würde überlegen müssen, ob er diesen Brief nicht doch selbst geschrieben hatte. Und Caolin war überzeugt davon und stolz darauf, daß er seinen prahlerischen Stil getroffen hatte. Es war ein passender Stil für Hochverrat.

Aber würde Jehan ihm glauben?

Der Seneschall grub den Kopf in die Hände und massierte sich die angespannten Stirnmuskeln. Nach dem ersten Schock hatte Caolin erkannt, daß Jehans Unfall ihm ausreichend Zeit geben würde, um die Waffe gegen Brian zu schmieden. Und sie mußte benutzt werden! Da Jehan zu krank war, um die Zügel straff zu halten, war Brian nun noch gefährlicher.

Doch der Ausgang seiner Intrige blieb erschreckend im Ungewissen. Was war, wenn Brians Spitzel von der Fälschung erfuhren? Wenn Brian der Verhaftung entging und den Süden zur Rebellion aufstachelte? Oder sich gar mit Elaya verbündete?

Morgen mußte er nach Nebelhall zu Eric vom Seetors Bestallung zum Lord Befehlshaber der Provinz. Caolin spielte mit dem gefälschten Brief und fragte sich, ob er den Mut aufbringen würde, ihn Jehan zu geben. Brian hatte Santibar mit den anderen Delegierten vor über einer Woche verlassen.

Die Zeit wurde knapp.

Jehan nickte dem Herold vom Seetor zu. Der alte Mann trat vor die rotgewandeten Anwesenden und warf einen raschen Blick auf die Schriftrolle in seiner zittrigen Hand, ehe er begann:

»Wir, das Volk vom Seetor, haben unseren geliebten Herrn verloren … und bitten jetzt Jehan, König von Westria, uns einen neuen zu geben, der unser gütiger Statthalter in Friedenszeiten sein soll und unser Führer im Krieg ...«

»Wen erbittet das Volk vom Seetor als seinen Herrn?« Des Seneschalls ruhige Frage setzte das Ritual fort.

»Es erbittet Eric vom Horn, den die Lehnshalter vom Seetor als Lord Hakons Erben anerkennen.« Der Herold verbeugte sich vor dem König.

Jehan biß unmerklich die Zähne zusammen und verlagerte sein Gewicht auf dem gepolsterten Sitz. Dem besorgten Blick des Wacholdermeisters wich er aus. Caolin wandte sich an ihn.

»Mylord, gebt Ihr diesem Ersuchen statt?«

»Es ist mein Wille.«

Caolin drehte sich um. »So möge Eric vom Horn vor den König treten.«

Jehan richtete sich auf – Eric durfte ihn nicht so in sich zusammengesunken sehen! Die Flügel der Eingangstür schwangen auf, und der Haushofmeister von Bongarde trat ein, gefolgt von zwei Herren und drei Damen, die die Lehnshalter der Provinz repräsentierten. Ihnen folgten Erics Mutter, die Lady vom Seetor, und seine Schwester Astrid.

Stille setzte ein, als zuletzt auch Eric, ganz in weiß gekleidet, durch die Tür trat. Jehan zuckte zusammen unter der Verzückung, die er in den Augen des jungen Mannes entdeckte, der nun vor ihm niederkniete und den Kopf neigte. *All-Schöpfer*, dachte er. *Habe ich damals auch so ausgesehen?* Der Wacholdermeister stellte sich neben den Sessel des Königs. Seine fast häßlichen Züge über dem prächtigen grünen Zeremonienumhang wurden durch ein Leuchten von innen heraus verschönt.

»Mylords und Myladies ...«, begann er mit weicher Stimme. »Es ist eine ernste Sache, einem Menschen die Verantwortung für das Wohlergehen eines Teils von Westria aufzubürden. Lange ist es her, seit ihr eines neuen Herrn bedurftet. So ist es angebracht, daß wir uns Gedanken über Wurzeln und Gründe dieser Zeremonie machen.«

Jehan gelang es, sich ein bißchen zu entspannen, während er der angenehm rauhen Stimme des Meisters lauschte, der die von ihnen gemeinsam aufgesetzten Worte deklamierte.

»Zur Zeit des KATAKLYSMUS irrten die meisten Menschen, die den Ansturm der Elemente überlebt hatten, nackt und verzweifelt umher, denn ohne ihre Maschinen verstanden sie nicht zu leben. Doch selbst in Zeiten der größten Macht der Alten hatte es einige wenige gegeben, die andere Wege gesucht und verfolgt hatten. In dem Land, das wir nun Seetor nennen, kamen sie zusammen, und im Heiligen Hain unterzeichneten sie das ABKOMMEN. So erstanden die ältesten Namen und Gesetze und der Glauben aufs neue, und das war die Gründung Westrias.«

Jehan dachte an die Schönheit des Berges der Herrin und an den Heiligen Hain an seinem Fuß. Wenn er sich jetzt nur dorthin begeben könnte, dort würde er gewiß Frieden finden!

»Westria ist wie der Körper eines Menschen. Er muß als Ganzes gesund sein, wenn er am Leben bleiben soll. Aber auch jeder einzelne Körperteil muß gesund sein. Wenn es dem Reich, den Provinzen und den Lehnshaltern wohlergeht, gedeihen alle. Die Tierarten werden vom Willen ihrer HÜTER gelenkt, doch der Mensch benötigt formellere Bande als sie.«

Jehan verkrampfte sich kurz, denn er wußte, was nun kam.

»Doch Gesetze, die nur auf Papier geschrieben sind, geraten rasch in Vergessenheit«, fuhr der Meister fort. »So leben wir nach dem geschworenen Wort, nach Handschlag, nach furchtlos gewechselten Blicken. Lehnshalter schwören auf ihr Land und tragen die Verantwortung dafür für den Herrn oder die Herrin über ihnen. Die Befehlshaber, die die Verantwortung für die Provinzen haben, stehen unter dem Schutz des Königs oder der Königin, der oder die sich für Westria vor dem All-Schöpfer zu verantworten hat. Von diesem zu jenem wird der Treueid geschworen, und so ist die Kette der Treue die Stärke Westrias …«

Und das ganze Gewicht lastet auf dem König, dachte Jehan bitter.

»Nun, da Ihr wißt, wozu Ihr Euch verpflichtet, Eric vom Horn, seid Ihr bereit, an diesem Tag dem König von Westria Treue zu schwören?« fragte der Wacholdermeister.

Jehan beugte sich vor und begegnete dem klaren festen Blick des jungen Mannes.

»Ich bin bereit, Mylord ...«

Der König nahm die gefalteten Hände, die Eric ihm reichte. »Eric, schwört nun vor mir folgendes ...« Seine Stimme wurde kräftiger, als Eric seine Worte nachsprach. »... Güter und Menschen zur Verfügung zu stellen, wenn ich sie zur Erhaltung Westrias benötige ... meine Befehle im Frieden und im Krieg auszuführen ... und mich nie zu belügen, was immer auch geschehen mag!« Der König schluckte und hielt Erics Hände fester. »Bei wem oder was wollt Ihr all das schwören?«

Eric blickte zu ihm auf und lächelte. »Ich will es bei dem Land von Seetor schwören, das mich hervorgebracht hat, und bei dem Schwert, das ich nie für eine ungerechte Sache gezogen habe, und bei meiner Liebe zu Euch. Möge mein eigenes Schwert sich gegen mich wenden, falls ich je mein Wort breche!«

Wieder schluckte Jehan. »So lauschet denn gut, denn was ich Euch nun verspreche, müßt Ihr Eurerseits jenen schwören, deren Herr Ihr sein werdet ...« Seine Stimme zitterte.

»Ich, Jehan von Westria, verspreche Euch, Eric, folgendes: Daß ich auf Euren Ruf kommen und Euch mit Gütern und Menschen unterstützen werde, sofern darunter nicht das Allgemeinwohl Westrias leidet; daß ich über Euch gemäß dem ABKOMMEN und den Traditionen Westrias herrschen werde und mein Auge gnädig auf Euch ruhen wird; und daß ich Eure Ehrlichkeit mit Ehrlichkeit erwidern werde.«

Goldenes Licht blendete seine Augen. Er spürte die Kraft von Erics Händen zwischen seinen, und während er fortfuhr, erschien es ihm völlig natürlich, daß er einen Augenblick den festen Druck eines anderen Händepaars auf seinem spürte.

»Das schwöre ich Euch, Eric, bei den Vier Steinen Westrias und bei der Hilfe des HÜTERS der Menschheit. Und mögen alle, die mir den Treueid geschworen haben, sich von mir abwenden, falls ich je mein Wort breche.«

Er gab Erics Hände frei und fiel in seinen Sessel zurück. Die Worte seines Schwurs hallten erschreckend in seinen Ohren wider. Die Sonne war untergegangen, und in der plötzlichen Düsternis der Halle konnte er einen Moment nichts sehen.

»Woran wird das Volk vom Seetor erkennen, daß Eric vom Horn wahrlich sein Herr ist?« fragte der Haushofmeister von Bongarde.

»Am Schwert ...« Robert von der Felsmark trat vor, fest wie einer seiner Berge, und streckte die Klinge vor, die Erics Vater getragen hatte. »Eure Vorfahren führten dieses Schwert mit allen ihren Kräften und trugen es nie fliehend vom Schlachtfeld. Nun ist es Euer – führt es in Ehren!« Er verbeugte sich und übergab Eric die Waffe.

»Am Umhang ...« Faris schüttelte die Falten eines Umhangs aus, der von so dunklem Grün war, daß es fast schwarz wirkte, und legte ihn um Erics breite Schultern. »So, wie dieser Umhang ihn umhüllt«, sagte sie sanft, »wird sein Schutz alle umschließen, die ihm anvertraut sind.«

»Am Reif ...« Der Wacholdermeister hob einen Reif aus geflochtenem Gold in die Höhe. »So, wie *er* den Lord Befehlshaber krönt, wird er das Haupt seines Volkes sein, wie es der König über ihm ist, und über diesem der All-Schöpfer.« Behutsam setzte der Meister den goldenen Reif auf Erics braune Locken.

»Und am Ring, den ich ihm als Zeichen des heute geschlossenen Vertrages zwischen ihm und mir überreiche.« Jehan zog einen schweren Goldring vom Daumen. Der letzte, für den er diese Zeremonie durchgeführt hatte, war Brian von Las Costas gewesen. Wie sollte er sein Gelöbnis halten, wenn jene, denen er es gegeben hatte, im Streit miteinander lagen? Nicht einmal die Steine verfügten über soviel Magie, um diese Wogen zu glätten. Vorsichtig schob er den Ring über den kleinen Finger der Linken des jüngeren Mannes.

»Eric, Lord Befehlshaber vom Seetor, erhebt Euch!« rief er sodann, und Eric erhob sich und schaute sich um, als wundere er sich, woher die vielen Leute plötzlich gekommen waren. Gold schimmerte auf seinem Kopf und an seiner Hand, und die dunklen Falten des Umhangs betonten das Gold des Schwertgriffs. Doch all das Gold glänzte nicht so sehr wie seine Augen.

»Bürger vom Seetor, sehet euren Herrn!« rief der Herold. »Sehet die Zeichen seiner Regentschaft! Und wenn ihr zurückkehrt in den Westen, verkündet, was ihr geschaut habt!« Fanfaren schmetterten draußen vor der Halle.

»Heil, Eric vom Seetor!« rief der Haushofmeister, und andere fielen in den Ruf ein. Robert umarmte den ihm nun Gleichgestellten, dann trat er zurück, damit Erics Mutter den Sohn in die Arme schließen konnte. Jehan bemerkte den sehnsüchtigen Blick Rosemaries. Er fragte sich, ob Eric dazu gebracht werden konnte, sich mit ihr zu vermählen. Ein Durcheinander von Glückwünschen erfüllte die Luft.

»Mylord, wir sollten Euch jetzt wieder ins Bett zurückbringen«, sagte Patrick in Jehans Ohr.

»Gut, aber gib mir die Krücken. Ich möchte nicht vor aller Augen hinausgetragen werden!«

Es gelang Jehan, die Halle mit Würde zu verlassen, aber bis er sich den Korridor entlang zu seinem Gemach geschleppt hatte, war er in Schweiß gebadet. Er legte sich ohne Hilfe auf das breite Bett und wartete, daß sein hämmerndes Herz sich beruhigen möge.

»Jehan ...« Es war Caolins Stimme. Der König öffnete die Augen und sah das Schimmern von Caolins blondem Haar in den Schatten an der Tür.

»Bitte, Mylord – seht Ihr denn nicht, daß er erschöpft ist?« wehrte Patrick Caolin ab.

»Ja, ich weiß ... aber diese Sache duldet keinen Aufschub!« sprudelte der Seneschall heraus und näherte sich dem Bett. Jehan bildete sich ein, daß die Schatten ihm folgten – das konnte nur bedeuten, daß er sehr, sehr müde war. Wenn er vorgab zu schlafen, würde Caolin vielleicht gehen.

»Jehan, ich muß mit dir reden!«

Der König seufzte und hob die Lider. »Schon gut, Patrick, er kann bleiben.« Als er hörte, daß die Tür sich geschlossen hatte, rollte er sich herum. Caolin stand noch in der Mitte des Gemachs. »Rück einen Stuhl heran, damit ich dich sehen kann – aber schnell, sonst schlafe ich wirklich ein!«

Langsam trat Caolin neben das Bett. »Während unsere Delegation in Santibar Beweise sammelte, taten die Elayaner es offenbar ebenfalls. Sie beharren auf ihren Anschuldigungen und haben mir dieses Schreiben geschickt.«

Schatten schwammen vor Jehans Augen. »Zünd eine Kerze an oder erwartest du, daß ich im Dunkeln lese?«

Die flackernde Flamme ließ Schatten über Caolins Gesicht tanzen, doch die Worte auf dem Papier hätten nicht klarer sein können.

> *... Die Zeit ist nun reif für den Zug, auf den wir uns bei meinem Besuch in Balleor einigten. Der König ist verweichlicht und denkt nur noch an diese Frau, die er im Norden gefunden hat. So fallt nun in Elaya ein. Helft mir und Ihr werdet den Landbesitz bekommen, den ich Euch versprochen habe, und ich ...*

Jehans Blick schweifte zur Unterschrift hinunter, aber er hatte inzwischen erraten, wem sie gehören mußte. Das Schreiben war an Sir Miguel de Santera, Befehlshaber der Festung Balleor, adressiert.

»Ich nehme an, daß Brian im Frühjahr Balleor besuchte«, flüsterte er hoffnungslos, doch dann fügte er hinzu: »Ich kann es nicht glauben! Ich hatte keine Ahnung, daß er mich so sehr haßt!«

»Jehan, Brian muß bestraft werden«, sagte Caolin sanft.

»Warum? Niemand kann Elaya jetzt mehr davon abhalten anzugreifen ...«

»Jehan – Brian ist eine Gefahr für *dich!* Er war es, der Ronald Sandreson das Gold gab!«

»Was?« Jehan nutzte diese Ablenkung. »Heißt das, daß du Ronald gefunden hast?«

Caolins Gesicht befand sich im Schatten. »Es war kurz

nach deiner Vermählung. Ronald war bereits geschwächt – er starb. Ich hörte als einziger, was er sagte. Wie sollte ich es da beweisen? Und ich dachte, daß du zu jenem Zeitpunkt nicht mit dergleichen belästigt werden wolltest.«

Jehan starrte ihn an. Die Neuigkeit, daß Ronald als Gefangener gestorben war, paßte zu etwas, das im Sommer in Laurelynn geschehen war. Er bemühte sich, sich daran zu erinnern, aber es entglitt ihm.

»Caolin, bist du sicher, daß Ronald das Gold von Brian bekommen hat?«

»Mylord ...« Das klang leicht gekränkt. »Ich schwöre es, wenn du möchtest.«

Jehan seufzte. »Nein, ich habe genug von Schwüren – sieh mich an, das genügt.« Er faßte Caolin am Arm, als er ihm in die Augen sah. Er las Erleichterung in ihnen, aber keinen Zweifel. »War ich ein so schlechter Menschenkenner?«

»Du mußt Brian jetzt hinrichten oder gefangensetzen!«

»Die Lord Befehlshaber der anderen Provinzen werden über ihn richten, nicht ich.«

Caolin drehte seinen Siegelring am Finger. »Was ist mit Las Costas? Soll der Sohn eines Hochverräters die Macht übernehmen?«

»Ein Knabe von sechs Jahren? Er hat kein Unrecht getan, und seine Mutter ist eine starke Frau, die herrschen kann, bis er mündig ist. Ich werde nicht in die Erbangelegenheiten eines anderen Mannes eingreifen.«

Caolin zog ein weiteres Papier aus seiner Tasche.

Jehan wandte den Kopf ab. »Nein, Caolin, nicht noch mehr! Ich habe genug von Hochverrat für diesen Tag!«

»Es ist eine Vorladung zur Vernehmung für Brian.« Sanft fügte der Seneschall hinzu: »Jehan ... glaube mir, ich wollte dir das ersparen!«

Der König vermochte nicht zu antworten. Das Kerzenlicht schien machtlos gegen die Dunkelheit im Gemach zu sein. Er ergriff die Feder, die Caolin ihm in die Hand drückte. Es gelang ihm nicht, sich auf die Schrift zu konzentrieren, und nur mit Mühe glückte es ihm, seine Unterschrift darunter zu setzen.

Der Seneschall griff nach dem Becher, den Patrick bereitgestellt hatte, und legte stützend den andern Arm hinter den Kopf des Königs. »Trink das, Mylord, dann kannst du schlafen.«

»Schlafen vielleicht ... aber ich werde keine Ruhe haben, ehe ich nicht aufwache und weiß, daß Brians Verrat nur ein Traum war. Oh, Caolin – ich habe ihm vertraut!«

Der Wacholdermeister klappte das Buch über Heilmethoden zu. »Ich habe immer weniger Vertrauen in meine Geschicklichkeit, je länger Jehans Krankheit dauert!« rief er aus. Beunruhigt trat er ans Fenster und starrte durch die schmalen Scheiben aus altem Glas. Tiefziehende Wolken wälzten sich über Bucht und Berge. Er hatte seine Notizen und die Bücher, die er sich aus der Schule der Weisen hatte bringen lassen, noch einmal studiert. Doch er fand keine Gewißheit. Ein Absatz klang in seinem Gedächtnis nach:

> *Ein versteckter Eiterherd kann an der Kraft des Patienten zehren. Wird er gefunden und aufgeschnitten, kann der Kranke geheilt werden. Bleibt er jedoch unentdeckt, besteht die Möglichkeit, daß er aufspringt und das Blut vergiftet, was zu Fieber und Tod führen kann ...*

Aber wie konnte man wissen, ob das die Ursache war von Jehans Siechtum? Und wie sollte man einen solchen versteckten Herd finden, wenn die Wunde sich bereits geschlossen hatte? Etwas lastete seit der Amtseinsetzung Erics schwer auf dem König. Er war jetzt ein geduldigerer Patient, aber er weigerte sich zu sagen, was ihm Kummer bereitete, und so genas er nicht.

Der Meister überlegte, wer vielleicht mehr vom Heilen verstand als er. Sein eigener Lehrer lebte nicht mehr, und die Schule hatte gegenwärtig niemanden, der sich darauf spezialisiert hatte. Obgleich jeder kleine Landbesitzer wußte, was gegen die üblichen Krankheiten zu tun war, studierte kaum jemand die Heilmöglichkeiten von selteneren Fällen.

»Wir in Westria sind wie die Tiere, mit denen wir das Land teilen. Entweder wir gesunden schnell, oder wir sterben und lassen andere unseren Platz einnehmen«, sagte er trocken zu sich. »Doch niemand kann Jehans Platz einnehmen ...«

Er drückte die Stirn an das kühle Glas. Früher war er geistig eng mit der Herrin der Schule verbunden gewesen, doch so, wie sie sich in Laurelynn getrennt hatten, war er nicht sicher, daß sie auch jetzt noch auf seinen Ruf hören würde.

»Und ich weiß nicht einmal, ob es mein Stolz ist, der mich zögern läßt, mich an sie zu wenden, oder ob meine Erschöpfung es verhindert ...« Jehan hatte in der vergangenen Nacht einen Alptraum gehabt, der ihn weckte. Und danach war es ihm schwergefallen, wieder einzuschlafen. Er hatte sogar die Karten gelegt, um sich zu beruhigen, aber nicht eine hatte zur andern gepaßt, und sie hatten mit dem *MOND* geendet, dessen bleicher Schein auf Fehlentscheidungen und Unsicherheit deutete.

Doch nun war es an der Zeit, zum König zurückzukehren. Der Tag war noch grau, aber sein Herz wurde leichter, als er den fröhlichen Laut von Frauenstimmen aus der Halle hörte. Und beim Betreten des königlichen Schlafgemachs lächelte er.

»Ich habe das Gefühl, daß der Himmel seit einer Ewigkeit von Wolken verhangen ist, und daß ich seit einer Ewigkeit schon schwanger bin!« rief Faris und kramte in ihrer Nähschatulle nach grüner Seide.

Carlota lachte. »Ich kenne dieses Gefühl, aber der Frühling wird kommen und mit ihm das Baby.« Ihr Fuß setzte seinen gleichmäßigen Druck auf das Spinnrad fort, und das Büschel Wolle in ihren geschickten Fingern drehte sich zum gleichmäßigen Garn.

»Die Hälfte des Winters haben wir bereits hinter uns – nächste Woche ist bereits das Mittwinterfest«, sagte Branwen. »Gestern saß der König fast den ganzen Tag in seinem Sessel. Glaubt Ihr, er wird sich wohl genug fühlen, um an der Tafel zu sitzen?«

Rosemarie fädelte ihre Nadel ein und lächelte zuversichtlich, aber Faris fand, daß ihr Lächeln die Augen nicht erreichte. *Ich werde sie nicht fragen, weshalb ihr Gesicht umschattet bleibt, wenn doch alles gut geht,* sagte sich Faris. *Jehan hat es klar genug gemacht, daß er mich nicht in seiner Krankenstube haben will, also halte ich mich daran.*

»Natürlich wird er das«, sagte sie laut. »Wenn Erics Bestallung ihn nicht so angestrengt hätte, wäre er wahrscheinlich jetzt schon wieder auf den Beinen! Warum hat er auch nicht warten können?« Sie zog die Nadel durch den feinen Baumwollstoff des Kinderkleidchens, das sie bestickte.

»Es war nicht Erics Schuld!« rief Rosemarie. »Der König bestand darauf ...« Sie hielt inne, denn ihr wurde bewußt, daß Faris Eric gar nicht beschuldigt hatte.

»Oh, Mylord hat schon immer seinen Willen durchgesetzt, schon als kleiner Junge«, sagte Carlota lächelnd. »Aber er war immer so nett, daß man getan hatte, was er wollte, ehe man überhaupt zum Überlegen kam. Ich glaube, er ist sich gar nicht bewußt über die Tatsache, daß er immer seinen Willen bekommen hat!«

Oh, mein Geliebter, ich warte darauf, dir zu Willen sein zu dürfen ... Die Nadel zitterte in Faris' Hand, und der Feuerschein brach sich darauf. *Ich warte, daß dein Kind geboren wird, und ich warte, daß du zu mir zurückkehrst.*

»Donnert es?« fragte Branwen. Carlota nahm den Fuß vom Spinnrad. »Nein, jemand reitet die Straße von der Bucht hoch, und in großer Eile, wie es sich anhört.«

Rosemarie ließ ihre Handarbeit fallen und rannte zum Fenster. »Unten an unserem Anlegeplatz ist eine Pferdefähre. Das Banner ... ist blau«, endete sie enttäuscht.

»Also Besuch von Las Costas«, stellte Carlota fest.

»Lord Brian kommt eine Woche zu spät zu Lord Erics Amtseinsetzung«, sagte Branwen und kicherte.

Ohne sich dessen richtig bewußt zu werden, faltete Faris das Kinderkleid zusammen und legte es in die Nähschatulle. Die Nadel steckte sie in ihre Hülle zurück, dann schloß sie die Schatulle. War es wirklich Hufgeklapper oder nur das Hämmern ihres Herzens? Was wollte der Reiter? War es jemand, der Jehan das bißchen Kraft wieder rauben würde, das er mühsam zurückgewonnen hatte? Sie glättete ihren Rock und ging langsam zur Eingangshalle.

Die schwere Tür schmetterte gegen die Wand, und Brian stürmte herein wie ein Stier, der auf etwas losgehen wollte. Faris wappnete sich.

Nach einem Augenblick sah er sie und verbeugte sich knapp. »Mylady – ich muß zum König!«

»Mylord ist krank – wenn Euer Anliegen keinen Aufschub duldet, solltet Ihr Euch nach Laurelynn wenden.« Faris hob das Kinn und sah gelbe Glut in Brians braunen Augen schwelen.

»Zu Caolin? O nein, Caolins Herr muß mir jetzt Rede und Antwort stehen!«

»Er *muß?«* Faris hörte ein Rascheln und wußte, daß Rosemarie hinter ihr stand.

»Er muß mir antworten, wenn er nicht in falschen Verdacht geraten will! Es geht um meine Ehre! Und wenn Ihr nicht versteht, was das bedeutet, eignet Ihr Euch nicht zur Gefährtin eines Königs!«

»Eure Ehre wird warten müssen! Und ich eigne mich gut genug als Gefährtin, um meinen Herrn zu schützen. Das ist alles, was für mich jetzt zählt!«

»Könntet Ihr Eure Nachricht nicht schriftlich niederlegen, Lord Brian?« fragte Rosemarie.

Brian schien sie erst jetzt zu bemerken. »Nein, so etwas läßt sich nicht in Schreiberworte fassen! Meine Stimme in seinen Ohren muß es sein – und seine Augen in meinen! Papier ist zu vieler Lügen fähig!«

Faris stellte sich vor den Eingang zum Korridor und stemmte die Fäuste in die Hüften. »Kehrt um, Mylord – Ihr kommt hier nicht herein!«

»Wenn Ihr den König schonen wolltet, hättet Ihr nicht so laut sein dürfen«, sagte eine müde Stimme hinter ihr. Faris wirbelte zum Wacholdermeister herum.

»König Jehan möchte den Lord Befehlshaber von Las Costas sofort sehen!« erklärte der Meister.

Brian zögerte, als befürchte er ein neues Hindernis, doch Faris trat zur Seite. Sie zitterte immer noch vor Wut. Der Lord Befehlshaber senkte den Kopf und stapfte am

Wacholdermeister vorbei zur offenen Tür des königlichen Schlafgemachs.

Faris grub das Gesicht in die Hände. »Ich habe doch nur versucht, Jehan zu helfen! Warum darf ich denn gar nichts für ihn tun?«

Der Wacholdermeister legte die Arme um sie, und sie lehnte sich dankbar an ihn. Sie fühlte sein Mitgefühl so deutlich wie das grobe Gewebe seiner Kutte.

»Ich weiß – ich weiß, meine Liebe. Er hat auch mich ausgeschlossen ...«

»Ihr seid *wirklich* krank!« rief Brian. »Ich dachte, es sei nur eine Ausrede, um mich von Euch fernzuhalten!«

»Es geht mir gut genug, um mich Euch zu widmen!« entgegnete Jehan eisig. »Wenn meine Königin Schaden genommen hat, kostet es Euch *wirklich* den Kopf!« Faris' wütende Stimme hallte noch in seinen Ohren wider, während er sich plagte, sich aufzusetzen.

Brian schloß die Tür des Schlafgemachs und kam ein paar Schritte näher.

»Ihr habt mich aufgefordert einzutreten ...«, sagte er jetzt etwas ruhiger. »Aber Ihr habt wenig Grund, mich zurechtzuweisen, denn immerhin befahlt Ihr, mich grundlos festnehmen zu lassen!«

»Ich befahl, Euch zum Verhör festzunehmen«, entgegnete Jehan bitter. »Wenn Ihr unschuldig seid, habt Ihr nichts zu befürchten! Und wie habt Ihr von dem Befehl erfahren?«

»Nicht alle im Amt des Seneschalls sind seine Kreaturen. Ich habe Freunde, die nicht wollen, daß mir Ungerechtigkeit widerfährt!« Brian zog einen Stuhl neben das Bett des Königs, blieb jedoch stehen und umklammerte die Lehne.

»Freunde wie Ronald Sandreson?« Jehan bemerkte, wie Überraschung Brians Verachtung abschwächte. »Das gibt Euch zu denken, nicht wahr?«

»Wenn Ronald mich beschuldigt, dann sorgt dafür, daß er die Wahrheit spricht – *wenn* er mich beschuldigt ...«

»Ihr würdet lieber für das vor Gericht gestellt werden,

was Ihr und Ronald getan habt, als für das, was Ihr geschrieben habt?«

»Geschrieben? Was?« Brian setzte sich.

Jehan starrte ihn an. Er hätte nicht gedacht, daß Brian so echt ehrlich wirkende Empörung vortäuschen könnte. »Den Brief an Sir Miguel de Santera in Balleor, in dem Ihr ihn aufgefordert habt, in Elaya einzufallen, um einen Krieg zu provozieren!« sagte er scharf.

Über dem Bart wurden Brians Wangen abwechselnd bleich und tiefrot. »Ich sehe, daß Ihr mich für einen Verräter haltet, Mylord, aber haltet Ihr mich wirklich für so dumm? Ich tat mich mit Ronald Sandreson zusammen, das stimmt. Doch Hochverrat! Glaubt Ihr wahrhaftig, dazu würde ich mich hergeben?«

»Vielleicht haltet Ihr ja Verrat am Reich für schlimmer als Verrat am König ...«, sagte Jehan müde. »Ihr bildet Euch doch nicht ein, die Lords von Westria würden Euch freisprechen, weil Ihr Ronald dafür bezahlt habt, *mich* zu töten?«

Brian sprang auf. »Das ist eine Lüge! Das ... ich gab dem Mann Gold, damit er Anhänger findet, die mein Gesuch unterstützten! Wenn er einen Anschlag auf Euch verübte, dann aus eigenem Antrieb! Und falls Ronald behauptet, ich hätte es befohlen, dann tut er das nur, um seinen Hals zu retten!« Er hielt kurz inne, um Luft zu holen. »Oder Caolin hat dafür gesorgt, daß er mich beschuldigt! Stellt mich Ronald gegenüber, dann erfahren wir die Wahrheit!«

»Das ist eine ungefährliche Bitte für Euch ... Hat Euer Spitzel in Laurelynn Euch nicht mitgeteilt, daß Ronald tot ist?« sagte Jehan bedrohlich leise. »Und den Brief habe ich selbst gesehen!«

»Er starb! Das trifft sich gut für Euch!« sagte Brian sarkastisch. »Und ich habe keinen solchen Brief geschrieben ...«

»Brian! Ich habe ihn *gesehen!«* schrie Jehan, der seinen Schmerz nun nicht mehr zu unterdrücken vermochte. »Er war in Eurer Handschrift, mit Eurer Unterschrift, mit Eurem Siegel!«

Einen langen Augenblick starrte Brian ihn an, und der König sah, wie das Feuer in seinen Augen allmählich erlosch. Dann setzte Brian sich wieder und verharrte mehrere Minuten völlig still, schüttelte nur seinen Kopf.

»Den ganzen Weg hierher habe ich mich in immer größere Wut gesteigert, weil ich dachte, Ihr hättet Euren Schwur mir gegenüber gebrochen ...«, flüsterte er schließlich leise.

Jehan war plötzlich schwindelig, als stünde er am Rand eines Abgrunds.

»Oh, mein lieber Herr – ich sehe nun, daß wir beide gleichermaßen hintergangen wurden.«

Jehan fröstelte. Was hatte Brian gesagt?

»Mylord, ich schwöre Euch bei meiner Ehre als Ritter und beim Kopf meines Sohnes, ich bezahlte Ronald lediglich, damit er Männer überzeugte, daß die von mir vorgeschlagene Dezentralisierung von Nutzen für das Reich ist.« Brian beugte sich vor. »Oh, Jehan – meine Schrift ist ein unbeholfenes Gekritzel, das jeder nachahmen könnte! Und von Siegeln lassen sich mühelos Abdrücke anfertigen!« Brian senkte den Kopf, und der Rest seiner Worte klang gedämpft durch den Bart. »Aber wenn Ihr mir nicht glauben könnt, werde ich ins Exil gehen.«

Jehan kam sich vor wie eine Nußschale in stürmischem Gewässer. Caolin hatte nicht gesagt, Brian habe den Brief geschrieben, er hatte ihn ihm lediglich zum Lesen gegeben. Er hatte auch nicht behauptet, Ronald habe Brian beschuldigt – er hatte bloß gesagt, Brian habe Ronald das Gold gegeben. Er hatte nur die Wahrheit gesprochen, aber diese Wahrheit hatte sich zu einer gewaltigen Lüge aufgetürmt ...

»Ich beabsichtigte, den Winter zu nutzen und die Festungen im Süden instandzusetzen ... jemand sollte es ...« Brian sah plötzlich mitleiderregend aus. »*Glaubt* Ihr mir?«

Jehan starrte ihn an. Zu denken, dieser Mann könne heucheln, würde allem widersprechen, was er über ihn wußte, es würde seine ganze Menschenkenntnis in Zweifel stellen! Und Caolin, war *er* imstande, zum Wohle des Reichs all das zu mißachten, wofür Westria stand?

»Ja, ich glaube Euch ...«, flüsterte Jehan schließlich. »Ich wollte Euch nicht verdammen, Brian – Ihr habt Euch immer offen und ehrlich und aus innerer Überzeugung gegen mich gestellt, und ich vertraute Euch. Aber ich vertraute auch *ihm!*«In stumpfem Staunen sah er, wie in den Augen des andern ungeweinte Tränen glänzten.

»Mylord«, sagte Brian. »Wir hatten unsere Meinungsverschiedenheiten, aber ich war immer Euer treu ergebener Gefolgsmann!« Er fiel neben dem Bett auf die Knie. »Jehan, König von Westria – ich, Brian von Las Costas, schwöre Euch, die Güter meines Landes, meine Männer, ja mein Leben für Westria zu geben ... und Euch nie zu belügen, mein Herr, was immer auch geschehen mag!«

»Und mögen alle, die mir den Treueid geschworen haben ...« Jehans Stimme brach bei den Worten des Bestallungsrituals. Blind streckte er die Hand nach dem andern aus und streifte mit dem Finger schmerzhaft über den Ring, den er Brian vor so langer Zeit gegeben hatte.

»Es wird nur gerecht sein, falls ich in diesem Krieg falle ...«, sagte Brian schließlich. »Ich hätte Ronald am Zügel halten sollen.«

Wenn es ein Verbrechen ist, seinen Dienern zu vertrauen, dann bin auch ich eines solchen Verbrechens schuldig, dachte Jehan. Er erinnerte sich nun an einen Morgen in Laurelynn, als Caolin ganz entsetzlich ausgesehen hatte. Caolin hatte es damit erklärt, daß ein Mann unter seinem Verhör gestorben war. Jehans Herz schrie nun: *Wie ist Ronald gestorben?*

Der König schüttelte den Kopf. »Nein, Brian – das wäre ein zu hoher Preis für Herren, deren Männer Böses tun. Ihr müßt am Leben bleiben! Ich glaube, Ihr werdet bald gebraucht werden!«

Brian begegnete seinem Blick, und seine Gesichtsmuskeln zuckten, als drohten die festen Züge sich aufzulösen. »Jehan, Ihr seid müde ... ich habe Euch zu lange vom Schlaf abgehalten. Wir werden diese Sache schon irgendwie in Ordnung bringen.« Er stolperte zur Tür.

»Brian – sprecht mit niemandem darüber ...«, rief Jehan ihm schwach nach.

Der Lord Befehlshaber drehte sich um. »Ich verstehe, und ich vertraue Euch, mein Herr.«

Aber kann ich mir selbst trauen? Ich vertraute Caolin ... Es muß eine Erklärung geben! Eine Rechtfertigung! Der Gedanke an Caolin schmerzte. Regen trommelte ans Fenster. Des Königs Hände und Füße reagierten mit unkontrolliertem Zucken auf die Aufregung. Er schwang die Beine über die Bettseite und richtete sich auf, als der Wacholdermeister das Gemach wieder betrat.

»Jehan, was ist los? Was hat Brian zu Euch gesagt?«

Der König schüttelte den Kopf und schleppte sich zum Fenster. Hufschläge klangen gedämpft auf dem schlammigen Boden, und er hörte, wie Farin Brian halbherzig eine gute Reise wünschte. Wie könnte er dem Meister erzählen, was heute geschehen war? Er war ja selbst nicht mehr sicher, wo die Wahrheit lag.

Laternen glommen unten auf der Straße – Brians Männer mußten ihm entgegengekommen sein, um ihm zu leuchten. Jehan spähte durch den Regen. Jemand brüllte. Der König griff nervös nach dem Riegel des Fensters und riß es auf.

»... Namen des Königs!« hörte er, und dann deutlicher Brians tiefe Stimme: »Ich komme gerade vom König! Steckt Euch den verdammten Haftbefehl ...«

Dann klirrte Stahl und weiteres Gebrüll war zu hören.

»Verrat!« schrie Brian. »Las Costas zu mir!«

»Nein!« murmelte Jehan. »Nicht Verrat! Nicht von mir ...« Er unterbrach sich, als er sich an den Befehl erinnerte, den er, ohne ihn zu lesen, für Caolin unterzeichnet hatte. Er riß die Tür zur Veranda auf. Zorn brannte das Bewußtsein seiner Schwäche hinweg. Er humpelte über die Veranda und schwang sich die hölzernen Stufen zum Steingarten hinab.

Er tastete sich durch die Dunkelheit und verfluchte den schweren Gipsverband. Als er fiel, mühte er sich wieder auf die Füße, ohne auf die Rufe hinter ihm zu achten. Laternen schaukelten vor ihm. Er hörte das stumpfe Krachen, als ein Schwert in einen Holzschild drang. Brian war der beste Kämpfer des Reichs, aber er war allein. Wie viele griffen ihn an? Scharfe Kieskanten schnitten in Jehans nackte Füße, und er mußte sich zwingen, nicht aufzugeben.

»Er leistet Widerstand – macht ihn nieder! Schnell, in des Königs Namen!« rief ein kleiner Mann auf einem Schecken, der um die Kämpfenden tänzelte.

»In meinem eigenen Namen befehle ich euch, legt die Schwerter nieder!« brüllte Jehan mit der Stimme, die er für das Schlachtfeld ausgebildet hatte.

»Es ist der König!« schrie Brian.

»Der König ... der König ist hier ... aber sie haben doch gesagt ...« bestürzte Stimmen riefen durcheinander, als die Reiter zu beiden Seiten zurückwichen, und Jehan in der Mitte der Straße zu sehen war.

Der Mann auf dem Schecken war Ordrey, der immer noch ein Blatt Papier umklammert hielt. »Aber der Befehl ...«, begann er.

»Der Befehl ist ungültig. Lord Brian steht unter meinem persönlichen Schutz!« Die Lichter wurden dunkler und schienen um ihn zu wirbeln. »Kehrt um und richtet Eurem Herrn aus, daß ich ihn sehen will!«

Ordreys Pferd wieherte, als er es scharf herumdrehte und mit der Reitpeitsche auf seine Flanken einschlug. Einen Augenblick später galoppierte er bereits die Straße hinunter. Einer seiner Leute fluchte, dann folgte er ihm, und die andern taten es ihm gleich.

Schritte klatschten auf der nassen Straße, als Farin auf den König zurannte. Dann schob ein Pferd sich vor das Licht. Brian sprang aus dem Sattel und fing Jehan auf.

»Oh, Mylord, Mylord! Was habt Ihr getan!« murmelte Brian und hob den König so mühelos auf seine Arme, als wäre er ein Kind.

So eine dumme Frage, dachte Jehan. »Ich habe den Schwur gehalten, den ich Euch gab ...« Der Schmerz zerriß ihn und raubte ihm die Besinnung.

Als Jehan wieder zu sich kam, lag er in seinem Bett, gewaschen, frisch verbunden und in einem sauberen Gewand. Es mußte sehr spät sein, denn der Wacholdermeister war auf seinem Sessel eingeschlafen und die Kerze fast niedergebrannt. Schmerzen nagten am Rand von Jehans Bewußtsein, und in seinem Mund war ein bitterer Geschmack. Wenn er sich bewegte, würde der Meister aufwachen und ihm einen weiteren Schluck des Weidenrindentees einflößen. Aber der Kerzenschein brachte die ganze Müdigkeit und Erschöpfung zum Vorschein, die in den Zügen des alten Freundes eingeprägt waren.

Nein …, dachte Jehan, *laß den Schmerz nur kommen. Wenn der Schmerz in meinem Körper nachläßt, wird mein Geist in eine noch schlechter zu ertragende Agonie sinken. Caolin hat mich belogen! Die Zeit wird die Wunden meines Körpers heilen, aber was kann die Qual meiner Seele heilen?*

4 Die Straße der Sonne

Der Nordwind peitschte den gefrierenden Regen gegen die Fenster, doch im Innern von Nebelhall war alles still. Der Wacholdermeister schloß leise die Tür seines Gemachs und wandte sich an Rosemarie. »Ich glaube, der König wird jetzt schlafen.«

»Ich wollte, Ihr würdet nicht jetzt versuchen, da wir beide so müde sind, mit der Schule der Weisen Verbindung aufzunehmen«, entgegnete sie.

Der Meister kniete sich an den Herd und schürte das Feuer. »Rosemarie, Ihr seid selbst soviel Heilerin, daß Ihr versteht, was ich gerade zu tun versuchte ...« Seine Nerven zuckten noch vom Rückprall der Kräfte, die er auf Jehan zu übertragen sich bemüht hatte. »Der Geistschild des Königs ist wie die Mauer von Laurelynn! Und wenn ich ihn darauf aufmerksam mache, entschuldigt er sich und bittet mich zu warten. Worauf? Was befürchtet er, daß ich sehen könnte?«

Er zog die Vorhänge am Fenster enger zusammen, und ein weiterer Frostschauer durchlief ihn.

Rosemarie setzte sich neben das Bett. »Ich werde mich um das Feuer kümmern und dafür sorgen, daß Euer Körper zugedeckt ist ... und Euch zurückrufen, falls Faris Euch braucht, oder wenn Ihr bis zum Morgengrauen noch nicht zurückgekehrt seid«, wiederholte sie die Anweisungen, die er ihr erteilt hatte.

Der Meister zog Gürtel und Sandalen aus, nahm die Goldkette mit dem von einem Ring umgebenen Kreuz ab, küßte es und legte es auf das Sims. Er trug keine weiteren Metallteile oder sonst etwas, das seinen Körper beengen würde. Dann zog er die Decke über sich und schloß die Augen. *Im Namen des Urquells allen Lebens mache ich mich auf den Weg ... mit der Kraft des Urquells allen Lebens reise ich ... möge die Gnade des Urquells allen Lebens mich sicher wieder zurückbringen ...*

Er kontrollierte seinen Atem, entspannte systematisch jeden Muskel, vertrieb aus seinem Bewußtsein jegliche Botschaft der Sinne und die Unruhe verbreitenden Tagessorgen. Aber es fiel ihm schwer, das Bild von Jehans gequälten Augen zu verdrängen. Was war, wenn er nicht freikam? Hastig stieß er sein Bewußtsein nach außen. Er zuckte zurück, als er einen Strom von Energie berührte. Dann griff er erneut danach und spürte, wie Ringe von Energie an seinem Körper entlangstrichen und feurige Funken im Dunkel seines Geistes sprühten. Plötzlich war alles angenehm still.

Der Meister öffnete die Augen. Unter sich sah er seinen reglosen Körper und Rosemarie, die sich mit besorgtem Stirnrunzeln umsah. Er streckte sich, machte sich wieder mit den Sinnen dieses seines zweiten Körpers vertraut, dann tauchte er nach außen und richtete den Blick über alles Physische unter sich hinweg zu den Energiemustern, die es umgaben.

Zwischen dem Rotberg und dem Berg der Herrin im Westen erstreckte sich eine Lichtader. Andere Linien gingen strahlenförmig von ihnen aus, überkreuzten und verbanden sich und bildeten ein Netz im Körper Westrias. Unter sich sah der Meister den Fluß der Energien, die das Leben des Landes ausmachten, so wie er eine Weile zuvor die Energien im Körper des Königs verfolgt hatte. Die Lichtlinien waren für ihn eine Karte, an die er sich halten konnte – über die Krümmung des Horizonts zum weißen Leuchten des Bergvaters und zum Puls der Macht an seiner Brust, der die Schule der Weisen war. Der Meister lenkte seinen Willen auf die Schule und eilte darauf zu.

Die Leiterin der Schule schlief, als er zu ihr kam. Er schwebte hinab und hoffte, ihren Energiekörper mit dem seinen zu wecken. Ein Beben erschütterte seinen Geist, als er sich an die Zeiten erinnerte, da ihre Körper sich physisch vereint hatten. Doch er wußte, daß solche Gefühle ihn in seinen fleischlichen Körper zurückziehen konnten.

»Arbuta«, rief er sie bei ihrem alten Namen, den nun nur noch sie beide kannten. Er spürte ihre Müdigkeit, doch er konnte es sich jetzt nicht leisten, das zu bedauern. *»Ich brauche deine Hilfe! Antworte mir!«*

Sie bewegte sich. Er zog sich ein wenig zurück und sah,

wie ihr Geistkörper sich aus ihrer schlafenden Gestalt löste. *»Beruhige dich! Weshalb störst du meine Ruhe?«*

Er schwieg einen Augenblick, denn er schämte sich seiner Ängste. *»Der König hat den Versuch aufgegeben sich selbst zu heilen, und er weigert sich, es mich versuchen zu lassen. Böses ist im Spiel, dessen Quelle ich noch nicht entdecken kann. Und ich habe Angst«*, gestand er schließlich.

Die Leiterin wandte sich ein wenig ab. *»Was möchtest du, daß ich tue? Ich kann den König genausowenig wie du zwingen, sein Leben zu lieben.«*

»Wenn sein Körper Zeit hat zu heilen, wird er imstande sein, seine eigene Seele zu beherrschen.«

Sie nickte, doch ihre Augen wichen seinen aus. *»Jeder sollte die Verantwortung für sich selbst übernehmen ... Wir können hier einen Heilkreis bilden und dir unsere Kräfte senden, aber wir haben keine Verbindung zur Priesterschaft in den Städten.«*

Der Meister bemühte sich, seine Verlegenheit zu verbergen. Als er zum erstenmal zur Schule der Weisen gekommen war, hatte ein Netz alle Adepten Westrias miteinander verbunden. Doch er hatte nichts dazu getan, es aufrechtzuerhalten – wieso wunderte es ihn jetzt?

»Du kannst zumindest Awahna rufen.«

»Das kann ich, aber jene, die im Verborgenen Tal leben, antworten wann und wie es ihnen gefällt. Weshalb suchst du immer Hilfe bei andern? Bete zum Urquell des Lebens.«

Er wollte protestieren, aber seine Unsicherheit lenkte ihn ab, als zupfe ihn jemand am Ärmel. Er stellte fest, daß er zur Wand schwebte, und ihm wurde bewußt, daß Rosemarie ihn nach Nebelhall zurückrief.

»Arbuta – ich werde tun, was ich kann. Aber komm zu mir – ich werde dich so sehr brauchen, wenn ich es nicht schaffe!«

»Du hast mich gerufen, Mylord, und hier bin ich«, sagte Caolin beim Betreten des Gemachs. Obgleich die Vorhänge zurückgezogen waren, um das Licht des frühen Morgens einzulassen, lag das Bett im Schatten. Jehan regte sich nicht. Hatte er ihn nicht gehört?

Caolin kämpfte dagegen an, sich umzudrehen und

davonzulaufen. Vor seinem inneren Auge wechselten die Vorstellungen von Flucht und Konfrontation sich ab, unablässig seit gestern nacht, als Ordrey zurückgekehrt war, ohne Brian. Er konnte dieses eindringliche Bild nicht vergessen, das Ordrey ihm von Jehan gemalt hatte, wie er schlammbeschmiert und halb nackt im Regen gestanden und doch alle beherrscht hatte.

Ein Brett knarrte im Korridor hinter ihm. *Dieser Emporkömmling, Farin,* dachte Caolin, *oder der Wacholdermeister, der mir nachspioniert!* Er klopfte noch einmal an die Tür, diesmal von innen.

»Caolin ...« Die Stimme des Königs hörte sich an wie die eines Geistes, war jedoch deutlich zu verstehen. Caolin erinnerte sich an zahllose Morgende, an denen er des Königs Gemach betreten hatte. Zum ersten Mal in all diesen Jahren wußte er nicht, was er sagen sollte.

Noch ehe er das Bett erreichte, sprach der König erneut.

»Caolin – hat Ronald dir gesagt, *wozu* Brian ihm das Gold gab?« Jehan wandte den Kopf in den Kissen. Unwillkürlich stockte der Seneschall, als er sein Gesicht sah. »Hast *du* geglaubt, daß Brian den Brief schrieb, den du mir gezeigt hast?«

Caolin kannte diesen Ausdruck, der Verwirrung und Seelenqual verriet. Er hatte ihn ein paarmal gesehen, wenn der König erkannte, daß jemand sein Vertrauen mißbraucht hatte. Vor langem hatte Caolin geschworen, Jehan vor einer weiteren solchen Qual zu bewahren. *Und nun bin ich es selbst, der sie ihm verursacht* ... Seine Finger klammerten sich blindlings um den Bettvorhang.

»Caolin, ich *verlange* die Wahrheit von dir!«

Der morsche Stoff bröckelte unter seiner Hand. Er schüttelte den Staub ab und starrte blicklos auf den König. Was war die Wahrheit? *Ich liebte dich, Mylord ...*

»Jehan, ich hatte Angst!« gestand er. »Brian wollte für seine Unterstützung im Krieg meine Enthebung!«

»Aber du hast mich angelogen ...«

»Ich tat, wozu du mich zwangst!« Caolin wand sich unter Jehans funkelndem Blick, doch er vermochte den Groll nicht zurückzuhalten, der ihn unbewußt schon lange quälte. »Es hat immer irgendeinen Grund gegeben, daß ich deine Last tragen mußte ...«

»Du hast mich getäuscht, so daß ich meinen Eid brach ...« Jehans Worte schnitten Caolin die Rede ab.

»Wer würde für Ordnung im Reich sorgen, wenn ich nicht wäre?«

»... Ich hätte Brians Blut an meinen Händen gehabt!«

Beide Männer hielten inne. Des Königs Gesicht war tief gerötet, und er atmete heftig, während er Caolin anfunkelte. »Hast du mich gehört?« brüllte der Seneschall plötzlich. »Hast du mir *je* zugehört?« Die Farbe schwand aus Jehans Wangen. Caolin drückte die Handballen auf seine Augen. »Nein, ich bin ungerecht. Einmal hast du gehört, was ich nicht einmal zu sagen verstand ...« Er ließ die Hände fallen und ging verlegen zu dem Stuhl neben dem Bett.

»Willst du damit sagen, ich sei an allem schuld?« flüsterte der König. »Womit ich dich auch beauftragte, du hast immer gelächelt und um mehr gebeten ...«

Caolin blickte auf seine verkrampften Hände. Der Rubin seines Amtsrings blitzte auf, als das Licht darauf fiel. Er drehte die zitternden Finger, um den Stein zu verbergen. »Ja ... Macht ist für einen, dem sie bisher versagt war, wie schwerer Wein, der zu Kopf steigt. Du hast mir den Kelch an die Lippen gesetzt, Mylord, und nun kann ich nicht mehr aufhören zu trinken ...«

»Habe ich dir das wirklich angetan?« fragte Jehan. »Ich dachte, unsere Stärke beruhe darin, daß wir beide unsere Wünsche hatten ... Und Faris – was habe ich bei *ihr* falsch gemacht?« Seine letzten Worte waren fast zu schwach für Caolins Ohr. »Es wäre besser, wenn ich jetzt sterbe und euch alle in Ruhe lasse!« rief der König nun laut.

Caolin blickte rasch hoch und sah, wie schmerzverzerrt Jehans Gesicht war und daß Tränen über seine Wangen rannen. Sein eigener innerer Aufruhr steigerte sich zu schrecklicher Angst. »Jehan, nein! Weißt du denn nicht, daß du mir auch das einzige wirkliche Glück geschenkt hast, das ich je kannte?

Als ich zu dir kam, hatte man mich aus der Schule der

Weisen fortgeschickt. Mein Leben war mir nichts mehr wert«, fügte er stockend hinzu. »Aber du hast dich meiner angenommen, hast dich sogar um mich bemüht, und als du mich mit deinem Körper nahmst – was dir leichtfiel – hast du auch meine Seele berührt. Niemand war je imstande gewesen, das für mich zu tun ...« Dies war nicht der richtige Augenblick, Jehan von seinen Ritualen auf dem Rotberg zu erzählen und von der anderen Kraft, die ihn dort berührt und seine Seele versengt hatte. Er fuhr fort: »Durch dich bekam mein Leben einen Sinn, du hast mir gezeigt, daß es sich lohnt zu leben.«

Jehans Gesicht zuckte vor Schmerzen. Caolins Herz zog sich zusammen, als er bemerkte, daß Silbersträhnen, die er vorher nicht bemerkt hatte, in dem erbarmungslos enthüllenden Mondlicht aufglänzten. Er hob des Königs Hand zu seinen Lippen und streichelte die dünnen Finger, die schlaff in seiner Hand lagen.

»Jehan, wenn ich etwas falsch gemacht habe, dann nur, weil ich das Gefühl hatte, daß du dich so weit von mir entfernt hattest. Ich brauche dein Vertrauen!«

Jehan blickte ihn an, und Caolins Zunge stockte. Die Augen des Königs waren nun mehr schwarz als blau – dunkle Teiche, in denen er ertrinken könnte.

»Wie kann ich jemanden Vertrauen schenken, wenn ich kein Vertrauen in mein eigenes Urteilsvermögen mehr habe?«

»Ich brauche dich! Verstehst du das denn nicht?«

»Dann mußt du ehrlich zu mir sein ... O Caolin, dein Gesicht ist wie ein verschlossener Raum ...« Jehans Stimme bebte. »Ich muß wissen, was du getan hast!«

Caolin starrte ihn an. In seinen neun Jahren im Amt hatte er so vieles getan. Wie würde das alles in Jehans nicht an die Wege der Machtübung gewöhnten Augen aussehen? Wie Schönheit hing auch Wahrheit von der Einstellung des Betrachters ab.

»Mylord, wo soll ich beginnen?« rief er. »Soll ich all die kleinen Schleier lüften, mit denen der Mensch die Blöße der Wirklichkeit bedeckt? Meine Sünde – wenn es denn eine ist – hat dir gestattet zu leben, ohne dein Gewissen zu belasten!«

»Bis jetzt ...«, antwortete der König bitter, »da ich die Schuld für das tragen muß, was du getan hast, ohne daß ich davon wußte! Caolin ...« Verzweifelt schüttelte er den Kopf. »... kannst *du* das denn nicht verstehen?«

Caolin rieb sich die Augen. »Um zu verstehen, was ich getan habe, mußt du wissen, warum ich es tat. Du hast einmal meine Seele gelesen, Jehan – lies sie auch jetzt!«

Jehans Blick entspannte sich. »Öffnest du dich mir?« fragte er staunend.

Caolin verkrampfte sich kurz. Er wußte, daß es diesmal kein Ritual, keine sexuelle Erregung gab, die ihnen helfen würde. »Mylord«, versprach er. »Ich will es versuchen.« Er schloß die Augen und bemühte sich, auch die seines Geistes zu verdunkeln. Er zählte, bis sein Atem regelmäßig kam. Es durfte keine andere Wirklichkeit geben als den warmen Druck von Jehans Händen.

Er unterdrückte die aufwallende Freude, als etwas sein Bewußtsein streifte, wie ein Wind, der das Wasser eines Teiches kräuselt. Er rief sein Gedächtnis auf – all seine Strategien und Entscheidungen, all die Scharmützel in seiner Auseinandersetzung mit Brian, all seine Pfade zum Wissen ... Und die Erinnerung führte unausbleiblich zum Rotberg und zu dem Keilerschädel, der immer noch Staub sammelte auf dem Altar der Herrin des Feuers.

Ein Schwindelgefühl packte ihn, als wäre der Boden unter seinen Füßen versunken, und er klammerte sich an des Königs Hände. In seinen Ohren dröhnte es. In einem Augenblick – wenn er sich nur öffnen könnte, würde es sein wie damals, als Jehan zu ihm gekommen war ...

Er bebte am ganzen Körper in der immer wiederkehrenden Erinnerung an den Höhepunkt seines Rituals – die teuflische Umarmung der Herrin, die für die Zukunft jegliche sexuelle und geistige Verbindung für ihn vergiftet hatte. Vergangene und gegenwärtige Ängste hallten ihm durch Leib und Seele, und die Furcht, die auf dem Berg zu ihm gekommen war, riß Jehans und seine Hände auseinander.

Als nächstes wurde Caolin dumpf bewußt, daß jemand an die Tür pochte. Er zuckte hoch, blickte auf das stille

Gesicht des Königs, legte hastig die Finger um sein Handgelenk und fühlte den Puls, der so schwach und unregelmäßig war wie der Herzschlag eines verletzten Vogels.

»Jehan!« schrie er. Die Tür schwang heftig auf. Der Wacholdermeister eilte an ihm vorbei und beugte sich über den König.

»Wer hat geschrien? Was habt Ihr mit ihm gemacht?«

Caolin schüttelte den Kopf. »Ich habe geschrien. Wir versuchten – er wollte meinen Geist berühren ...«

Rasch untersuchte der Wacholdermeister den König. Nach einem kurzen Augenblick rührte sich Jehan ein bißchen und murmelte etwas wie im Schlaf.

»Narren, alle beide!« schalt der Wacholdermeister. »Er hat jetzt nicht die Kraft für so etwas!« Er legte die Hand auf die Stirn des Königs.

Caolin neigte den Kopf. »Rettet ihn ...«, flüsterte er. »Ich brauche ...« Seine Stimme versagte.

Die Miene des Wacholdermeisters wurde sanfter. »Wir alle brauchen ihn, Caolin.« Flüchtig legte er die Hand auf die Schulter des Seneschalls, dann wandte er sich wieder Jehan zu.

Faris beugte sich über Jehan, um das gefaltete Tuch von seiner Stirn zu nehmen. Sie befeuchtete es und legte es zurück. Dann griff sie nach der halbfertigen Socke, die sie neben den Stuhl hatte fallenlassen. Von Jehans schwerem Atem abgesehen, war es ganz still.

Als sie weiterstrickte, murmelte Jehan Caolins Namen. Angespannt lauschte sie, doch Jehan sagte nicht mehr. Vor vier Tagen, als er durch die Infektion der wiederaufgebrochenen Wunde zu fiebern begann, hatte er nach allen geschlagen, die versuchten, ihn zu beruhigen. Jetzt konnte er sich nicht einmal mehr dagegen wehren, daß sie ihn pflegte. Sie konzentrierte sich auf die regelmäßigen Bewegungen ihrer Finger und das unregelmäßige Trommeln des Schneeregens auf die Fensterscheiben. Oben auf den Bergen schneite es. Sie ertrug dieses Warten, solange sie nur an Oberflächliches dachte, denn sie wußte, daß darunter eine heulende Finsternis lag, die tiefer war als die Nacht vor dem Fenster. Solange Jehan lebte, konnte sie den Wahnsinn in Schach halten.

»Faris ...«

Einen Augenblick dachte sie, Jehan spreche im Fieber. Dann hörte sie ihren Namen erneut, doch so schwach, als forme die Luft selbst sich zu Worten.

»Weshalb bist du hier? Wie spät ist es?«

»Fast Morgengrauen. Ich bin hier, weil ich nicht schlafen konnte und die anderen ihre Ruhe brauchten! O Jehan – ist das alles, was du mir zu sagen hast?« Ihr Schultertuch rutschte herunter, als sie sich unbeholfen erhob und sich wieder über ihn beugte. »Fühlst du dich besser?« Sie nahm den Umschlag von seiner Stirn und strich sein feuchtes Haar zurück.

Sein Blick schien nach innen gewandt. »Nein ...«, flüsterte er schließlich. »Meine linke Seite fühlt sich an, als gehöre sie nicht zu mir, und alles andere ... Faris, wenn ich im Sterben liege, muß der Rat einberufen werden!« Er schluckte schwer.

»Der Meister hat vor drei Tagen nach ihm geschickt ...«, begann sie. Dann wurde ihr bewußt, was sie da sagte, und Entsetzen raubte ihr den Atem. Sie klammerte die Finger um seine Hand. »Aber du wirst wieder gesund – überall in Westria betet man für dich!«

»Er hat nach ihm geschickt ...« Einen langen Augenblick lag Jehan wie tot. Dann seufzte er schwach, und sein Kopf bewegte sich ganz leicht wie zu einem Nicken. »Wer ist da?«

»Lord Robert und Lord Brian und Frederic Sachs von den Freien Städten und Eric ...«, antwortete sie langsam. »Aber der Meister hat nicht gesagt ...«

Jehan schüttelte den Kopf. »Wenn der Meister den Rat gerufen hat, weiß er bereits, daß mein Körper zu vergiftet ist, als daß er noch gesunden könnte«, brachte er mit Mühe hervor. »Wie schwer es ihm fallen muß, das zuzugeben, nachdem er sich so sehr bemüht hat! Alle haben sich bemüht, alle außer mir.«

Müde schloß er die Augen. Faris blickte auf ihn hinunter

und zwang sich, die sonnengebräunte Haut zu sehen, an die sie sich erinnerte, statt dieses Gesichtes, dem nur die Fieberflecken ein wenig Farbe verliehen. Sie nahm seinen Kopf zwischen die Hände und drückte ihre Lippen auf seine, als könne sie ihm mit ihrem Kuß Leben einhauchen. Er lag ohne sich zu rühren, doch als sie ihn losließ, sah sie, daß er lautlos weinte. Tränen rannen durch den Fieberschweiß auf seinem Gesicht, bis sie sich in dem Silber des Bartes verloren.

»Ich habe mich dem Tod in der Schlacht gestellt ...«, stöhnte er. »Warum fällt es mir dann jetzt so schwer? Liegt es daran, daß ich so vieles nicht erledigt habe?« Er schwieg und rang nach Atem.

»Du darfst mich nicht alleinlassen!« rief Faris. »Mit Freuden wäre ich deine Königin gewesen, aber ich kann nicht alleine die Königin von Westria sein!« Sie glitt neben dem Bett auf die Knie und barg ihr Gesicht in seinen Kissen. Tröstend spürte sie die unbeholfene Berührung seiner Finger auf ihrem Haar.

»Faris ... ich habe Caolin gescholten, weil er mich zu sehr geschont hat. Aber ich habe es mit dir nicht besser gemacht. Meine Liebste – wir können es jetzt nicht mehr ändern! Du *bist* die Königin von Westria!« Sie spürte, wie er zitterte. »Habe ich das in mich gesetzte Vertrauen auch enttäuscht, indem ich dich wählte?«

Sie weinte in die Kissen und schüttelte den Kopf. Er dachte doch nicht wirklich daran, sie zu verlassen und ihr die Last aufzubürden, die ihn zu Boden gedrückt hatte! Sein Atem ging röchelnd, und Husten begann ihn zu schütteln. Faris richtete sich auf und hielt ihm den Becher an die Lippen.

Er schluckte schmerzhaft. »Faris, du mußt mir versprechen, Westria zu beschützen, denn wenn du es nicht tust, werde ich nicht bloß tot, sondern auch verdammt sein! Andere werden dir beim Regieren helfen, doch nur du kannst die Herrin der Steine sein!«

Faris schauderte, als sie sah, wie sein Gesicht in Krämpfen zuckte. Nichts konnte wahrlich schlimmer sein als hilflos zuzusehen, wie er litt.

»O mein Liebster – wenn du sagst, daß ich es muß ... Ich werde tun, was ich kann ...« Sie küßte ihn auf die Stirn und dachte: *Jetzt bin auch ich verdammt!*

Jehans Körper erschlaffte, und einen Augenblick befiel Faris entsetzliche Angst, doch sie konnte noch Leben in ihm fühlen, es sickerte ungleichmäßig durch seine Adern, wie schmutziges Wasser in einem Bach – aber es war noch da!

»Und ich muß tun, was ich kann, um das Reich zu ordnen«, murmelte er nach einer Weile. »Nimm mein Tagebuch vom Tisch und schreibe, was ich dir sage ...«

Mechanisch schrieb Faris, was er diktierte, doch für sie ergaben die Worte keinen Sinn. Wie könnte ein Körper ohne seinen Kopf leben? Wie könnte Westria ohne seinen König existieren? Wie könnte sie ohne ihn leben? Als er fertig zu sein schien, legte sie das Buch auf den Tisch.

»Jehan, möchtest du jetzt etwas zu trinken?« Sie beugte sich besorgt über ihn.

Er lächelte leicht und legte die Hand auf ihre Brust. »Der Quell des Lebens ...«, murmelte er, und seine Berührung war so unschuldig wie die eines Kindes. Sein Lächeln wurde vage, aber als sie sich aufrichtete, schlossen seine Finger sich um den Ausschnitt ihres Gewandes. Vorsichtig legte sie sich neben ihn und schmiegte sich sanft an seinen ausgezehrten Körper. Nach einer Weile erschlafften seine Finger; sie blickte ihn erschrocken an.

Doch er war nur eingeschlafen.

Faris zögerte am Eingang zur Halle. Ihr Bruder schlief tief und fest auf einer Bank an der Wand; Eric lungerte in einem Sessel in der Nähe. Am hinteren Ende saßen der Herold Lewis und der Sprecher Sachs in der Nähe des Feuers und spielten eine Partie Schach, während Lord Brian und Robert von der Felsmark kleine Steinchen, die Truppenteile darstellten, über die Karte von Westria manövrierten. In der gegenüberliegenden Ecke schaute Caolin hinaus in den Regen. Da bemerkte Eric sie und richtete sich abrupt auf. Die andern, die das Scharren seines Sessels hörten, blickten ihr besorgt entgegen. Faris schluckte, denn das Aussprechen der Worte würde ihnen Wirklichkeit verleihen.

Sie führte Jehans Auftrag aus, obgleich alles, was sie nun tat, die Eisschicht um ihr Herz verstärkte. Hoffte sie immer noch, daß Jehan sich aufraffen und gesunden würde, wenn sie ihre Sache gut machte?

»Der König ist jetzt wach und bei klarem Verstand.«

»Geht es ihm besser?« erkundigte sich Brian heiser.

Faris wappnete sich gegen die Flut von Besorgnis und Mitleid, die von ihm ausging, von ihnen allen. Kalt sagte sie – denn sie wußte, daß sie nur so die nächsten Stunden würde überstehen können: »Er ruft den Rat von Westria zu sich, um ihm seinen Willen zu verkünden.« Übergangslos drehte sie sich um und kehrte zu Jehans Gemach zurück. Sie hörte die schweren Schritte, die ihr folgten.

Der Wacholdermeister saß am Kopf des Bettes, seine graue Kutte fiel in schweren Falten bis fast zum Boden. Faris setzte sich auf den Stuhl neben dem Bett. Jehan atmete flach und sammelte seine Kraft. Die Bettvorhänge waren zurückgebunden, und so sah man nur zu deutlich, wie still er lag. Die Beine der Bänke schabten über den Boden, als die andern sich niederließen.

Caolin trat als letzter ein. Er schritt geradewegs zum Bett und blieb stehen. Sein Gesicht war aschgrau wie der Winterhimmel. »Jehan ...«, flüsterte er. »Wie fühlst du dich?«

Der klare Blick des Königs bohrte sich in seine Augen. »Ich beschuldige dich nicht«, sagte er, als setze er ein Gespräch fort, das vor einem Moment erst unterbrochen worden war. »Nur mußt auch du mir vergeben ...«

Caolin begann so heftig zu zittern, daß er nicht zu antworten vermochte. Er schüttelte den Kopf und ging zum entferntesten Ende des Gemachs. Die anderen blickten ihn überrascht an, doch Faris erschien es völlig natürlich, daß selbst des Seneschalls eiserne Nerven versagten, wenn soviel mehr in Auflösung verfiel. Ein paar Minuten war der einzige Laut das Trommeln des Regens auf dem Verandadach.

»Ratsherren von Westria ...«, begann der König schließlich. »Ich werde nicht wieder auf dem Thron in Laurelynn sitzen, und es ist meine Pflicht, im Reich noch alles zu regeln, so gut ich es kann.« Er wartete, bis sie wieder schwiegen. »Mein Nachfolger wird das Kind, das sich bereits im Schoß meiner Herrin regt. Die Königin wird seine Regentin sein und das Reich regieren, bis es erwachsen ist. Wenn es die Steine nicht wird meistern können, müßt ihr einen anderen Herrscher erwählen. Aber ich glaube, das Kind wird ein größerer Monarch werden, als ich es war. Mit diesem Ring bekräftige ich meinen Willen.«

Der königliche Siegelring glitt mühelos von Jehans Finger herunter; er streckte ihn Faris entgegen. Nach einem kaum merklichen Zögern schloß sie ihn fest in ihre Faust. Er war noch warm von Jehans Hand. »Unter Faris wird Caolin die oberste zivile Regierungsgewalt ausüben«, fügte der König hinzu. Brian schnaufte verärgert, und Caolin zuckte hoch.

»Mylord ...« Die Worte quälten sich über seine Lippen. »Ihr dürft – Ihr dürft mir nicht solche Macht geben ...«

»Wer sonst sollte Faris lehren, was sie lernen muß?« entgegnete Jehan. »Ihr werdet aufeinander aufpassen. Es ist für Westria, Caolin ... Wenn Ihr mich geliebt habt, dann schwört, daß Ihr der Königin und ihrem Kind dienen werdet!«

Eine lange Pause setzte ein. »Ich schwöre ... der Königin zu dienen ... und ihrem Kind.« Die Worte fielen, als würden sie aus der steinern Maske von Caolins Gesicht herausgehauen.

Jehan sank zurück, und der Meister flößte ihm einen Löffel voll Flüssigkeit aus einem blauen Glasfläschchen ein. Faris hielt das Tagebuch hoch, in das sie Jehans Anweisungen geschrieben hatte.

»Den Oberbefehl über die Streitkräfte des Reichs übergebe ich Euch, Robert, Lord Befehlshaber der Westmark, denn ich glaube, daß es bald zum Krieg kommen wird ...« Lord Robert seufzte und nickte. »Elaya wird Westria nun für geschwächt halten und uns im Frühjahr angreifen – *euch* angreifen«, verbesserte er sich und fügte hinzu: »Möge der Gott der Schlachten euch beistehen.« Der Regen draußen donnerte plötzlich wie galoppierender Hufschlag.

»Brian von Las Costas wird Euer Stellvertreter sein«, fuhr der König fort. Eric unterdrückte einen Ausruf, während Brian stolz den Kopf hob. »Falls jemand von euch Gerüchte über Lord Brian gehört hat, muß er sie vergessen, denn ich sage euch, und noch bin ich euer König, daß ich sie untersucht habe und daß seine Treue makellos ist.«

Brians bernsteinfarbene Augen richteten sich auf Caolin. Faris spürte des Lord Befehlshabers Verachtung sogar durch ihren geistigen Schirm, doch der Seneschall rührte sich nicht, bis Jehan seinen Namen murmelte. Da erhob er sich und verbeugte sich vor Brian, doch sein Blick war leer.

»Brian, Ihr dürft das Versprechen nicht vergessen, daß Ihr mir gegeben habt«, sagte Jehan. Der Lord Befehlshaber richtete sich steif auf und erwiderte Caolins Verbeugung. Jehan runzelte die Stirn und schien etwas sagen zu wollen, schloß dann jedoch erschöpft die Augen. Nach einigen Augenblicken erhob sich Lord Robert, um zu gehen.

»Nein ...«, hielt Faris ihn zurück. »Er ruht sich nur kurz aus. Er will euch noch mehr sagen ...«

»Meine Herrin und Königin.« Robert verneigte sich. Die Last der Autorität, die seine Achtung ihr aufbürdete, drückte Faris förmlich nieder. Das Gemach wurde heller, als der Regen allmählich nachließ.

Jehan schlug die Augen auf. »Eric, wollt Ihr der Streiter meiner Lady sein?«

»Mylord, *mir* erweist Ihr diese Ehre?« stammelte Eric. Rosemarie zuckte zusammen und senkte den Blick.

»Ich würde niemanden sonst darum bitten«, antwortete Jehan sanft. Mechanisch streckte Faris die Hand aus. Eric kniete sich verlegen vor sie hin und küßte ihre Finger. Als er sich erhob, sprach der König erneut. »Eric ... es ist keine Zeit mehr für Rivalitäten. Bietet Lord Brian zur Versöhnung Eure Umarmung an. Ihr seid beide wackere Männer und ich glaube, das werdet ihr beide selbst bald erkennen.«

Eric errötete zum zweiten Mal und erstarrte, doch als Brian sich erhob, warf er einen raschen Blick auf den König und gab auf, als er das Flehen in dessen Augen sah. Die zwei Männer umarmten sich, gehorsam wie zwei Bullenbeißer, deren Herren ihnen befahlen, sich zu vertragen.

Ein Hustenanfall schüttelte Jehan, und der Meister gab ihm wieder von der Arznei. Einen Moment atmete der König keuchend, dann wurde es besser und er versuchte zu lächeln.

»Lord Robert, ich danke Euch, daß Ihr mir Euren Sohn zur Verfügung stelltet. Und Rosemarie, grüße deinen Vater von mir. Meine Dankbarkeit für deine aufopfernde Pflege kann ich nicht in Worte fassen – deine Bemühungen hätten eine bessere Belohnung verdient. Aber die Gewißheit, daß du bei Faris bist, lindert den Schmerz, daß ich sie verlassen muß.«

Rosemarie starrte ihn mit zuckendem Gesicht an, dann drehte sie sich tränenblind zu Eric um, der nach anfänglichem Erstaunen tröstend den Arm um sie legte und sie mit unbeholfenem Tätscheln beruhigte.

»Und Ihr, Lewis und Meister Sachs ... und alle anderen, die mir und Westria so treu gedient haben, nehmt jetzt meinen Dank entgegen.« Jehan seufzte. »Mylords und Myladies, ich habe getan, was ich kann, um die Dinge noch für euch zu ordnen – um mich guten Gewissens zurückziehen zu können!« fügte er mit einem Funken Humor hinzu. »Ich weiß jetzt, wie oft ich euch enttäuscht habe. Manchmal zauderte ich, eine eindeutige Entscheidung zu treffen, und nahm den Weg des geringeren Widerstands. Wo ich blind und ungerecht war ... bitte ich euch alle, mir jetzt zu vergeben.« Sein Blick wanderte über die Anwesenden.

»Euch vergeben!« rief Brian. »O mein geliebter Lord, verlaßt uns nicht, ohne *uns* zu vergeben!«

»Was wäre da, was ich euch vergeben müßte? Ich war euer König ...« Ein Hauch von Verwunderung schwang in Jehans schwindender Stimme mit, und er schloß die Augen. Einen Moment dachte Faris, er sei wieder eingeschlafen. Doch dann sprach er aufs neue. »Nun seid ihr selbst für euch verantwortlich ... Erhaltet Westria, bis mein Kind die Steine trägt. Dient der Königin!«

»Ich schwöre, Eurer Lady und Eurem Erben ein treuer Diener zu sein – ich und meine Nachkommen!« rief Brian.

»Und ich!« schwor Lord Robert. Die andern taten es ihnen gleich.

Da seufzte Jehan erleichtert auf und blickte Faris an wie ein Kind, das darauf wartete, man möge ihm versichern, seine Arbeit sei getan und es dürfe nun spielen gehen. Irgendwie schaffte sie es, ihm zuzulächeln, aber ihre Stimme brach, als sie sich zu den anderen umdrehte.

»Die Ratssitzung ist beendet. Ihr könnt gehen.«

Wie Kristall schimmerten die Tropfen, die noch an der Dachrinne und den Fensterrahmen hingen, doch die Wolken hatten sich aufgelöst, und goldenes Licht fiel durch das Westfenster auf Jehans schlafendes Gesicht. Die feinen Knochen seiner Hände und des Kopfes wirkten eher verschleiert als von Fleisch bedeckt, so, als scheine ein Licht von innen durch sie hindurch.

Faris' von der Schwangerschaft geschwollener Leib erschien ihr im Vergleich dazu auf geradezu unfeine Weise erdgebunden. *O mein Liebster,* dachte sie, *wie kann ich jetzt den Versuch wagen, deinen Geist zu berühren?*

»Man sagt, wir Menschen haben einen unsterblichen Körper in unserem fleischlichen verborgen«, flüsterte Rosemarie. »Ich glaube, seiner ist nun sehr nahe an der Oberfläche.«

Des Königs Angehörige und sein Gefolge waren in seinem Gemach geblieben, um zu wachen, während die anderen Ratsmitglieder sich in die Halle zurückgezogen hatten und zu dem steten Strom von Anteilnehmenden sprachen, die gekommen waren, um auf die Neuigkeit zu warten, an die selbst jetzt niemand so recht glauben konnte.

Jene im Gemach sahen, wie eine neue Schmerzwelle den Frieden von Jehans Gesicht brach.

»Er leidet!« klagte Eric den Wacholdermeister an. »Ich dachte, Ihr hättet ihm etwas gegeben, das seine Schmerzen lindert!«

»Er sagte, er wolle den Schmerz nicht mehr verdrängen. Sein Körper arbeitet, damit sein Geist geboren werde«, erklärte der Meister müde.

Faris spürte, wie er seinen Blick auf sie richtete, aber sie wollte ihm nicht begegnen. *Du konntest ihn nicht retten, und jetzt hilfst du ihm, mich zu verlassen …*

Während die Sonne allmählich unterging, warteten sie stumm. Sie haßten jede schwindende Minute und hofften zugleich, sie würde Jehan die Besinnung wiedergeben. Der Regen hatte den Himmel reingewaschen, und der Westen glühte nun in goldenem Licht.

Caolin sog plötzlich laut den Atem ein, und Faris sah, daß Jehans Augen offen und das Gesicht friedlich war.

»Mylord, wie fühlst du dich?« fragte Farin schüchtern.

Langsam richtete des Königs Blick sich auf seinen Schwager. »Sehr gut.« Es hörte sich an, als beantworte jemand die dumme Frage eines Kindes. Alle zuckten unter seinem klaren Blick zusammen.

»Faris ...«

Sie reichte nach ihm, berührte ihn jedoch nicht. »Ich bin hier.«

»Du hast mehr für mich getan, als ich verdiente. Ich glaube, ich kann mein Leben nun zumindest beruhigt beenden. Denk an das Versprechen, das du mir gegeben hast, meine Liebe. Und, wenn ich es kann ... werde ich bei dir sein.« Seine Hand bewegte sich gerade soviel, daß sie ihre berührte. Faris biß sich auf die Lippen, um ihm den Frieden nicht durch einen Schrei zu rauben.

»Hast du kein Wort für mich?« rief Caolin verzweifelt.

Der König lächelte ein wenig. »Vergiß nicht, daß ich dich geliebt habe, Caolin.«

Abrupt wandte der Seneschall sich ab und schien in sich zusammenzusacken, bis Faris nur noch etwas wie einen Haufen Gewänder am Fußende des Bettes sah. Sie spürte, wie der Wacholdermeister hinter ihr zitterte.

Jehan drehte leicht den Kopf, um den Älteren anzublikken. »Seid still – Ihr wißt besser als jeder andere, daß diese Trennung nicht für immer ist. Verbindet Ihr Euch mit mir, um mich auf den Weg zu leiten?«

Der Meister nickte stumm, und sein Gesicht verriet, wie schwer er um seine Fassung kämpfte.

»Was haben wir für einen Tag?« erkundigte sich der König.

»Es ist der Vorabend des Festes der Sonnenwiederkehr«, antwortete Rosemarie erstaunt.

»Die längste Nacht ...« Jehan klang leicht erschrocken. »Öffnet die Fenster!«

Eric blickte den Meister an. Als dieser nickte, machte er sich zögernd daran, eines der Fenster zu öffnen, das zur Bucht hinaussah. Eisige Luft drang herein und sie fröstelten, doch Jehan atmete tief ein. Die untergehende Sonne legte einen goldenen Pfad über die Bucht.

»Die Dunkelheit wird mich nicht bekommen!« rief Jehan. »Seht – der Sonnenweg ist bereit und ich muß dem Licht folgen!« Seine Augen ruhten fest auf der untergehenden Sonne.

Faris schloß die Augen vor diesem Leuchten. Licht und Dunkelheit pulsierten im Rhythmus mit dem heftigen Pochen ihres Herzens vor ihrem inneren Auge. Obgleich ihre Ohren durch den fast schmerzhaften Druck summten, hörte sie, daß die Atmung des Meisters sich veränderte, als er in Trance sank. Verzweifelt sandte sie ihr Bewußtsein aus und suchte das von Jehan wie damals auf dem Bergvater.

Jehans Finger zitterten in ihren, und durch die Lider spürte sie plötzlich eine blendende Helligkeit in dem Gemach. Sie öffnete die Augen.

Gestalten bewegten sich vor ihr wie Schiffe auf einer leuchtenden See. Der Meister – und andere, die ihre Furcht wegsengten. Sie erhob sich. Die Luft um sie vibrierte mit ihrem Namen. Sie drehte sich um. Als koste sie den Klang seiner Stimme oder spüre das Blau seiner Augen, erkannte sie Jehan ...

Sie tat einen Schritt vorwärts, doch die anderen Gestalten wirbelten um ihn herum und nahmen ihn mit sich.

Faris schrie auf, und ihre Vision verschwand in blendendem Licht.

»Wahrhaftig, nun ist unsere lange Dunkelheit gekommen«, wiederholte Caolin leise die Worte. Er schien eine seltsame Befriedigung aus ihnen zu gewinnen. So oft hatte er sie zu sich gesagt in den zwei Tagen, seit er auf die leere Hülle geblickt hatte, die Jehan gewesen war. Er stützte die verschränkten Arme auf das Fensterbrett neben dem Herd und blickte den drei Reitern nach, die die Straße von Nebelhall hinunter zur Königsstraße entlang der Bucht trotteten. Erst vor ein paar Stunden hatte des Königs Leichenzug denselben Weg genommen …

Er hörte, wie die Tür der Halle geöffnet wurde. Er drehte sich verärgert um und blinzelte, als seine Augen sich der Dunkelheit anzupassen versuchten. Er sah dunkles Haar und einen formlosen blauen Umhang.

Jehans Umhang …

Zu plötzlich stand er auf und tastete nach dem festen Stein des Herdes, denn sein Kopf schien mit einem Mal blutleer zu sein. Als er wieder zu sehen vermochte, erkannte er Faris.

Er kämpfte um seine Beherrschung, doch die Königin blickte blind an ihm vorbei, als sie die Halle betrat. Von ihrer Schwangerschaft abgesehen, sah sie genauso aus wie damals, als er sie zum ersten Mal im Norden gesehen hatte, mit farblosem Gesicht und straff über die Wangenknochen gespannter Haut. Nichts an ihr erweckte den Anschein von der Sinnlichkeit, die ihn am Erntefest so abgestoßen hatte – nichts von dem, was er in seinem Ritual übertreibend hatte darstellen wollen.

Er mußte wohl ein Geräusch verursacht haben, denn sie hob den Kopf wie ein erschrockenes Reh, und ihre schattenumringten Augen richteten sich auf sein Gesicht. »Ich – ich dachte, alle seien fort …« sie hüllte sich noch enger in den Umhang und drehte sich um.

»Nein, bleibt …« Caolin stellte erstaunt fest, daß er auf sie zuging, um sie zurückzuhalten.

Die Königin sah aus, als erwarte sie, daß die geschnitzten Stütz- und Deckenbalken der Halle, das Zinn- und Messinggeschirr auf den Wandbrettern, ja selbst die gestickten Kissen auf den Bänken jetzt *anders* sein würden.

»Ich dachte, Ihr wärt mit den andern zum Heiligen Hain gegangen«, sagte sie.

Caolin schüttelte den Kopf. »Jemand mußte hier sein, um mit jenen zu sprechen, die hierherkommen, um sich zu erkundigen.« Im Grunde genommen hätte auch sonst jemand an seiner Stelle bleiben können, aber Caolin wäre nicht imstande gewesen zuzusehen, wie Erde auf Jehans sterbliche Überreste gehäuft wurde, das, wie er wußte, jetzt geschah.

Faris streckte die Hände über das Feuer, Gänsehaut bedeckte ihre dünnen Arme. »Ich wollte seine Leiche nicht sehen«, flüsterte sie. »Ich sagte dem Meister, ich sei zu erschöpft, zur Bestattung mitzukommen. Aber ich kann nicht schlafen und kann nicht wach in dem Gemach liegen, wo alles mich an ihn erinnert.« Sie zitterte heftig.

Caolin nickte. »Sie werden ihn in der Erde des Heiligen Hains zur Ruhe betten und Lieder singen und getröstet nach Hause gehen. Aber Jehan wird trotzdem nicht mehr sein!« Er begegnete fest ihrem Blick. Nun gab es nichts mehr, was sie ihm wegnehmen könnte.

»Er ging und ließ mich allein«, sagte Faris leise. Caolin war verwirrt, denn ihm schien es, als habe seine eigene Seele durch ihre Lippen gesprochen. Ruhelos ging sie durch die Halle, trat zum Spieltisch, rückte ihn zurecht. Dann machte sie sich daran, die umgekippten Schachfiguren aufzustellen. Eine war auf den Boden gefallen, sie bückte sich schwerfällig, um sie aufzuheben.

Aber Caolin war vor ihr dort. Er kniete sich, um die Figur zu greifen, dann hielt er sie hoch, damit sie sie nehmen konnte. Es war die Königin. Noch kniend stellte er den Läufer daneben auf das Brett. »Der König ist fort«, sagte er gedämpft. »Königin und Minister müssen alleine weiterkämpfen ...« Seine Finger verkrampften sich um die Schachfigur.

»Ihr habt ihn auch geliebt.« Faris' Worte drangen durch Caolins Dunkelheit.

Er starrte zu ihr hoch und las in ihren Augen solches Leid, von dem er bis zu diesem Zeitpunkt angenommen hatte, daß niemand außer ihm es fühlen konnte. Gewiß stimmte es, daß sie beide Jehan geliebt und von ihm etwas bekommen hatten, das dieser von allen geliebte Mann all den andern nicht gegeben hatte. Auf diesen Glauben hatte er sein Leben aufgebaut, doch nun war Jehan nicht mehr, und seine Macht war dieser dünnen Frau zugefallen, die sich in des Königs alten Umhang kauerte.

»Mylady, jetzt bin ich *Euer* Diener – was ist Euer Wunsch?« In seinen Augen brannten ungeweinte Tränen. Er küßte Faris' Hand. *Das habe ich Jehan versprochen ...*

Die Königin versuchte zu lächeln. »Ich habe keinen Wunsch. Ich weiß nicht, was ich tun soll.« Sie machte sich daran, die Kissen auf den Wandbänken aufzuschütteln. Caolin erhob sich. Sie mußte sprechen – sie mußte ihm sagen, was er tun sollte!

Faris zog etwas hinter einem Kissen hervor und erstarrte. Es war ein Wildlederhandschuh, dessen Finger durch häufigen Gebrauch die Form der rechten Hand eines Mannes angenommen hatten.

»Überall – überall, wohin ich sehe, finde ich etwas von ihm, als wäre er nur kurz zum Jagen ausgeritten!« brach es aus ihr heraus. »Ich ertrage es nicht – ich muß weg von hier!« Sie blickte ihn flehend an, und ihre Finger gruben sich in seinen Arm.

Caolin faßte sich und legte behutsam den andern Arm um ihre Schultern. »Ja – gleich morgen früh reisen wir nach Laurelynn.«

»Es scheint mir ein weiter Weg vom Thron in Laurelynn zu einem Grab unter diesem Baum zu sein«, sagte Lord Theodor rauh.

Der Wacholdermeister, der den Schmerz in seiner Stimme hörte, wandte den Kopf von dem Wagen ab, in dem des Königs Leichnam ruhte. Auf der Wiese drängten sich die Leute, um zu sehen, wie Jehan zum letzten Mal zum Heiligen Hain kam, so, wie sie einst gewartet hatten, um zu sehen, wie er die Steine übernahm.

»Die Reise von der Halle zum Hain wird dieselbe für Euch oder für mich sein«, sagte Brian grimmig.

»Das weiß ich, aber Jehan hätte mein Sohn sein können! Meine alten Knochen hätten vor ihm hier sein sollen! Ich lebe schon zu lange!«

»Ihr seid nicht alt! Ich habe gesehen, wie Ihr im Norden das Schwert geführt habt!« rief Eric. Doch dem Wacholdermeister entgingen die Furchen nicht, die tief in Theodors

Gesicht gegraben waren, und auch nicht dieser neue Hauch von Zerbrechlichkeit über seinen Zügen, den vielleicht nur er bemerkte. Ja, Theodor *war* jetzt alt.

Wenn ein einfacher Jagdunfall Jehan zerstören konnte, was ist dann von Dauer? fragte sich der Meister. Er fröstelte im eisigen Wind und ging auf die Leiterin der Schule zu. Doch sie war tief in ein Gespräch mit dem Priester des Hains versunken. Er hatte seit ihrer gestrigen Ankunft mit Lord Theodor noch nicht allein mit ihr sprechen können. Seine Eingeweide zogen sich zusammen, und er fragte sich, was sie noch zu ihm sagen könnte, das schlimmer als seine eigenen Selbstvorwürfe wäre.

Ein Murmeln wie entferntes Brandungsrauschen erklang von der Menge, als der Wagen herbeikam. Der Meister bemühte sich, sich der Intensität ihrer Trauer zu verschließen. Robert von der Felsmark kletterte mit maskenstarrem Gesicht vom Kutschbock. Voll Mitgefühl legte Brian leicht die Hand auf seinen Arm, dann bückte er sich, um seine Stiefel auszuziehen. Als alle barfuß waren, traten die Befehlshaber der vier Provinzen zu dem Wagen und hoben die Bahre mit des Königs Leichnam heraus. Blumen, die ihn bedeckt hatten, regneten herab.

»Wie kann er nur so leicht sein …«, flüsterte Eric, als sie die Tragestangen auf die Schultern nahmen, doch niemand antwortete.

Der grüngewandete Priester hatte seinen Platz zwischen zwei Mammutbäumen eingenommen, die wie zwei Säulen am Eingang des Hains standen. »Menschgeborene, weshalb seid ihr gekommen?« rief er.

»Wir bringen Jehan, König von Westria, zur Beerdigung«, erwiderte Robert schroff.

»Was soll der König der Menschen zwischen den Wesen des Waldes?«

Die Leiterin der Schule trat vor. »Wir bringen den Leib des Herrn der Steine zu den Elementen zurück, aus denen er gekommen ist.«

»So tretet denn ein. Eine Stätte ist für ihn vorbereitet.« Der Priester machte Platz, und der kleine Zug trat in die Dunkelheit des Waldes.

Der Wacholdermeister nahm seinen Platz hinter der Bahre ein. Seine nackten Füße tasteten sich vorwärts. Der Wald um sie herum seufzte, als trauere auch er um den König. Der Priester des Hains wählte den einfachsten Weg durch die Bäume, wo seit dem KATAKLYSMUS kein Pfad mehr getreten worden war. Während sie immer tiefer in den Wald kamen, verlor das Weinen und Schluchzen der Menge sich in der Ferne, ja selbst der Wind wurde zum fernen Säuseln. Die Luft duftete nach dem würzigen Geruch frischer Sequoiennadeln und dem starken Moschusduft verrottender Blätter. Sonnenstrahlen fielen schräg durch die Äste ein und ließen die Bäume in hellen Rot- und Grüntönen schimmern, als der Trauerzug in einen Kreis junger Mammutbäume kam und endlich anhielt.

Die Lichtung ähnelte jener, in der sie Jehans Vater bestattet hatten, doch die Merkmale der Landschaft veränderten sich auf seltsame Weise in diesem Hain, in dem manche der Bäume Menschengestalt annehmen konnten. Waren sie wieder gegangen, würde nur der Herr der Bäume mit Sicherheit wissen, wo Jehans sterbliche Hülle ruhte. In der Mitte dieses Kreises war ein Grab ausgehoben, gerade groß genug für den nackten Leichnam in seinem Leichentuch.

Die Träger knieten sich nieder, um die Bahre abzusetzen. Der Meister mußte sich daran gemahnen, daß sich auf dieser Bahre nichts befand, das er behalten wollte – nicht, nachdem er gesehen hatte, wie die lebende Seele den sterblichen Körper verlassen hatte. Trotzdem kostete es ihn seine ganze Willenskraft, der Leiterin dabei zu helfen, den Leichnam behutsam ins Grab zu betten. Einen Moment blickte sie ins Grab, dann begann sie das Gebet.

»Mutter Erde, wir bringen dir diese Form von Fleisch, deren Substanz deine eigene ist. So, wie jedes leibliche Geschöpf die Körper anderer verzehrt, so muß jedes dieselbe Schuld bezahlen. Nimm denn entgegen, was von ihm geblieben ist, den wir liebten, damit neues Leben aus ihm entspringe.«

Die andern griffen nach den Händen der links und rechts von ihnen Stehenden und riefen im Chor: »Das Fleisch der Erde, das Blut dem Wasser, den Atem dem Wind und das

Feuer des Lebens dem All-Schöpfer – wir gehen, wie wir gekommen sind!«

Der Meister streute eine Handvoll feuchter Erde auf das Leichentuch. Die andern taten es ihm gleich. Ihre Finger durchfurchten die Scholle so wie Tränen ihre Wangen durchfurchten. Das nicht sehr tiefe Grab war rasch gefüllt. Als sie sich niederknieten, fielen Sequoienäste herab auf die Narbe in der Erde, obgleich die Luft windstill war. Der Meister spürte, wie seine Haut prickelte, und sah, wie sich ein Mammutbaum über ihnen erhob, der zuvor nicht dagewesen war. Und mit Augen, die nicht von dieser Welt waren, sah er eine grüngekrönte, rotgewandete Gestalt, deren Augen all das Leid verstanden, das die Welt je gekannt hatte.

»Mein Herr der Bäume ...«, flüsterte er und beugte den Kopf, bis die letzte Nadel sich auf dem Boden niedergelassen hatte und nichts mehr von dem Grab zeugte.

Als sie den Hain verließen, dämmerte der Abend, und die meisten Trauernden waren bereits gegangen. Robert und Eric spannten die Pferde wieder an den Wagen. Die Leiterin der Schule wartete, ihrem dunklen Gesicht war keine Gemütsregung zu entnehmen. Der Wind peitschte die Kapuze ihres Umhangs zurück, so daß der Meister ihr Profil sah, das sich vom dämmrigen Himmel abhob.

»Du mußt mit ihnen nach Nebelhall zurückkehren«, sagte sie.

Der Meister schüttelte den Kopf. »Ich habe bei Jehan versagt. Er litt an einer Krankheit der Seele, die ich nicht zu erkennen vermochte. Seit ich ihn sterben sah, war ich nicht mehr imstande zu meditieren. Wenn ich mich allein in die Wacholderhütte zurückziehe, kann ich meine Seele vielleicht wieder in Einklang bringen. So, wie ich jetzt bin, kann ich niemandem etwas geben.«

Ihre Finger schlossen sich um seinen Arm. »Glaubst du das wirklich? Ich habe fünf Jahre in dieser Dunkelheit gelebt. Aber du kannst immer noch gehen, selbst wenn du es blind tun mußt. Wenn du beim König versagt hast, so hast du das vor dem All-Schöpfer zu verantworten – doch du darfst Faris nicht im Stich lassen! Ich kann nicht mehr länger klar sehen«, murmelte sie. »Aber ich glaube, ein starker Wind wird kommen und vieles hinwegfegen, was wir gekannt haben. Das ist vielleicht ganz gut, doch wenn es irgend etwas gibt, das du erhalten möchtest, darfst du nicht davonlaufen!«

Plötzlich erinnerte sich der Wacholdermeister, wie er am Morgen des Erntefestes die Karten für Faris gelegt hatte, und an den schneidenden Wind der Vorahnung, der ihn durch und durch erschüttert hatte. Bisher hatte sich erfüllt, was er gelegt hatte – Faris war jetzt die *Königin der Schwerter.* Er blickte die Leiterin der Schule an. »So ist es also meine Aufgabe, mich gegen den Wind zu stellen?«

»Dich gegen ihn zu stellen, oder auf ihm zu reiten ...«, entgegnete die Leiterin.

5 Die weiße Königin

Die bronzenen Harfensaiten schimmertem im Feuerschein auf, als Farin Goldschwan auf seinem Schoß zurechtrückte. Er tauchte den Lappen in die Ölschale und strich damit behutsam über die glänzenden Saiten des Klangkörpers. Die Verzierung aus Golddraht um das Schalloch schimmerte wie die Stickerei eines königlichen Gewandes. Farins Hand hielt abrupt inne. Er erinnerte sich, wie prächtig Jehan im vergangenen Sommer in seiner Ratsrobe ausgesehen hatte. Nun war der Januar halb vorüber – sie waren ohne den König nach Laurelynn zurückgekehrt, und alles war anders.

Schritte hallten auf der Treppe – Faris kam von der Eingangshalle hoch, gefolgt von Caolin.

»... und sobald Lord Robert von seinen Unterredungen mit den Lehnshaltern im Süden zurückkehrt, müssen wir einen Kriegsrat halten«, sagte der Seneschall.

Farin beschäftigte sich wieder mit dem Öllappen und strich damit liebevoll über die sanfte Kurve des Instruments.

»Es wird uns wohl nichts anderes übrigbleiben«, entgegnete Faris leise. Sie nahm ihren weißen Umhang ab. Auch ihr Gewand darunter war aus ungefärbter Wolle – die Farbe der Trauer. »Ich wußte nicht, was das Ganze bedeutete, als der elayanische Gesandte im vergangenen Juli vor dem Rat sprach, und danach ... ich nehme an, Jehan sagte mir nichts, weil er mich schonen wollte.« Sie streckte fröstelnd die Arme über das Feuer.

Caolin blickte sie an. »Wir *können* gewinnen«, sagte er. »Wir *werden* gewinnen, wenn Hitzköpfe wie Brian auf die Vernunft hören!«

»Jehan vertraute Brian ...«, sagte Faris. Die lodernden Flammen schienen ihren Blick zu bannen.

»Er sagte, er täte es.« Caolin starrte hinunter in die Schatten der Eingangshalle.

»Er stürmte in Jehans Krankengemach«, fuhr Faris fort, als hätte er sie nicht unterbrochen. »Und danach folgte Jehan ihm ins Freie ...«

Zwei Saiten summten kurz auf, als Farins Lappen sie streiften. Caolin wirbelte herum. Seine Augen blitzten wie die Golddrähte der Harfe, die nun auf dem Tisch beim Fenster lag.

»Ihr habt Euch einen seltsamen Platz zum Üben ausgewählt!« sagte der Seneschall scharf.

Farins Hand hielt mitten in der Bewegung über der Harfe inne. »Diese hohen Fenster geben das beste Licht.«

»Nicht zu dieser Stunde«, entgegnete Caolin und schaute hinaus auf die kahlen Äste der Pflaumenbäume, die am Schräghang zum See wuchsen. Das Abendrot wich bereits der winterlich frühen Dämmerung.

Farins Finger legten sich um die Harfe. »Dann werde ich wohl in der Dunkelheit spielen müssen.«

Einen Moment starrte Caolin ihn schweigend an, die Hände in den Falten seines Gewandes verborgen. »Ich muß in mein Amt zurück«, sagte er plötzlich zu Faris. Sie nickte und reichte ihm die Hand. Caolin beugte sich darüber, dann raffte er den Umhang eng um sich und ging die Treppe wieder hinunter.

Farin griff nach einem sauberen Tuch und polierte die Harfe. Das Holz glänzte, als hätte es den Schein des Feuers in sich aufgesogen. Farin blickte seine Schwester an, um mit ihr zu sprechen, als er erschrocken bemerkte, wie das Feuer auf neuen Silberfäden in ihrem erddunklen Haar schimmerte.

Ihr Schweigen bildete eine Mauer um sie, die ihn seit dem Tod des Königs von ihr trennte. Früher hätte er sie ohne Worte berühren können.

Die Stufen knarrten unter energischen Schritten. Eric sprang die letzte Stiege hoch und blieb sofort stehen, als er Faris am Feuer sah. »Mylady!« Sie blickte auf. Ihre Augen glichen dunklen Brunnen, als Eric sich niederkniete und ihre Hand küßte. Farin zupfte eine Oktave, wandte sich jedoch nicht um. Nach einer kurzen Weile lächelte Faris vage, erhob sich und griff nach ihrem Umhang. Sie gestattete, daß Eric ihn ihr umlegte. Dann ging sie, immer noch ohne ein Wort, zu der Treppe, die zum Obstgarten führte.

Eric blickte ihr nach. Seine riesigen Hände hingen geöffnet an seiner Seite herunter. »Dürfen wir sie hinausgehen lassen? Es wird immer kälter.«

Farin zuckte die Schultern, prüfte eine Saite und drehte ganz leicht den Stimmschlüssel. »Sie wird nicht frieren. »Wollt *Ihr* ihr befehlen zurückzukehren?«

Eric ließ sich auf einen Stuhl fallen. »Sie lächelt an mir vorbei, als wäre ich gar nicht da!«

Unwillkürlich betrachtete Farin ihn und dachte, daß es schon sehr großer Geistesabwesenheit bedurfte, jemanden von Erics Statur zu übersehen. »Ich glaube, sie hört auf Caolin.«

Eric schnaubte. »Ich nehme an, das muß sie! Ich würde jedenfalls keinen Gefallen an seiner Unterhaltung finden!« Er stand wieder auf und ging unruhig auf der Galerie hin und her. Schließlich blieb er bei einer Truhe unter einem Fenster stehen. »Jehan bewahrte hier ein Schachspiel auf. Ob es ... ja, es ist noch da. Spielt Ihr eine Partie mit mir, Farin?«

Farin erinnerte sich, wie oft er mit dem König Schach gespielt hatte. Er schüttelte den Kopf. »Nein ...« Da sah er Rosemarie und den Wacholdermeister die Treppe hochkommen. »Nein, aber Ihr könntet Rosemarie fragen.«

Eric wirkte überrascht, aber Rosemarie erklärte sich einverstanden, und er stellte das Spielbrett auf eine Bank vor dem Feuer.

Der Wacholdermeister kam zu Farin und strich mit einem Finger sanft über die Harfe. »War Faris hier?«

»Sie ist wieder in den Obstgarten hinuntergegangen«, antwortete Farin. Er zupfte einen Mollakkord und stimmte zwei Saiten aufs neue. Der Meister seufzte, und Farin dachte, daß ihm der Hofgeistliche zum erstenmal, seit er ihn kannte, alt vorkam. Er trat ans nächste Fenster und schaute hinunter auf den Obstgarten; seine Kutte verschmolz mit den Schatten der einbrechenden Dunkelheit.

Farins Linke hob sich zu den Saiten, spielte eine Note, dann zwei weitere. Nein – nicht diese Weise. Er hatte sie am Nachmittag vor Jehans Tod gespielt. Er versuchte eine andere, doch die Noten verklangen, als er die Finger anhielt. Das Feuer glühte wie die Augen des Königs; er kannte keine Weise, die nicht ihre eigene bittere Harmonie von Erinnerungen barg.

Der Herr, den ich liebte, ist nicht mehr … und er hat meine Musik mit sich fortgenommen. Er legte den Kopf gegen die Rundung der Harfe, und seine geschlossenen Lider brannten von heißen Tränen.

Faris lehnte sich in ihrem Sessel zurück. Sie spürte, wie ihre schmerzenden Füße auf dem weichen Schaffellvorleger pochten. Sie überließ ihren Körper vollständig der Lethargie der Erschöpfung. Um diese Taubheit zu erlangen, war sie im Obstgarten herumgegangen, bis die feuchte Kälte zu ihren Knochen durchdrang – vielleicht würde sie heute nacht traumlos schlafen können. Branwen stand immer noch an der Tür, und es sah aus, als überlege sie sich eine weitere Ausrede, weshalb sie die Königin nicht alleinlassen konnte.

»Ich brauche wirklich nichts mehr, Branwen – du darfst gehen …«

»Mylady …« Das Mädchen zog ein Buch aus der Schürzentasche, das in grünes Leder gebunden war. »Ich fand das unter den Sachen, die wir von Nebelhall mitbrachten.« Sie legte das Buch auf den Tisch und drehte sich um.

Wenn es ein Buch war, sollte es in die Bibliothek oder zu Caolin gebracht werden, dachte Faris. Sie schlug es auf, und ihr Blick fiel auf Jehans feine Schrift.

»Meine Liebste, ich wage nicht, Dich aufzuwecken, dabei möchte ich Dir soviel sagen …« Das Datum war Mittsommer, als er sie als seine Königin nach Hause, nach Nebelhall, gebracht hatte. Faris schluchzte auf und schloß das Tagebuch, doch Jehans Worte hallten in ihr nach, und ihre Illusion, daß sie sich mit seinem Verlust abgefunden hatte, zerschellte. Sie grub das Gesicht in die Hände.

»Du hattest mir soviel zu sagen, und doch konntest du nicht bleiben, bis du es vollendet hattest …« Sie schlug das Buch wieder auf.

Heute brechen wir zur Felsmark auf. War Westria schon immer so schön, oder liegt es an Faris, die alles verschönt? War es Feigheit, die mich veranlaßte, Caolin meine Anweisungen über Santibar an Brian zu übermitteln? Das Land träumt in der Sommersonne, und ich möchte nichts anderes, als mit meiner Frau in den Armen unter einer Eiche zu liegen. Wir müssen den Krieg mit Elaya verhindern! Das Land braucht Frieden, genau wie ich …

Faris erinnerte sich an jene Tage. Die Übelkeit, die die erste Zeit ihrer Schwangerschaft mit sich gebracht hatte, war vorüber, und sie war unter Jehans Liebe erblüht. Jetzt rüttelte der Wind an den Fenstern. Bald würden die Wolken, die den Sonnenuntergang überlagert hatten, Schnee oder Regen bringen. Fröstelnd griff sie nach ihrem Schultertuch. Der goldene Sommer war nur noch ein Traum. Die Wirklichkeit sah anders aus: Kälte, ein einsames Bett und Kriegsdrohung.

Ich suche nach Worten, Dich zu beschreiben, meine Liebste, doch alle Worte, die ich kenne, haben durch zu häufigen Gebrauch ihren Glanz verloren. Dein Bruder Farin hat die Worte und die Musik, doch keine Liebe … so kann ich schließlich nur zurück ins Bett steigen und Dich mit meinem Körper feiern, wie es Männerart ist.

Nein! Sie ertrug es nicht, daran zu denken, wie er sie ›gefeiert‹ hatte, nicht jetzt … Rasch blätterte sie weiter und hielt dann an. Nicht Worte sah sie nun, sondern eine Skizze, den gebeugten Kopf einer Frau. Der Elfenbeinkamm im Haar dieses Kopfes war ihr eigener. Sie staunte. *Wie konnte Jehan in mir einen so heiteren Frieden finden?*

Das Wandgemälde verschwomm vor ihrem Blick, als ihre Augen sich mit Tränen füllten. Durch Schleier hindurch sah sie es: eine Frau und ein Harfner, die einem Ungeheuer mit Wolfskörper und drei furchteinflößenden Köpfen gegenüberstanden. Sie erkannte die Sage, die älter war als die Alten: Orpheus, der seine Gemahlin Eurydike aus der Unterwelt zurückholt. Wenn sie Jehan nur auch zurückholen könnte!

Die Frau auf dem Gemälde stand mit gesenktem Kopf und erhobener Hand. Der Malstil war derselbe wie der auf der Wand von Jehans Gemach in Nebelhall und in dem Buch auf ihrem Schoß. Dieses Gemach hatte der alten Königin gehört, und plötzlich mußte sie lächeln, als sie sich vorstellte, wie Jehan für seine Mutter die Wand bemalte.

Immer noch lächelnd legte sie das Tagebuch zur Seite und löschte die Kerze.

Eine nach der andern löschte auch der Wacholdermeister in seiner Kammer die Kerzen aus. In dem vergangenen Monat hatte er gelernt, die Schatten zu fürchten, und doch war die Dunkelheit sein einziger Weg zurück zum Licht. Es war noch früh am Abend, trotzdem war es still im Palast. Er erinnerte sich, wie Licht und Lachen ihn erfüllt hatten, als Jehan noch hier gewesen war. Seufzend setzte er sich auf seine Matte, verschränkte die Beine und legte die Hände auf die Knie.

»Im Namen des All-Schöpfers.«

Das war der Schlüssel, der erste Satz, wie man es ihn gelehrt hatte. Zeigte er ihm auch seine Irrtümer? Hatte er seine eigenen Wünsche verfolgt, statt den Willen des All-Schöpfers zu bedenken? Er atmete tief ein und aus, ein und aus und entspannte allmählich jeden einzelnen Muskel, bis keine Verkrampfung ihn mehr ablenken konnte.

»Herrscher über Erde und Himmel, über unsere äußere und innere Welt – höre mein Gebet!«

So begann die Litanei, die das erste war, was er in der Schule der Weisen gelernt hatte, als er sich einen Pfad zu der Herrlichkeit und Pracht hatte erschließen wollen, die sich ihm seit seiner Kindheit des öfteren unerwartet offenbart hatte. Und es war ihm gelungen – die Ekstase, die ihn überraschend und ohne sein Zutun überwältigt hatte, war zum stärkenden Quell für ihn geworden, wann immer er ihn benötigte. Bis jetzt …

»Du bist der Ursprung des Lebens, in Dir sind Zeit und Raum eins – höre mein Gebet!«

Der Meister schloß die Augen, griff nach der Stille und

vergaß seine Sinne. Er wußte, daß die Dunkelheit, die ihn überkommen hatte, nichts Ungewöhnliches war, sondern lediglich ein Hindernis, mit dem jeder rechnen mußte, der dem Pfad folgte. Wenn sogar die Leiterin der Schule darüber klagte, durfte er sich nicht wundern. Doch warum mußte sie ihn jetzt behindern, wenn Faris in ihrer eigenen Dunkelheit wandelte und ihn brauchte?

»Von Dir komme ich und zu Dir kehre ich zurück – höre mein Gebet!«

Ihn hatte das Leuchten jener Wesen geblendet, die Jehan mitgenommen hatten, und er erinnerte sich daran wie ein Gefangener im dunklen Verlies sich an das letzte Tageslicht erinnert, das ihm zu sehen vergönnt gewesen war. Doch danach war die Sonne untergegangen.

»Ich werde die Dunkelheit suchen, die das Tor zu Deinem Licht ist – höre mein Gebet!«

Der Meister sprach die Worte und ließ sie mit all seinen Gedanken dahinziehen, bis nur noch die Realität seiner Existenz übrigblieb, die durch die Dunkelheit sank ...

Ins Nichts ... Es gab keinen Grund, keine Grenze, kein Tor. Er stürzte durch die Klüfte, die er einst so mühelos überquert hatte. Und Das-was-nicht-war begann seine Seele aufzulösen.

Nein! Mit der erschrockenen Ablehnung dieser Auflösung erreichte er wieder sein Bewußtsein. *Ich existiere ... ich bin!* Sein Name hallte durch das wiederkehrende Bewußtsein. Sein Körper zuckte, als alle Sinne gleichzeitig ihre Arbeit wieder aufnahmen, und er brach zusammen.

Als er nach einer Weile mit Schmerzen die Augen öffnete, war es noch dunkel.

Faris bewegte sich in dem großen Bett. Sie öffnete die Augen einen Spalt, sah, daß es dunkel war, und glitt in den Schlummer zurück. Die Schatten in ihrem Gemach nahmen Form an: Säulen reckten sich einem verhangenen Himmel entgegen. Ein Wald, tiefer als der Heilige Hain, umgab sie und dämpfte jeden Hauch eines Lauts.

Warum bin ich hier? fragte sie sich verwundert und antwortete sich schließlich selbst: *Ich suche Jehan!* Bei diesem Gedanken drehte sie den Kopf und sah ihn an ihrer Seite schreiten ... *Er ist nicht tot! Ich wußte, daß es nicht stimmt!* Unendliche Freude erfüllte sie.

»Ich war nur bewußtlos, als sie dachten, ich sei gestorben ...«, sagte er. »Ich lag nie unter diesem Leichentuch ...«

Sie blickte ihn an und sagte: »Ich habe nichts geändert ...«

»Wie geht es dem Reich?«

»Ganz gut. Aber im Süden drohen die Gewitterwolken immer noch mit Krieg«, antwortete sie.

Er hielte ihren Arm fest. »Sie sollen nicht wissen, daß ich hier bin – du mußt weiterhin meinen Platz einnehmen. Doch ich sage dir alles, was du zu tun hast.«

»Aber ich kann deine Männer nicht befehligen, Mylord ...«

Etwas schüttelte sie, und ein Leuchten blendete ihre Augen.

»Mylady! Meine Herrin und Königin!«

Faris beruhigte sich, sie griff nach Jehan. Doch er war verschwunden, und Tageslicht vertrieb die Schatten der Bäume. Sie seufzte und lächelte. Zumindest war Jehan nicht tot. Es war glücklicherweise alles nur ein Irrtum gewesen.

Dann öffnete sie die Augen. Die Sonne schien ins Gemach der Königin in Laurelynn, und sie erkannte, daß nicht ihr Traum, sondern die Wirklichkeit der Alptraum war.

Gedämpftes Tageslicht drang durch den bewölkten Himmel in die Ratskammer mit dem Blick über den Fluß und ließ die Gesichter der vier Personen in diesem Raum schemenhaft erkennen. Caolin fand es beruhigend.

Faris saß auf des Königs Stuhl am Kopf des Tisches. Mit ihrem blassen Gesicht und dem weißen Gewand sah sie wie ein Geist aus, doch glücklicherweise nicht wie Jehans. Alle sahen heute düster aus: Robert von der Felsmark ganz in Grau und Brian in abgewetztem Leder. Caolin hatte instinktiv ein Gewand gewählt, dessen Rot so dunkel war, daß es fast braun wirkte. Die Erinnerung an Jehan war das einzige Licht.

Robert legte den Bericht, den er laut vorgelesen hatte, auf den Tisch. »... so war ich am Elchübergang, als ich erfuhr, daß Prinz Palomon seine Männer mustert«, sagte er. »Ich hatte gedacht, daß sie nun, da sie von unserem Verlust wußten, würden verhandeln wollen ... Ich wünschte, ich wüßte, wo und wann nun ihr Angriff erfolgen wird!« Er blickte Faris an.

Sag etwas! dachte Caolin. *Dieser Mann wartet auf deinen Befehl!*

»Die Straße nach Santibar war den ganzen Winter über offen«, warf Brian nun ein. »Es ist offensichtlich, daß sie dort zuschlagen werden!«

»Der Winter war kalt, das stimmt, und obgleich wir bereits Anfang Februar haben, ist der Drachenschwanzpaß noch durch Schneemassen blockiert.« Robert strich nervös durch seinen graumelierten Bart.

Caolin räusperte sich. Er dachte an die verschlüsselte Nachricht in seinem Schreibtisch. »Trotzdem werden sie diesen Weg nehmen, sobald es möglich ist.«

Brians bernsteinfarbene Augen schienen zu glühen. »Könnt Ihr Palomons Gedanken lesen? Oder seid Ihr so gut Freund mit ihm, daß er Euch in seine Pläne einweiht?«

Caolin erstarrte und blickte Unterstützung heischend zu Faris, ohne auf Roberts erschrockenen Ausruf zu achten. Die Hände der Königin verkrampften sich, bis die Knöchel sich weiß abhoben, aber sie sagte nichts.

»Lord Brian, ich denke an das Versprechen, das ich dem König gab«, sagte er schließlich ruhig. »Solltet Ihr das nicht ebenfalls?«

Brian zitterte am ganzen Körper, aber seine Augen verloren ihr Feuer, und er lehnte sich auf seinem Stuhl zurück.

Robert blickte die beiden beschwichtigend an. »Es stimmt natürlich, daß es uns helfen würde, die Information zu bewerten, wenn wir ihre Quelle kennen.«

Caolin runzelte die Stirn. Er dachte an die unendliche

Geduld und Mühe, die es ihn gekostet hatte, diese Quellen zu erschließen. Durfte er Robert und Brian trauen?

»Es gibt jemanden an Palomons Hof«, sagte er bedächtig, »der in einer gewissen Weinstube, in der er nie zum Zahlen gedrängt wird, sehr offen zu sprechen pflegt. Der Wirt berichtet das jemandem, der dann wiederum mir die Information schickt.« Er zuckte die Schultern. »Ich kann meine Hand dafür nicht ins Feuer legen, aber bisher stimmten die Informationen immer. Ich wußte, daß Elaya sich vor einer Woche zum Krieg entschloß«, endete er und beobachtete Brian dabei.

Der Lord Befehlshaber von Las Costas sprang auf und beugte sich über den Tisch. »Das hättet Ihr uns sagen müssen!«

Caolin lächelte schwach. »Aber Brian, kann ich Euch denn mit nichts zufriedenstellen? Erst zweifelt Ihr an meinen Quellen, dann kritisiert Ihr mich, wenn ich sie überprüfen will!« Er wandte sich nun betont an Robert. »Ich habe alle Vorbereitungen getroffen, die in meiner Macht standen, und auf Eure Rückkehr gewartet.« Sein Blick kehrte zu Brian zurück. »Ich benachrichtigte die Königin-Regentin – ich wußte nicht, daß ich *Euch* Rechenschaft schulde!«

»Irgend jemand wird Euch eines Tages zur Rechenschaft ziehen ...«, knurrte Brian. Seine Hände schlossen und öffneten sich, als hungerten sie nach Caolins Kehle.

»Mylord, beruhigt Euch!« rief Robert. Er strich verstört durch sein Haar. »Spart Eure Feindseligkeit für die Elayaner, im Namen des All-Schöpfers!«

»Robert – Brian – Caolin ...« Zusammenzuckend wandten sie sich alle zu Faris um, die nun fortfuhr: »Es ist für uns alle nicht leicht, und ich – werde müde ...«

Oder krank, dachte Caolin, der sie heimlich musterte. Die Königin hatte ihren Umhang eng um sich gezogen, als fröstele sie, doch Schweißtropfen perlten auf ihrer Stirn.

»Welche Entscheidungen können wir jetzt treffen? Wir müssen Pläne für jede mögliche Entwicklung machen. Wo liegt die größte Gefahr?« fragte sie.

Caolin schluckte. Einen Augenblick hatte sie wie Jehan

geklungen. Robert nickte dankbar und richtete sich auf seinem Stuhl auf.

»Wenn sie die Küste hochkommen, können sie Santibar sofort angreifen, und wir werden länger brauchen, ihnen unsere Streitkräfte entgegenzuschicken. Doch sie werden feststellen, daß es nicht so leicht ist, an Santibar vorbei zum übrigen Reich zu gelangen.«

»Wollen sie Santibar?« fragte die Königin.

»Worum haben wir sonst während der vergangenen zwanzig Jahre gekämpft? Palomon und ich sind Erzfeinde«, brummte Brian.

Du schaffst es leicht, dir Feinde zu machen, dachte Caolin.

»Und wenn sie durch den Paß kommen?« fragte Faris nun.

»Das Wetter könnte ihnen Schwierigkeiten machen, und unsere Festung unterhalb des Passes würde sie eine Weile aufhalten. Aber wenn sie erst durchgebrochen sind, können sie Laurelynn in zwei Wochen erreichen.«

»Santibar hat eine neue Garnison, und die Festungen von Balleor wurden auch verstärkt«, warf Caolin rasch ein. »Sie müßten imstande sein, sich zu verteidigen. Wir dürfen Laurelynn nicht ungeschützt lassen.«

Robert nickte bedächtig. »Das ist vernünftig.«

»Aber ich habe den Santibarern versprochen ...«, begann Brian.

»Ihr habt etwas versprochen«, unterbrach ihn Caolin heftig. »In wessen Namen? Habt Ihr vor, den Eid zu brechen, den Ihr dem König geschworen habt, um Euer eigenes Land zu beschützen?«

»Brian!« rief nun auch Robert. »Wir dürfen unsere Kräfte nicht verzetteln!«

Der Lord von Las Costas gab nach. »Ich weiß – ich weiß ... Aber es ist schwer, denn sie verlassen sich auf mich ...«

Robert legte tröstend die Hand auf seine, doch sein Blick ruhte auf Faris. »Mylady – die Entscheidung liegt bei Euch!«

»Wie soll ich wissen, was richtig ist? Ich habe nie ein Schwert geführt!« Sie zitterte.

Brian zuckte die Schultern. »Ich gehorche dem Willen meines Herrn, und er gab seine Macht an Euch weiter. Doch Ihr werdet führen müssen, wenn wir Euch folgen sollen!«

Tocken dachte Caolin, daß er und Brian sich wenigstens darin einig waren. Doch wenn Faris ihre Macht nicht ausüben wollte oder konnte, mußte jemand sie leiten. Er holte tief Atem.

Doch die Königin kam ihm zuvor. »Wir müssen unsere Truppen sammeln und bereit sein, entweder Santibar zu entlasten oder Laurelynn zu verteidigen.« Sie blickte durch Robert hindurch, der unruhig auf seinem Stuhl hin und her rutschte.

»Es wird mindestens einen Monat dauern, bis der Heerbann versammelt ist«, erklärte er.

Wieder sprach Faris:

»Krieg – niedergemetzelte Menschen und niedergebrannte Häuser ... Können wir nicht einen Unterhändler zu Prinz Palomon schicken und ihn um Frieden bitten?«

Brian lachte rauh. »Frieden mit Palomon?«

Robert schüttelte bedrückt den Kopf. »Es ist ein alter Zwist, und jetzt halten sie sich für die Stärkeren. Welchen Preis müßten wir für unsere Sicherheit bezahlen? Wärt Ihr bereit, Prinz Palomon die Vier Steine zu überlassen, damit er seine Frauen damit behängt?«

Einen langen Moment schwieg die Königin. Ihre Pupillen waren geweitet und blicklos. »Aber ein Preis wird bezahlt werden müssen ...«, sagte sie tonlos. Caolin beobachtete sie angespannt. Erregung erfaßte ihn, als er erkannte, daß sie in Trance war.

Faris' leerer Blick ruhte auf Brian. »Ihr ersehnt doch Kampf, aber ich sehe nur Blut und Tod und Pfeile des Verrats ... Blut ...« Ein heftiger Schauder durchfuhr sie, dann kehrte ihr Blick wieder in die sie umgebende Realität zurück. Sie klammerte die Hände um die Tischkante und sah sich verängstigt um. »Was – was habe ich gesagt? Brian – es tut mir leid ...«

»Warum?« entgegnete Brian erstaunlich gütig. »Mir wäre der Preis nicht zu hoch, wenn ich ihn mit dem Schwert in der Hand bezahlen könnte und er den Sieg brächte.«

»Ich werde den Heerbann ausrufen«, sagte Robert nach einer Weile und ordnete abwesend seine Papiere. Faris nickte düster. In ihren Augen glänzten Tränen.

Caolin betrachtete sie mit neidlosem Staunen. Geistige und weltliche Macht waren ihr gegeben, doch sie schien sie weder zu schätzen, noch hatte sie den Willen, sie zu benutzen.

Faris schaute auf. Ihr Blick wanderte von Robert zu Brian und blieb auf Caolin ruhen. »Helft mir ...«

Der Seneschall stand auf. Mitleid und Triumph rangen in seinem Herzen. »Ja, meine Königin. Ihr müßt Euch jetzt ausruhen. Aber seid unbesorgt – ich werde mich um alles kümmern.«

Einen Moment lehnte sie den Kopf an seine Schulter, dann richtete sie sich auf und gab den beiden anderen die Hand. »Habt Dank für Euren Rat, Mylords.«

Robert und Brian standen ebenfalls auf und verbeugten sich. Caolin nahm den Arm der Königin. Es gelang ihm nicht, den Triumph in seinen Augen zu verbergen, als er, kurz ehe die Tür sich hinter ihnen schloß, zurückblickte und die schwelende Wut in Brians Augen bemerkte.

»Was gibt es?« fragte die Königin. Der Wacholdermeister folgte ihr in das Gemach. Unter dem Arm trug er eine hölzerne Schatulle.

Faris setzte sich. Die flüchtige Ruhe vor dem beinahe chronischen Schmerz in ihrem Kreuz lenkte sie ab. Durch die Verlagerung ihres Gewichts rührte sich das Kind in ihr und drückte gegen die Bauchwand. Es war fast Mitte Februar und die Entbindung nur noch etwa einen Monat entfernt. Die Leiterin der Schule hatte gesagt, daß es ein Sohn war. Seine Geburt würde die körperliche Last von ihr nehmen, doch welche Bürde würde er ihrem Herzen auferlegen?

Sie seufzte und wandte sich an den Meister. »Ist etwas vorgefallen?«

Nur seine Augen schienen in dem Gesicht zu leben, das jetzt weniger gealtert als verbraucht wirkte. Sein Haar und seine Haut waren so stumpf wie seine graue Kutte. Behutsam stellte er die Schatulle auf den Tisch. »Ich hätte es Euch schon eher geben müssen«, sagte er.

Die Schatulle erinnerte Faris an etwas, doch momentan wußte sie nicht woran. Sie öffnete die Vorderseite, und mehrere Fächer glitten stufenförmig zurück. Vorsichtig hob sie eine Ecke des Seidentuchs hoch. Darunter schimmerte es. Faris zuckte vor dem Leuchten von Blattgrün, Erdbraun und Gold zurück.

»Der Erdstein! Ihr habt mir die Steine gebracht!«

Der Meister nickte. »Ihr werdet sie für das Fest der Ersten Blumen brauchen.«

Sie zuckte bei der Erinnerung an Pflaumenblüten und das Bild des Königs zurück, der durch den Sonnenschein auf sie zukam, mit einem Blumenkranz in der Hand. »Ich kann sie nicht tragen! Ich werde nicht an dem Fest teilnehmen!«

»Das Volk hat seinen König verloren – wollt Ihr ihm auch noch seine Königin vorenthalten?«

Faris erinnerte sich an das Versprechen, das sie Jehan gegeben hatte. »Nun gut, aber ich brauche die Steine nicht für die Zeremonie.« Ungewollt wanderte ihr Blick zu der Schatulle. Sie konnte die Gegenwart der Steine am Rand ihres Bewußtseins *spüren* wie das Brausen eines Wasserfalls, der so weit entfernt war, daß man ihn mehr ahnte als wirklich hörte.

Der Meister schwieg, seine Finger krampften sich um die Falten seiner Kutte.

»Nun?« fragte sie bitter. »Ist das alles, was Ihr mir sagen wolltet?«

»Was möchtet Ihr denn, daß ich Euch sage? Ihr seid jetzt der einzige Hüter der Steine, und Ihr habt kaum angefangen, Euch mit ihren Kräften vertraut zu machen. Als Ihr die Schule der Weisen verlassen habt, verspracht Ihr, mit Eurem Studium weiterzumachen. Ihr wißt, was Ihr tun müßtet!« Seine Stimme klang nun hart, ohne den Honig falschen Mitgefühls.

Sie umklammerte die Sessellehnen. »Wenn ich es nicht tue, liegt es nicht daran, daß man mich nicht darauf aufmerksam macht. Caolin will meine Bewilligung für Proviant und Robert meine Befehle für jene, die ihn verzehren werden. Bittsteller eilen aus dem ganzen Reich herbei, um mir Gesuche vorzulegen, die sie dem König nicht zu zeigen gewagt hätten; oder sie kommen nur, um des Reichs Zuchtstute anzugaffen!

Ich bin nicht der König! Immer wenn ich an seiner Stelle auftrete, denken die Leute, was dieses bleiche, unförmige Weib doch für ein schlechter Ersatz für ihn ist!« Sie unterdrückte den Rest ihrer Klage. Sie durfte ihm nicht sagen, daß sie jede Nacht träumte, Jehan käme zu ihr, damit sie ihm Bericht erstatte, und daß sie jeden Morgen die Qual seines Verlustes aufs neue spürte.

»Und wenn der Augenblick kommt, der es erforderlich macht, daß Ihr die Steine anlegt? Könnt Ihr sie Euch dann untertan machen?« zwang sich der Meister sie zu fragen.

»Allein?« Sie schüttelte den Kopf. »Wieder einmal hat Jehan mich mit Euch alleingelassen, so wie damals, als ich zur Schule der Weisen ging. Und wieder versucht Ihr, mich dazu zu bringen, nach der Macht zu greifen. Doch diesmal könnt Ihr mir nicht damit kommen, daß ich es Jehans wegen tun muß! Ihr könnt mich zu nichts zwingen! Wie Ihr selbst mich erinnert habt: Ich bin die Königin!« Ihr Lachen wurde zum Schluchzen, und sie bedeckte das Gesicht mit den Händen.

»Dann laßt mich gehen!« rief der Meister flehend.

Abwehrend hob sie die Arme, als ihm sein Geistschild entglitt und die volle Kraft seiner Verzweiflung gegen sie schlug. Dunkelheit – Dunkelheit – etwas anderes als ihre, aber auf ihre Weise nicht weniger schrecklich.

Aus einem bisher ungeahnten Quell in ihr schoß eine Welle des Mitleids empor, die die Flut seines Leides ablenkte. Faris stand schwerfällig auf und legte einen Arm um seine dünnen Schultern.

Er schauderte, und der Druck seiner Gefühle ließ nach. »Verzeiht ...«, flüsterte er. »Es geschah nicht mit Absicht.«

Faris schob ihn zurück in seinen Sessel, blieb jedoch daneben stehen und hielt seine Hand fest. »Wohin möchtet Ihr denn gehen?«

Awahna ... Es fiel ihr kaum auf, daß er es gar nicht laut gesagt hatte. Sie hielt den Atem an, als Bilder von seinem Geist sich in ihren übertrugen: Bäume, größer als die im Heiligen Hain, unter denen klare Bäche zu grünen Wiesen flossen, wo muntere Rehe furchtlos ästen. Hinter den Wiesen erhoben sich steile Felswände, höher als die höchsten Bäume, und überall war das ferne Wispern von Wasserfällen zu hören ...

Faris zitterte. Sie erkannte diese Bäume und die Wiesen, über die sie jede Nacht mit Jehan wanderte. »Awahna ...«, sagte sie laut.

Der Meister seufzte. »Ich fürchte, so, wie ich jetzt bin, werde ich es nie erreichen. Die *Hüter* lassen nur die Würdigen ein, und der Weg zum Tal ist jedesmal ein anderer.«

»Bleibt bei mir«, bat Faris. Das ungeborene Kind trat sie heftig, und sie drückte die Hand auf ihre Seite. »Bleibt zumindest, bis das Kind geboren ist.« Das würde nicht mehr lange dauern. Und vielleicht starb sie bei der Geburt und würde frei sein.

Der Meister blickte zu ihr hoch. Ein Hauch seines alten Lächelns wärmte sein Gesicht wie Sonnenschein, den ein Bach widerspiegelt. »Wenn Ihr mich braucht, werde ich hier sein.«

Als der Wacholdermeister gegangen war, blickte Faris lange auf die Steine. In ihren Schild war durch die Geistberührung mit dem Meister eine Bresche geschlagen, und sie spürte nun ihre Nähe fast schmerzhaft. Sie zogen sie an. Ohne es zu wollen, griff sie danach und legte sie an. Es war ganz still im Palast. In diesem Moment, wo keine Notwendigkeit und auch sonst nichts sie ablenkte, spürte sie zum ersten Mal die ungeschmälerte Kraft der Steine.

Erde – Wasser – Luft – Feuer ... Ihr Körper pochte unter ihrer nicht angezapften Macht. Ohne Furcht oder Verlangen verharrte sie einen Augenblick.

Langsam wandte sie sich dem Spiegel zu. Die Steine erwachten, Farben verschoben sich, strahlten ein tiefes Glühen aus, bis ihr Körper in regenbogenfarbene Feuerschleier getaucht war. Sie starrte auf die schreckliche Schönheit ihres Abbilds im Spiegel.

Das bin nicht ich ... Sie spürte etwas in ihrer Seele erwachen, als das Kind sich in ihrem Leib rührte; eine ANDERE, die spöttisch lächelte und aus deren Augen rücksichtsloser Wagemut blitzte.

Ich bin die Macht ..., sagte diese ANDERE. *Ich habe schon immer in dir gewartet.*

Bilder pulsten durch ihr Bewußtsein: eine Dunkelheit, in der aufstrebendes Leben wogte, namenlose Formen, die in unaufhaltsamen Fluten hinausflossen, vom Wind gepeitscht, in kaltem Feuer lodernd, und die wieder in der Dunkelheit versanken, nur um aufs neue geboren zu werden.

Ich bin die Herrin der Dunkelheit ..., sagte da die Stimme in ihr.

Faris rang nach Luft, als das Kind in ihr sie heftig trat. Zum ersten Mal spürte sie die Berührung seines Geistes wie eine Flamme klaren Lichtes. In plötzlichem Schrecken löste sie die Steine von ihrem Körper und warf sie in ihre Schatulle zurück.

Dann sank sie schaudernd in einen Sessel. Die rechte Seite ihres Kopfes begann zu hämmern, aber sie begrüßte den Schmerz beinahe freudig. Jetzt verstand sie, weshalb Jehan die Steine gefürchtet hatte. Sie selbst fürchtete allerdings deren Macht weniger als ihr Schatten-Ich, das solche Macht begehrt hatte.

Mit verzerrtem Gesicht blickte Caolin auf das Papier in seiner Hand und zerknüllte es. Er wünschte sich, er könnte dasselbe mit Brian machen. Zum dritten Mal in einer Woche kam eine seiner Anweisungen mit einer Notiz aus Las Costas zurück, daß sie erst von der Königin unterzeichnet sein mußte, bevor sie ausgeführt werden konnte. Der Seneschall seufzte und fuhr mit den Fingern durch das blonde Haar. Verdammter Brian! Ob diese Pedanterie ihn nun davon abhalten sollte, mit der Versorgung der Streitkräfte bis Anfang März fertig zu werden, oder ob sie ihn lediglich an seine Abhängigkeit von der Königin-Regentin erinnern sollte – sie ärgerte ihn auf alle Fälle.

»Deine eigenen Männer werden hungern, mein Freund, wenn ich es nicht schaffe!« brummte Caolin und stand auf. Faris war heute nachmittag die Schirmherrin des Festes der Ersten Blume. Er steckte die Anweisung in den Hefter zu den anderen Papieren, über die er mit ihr reden wollte, und begann ruhelos von den Aktenregalen zum Schreibtisch und zurück zu gehen. Der Wolf Gerol spitzte die Ohren ein wenig, hob den grauen Kopf und beobachtete den Menschen. Außerhalb der Reichskanzlei war heute weit mehr los als innerhalb ihrer Mauern. Trotz des drohenden Krieges konnte der Seneschall seinen Leuten den Festtag nicht verweigern. Einige hatte er allerdings hierbehalten, doch keiner von ihnen konnte ihm bei der Entscheidung helfen, die er jetzt treffen mußte.

»Unsere Streitkräfte können Palomons Armeeaufgebot besiegen«, sagte er laut vor sich hin und dachte an die Truppen, die das Lager außerhalb der Stadt bereits füllten. »Und Brian wird als Held zurückkehren. Wird ihm das genügen? Oder wird er seine Beliebtheit benutzen, um zu versuchen, mich von der Königin zu trennen?«

Gerol legte die Schnauze wieder auf die Pfoten, doch seine bernsteinfarbenen Augen folgten nach wie vor seinem Herrn, der weiterhin im Gemach hin und her ging.

Jetzt trat Caolin ans Fenster und schaute hinunter auf die überfüllten Straßen mit den Festteilnehmern, die sich mit frühen Apfelblüten oder Kränzen aus Seidenblumen gekrönt hatten. Drei Soldaten spazierten Arm in Arm dahin und sangen mit gewaltiger Stimme.

»Palomon hat Rivalen zu Hause. Wenn er mit dem ersten Schlag nichts erreicht, wird er es nicht wagen, auf einem Krieg zu bestehen. Robert und Brian wissen das nicht – sie überschätzen Palomons Stärke. Brian beschuldigte mich, ein Freund Palomons zu sein, obgleich das nicht stimmt, aber ich glaube, er und ich haben so manches gemein. Ich könnte ihm ein paar Vorteile, die Westria nicht weiter schaden, im Austausch gegen einige Zugeständnisse anbieten, die meinen Machtanspruch stärken würden.«

Sein Blick wandte sich in die Ferne, als versuche er bis nach Elaya zu sehen. »Es wäre nicht gut, würde ich Ordrey oder Ercul Ashe mit der Verbindungsaufnahme betrauen, andererseits kann ich es nicht wagen, es selbst zu tun ...« In der Fensterscheibe sah er unscharf sein Spiegelbild. *Ich muß ich und doch nicht ich selbst sein, so, wie ich bei Margit im Ritual war ...* Die Zeit milderte die Erinnerung an diese Zeremonie, und Sehnsucht nach dem Rotberg erwachte in ihm.

Über die Dächer von Laurelynn sah er seinen Gipfel und einen Teil seines Südhangs, der noch mit Schnee vom letzten Sturm bedeckt war, obgleich in den geschützten Obstgärten des Tals bereits die ersten Bäume blühten. Die untergehende Sonne tauchte den Gipfel in ihre rote Glut. Seit Samhain war er nicht mehr dort gewesen.

Ein Richtungswechsel des Windes trug die Stimmen eines Frauenchors an sein Ohr. Er kehrte an seinen Schreibtisch zurück und setzte sich wieder. Konnte er sein Aussehen verändern und trotzdem seinen Willen behalten? Er schloß die Augen und überlegte. Zunächst mußte er seinen Geistschild zur undurchsichtigen Oberfläche machen und darauf die Gestalt abbilden, die andere sehen sollten. Dann würde er sich zurückziehen, so daß nur noch dieses Abbild sichtbar blieb. Wenn er es lebendig genug vor seinem inneren Auge erstehen lassen konnte, mochte seine Willenskraft genügen, andere damit zu täuschen.

Er stellte sich das Gesicht eines kleinen Schreibers vor, der die Dokumente in der Kanzlei registrierte, ein rothaariger Mann, dem ein Vorderzahn fehlte. Caolin brauchte sich bloß in seinem Sessel zusammenzukauern – so – und seine Lippen mit der Zunge zu befeuchten, während er sich über seine Arbeit beugte ...

Gerol winselte verstört. Der Mann am Schreibtsich griff nach einem Federkiel und spitzte ihn ungeschickt mit seinem Messer.

Die Tür schwang auf. »Waren, was machst du denn hier? Ich dachte, du hättest heute frei!« Eine untersetzte junge Frau mit einem Armvoll Papieren und einem Federkiel hinter ihrem Ohr trat ein. »Laß dich von Lord Eiszapfen nicht auf diesem Sessel erwischen!«

Aufwallender Triumph brach Caolins Konzentration. Er hob den Kopf.

»O Mylord!« Die Papiere entglitten raschelnd dem Arm der Schreiberin. »Verzeiht mir – ich dachte – dieses dämmrige Licht ...« Sie bückte sich hastig nach den Papieren, ließ sie auf den Schreibtisch fallen und floh.

Gerol knurrte unwillig und kratzte sich, während Caolin den Kopf zurückwarf und zum ersten Mal seit Monaten laut lachte.

»Ich *kann* es! Ich *werde* es tun! Ah, Brian, wie willst du dich jetzt noch gegen mich verschwören? Ich kann nun *jeder* sein! Hüte dich, Brian, vielleicht krieche ich in dein Bett, und du flüsterst mir Geheimnisse zu, die nur für das Ohr deiner Gemahlin bestimmt sind!«

Eine Weile blieb er lächelnd sitzen, während der Wintertag der Dunkelheit wich. Schließlich stand er auf, zündete seine Laterne an und machte sich zum Gehen bereit. Sein Spiegelbild zwinkerte ihm aus den Rundaugen der Butzenscheiben zu. Er betrachtete sich im Schein der Laterne und projizierte die verschiedensten Gesichter auf eine Scheibe – bis ihm plötzlich eines mit dunklem Haar und Augen wie blaue Sterne entgegenblickte. Wie von selbst blendete seine Hand die Laterne ab. Caolin drehte sich hastig um und verließ den Raum.

Farin starrte auf die Kerzenflamme, doch er sah nur das Bild des Königs. Zwei Monate war es her, daß Jehan gestorben war – zwei Monate, seit er Goldschwan nicht mehr zum Singen gebracht hatte. Heute hatte er sich gleich nach dem Abendessen in sein Gemach zurückgezogen, und nun war Mitternacht vorbei, und es war still, immer noch still, ohne tröstliche Musik.

Die Saiten schimmerten golden, als seine Finger sich um die Harfe spannten. Wenn er diese Lähmung nicht zu brechen vermochte, konnte er das Instrument genausogut zerschmettern und danach selbst den Tod suchen. Er würde leicht zu finden sein, denn schon bald würde er in den Krieg ziehen. Da erinnerte er sich daran, was ein Fischer vom Seetor einmal zu ihm gesagt hatte: *Ihr müßt durch die Brecher, wenn Ihr in die offene See gelangen wollt!* Wenn er nur mit einem Lied gegen seine Trauer ankämpfen könnte!

Mein geliebter Herr hat uns verlassen … Der Satz hallte in seinem Kopf wider. Hastig wandte Farin sich von der Kerze ab, als die Trauer über Jehan ihn aufs neue übermannte, doch der Schein der Flamme blendete ihn noch eine Weile. Blind bewegten seine Finger sich über die Saiten.

»Aber er hat uns *nicht* verlassen!« rief Farin plötzlich laut aus. »Hätte er uns verlassen, würden wir ihn vergessen können! In meinem eigenen Herzen haust sein Geist und läßt mir keine Ruhe!«

Sein Blick wurde wieder klar, doch Farin richtete ihn nicht auf das Gemach um sich. Sein silberdurchzogenes Haar fiel ihm ins Gesicht, als er sich über seine Harfe beugte und Satz um Satz der in ihm klingenden Musik ausprobierte und die Worte formte, die in ihr warteten. Sie waren immer dagewesen, doch ihm hatte bisher der Mut gefehlt, sie ans Licht zu heben.

Worte und Weise verbanden sich in perfekter und doch einfacher Harmonie, einer Harmonie, die man manchmal spüren konnte, wenn der Pfeil *richtig* von der Bogensehne schnellte. Farin wußte, daß nicht er dieses Lied schuf, sondern jener ANDERE, in dem er mit der Harfe verbunden war.

Unser geliebter Herr hat uns verlassen,
Kraft und Glanz nahm ihm der viel zu frühe Tod.
Doch in uns bleibt sein Bildnis ungetrübt;
So, wie die starke Flamme einer Kerze
Erlischt durch einen einz'gen Atemstoß,
Und doch im Auge noch ihr Abglanz glüht …

6 Manöver im Nebel

»Bald wird es sich herausstellen, wer über Westria herrschen wird!«

Caolin drehte sich halb um und schaute zur Tür des Getreidespeichers. Die tiefe Stimme kam ihm bekannt vor. Hufschlag klapperte und verlor sich auf dem festgetretenen Boden – noch eine Kompanie auf dem Weg zum Sammelplatz außerhalb von Laurelynn.

»Mylord, der Wagen ist voll«, meldete der Schwarzbärtige aus Las Costas.

»Ja, ja, gut. Der nächste.« Caolin hakte ihn auf seiner Liste ab, und ein anderer Wagen rollte herbei. Die Männer stolperten bereits mit prallen Getreidesäcken auf dem Rükken heran. Er blickte die Reihe entlang – nur noch zwei Wagen. Sie würden fertig sein, ehe die Armee heute nachmittag abmarschierte. Er wischte sich mit dem Ärmel den Schweiß von der Stirn. Man schrieb zwar erst den zehnten März, doch im Speicher war es sehr warm.

»Ich hatte nicht damit gerechnet, Euch hier zu finden!«

Caolin wirbelte herum und sah die Silhouette von Brians kräftiger Gestalt im Eingang. Der Lord Befehlshaber durchschritt einen Lichtstreifen in der staubigen Luft, blieb stehen und musterte den Seneschall mit breitem Lächeln.

Unbewegten Gesichts erwiderte Caolin seinen Blick und strich über die scharlachrote Wolle seines Ärmels. Voll Unbehagen war er sich des Staubes in seinem Haar bewußt und des Schweißes, der unter den Achseln rann.

Brian war bereits für den formellen Abmarsch der Armee gekleidet. Die Nieten, die die Stahlplatten unter dem Harnisch aus weinrotem Wildleder zusammenhielten, waren vergoldet, und Goldfäden verzierten die Umrisse der roten Pfeile des schwarzen Schildes, das auf seine Brust gestickt war. Seine goldenen Sporen schimmerten.

»Ich versprach dafür zu sorgen, daß Euer Proviant geladen würde. Eine meiner Schreiberinnen erkrankte, also kam ich an ihrer Stelle.« Der Seneschall hakte den letzten Wagen ab und bedeutete ihm weiterzufahren. Die Männer, die ihn beladen hatten, griffen nach den in der Ecke abgestellten Waffen und eilten ihm nach. »Sind Eure Männer so bereit zu kämpfen, wie sie bereit sind zu essen?«

Brian grinste. »Es wird Prinz Palomon bald leid tun, daß er uns herausgefordert hat!«

»Meint Ihr?« Caolin klappte sein Notizbuch zu und steckte es in seine Tasche. »Er hat zweitausend Fußsoldaten, dreihundert Armbrustschützen aus der Wüste und eine Brigade Axtkämpfer aus den Minen, von seiner leichten Reiterei ganz zu schweigen.«

»Aber wir haben mehr ...« Brian unterbrach sich. Er kniff die Augen zusammen. »Mein letzter Bericht meldet nur fünfzehnhundert Fußsoldaten!«

»Nun, vielleicht verlor er einige bei der Einnahme der Festung am Fuß des Passes ... Gute Jagd, Mylord«, sagte Caolin betont gleichmütig.

Brian schob das Kinn vor und grinste. Seine Zähne waren bewundernswert weiß unter dem braunen Bart. »Gute Jagd, wahrhaftig! Doch Ihr braucht jetzt nicht zu schauspielern, Meister Rotgewand – wir sind allein. Ich weiß wohl, daß Ihr hofft, ich würde nicht zurückkehren!«

Caolin wurde ganz ruhig. Er lauschte auf mögliche andere Laute außer ihrem Atem. In der Ferne riefen Fanfaren irgendeinen Truppenteil der Felsmark oder des Nordens herbei, doch im Speicher summte nur eine Fliege, die rasch in den Sonnenschein hinausflog. Der Blick des Seneschalls ruhte kurz und mit einer gewissen Besorgnis auf dem schweren Schwert an Brians Seite.

»Ich würde es bedauern, verlöre Westria einen so starken Arm«, entgegnete er stockend, doch wahrheitsgetreu.

»Tatsächlich?« Brian lachte. Als er näher auf Caolin zuging, trat er aus dem Sonnenstreifen wieder in den Schatten. »Dann wird es Euch bestimmt freuen, wenn ich der Königin Palomons Krone überreiche. Ihr bemüht Euch, ihr einziger Ratgeber zu werden; das kann ich nicht zulassen!«

Caolin kniff die Augen zusammen. Brian durfte nicht glauben, daß er Angst vor ihm hatte. »Ich kann mich schützen – aber ist Eure eigene Position so unerschütterlich?«

»Wollt Ihr mir drohen?« Brians Augen funkelten, und er richtete sich hoch auf. »Ich bin noch keinem Kampf ausgewichen!«

»Das weiß ich.« Caolin lächelte unwillkürlich. Diese Reaktion seines Feindes auf Provokation mochte seine größte Schwäche sein. »Glücklicherweise bin ich diesem Zwang nicht unterworfen. Kampf oder Rückzug sind mir gleich lieb, solange sie ihren Zweck erfüllen.«

»Oder Verrat und Ausreden?« fragte Brian höhnisch.

Caolin spürte den Puls an seiner Schläfe hämmern, aber es gelang ihm, das Gesicht unbewegt zu halten. Er zwang sich, alle Provokationen der vergangenen drei Monate zu ignorieren. »Seid Ihr hierhergekommen, um mit mir zu streiten? Wir waren einander noch nie Freund, aber wir haben Jehan versprochen, unsere Feindschaft zu begraben. Er hat uns beiden Vertrauensposten übertragen. Helft mir meine Arbeit zu tun, so wie ich Euch bei Eurer geholfen habe ...« Er deutete auf den fast leeren Speicher und versuchte das Schwelen in Brians Augen zu deuten.

Der Lord Befehlshaber schüttelte den Kopf. »Wie anständig von Euch. Ich meine, Ihr glaubt Euch im Augenblick sogar selbst. Nun fange ich an zu verstehen, wieso Jehan Euch so lange vertraute.« Er stellte seinen Fuß auf einen Getreidesack und beugte sich vor, den Unterarm auf sein Knie gestützt.

»Aber bildet Ihr Euch ein, ich würde Vertrauen in irgend etwas haben, das Ihr sagt? Dachtet Ihr, Jehan hätte Euch noch vertraut? Ich weiß, daß Ihr Beweismittel gegen mich fälschen ließt, und er wußte es ebenfalls!«

Ein Streitroß wieherte, und der Boden erzitterte, als eine Abteilung Reiterei vorbeitrabte. Caolin spürte, wie das Zittern in seinen Körper überging. Ein Muskel zuckte an seiner Wange, was er nicht unterdrücken konnte. Jehan *hatte* ihm vertraut – Jehan *hatte* ihn geliebt. Daran durfte er jetzt nicht zweifeln!

»Ich könnte Euch sogar den Anschlag auf meine Ehre verzeihen«, donnerte Brians tiefe Stimme an sein Ohr, »aber ich sah Jehans Gesicht, als er erkannte, was Ihr getan habt. *Ihr* habt ihn getötet, Caolin, mit Eurer Heimtücke!«

»Nein!« Caolins Schrei wirbelte Staubkörnchen auf und ließ sie in den Lichtstreifen tanzen. Das war die einzige Anschuldigung, die ihm die Fassung rauben konnte. Wieder sah er den Keilerschädel auf dem Altar, spürte, wie ihm der Speer entglitt, hörte Jehans Stimme flehen – flehen ...

Seine Hände schossen vor, und unwillkürlich zuckte Brian zurück.

»Ich dulde nicht, daß jemand so etwas über mich sagt!« zischte Caolin. Schritt um Schritt wich Brian vor ihm zurück, die Hand noch oberhalb des Schwertgriffs. »Eure eigenen Worte entbinden mich von meinem Schwur, Euch zu verschonen!« Der Seneschall senkte die Stimme, bis ihr Ton die Zacken der Heugabeln in ihren Ständern vibrieren ließ.

»Ihr habt mich gewarnt, jetzt warne ich Euch! Wenn Ihr stolpert, lacht nicht, denn ich bin es, der die Steine unter Euren Füßen zum Rollen bringt ... Wenn Donner am Himmel grollt, bin ich es, der den Blitz herabsendet! Und wenn Ihr spürt, wie der Tod nach Euch greift, dann verflucht mich, denn ich habe ihn Euch geschickt!« Vor Erregung am ganzen Leib zitternd funkelte er seinen Feind an.

Brian richtete sich hoch auf. Seine Augen glitzerten und verrieten etwas, das gleichermaßen Überraschung wie Befriedigung sein mochte. »Ha!« rief er. »Der Wurm windet sich also! Tragt Ihr etwa die Vier Steine Westrias, daß Ihr die Elemente Eurem Willen unterwerfen könnt?« Er schüttelte den Kopf. »Vielleicht sollte ich Euch jetzt töten, aber ich lasse Euch am Leben, damit Ihr Euch an meinem Sieg ergötzen könnt!« Er warf den Kopf zurück wie ein Bär, der in den Wind wittert, und schritt davon.

Caolin fiel auf die Knie in den Staub und spürte den kalten Schweiß auf seiner Haut. Was war mit ihm los? Nie hatte er seiner Wut derart freien Lauf gelassen – nie, seit er erkannt hatte, daß ihm die Tore Awahnas verschlossen waren. Er veränderte sich – nichts war mehr gewiß. Er hörte, wie Brian zu seinem Pferd sprach, als er aufsaß, dann einen lauten Begrüßungsruf.

»Ihr hättet mich töten sollen, Brian ...«, wisperte Caolin durch Zähne, die vor Kälte klapperten. Dudelsäcke wimmerten in der Ferne so bittersüß wie Rache.

In der kurzen Stille, nachdem die Dudelsäcke verstummt waren, knallten die Banner der Streitkräfte Westrias im Wind wie Peitschen. Den ganzen Vormittag hatten die Truppen auf der Ebene vor Laurelynn paradiert. Die Tribünenloge erzitterte, als der Wind an ihren dicken Stoffbahnen zerrte. Faris schirmte die Augen ab und bemühte sich, die Ansprache Roberts von der Felsmark zu verstehen, die er den versammelten Soldaten hielt.

»... was es auch kostet, wir geben uns nur mit dem Sieg zufrieden! Jene, die versuchten, unseren Verlust zu nutzen, sollen sich nun vor unserer Trauer hüten!« Robert machte eine Pause, um Atem zu holen, und ein Murmeln der Bestätigung stieg von den Truppenmassen auf. Die Sonne fing sich blitzend auf den Rüstungen.

Faris' Schutzschirm vibrierte unter der Macht ihrer Gefühle. *Wollen sie Elaya für Jehans Tod bestrafen?* fragte sie sich. *Aber vielleicht ist es gut für sie, daß sie einen Feind aus Fleisch und Blut haben, an dem sie ihren Kummer auslassen können ...*

Roberts Pferd warf den Kopf mit einem Klirren des Zaumzeugs zurück, als der Oberbefehlshaber fortfuhr: »Unser König schwor, die Bürger von Santibar zu beschützen, aber wir können ihnen nicht helfen, denn der Feind hat die Festung am Fuß des Drachenschwanzpasses eingenommen und ist bereits auf dem Marsch in den Norden. Wir müssen König Jehans Schwur einlösen! Wir müssen unser Land verteidigen!« Als das Jubelgebrüll betäubend aufbrandete, streckte er Faris seinen behandschuhten Arm entgegen. »Mylady!« rief er. »Ich präsentiere Euch die Streitkräfte Westrias!«

Faris spürte, wie die Aufmerksamkeit der Truppen sich von Robert auf sie richtete, als wäre sie der Brennpunkt eines Hohlspiegels. Der Lärm verstummte. Die drei Flügel der Armee richteten sich aus, so daß sie einen Halbkreis mit der Tribüne als Nabe bildeten. Wie konnte sie sie alle erreichen?

Panisch überschlugen sich ihre Gedanken, aber Caolin hatte ihr erklärt, daß die Stoffseiten der Loge ihre Stimme nach außen leiten würden. Ihr weißes Gewand hob sich von den farbigen der anderen Damen ab. Rosemarie, Jessica von der Felsmark und Alessia von Las Costas waren hier, ebenso Erics Mutter und Schwester und Berisa, ihre eigene Schwester, die mit Sandremun aus dem Norden gekommen war. Caolin hatte eine Ansprache für sie verfaßt, die sie nur auswendig hatte lernen müssen.

Als sie zauderte, spürte sie Caolins Hand unter ihrem Ellbogen, die ihr half, sich aufzurichten. Ein bißchen Schmutz hatte sich auf seiner Stirn verschmiert. Faris hustete. Rasch reichte ihr Rosemarie einen Kelch Wein. Er rann wie rotes Feuer hinunter, beruhigte ihre Kehle, brannte im Magen. Sie trat an die Brüstung vor.

»Krieger von Westria! Der Fürst des Südens hat sich gegen uns gestellt, und nun spüren wir den Verlust unseres Königs um so mehr ...« Ihre Stimme zitterte, beruhigte sich aber wieder. »Doch die Stärke eines Königs liegt in seinem Volk ...« Licht blitzte über den Platz, als die Menge sich näherdrängte, und sie spürte ihre wachsende Aufmerksamkeit.

»Mein Herr sah diesen Krieg vorher, und der Gedanke daran schmerzte ihn mehr als seine Wunde ...« Faris zwang sich weiterzureden. »Aber er traf Vorbereitungen für diesen Tag. Tretet herbei, Lord Robert, der Ihr von meinem Herrn zum Oberbefehlshaber ernannt wurdet; und Ihr, Lord Brian, den mein Herr zum zweiten Befehlshaber bestimmte.«

Die beiden Männer wendeten ihre Pferde, bis deren Nasen die Loge berührten. Lady Jessica und Brians Gemahlin Alessia, die eine im pupurnen, die andere im blauen Gewand, stellten sich zu beiden Seiten der Königin auf. Aus Jessicas Hand nahm Faris einen Stab aus poliertem Holz, dessen beide Enden mit einem goldenen Knauf verziert waren. Sie streckte ihn Robert entgegen.

»Mylord, so nehmt aus meiner Hand das Zeichen Eures Amtes! Kehrt siegreich und unbeschadet zu uns zurück!« Während sie sprach, warf sie einen unmerklichen Blick auf Lady Jessica und schöpfte Kraft aus dem festen Blick ihrer Schwägerin.

Dann wandte sie sich Lady Alessia ein wenig schüchtern

zu. Sie hatte sie erst am Vortag kennengelernt, und ihre Tüchtigkeit erschreckte sie. Aus ihrer Hand nahm sie einen Stab mit Silberknäufen. Ihn hielt sie Lord Brian entgegen.

»Mylord, nehmt diesen Stab, wie der König es wünschte, und dient Robert und Westria mit all Eurer Macht«, sagte sie rasch.

»Meine Königin, wir werden den Feind aus diesem Land verjagen, und wenn es unser Tod ist. Das schwören wir bei unserem Land, bei unseren Familien und im Gedenken an Jehan, unseren Herrn, und bei der HÜTERIN der Menschheit!« Die Stimmen der beiden klangen wie eine, und gleichzeitig drehten sie ihre Pferde und wandten sich wieder den Truppen zu.

Faris holte tief Atem. Rosemarie bot ihr Wein an, doch sie winkte ab. »Eric vom Horn möge vor mich treten!« rief sie.

Donnerhuf tänzelte zur Tribüne und bäumte sich halb auf, als der schmale Schal, den Faris Eric entgegenhielt, im Wind flatterte. Eric zügelte sein Pferd und hielt es unmittelbar vor der Loge an.

»Auf des Königs Geheiß nahm ich Euch als meinen Streiter an. Nehmt dies zum Zeichen ...«, sagte Faris stockend. Eric nahm den dünnen Schal, als hätte sie ihm einen weißen Schmetterling gegeben, und preßte ihn an sein Herz.

»Tragt ihn in die Schlacht als wackerer Ritter, wie mein Herr es getan hätte ...«, flüsterte sie mit brechender Stimme.

Aber Eric hatte sie gehört. Faris spürte, wie Rosemarie neben ihr erstarrte, und durch ihren wankenden Schild sah sie einen Augenblick das Bild, das Rosemarie sah: Erics Gesicht. Faris blinzelte ihre Tränen aus den Augen und sah es nun mit eigenen Augen. Weniger verklärt als Rosemarie, aber sein Ausdruck der Ekstase war unverändert. Mit einem Kopfschütteln wies sie diese Anbetung zurück, doch Eric hatte Donnerhuf bereits gewendet.

Faris klammerte sich an die Brüstung. Ihr Rücken schmerzte, und aus ihren Augen sprach namenloser Schmerz, aber sie setzte ihre Ansprache fort. »Ihr müßt in die Schlacht ziehen«, sagte sie, »und ich muß auf dem

Posten bleiben, den mein Herr mir zuwies, bis sein Sohn den Thron besteigen kann. Doch so, wie eure Zeit der Erprobung kommt, steht auch die meine bevor. Wenn ihr auf dem Schlachtfeld kämpft, dann denkt daran, daß ich bald darum kämpfen muß, euren neuen König zu gebären …« Sie legte die Hände auf ihren Leib und fügte hinzu: »Betet für mich, so, wie ich für euch beten werde.« Ihre Hände sanken herunter. Sie schwankte leicht.

Eine ungeheure Stille hatte sich über die ganze Armee gesenkt. Nun verbeugte sich Eric tief im Sattel und alle anderen Soldaten ebenfalls.

Dann drehte Lord Robert sich im Sattel um und hob seinen Marschallstab. »Mylady, ist es Euer Wille, daß wir jetzt aufbrechen?«

Faris beugte sich vor. »So zieht in den Sieg!« rief sie mit versagender Stimme. »Im Namen des All-Schöpfers!«

Robert ließ seinen Stab niedersausen.

»Faris! Faris!« Trompeten schmetterten zu ihrer Linken. Robert erreichte seine Männer, und sie setzten sich in Bewegung – vorwärts, dann eine Drehung nach rechts, die zu einem steten Marsch südwärts wurde. Der Rhythmus ihres Gleichschritts pulste in ihrem Blut.

Robert, der Oberbefehlshaber, trabte an der Spitze. Sein Banner mit dem goldenen Bären flatterte über ihm und ein paar Reitern dicht bei ihm, die lachten und ihre Speere schwenkten. Die Truppen aus den Bergtälern in Schuppenpanzer oder Lederharnisch und glänzenden Stahlkappen marschierten in loser Formation hinter ihnen. Streitäxte steckten in ihren Gürteln, und sie hatten Bögen über den Rücken geschwungen. Ihnen folgten Reitertrupps aus den Ebenen zwischen den Bergen und dem Fluß. Die Hufe ihrer Pferde tanzten im aufgewirbelten Staub, und die Wimpel an ihren Lanzen flatterten in fröhlichen Farben.

Faris hob die Hand zum Gruß. Die Verehrung und Verzückung, mit der ihr gedankt wurde, machten sie schwindelig. Lady Jessica kehrte mit einer schroffen Wendung an ihren Platz zurück.

Lady Alessia, die noch neben der Königin stand, hob die Hand, und Faris sah, daß nun Lord Brians Truppen aus Las

Costas vorübermarschierten. Caolin nahm den Platz ein, den Jessica verlassen hatte. Im Märzsonnenschein glänzte sein Gewand rot wie Blut. Faris spürte, wie er und Alessia über ihrem Kopf Blicke wechselten, doch der Jubel der vorbeimarschierenden Soldaten forderte ihre ganze Aufmerksamkeit.

Brian saß lässig im Sattel und lachte. Er ließ seine Truppen vorbeiziehen und zügelte sein Pferd, um der Königin die Ehre zu erweisen. Die Leute von der Südküste waren die besten Bogenschützen, sie trugen nur leichte Rüstung und ritten auf struppigen Ponys, die für ihre Zähigkeit und Ausdauer bekannt waren. Zusätzlich zu den Bogen waren sie mit Schild und Schwert bewaffnet, und sowohl die Männer wie die Frauen trugen Stahlkappen über dem dichtgeflochtenen Haar. Es waren schöne Menschen von kriegerischem Schlag.

Ihre Begeisterung war groß, und Faris spürte, wie ihr Nacken prickelte. Ihr Herz klopfte im Takt zu Brians Trommeln, und sie unterdrückte den Wunsch, von der Tribüne zu springen und ihnen zu folgen. Sie dachte: *Was habe ich da in Bewegung gesetzt? Hat Jehan sich so gefühlt, wenn er seine Männer führte?*

Als die letzten von Brians Truppen vorbeigezogen waren, seufzte Caolin und trat zurück. Das Rot seines Gewandes biß sich mit dem Blau von Berisas, die sich an ihm vorbeischob, um nun seinen Platz neben Faris an der Brüstung einzunehmen. Faris drehte sich um und bedeutete Rosemarie und Erics Familie, sich zu ihnen zu stellen, als Eric mit Sandremun von der Korona an seiner Seite dem dritten Flügel zuwinkte, sich in Marsch zu setzen.

Dieser letzte Flügel war aus den Truppen der drei kleineren Landesteile zusammengesetzt. An der Spitze flatterten die Banner nebeneinander: das grüne vom Seetor, das schwarzweiße von Theodors Männern und das blaue der Domäne. Eric führte die Reiterei, die als Sturmtrupp gut gerüstet war. Die Platten der Pferderüstungen glitzerten in der Sonne, die Tiere waren kräftig genug, nicht nur diese Last zu tragen, sondern auch ihre mit Schwert, Lanze und Streitkolben bewaffneten Reiter. Eric führte aber auch, als

Beschützer der Königin, Jehans Männer, die, die der König selbst ausgewählt hätte. Ihre Gesichter waren grimmig von Trauer, denn sie hatten ihren Herrn persönlich gekannt und geliebt und ihn an einen Feind verloren, den sie nicht mit dem Schwert fordern konnten. Ihnen folgten die Krieger aus dem Norden. Über den Hufschlag ertönten die Klänge einer Harfe und ein Lied:

Im Herzen vereint gegen den Feind
Marschieren die Kriegerhorden,
Zu allem bereit zieh'n sie in den Streit
Für die Lilie aus dem Norden –
Oh, für die Lilie aus dem Norden
Jubeln wir Schlachtenlieder,
Und unser Refrain soll einer nur sein:
Wir kehren als Sieger wieder!

Als sie an der Tribüne vorbeikamen, hielten sie an, und Eric wendete sein Pferd. An seiner Lanze flatterte der Schal der Königin. Weiß hob er sich vom Blau des Himmels ab, und Eric rief: »Für die Lilie des Nordens kämpfen wir und für unseren Herrn Jehan!«

Die Truppen aus dem Norden nahmen seinen Ruf auf, und er breitete sich aus auf die von Las Costas und der Felsmark. In Wellen wogte er über die Ebene, bis es Faris schien, als brülle die Erde selbst ihren Namen. Ihren und Jehans …

Berisa rümpfte die Nase. »Und ich dachte, sie kämpfen für Westria. Ich hoffe, Farin kommt in besserer Verfassung zurück als das letzte Mal, und mein geliebter Herr ebenfalls …«

Faris' Verzückung schwand. Sie schauderte und tastete nach der Brüstung. Die Helligkeit vor ihren Augen kämpfte mit der Dunkelheit, die sich in ihr ausbreitete. Sie spürte Rosemaries feste Hände, die ihr halfen, sich hinzulegen.

»Ich sagte ja, daß es zuviel für sie sein würde!« trumpfte Berisa mit düsterer Befriedigung auf. »Aber zumindest mußte sie nicht erleben, wie ihr Herr auszieht, um gegen diese Wilden zu kämpfen!«

»Berisa!« flüsterte Rosemarie entsetzt. »Das war taktlos. Selbst wenn man bedenkt, daß *du* es bist!«

Aber Faris schüttelte nur den Kopf und grub das Gesicht in die Kissen. *Oh, Du, der Du Leben gibst und nimmst, hilf ihnen allen durch die kommenden Wochen! O Herrin, hilf auch mir!*

Zwar verschloß sie ihre Ohren den Lauten ihres Aufbruchs, aber sie spürte die Vibrationen der marschierenden Füße durch das Holz der Tribüne und der Bank, durch den Erdboden Westrias.

»Ich glaube, die Armee wird heute nacht hier lagern ...« Ercul Ashes Finger wanderte über die Karte Westrias und hielt an einer Biegung des Dunkelwassers an. »Lord Roberts Botschaft war von heute mittag, und die Brieftaube dürfte etwa eine Stunde bis hierher gebraucht haben. Sie kommen nur langsam voran!«

Caolin blickte auf die Karte. »Für eine neu zusammengestellte Armee sind achtzig Kilometer in dreieinhalb Tagen nicht schlecht. Sie könnten heute noch ein paar Kilometer schaffen – wieso glaubt Ihr, daß sie hier Rast machen werden?« Verglichen mit seiner sonstigen Gleichmütigkeit wirkte Ashe überraschend interessiert.

»Weil es da eine Furt gibt und eine Wiese, wo man die Pferde tränken und weiden lassen kann.«

»Ihr kennt Euch dort offenbar gut aus«, bemerkte der Seneschall.

»Ich bin in Risslin aufgewachsen, Mylord, und meine Eltern leben noch dort. Natürlich beschäftigt es mich, ob unsere Truppen noch rechtzeitig ankommen, um das Land zu verteidigen«, entgegnete Ashe steif.

Caolin nickte. »Von Risslin ist es ein Neuntagemarsch. Wenn Palomon sich weiterhin die Zeit nimmt, alles auf seinem Weg zu erobern, werden sie irgendwo in der Drachenöde südlich der Stadt aufeinanderstoßen. Eure Familie dürfte in Sicherheit sein.« Er lächelte. Ließ sich etwa irgendwie Nutzen schlagen aus Ashes Interesse an diesem Feldzug?

»Vielen Dank, Mylord.« Ercul Ashe gelang es nicht ganz, seine Überraschung über diese unerwartet mitfühlende Antwort zu verbergen. Caolin hatte seine Leute nie ermutigt, ihm persönliche Probleme anzuvertrauen.

Der Seneschall rollte die Karte zusammen und legte sie in die Nische zurück. »Wann trefft Ihr Euch wieder mit Hakim MacMorann?«

»Heute abend in den Drei Lorbeeren. Er kam vor drei Tagen nach Laurelynn zurück. Ich nehme an, er hat eine Antwort auf den Brief, den ich ihm im Januar mitgab.«

Caolin blickte ihn scharf an. Er hatte das Schreiben in einen unadressierten Umschlag gesteckt, der erst geöffnet werden durfte, wenn der Händler Elaya erreichte. Konnte es sein, daß Ashe ihn geöffnet und gesehen hatte, daß es an Prinz Palomon gerichtet war?

»Seither hat sich allerhand geändert ...«, sagte er schroff. »Trefft Euch weder heute noch überhaupt je wieder mit dem Elayaner.«

Ashe nickte. »Gut. Jetzt, da wir im Krieg sind, hat geheime Diplomatie auch wenig Sinn.«

Caolin wandte rasch den Blick ab, damit der andere kein Mißtrauen aus seinen Augen lesen konnte. Heimlich dankte er seinem Instinkt, der ihn veranlaßt hatte, Ashe aus diesen Kontakten herauszuhalten, die keineswegs beendet, sondern noch nicht einmal richtig begonnen hatten.

In seinem Schreiben hatte er Palomon eine Art Bündnis angeboten: Elayas Anerkennung des Seneschalls als Vertreter von Westria gegen Caolins Hilfe bei einer großzügigen Regelung nach dem Krieg. Es ging um Konzessionen, die die Elayaner beeindrucken würden, ohne Westria zu schwächen. Und seine eigene Position würde gestärkt, wenn er der einzige westrianische Führer war, der mit Elaya in Verhandlungen stand. Wie würde Palomon reagieren?

Der Nachmittag wich bereits der Abenddämmerung, als Ercul Ashe seine Papiere ordnete und den Seneschall alleinließ. Caolin trat an den Wandschrank und tauschte sein prunkvolles rotes Gewand gegen ein einfaches aus brauner Wolle aus.

Die Schreiberin an der Seitentür blickte hoch, als er die Treppe herunterkam. »Meister Ercul, wie macht Ihr das, daß Ihr so rasch wieder geht? Habt Ihr eine Möglichkeit gefunden, die Arbeit von zwei Tagen in einem zu erledigen?« Sie lachte. »Gewiß verlangt nicht einmal unser Meister so viel Tüchtigkeit!«

Caolin konzentrierte sich auf Ercul Ashes Aussehen und darauf, daß die junge Frau statt seiner die trockene Stimme des andern hörte, genau wie sie offensichtlich seine schmalen Schultern und das ergrauende Haar sah.

»Ich kam durch die andere Tür zurück«, sagte er steif. »Ich hatte vergessen, ein Dokument wegzuschließen.«

Ihr Lachen folgte ihm, als er auf die Straße ging und sich zu Ashes Treffpunkt in den Drei Lorbeeren begab.

»Ich bin die Zuchtstute Westrias und mit unerbittlicherer Strenge dazu verpflichtet, dem Land zu dienen, als irgendein Sklave in den Ödlanden!« murmelte Faris düster. Ihr Spiegelbild starrte ihr aus dem dunklen Wasser des Sees von Laurelynn entgegen.

Die glatte Oberfläche verriet nichts. Wenn sie sich hineinstürzen könnte, würde sie spurlos verschwinden ... Sie seufzte, denn sie wußte, daß man sie doch bloß wieder herausfischen und auf die Last, die sie ohnehin schon zu Boden drückte, auch noch Vorwürfe häufen würde. Sie wurde ständig beobachtet. Drehte sie sich jetzt um und blickte über die Rasenfläche zum Palast, würde rasch ein Gesicht an irgendeinem Fenster zurückzucken oder eine Tür sich schließen. Ja, man behütete sie wie ein Bauer seine beste Milchkuh.

Die Truppen waren vor einer Woche aufgebrochen, was konnten sie also sonst schon tun? Zur Zeit gab es in ganz Westria nur zwei Fragen: Hat die Armee Feindkontakt? Hat die Königin ihr Kind bekommen?

Eine Wildente schwamm quakend aus dem Schilf. Faris drehte sich schnell um und spazierte am Ufer entlang. Die Botschaften von Lord Robert an Caolin besagten, daß die Armee sich zwei Tagesmärsche nördlich von Risslin befand und noch keinen Feind gesehen hatte. Irgendwann nächste Woche mußten sie auf Palomons Truppen stoßen.

Irgendwann nächste Woche ... Ihr Bauch hüpfte. Faris blieb stehen und hielt den Atem an. War es soweit? Das Kind trat nun kräftig und für sie schmerzhaft und drehte und wendete sich. Sie wartete, doch ihr eigener Körper verhielt sich ruhig.

Faris blickte zu den Augen des Palasts hoch und schrie plötzlich heraus: »Ihr werdet warten müssen, verdammt! Nichts tut sich – hört auf, mich anzustarren!«

Caolin legte Palomons Schreiben nieder. Selbst nach dem zwanzigsten Lesen blieb die Bedeutung dieselbe wie vor drei Tagen, als Hakim MacMorann es ihm ausgehändigt hatte.

Wenn ich jemanden brauchte, dem ich vertraue, warum solltet Ihr es sein? schrieb Palomon. *Wie wollt Ihr beweisen, daß Ihr es ehrlich meint?*

Ja, wie? Die Befehlshaber beider Länder wollten einen spektakulären Sieg. Aber die westrianischen Streitkräfte waren den elayanischen zahlenmäßig überlegen. Was wäre, wenn irgend etwas passierte – wenn beispielsweise Brians kleiner Armee ein Mißgeschick zustieße –, das diese zahlenmäßige Überlegenheit ausglich, so daß der Sieg, welcher Seite auch immer, keine Vorteile für den Sieger brächte? Beide Seiten wären dann für einen Vermittler dankbar. Konnte er mit einem Schlag Palomon für sich gewinnen und Brian vernichten?

Könnte er sich nur in den Süden begeben – er würde seine Chance erkennen, sobald sie sich ihm bot ... Der Seneschall lächelte bedauernd, denn er wußte, daß das unmöglich war. Zwar könnte er sich unerkannt im westrianischen Lager aufhalten, aber er mußte hier in Laurelynn gesehen werden, und niemand könnte hier *seine* Rolle spielen. So mußte er sich für die riskantere Vorgehensweise entscheiden und einen andern zu seinem Instrument machen.

Das Öffnen der Tür unterbrach seinen Gedankengang.

»Mylord, ich war in der Bibliothek und ...«

»Oh, Ercul!« unterbrach ihn Caolin. »Ich bin froh, daß Ihr hier seid. Die Unterlagen, die Ihr Lord Robert bringen sollt, liegen bereit.« Er steckte Palomons Schreiben unauffällig in seinen Schreibtisch und zog die grüne Kuriermappe heraus.

»Ich fand einige Bücher über Strategie, genau wie Ihr vermutet habt – aber seit Jahrhunderten hat niemand sie mehr aufgeschlagen!« Ercul Ashe trat mit erstaunlich rotem Gesicht heran und legte zwei modernde Bände auf Caolins Schreibtisch. Staub stieg in unübersehbaren Wolken von ihnen auf. Ordrey, der nach dem stellvertretenden Seneschall eintrat, hustete laut und setzte sich auf der entgegengesetzten Seite des Raumes nieder.

»In der Mappe ist die Analyse der elayanischen ... Oh, sehr gut, Ercul ...« Caolin entging Erculs Eifer nicht. Es war angebracht, ihn jetzt sprechen zu lassen, nachdem er ihn lange genug frustriert hatte, so daß er jetzt selbst glaubte, die Idee, die er mit ihm besprechen wollte, sei seine eigene.

»Vielen Dank, Mylord.« Ashe öffnete ein Buch und blätterte vorsichtig darin, bis es von selbst an einer Stelle aufgeschlagen blieb, als wäre der Bucheinband an dieser Stelle gerissen.

»Das ist eine Analyse von Schlachtplänen für das unterschiedlichste Wetter. Ich kenne das untere Tal, Mylord, und ich habe Abhandlungen über Schlachten der Alten gefunden, deren Umstände genau die sind, denen sich unsere Truppen gegenübersehen werden.«

»Das ist wirklich schön und gut«, sagte Caolin geduldig, »aber ich bezweifle, daß Lord Robert Zeit haben wird hierherzukommen, um sie zu studieren.«

Ashe schüttelte den Kopf. »Natürlich nicht. Aber ich könnte sie doch mitnehmen!«

Der Seneschall lachte. »Na gut, dann nehmt sie mit. Durch ihr zusätzliches Gewicht spürt Euer Pferd vielleicht, daß Ihr auf seinem Rücken sitzt. Falls Lord Robert keine Zeit hat, selbst über Strategien nachzulesen, könnt Ihr ihm ja erklären, was darin steht!«

»Jawohl, Mylord.« Ashe bemühte sich um Fassung und seinen üblichen Gleichmut. »Ich bin bereit, am Morgen aufzubrechen. Wir dürften eine Woche bis zum Lager brauchen, dann benötige ich noch ein paar Tage in Risslin und eine weitere Woche für den Rückweg. Ich wäre demnach in etwa drei Wochen wieder hier, Mylord Seneschall.« Er griff nach den zwei Büchern und der Kuriermappe und drehte sich zu Ordrey um. »Wir treffen uns dann pünktlich um sechs Uhr morgen am Marstall.« Er verbeugte sich und ging.

Ordrey krümmte sich vor Lachen.

»Mußtet Ihr unbedingt soviel Staub auf die Bücher schütten?« brummte Caolin und bürstete sein Gewand ab.

Einen Moment konnte Ordrey nur stumm den Kopf schütteln. »Pünktlich um sechs Uhr!« keuchte er schließlich. »Bildet er sich ein, ich habe eine Uhr in meiner Kammer? O Mylord, was habt Ihr mir da aufgehalst!«

Caolin lächelte unmerklich. Er wußte, daß Ordrey durchaus imstande war, zu jeder beliebigen Stunde in der Nacht aufzuwachen, wenn es nötig war, aber daß er sich auch immer auf alle Fälle erst einmal beklagen würde, egal zu welcher Zeit er aus den Federn mußte. »Ihr müßt wirklich gute Pferde nehmen – es wird nicht leicht sein, es in dieser Zeit zu schaffen.«

»Auf diesen Straßen dürften wir knapp dreißig Meilen am Tag schaffen«, schätzte Ordrey. »Euer Plan erscheint mir ziemlich kompliziert. Warum schickt Ihr Lord Robert nicht einfach eine Beschreibung der Strategie?«

»Weil Robert sie mit den anderen Befehlshabern besprechen wird. Und sobald Brian erfährt, von woher sie kommt, wird er sie ablehnen.«

»Aber jeder weiß doch, daß Ashe von Euch kommt!«

Caolin seufzte. »Das wohl. Doch an Erculs Ehrlichkeit zweifelt niemand, also wird sogar Brian ihm glauben, wenn er schwört, daß ich nichts damit zu tun hatte ... Ihr werdet Euch doch an die Strategien erinnern?« fügte er besorgt hinzu.

»Ich habe mir gestern nacht fast die Augen dabei aus dem Kopf gelesen«, versicherte ihm Ordrey lachend. »Ich habe mir alles eingeprägt, was auch nur im entferntesten in Frage kommen könnte. Ein einziges Wort von Ashe und ich weiß, welche sie wählen.«

»Vielleicht keine davon. Also werdet Ihr warten müssen, bis Ihr seht, wie die Truppen aufgestellt sind, ehe Ihr Euch zu Palomon absetzt. Und überlegt Euch gut, was Ihr zu Ercul Ashe sagt!«

Ordrey blickte Caolin gekränkt an. »Ich kenne mich aus.« Er lächelte ein wenig sehnsüchtig. »Ercul Ashe dient nur Westria ... Ich diene *Euch*, Mylord.«

Der Boden war naß. Farin spürte die klamme Feuchtigkeit selbst durch den dicken Wollteppich in Lord Roberts Zelt. Er zog die Knie hoch, schlang die Arme um sie und mühte sich wachzubleiben. Er fragte sich, ob bei Faris schon die Wehen eingesetzt hatten. Die Befehlshaber gingen die Berichte durch – eine einschläfernde Aufzählung von Männern und Ausrüstung –, und ihre Adjutanten und Kuriere mußten zuhören.

Ein kalter Luftzug streifte sein Gesicht; er blickte auf. Jemand hatte die Zelttür zurückgeschlagen. Im Nebel stand geisterhaft eine Gestalt in Umhang.

»Mylord Befehlshaber ...« Roberts Knappe steckte den Kopf ins Zelt. »Ein Kurier aus Laurelynn.« Der Mann im Umhang duckte sich und trat ein. Im Zelt richtete er sich wieder auf. Er streifte seine Kapuze zurück und blinzelte ins Licht. Sein Haar war so grau wie sein Umhang, und sein Gesicht sah aus wie ein alter Schuh.

»Ist etwas mit der Königin?« erkundigte sich Robert besorgt. Farin ließ die Arme fallen und beugte sich vor.

»Es geht ihr gut, aber es gab soweit nichts Neues, als ich vor sechs Tagen aufbrach.«

»Sie werden Leuchtfeuer zünden, wenn das Kind da ist!« erinnerte Brian sie.

Der Kurier löste eine grüne Ledermappe von seinem Gürtel. »Ich komme vom Lord Seneschall!«

»Natürlich!« sagte Lord Robert, während Brian das Gesicht verzog. »Ihr seid sein Stellvertreter und Euer Name ist ...«

»Ercul Ashe, Mylord.« Er verbeugte sich und händigte dem Oberbefehlshaber die Mappe aus. Robert schloß sie auf, zog die Papiere heraus und fing zu lesen an. Farins Herz pochte, als er bemerkte, daß Roberts ohnehin schon ernste Miene noch ernster wurde. Schließlich blickte der Oberbefehlshaber auf, seufzte und gab die Papiere an Brian weiter.

»Ich wünschte, Euer Meister hätte mich früher informiert – aber es spielt wohl keine Rolle. Wir haben bereits getan, was wir konnten!«

Farin schauderte. Er dachte an den gestrigen Gewaltmarsch, das wirre Manöver, um den Vorteil dieses Geländes zu nutzen, und den Schock, als die dunklen Reihen der feindlichen Armee am Nachmittag plötzlich am Südhorizont auftauchten. Eine Weile hatten sie befürchtet, sie würden sogleich kämpfen müssen, doch die elayanische Vorhut hatte in etwa drei Kilometern Entfernung angehalten und schien ein Lager für die Nacht aufzuschlagen. Nun glommen ihre Lagerfeuer auf der Wiese.

»Bedaure, Mylord«, sagte Ercul Ashe, »wir mußten warten, bis alle Berichte eingetroffen waren, ehe wir sie auswerten konnten.«

»Ihr kennt die Analyse also? Dann bleibt Ihr am besten«, fuhr Robert fort, als der stellvertretende Seneschall nickte. Wieder seufzte er und schaute sich düster um.

»Ich hoffe, ihr habt eure Zuversicht nicht übertrieben, als wir annahmen, unsere Truppenstärke sei eineinhalbmal die des Feindes. Der Seneschall informiert uns nun jedoch, daß Palomon nach neuester Schätzung über dreitausendfünfhundert Mann verfügt, und wie ihr wißt, hatte er den ganzen Winter Zeit, sie auszubilden!«

»Aber Invasoren kämpfen erwiesenermaßen nicht so gut wie Männer, die ihren eigenen Grund und Boden verteidigen!« rief Eric.

»Unsere Soldaten sind tapfer und willig, doch sind sie mehr an Geplänkel mit Banditen als an richtige Schlachten gewöhnt«, gab Robert zu bedenken. »Wir sind zahlenmäßig zwar immer noch stärker, aber gebt Euch nicht der Illusion hin, daß wir deshalb auch überlegen sein müßten!«

Brian schüttelte mit mitleidigem Lächeln den Kopf. »Kampfgeist ist wertvoll, aber wenn Ihr glaubt, er wiege

Geschicklichkeit auf, seid Ihr noch naiver, als ich dachte. Mut kann bei Unerfahrenen allzu schnell zur Panik werden, wenn der Feind stark ist. Selbst ein Veteran wäre töricht, nicht zu zittern, wenn die *Impis* anstürmen!«

»Ich habe schon einmal gegen diese Burschen gekämpft«, sagte Eric mürrisch. »Vor drei Jahren, jenseits von Santibar!«

»Das war kein Krieg, sondern eine Übung. Außerdem«, fügte Brian ernster hinzu, »hatten wir da den König.«

Farin ließ das Gesicht auf die Knie sinken. Die Erinnerung an Jehan überwältigte ihn. Er sah ihn im Schnee kämpfen, auf Falkenjagd in den Bergen über Nebelhall, unter den Hauern des Keilers fallen. *O Mylord – mein geliebter Herr ...*

In der Stille hörte er Ercul Ashes trockenes Husten, dem seine Worte folgten: »Mylords, ich habe kein Recht, hier etwas zu sagen, aber ich habe mich in der Militärbibliothek von Laurelynn umgesehen ...«

»Sprecht, Mann! Jetzt ist keine Zeit, sich der Etikette wegen Gedanken zu machen«, unterbrach ihn Robert.

»Ich habe ein Buch mitgebracht, Mylord ...« Ashe deutete aus der Zelttür heraus.

»Ich werfe später einen Blick hinein, falls ich glaube, daß es sich lohnt. Erzählt mir, was darin steht!«

Ashe holte tief Luft, seine stumpfen Augen begannen zu glänzen.

»In einem fernen Land warteten zwei feindliche Armeen darauf, eine Schlacht auszutragen. Es war eine neblige Nacht – und wie Ihr seht, meine Herren, steigt auch hier bereits Nebel auf.« Er zog den Türvorhang zurück, und deutlich sah man, wie im Laternenschein die Luft vor Feuchtigkeit glitzerte.

»Sie hatten ihre Lager einander gegenüber aufgeschlagen, so wie jetzt Ihr und Palomon, und sie beabsichtigten, am Morgen anzugreifen. Doch einer der Befehlshaber hatte eine Idee. Er ließ die Lagerfeuer brennen und schickte etwa ein Drittel seiner Truppen zur Seite auf eine niedrige Erhebung, wo ihre Zahl nicht abzuschätzen war. Mit dem Rest zog er lautlos einen großen Kreis, den sie, immer noch durch den Nebel geschützt, hinter ihren Feinden schlossen.« Er machte eine Pause.

»Und was ist dann passiert?« erkundigte sich Sandremun und strich sein blondes Haar aus der Stirn, als er sich vorbeugte.

Ashe lächelte. »Am Morgen sahen die Gegner den kleineren Trupp, und in der Annahme, leichte Beute vor sich zu haben, griffen sie ihn an. Sie ahnten nichts von den restlichen zwei Dritteln der feindlichen Armee, bis diese ihnen in den Rücken fielen. Sie gerieten sozusagen zwischen Hammer und Amboß – und wurden aufgerieben.«

»Wir würden dazu einen Führer brauchen, der die Gegend hier sehr gut kennt, sonst könnten wir uns leicht verirren«, sagte Robert nach einiger Überlegung.

»Elnora von Eichenbergs Gut liegt keine zwei Kilometer von hier entfernt an der Straße«, warf Esteban Swift ein, der Adjutant Brians. »Und sie ist hier bei uns.«

»Nun, Brian, was meint Ihr?«

»Ich meine ...«, begann der Befehlshaber von Las Costas bedächtig, »daß wir jeden Plan, der vom Seneschall kommt, sehr sorgfältig unter die Lupe nehmen sollten!«

»Brian!« Roberts entrüsteter Tadel überschnitt sich mit Ercul Ashes Protest: »Aber er ist doch aus dem Buch!«

»Das bezweifle ich nicht.« Brian wandte sich dem stellvertretenden Seneschall zu. »Die Frage ist, woher kommt das Buch? Wer hat Euch geschickt, uns darauf aufmerksam zu machen, jetzt, wo wir keine Zeit haben, gründlich darüber nachzudenken?«

»Brian, ich weiß, daß Ihr und Caolin keine Freunde seid, aber glaubt Ihr wirklich, daß er Westrias Armee verraten würde?« sagte Lord Robert kopfschüttelnd.

»Keine Freunde!« Brian lachte, und es war ein so gespenstischer Laut, daß Farin spürte, wie sich ihm die Härchen im Nacken aufstellten. Als es verklang, wandten sich aller Augen dem Stellvertreter des Seneschalls zu, der in ihrer Mitte stand und die Hände rang.

»Meine – meine Herren«, stammelte er, dann fuhr er mit erstaunlicher Würde fort: »Ich bin kein Streiter, aber meine Unbescholtenheit ist mir heilig. Ich schwöre bei meiner

Ehre, oder wobei immer Ihr verlangt, daß ich dieses Buch in der Bibliothek fand, dick mit dem Staub von Jahrhunderten bedeckt. Ich versuchte meinem Lord Seneschall zu erzählen, was ich da entdeckt habe, aber er hörte mir nicht zu. Es war meine Idee, Euch, meine Herren, darauf aufmerksam zu machen – aber *Ihr* seid genausowenig verpflichtet, mir zuzuhören.« Er richtete sich hoch auf und blickte Brian an. »Ich diene in der Kanzlei des Seneschalls, seit ich meinen Namen annahm, und unter Lord Caolin seit sieben Jahren. Ihr, die Ihr die Verantwortung über die Provinzen habt, versteht etwas von den Pflichten einer Regierung; aber könnt Ihr Euch vorstellen, was es heißt, das ganze Reich im Auge zu behalten? Ich habe gesehen, wie Lord Caolin angestrengt arbeitete, während alle anderen schliefen – wenn Ihr glaubt, ein solcher Mann könnte verraten, was er so lange erhalten hat, dann kann ich nur sagen, Ihr seid Toren!«

»Aber er könnte versuchen, *mich* zu verraten«, gab Brian zu bedenken.

»Es *ist* ein guter Plan!« sagte Robert fast flehend. Erics Augen leuchteten aufgeregt. »Lord Robert, ich bitte Euch, laßt mich der Amboß sein! Laßt mich mit meinen Männern den Hügel halten!«

Robert runzelte mißbilligend die Stirn über Brians Gelächter. »Ihr würdet Eure Sache gut machen, Eric, das weiß ich, aber wir dürfen unsere schwere Reiterei nicht auf diese Weise vergeuden. Wir brauchen Euch an der Spitze des Sturms! Nein – für den Amboß benötigen wir Infanterie – einen Speerwall!«

»Als Oberbefehlshaber solltet Ihr bei der Hauptmacht sein«, sagte Brian plötzlich. »Aber ich habe vierzig Kompanien Speerkämpfer aus dem Flußgebiet – es ist ihr Land, das diese Wilden verwüstet haben – überlaßt die Ehre ihnen!«

Farins Herz pochte, als ihm bewußt wurde, daß die Entscheidung gefallen war. Das Warten würde nur zu rasch vorüber sein.

»Ich glaube, Ihr habt recht.« Robert nickte. »Ihr verfügt auch über Bogenschützen, die die Begrüßung noch eindringlicher gestalten können. Gebt mir Eure leichte Reiterei, und ich halte meine Fußsoldaten in Reserve. Dafür überlasse ich Euch meine Bergsoldaten. Auch sie haben Speere, dazu schwere Äxte, und ihnen ist Nahkampf sowieso am liebsten.«

Durch das einsetzende Gemurmel konnte Farin hören, wie Robert einzelnen Offizieren Befehle erteilte: Sie sollten ihre Männer bis Mitternacht schlafen lassen, dann mit dem Haupttrupp als erste das Lager verlassen und die Lagerfeuer alle brennen lassen. Er bemühte sich zuzuhören.

»Ich dachte, Ihr mißbilligt den Plan«, sagte Sandremun zu Brian. »Warum habt Ihr Euch dann freiwillig für den gefährlichsten Posten gemeldet?«

Brian lachte, und Farin spürte seine Kampfeslust. »Glaubt Ihr, ich möchte, daß dieser Mann zurückkehrt und seinem Meister erzählt, ich hätte Angst gehabt?« Er deutete auf Ercul Ashe, der unter den Befehlshabern stand wie eine Binse zwischen Eichen. Er bemerkte Brians Geste und wandte sich zum Gehen.

»O nein!« knurrte Brian. »Ich habe meinen Verstand nicht völlig verloren! Ihr werdet Euch unter Bewachung zu meinem Zelt begeben.« Seine riesige Hand schien Ashes schmale Schulter schier zu zerdrücken. »Wenn dieser Plan verraten würde, wäre das ein Verhängnis ohnegleichen!«

Ashe protestierte hilflos, als der Lord Befehlshaber mit ihm hinaus in die Nacht marschierte.

Es war Nacht im Garten der Königin. Die Luft roch würzig nach wachsenden Pflanzen und feuchter Erde. Faris atmete tief ein, während sie dahinspazierte. Man hatte versucht, sie im Haus zu halten, doch in ihren Armen und Beinen prickelte eine Energie, die Auslaß suchte. Sie ging so schnell wie die Armee bei ihrem Marsch in den Süden. Die letzte Taube hatte die Nachricht gebracht, daß die Westrianer sich nun ausruhten, ehe die Schlacht begann. Nur sie vermochte in dieser Nacht nicht zu ruhen.

Faris erreichte die Mauer und blieb stehen. Wohin wollte sie eigentlich? Keine Hast konnte sie schneller zu ihrer eigenen Schlacht führen. Sie streckte die Hand aus und berührte die samtige Oberfläche eines Blattes, doch ihre Beine drängten sie weiterzugehen. Sie drehte sich um, brach das Blatt ab und zerrieb es zwischen den Fingern. Es war Minze, und der kräftige Duft stieg ihr in die Nase.

Jehans Kind würde bald geboren werden. Sie spürte, wie es sich in ihr bewegte, und wieder versuchte sie, es sich als lebendes Wesen aus Jehans und ihrem Fleisch und Blut vorzustellen, als einen neuen Menschen, den sie lernen würde zu lieben. Aber sie hatte das Kind nur gewollt, weil Jehan es sich ersehnte ... Er hatte geschrieben:

> *Das Kind beginnt sich zu bewegen! Wenn ich meine Hand auf Faris' Bauch lege, spüre ich einen Hauch von Bewegung, ähnlich der Entstehung einer Kerzenflamme. Ich glaube, es wird erhebender sein, dieses Kind in meinen Armen zu halten als die Krone Westrias zu tragen ...*

Doch nun mußte sie dieses Kind tragen und die Krone Westrias obendrein! Tief in ihr verspannten sich die Muskeln, doch sie blieb nicht stehen. Es war schwächer als die einleitenden Kontraktionen, die sie bereits seit mehreren Wochen spürte. Sie hielt erst an, als eine zweite, etwas stärkere Muskelzusammenziehung sie unwillkürlich nach Luft schnappen ließ.

War es soweit? Sollte diese regnerische Märznacht Ergebnis und Höhepunkt jenes goldenen Mittsommernachmittags im Heiligen Hain sein? Eine neue Wehe brachte sie zum Stehen, dann ging sie wieder weiter.

Sie sollte besser zurückkehren und Bescheid geben, daß es losging, aber sie konnte es nicht. Vielleicht war es bloß falscher Alarm – sollte sie etwa das ganze Reich grundlos in Aufregung versetzen? Und wenn es doch soweit war? Sie wußte, wie sie sich um sie scharen würden, wie sie Aufregung verbreiten würden, wie sie sie immer wieder und wieder ausfragen würden! Wenn sie ins Haus ging, würde der Glauben der andern das, was mit ihr geschah, zur Wirklichkeit machen, und dann gab es kein Entrinnen mehr!

Irgendwo in der dunklen Stadt schlug eine Glocke Mitternacht.

Faris schritt entschlossen weiter und verdrängte jeden Gedanken, während der Schmerz, der in Abständen ihren Bauch zusammenzog, immer stärker wurde und immer schwerer zu ignorieren war. Bei der nächsten Wehe keuchte sie und fiel auf Händen und Knien in den weichen Schlamm des Pfades.

Sie ließ den Kopf auf die verschränkten Hände sinken und verbeugte sich so vor den Pflaumenbäumen, wie sie es damals auf der Burg getan hatte, an jenem Tag, als sie Jehan kennenlernte. Der Wind säuselte in den Zweigen – oder war es das Blut in ihren Ohren? Wie liebkosend strich der Wind über ihre feuchte Stirn.

Ihr Körper protestierte unter einer neuen Wehe, die Fruchtblase platzte. Als das Fruchtwasser auf die Erde rann, auf der sie kniete, dröhnte es in ihren Ohren wie von einer Brandung an einer fernen Küste.

»O Herrin, hilf mir! Hilf mir ...« Keuchend mühte sie sich ab, aufzustehen. Leise, wie das Wispern eines Windhauchs in den Bäumen hörte sie das süße Klingeln heller Glöckchen. Warme Hände halfen ihr, sich zu erheben. Einen Augenblick dachte sie, es sei die Herrin. Doch dann hörte sie Berisas Stimme, überraschend sanft wie ihre Hände.

»Du bist ruhelos wie ich, Liebes, und deine Wehen sind bereits fortgeschritten – komm, Schwester, es ist Zeit, ins Haus zurückzukehren ...«

Die Truppen verließen das Lager in dichtem Nebel, der wie Dampf aus dem Fluß aufstieg, sich aus Hufabdrücken erhob, die sich tief in die vom Frühlingsregen getränkte Erde geprägt hatten. Vom Vorgebirge der Felsmark bis zu den ersten Hügeln des Küstengebirges bedeckte der Nebel gut fünfzig Fuß hoch das Große Tal. Und aus ihm glühten die Lagerfeuer der beiden Armeen wie wutfunkelnde Augen.

Fröstelnd hüllte Farin sich enger in seinen Umhang und

beobachtete, wie der Nebel um die eilenden Männer wallte. Verwirrtes Flüstern summte in der Luft, denn nur die Befehlshaber wußten, weshalb sie sich zu dieser nächtlichen Stunde davonschleichen mußten.

»Farin«, rief Sandremun seinem Schwager zu. »Sieh zu, ob du Lord Brian finden kannst und richte ihm aus, daß ich ihm zweihundert meiner Bogenschützen überlasse, aber ich muß wissen, wo er sie braucht.«

Sandremun nickte. Fackelschein hatte ihm gezeigt, wo sich Brian befand. Er stand auf einer niedrigen Erhebung und unterstützte seine Befehle mit dramatischen Gesten, da er es nicht wagen durfte, seine mächtige Stimme zu erheben. Nebeltropfen glitzerten in seinem borstigen Bart.

Farin wartete, während Brian etwas überlegte und dann befahl: »Sie sollen sich Dorothea von Monteras Trupp anschließen. Sie ist ganz hinten!« Farin verneigte sich, doch der Lord Befehlshaber hatte sich bereits abgewandt.

»Es ist schon beleidigend genug, unter Bewachung zu stehen, aber gebunden und hier zurückgelassen zu werden ist eine Ungeheuerlichkeit!«

Farin sah, wie Ercul sich bei dem Soldaten beschwerte, der ihm die Knöchel zusammenband. Als der Mann sich an seine Handgelenke machte, blieb jemand neben dem Zelt stehen und schüttelte mitfühlend den Kopf.

»Schwierigkeiten, Ercul? Hat Euer Plan den Herren nicht gefallen?«

»Oh, der Plan sagt ihnen durchaus zu – aber Lord Brian traut mir nicht und dem Lord Seneschall noch weniger!« erklärte Ashe und begann sich entrüstet zu wehren.

»Brian mag den Seneschall nicht? Das überrascht mich«, sagte der Mann trocken. Der Soldat lachte, band einen letzten Knoten und ging.

»Ordrey! Befreit mich von diesen Fesseln! Ihr könnt mich doch nicht einfach hierlassen!«

»Mein Teurer, wenn ich Euch befreite, würde Brian *mir* nie vergeben!« Nun lachte auch Ordrey und verschwand im Nebel.

Farin unterdrückte ein Lächeln und eilte zu Sandremuns Zelt zurück. Es erschien vielleicht grausam, den Armen wehrlos hier zurückzulassen, während eine Schlacht tobte, aber aller Wahrscheinlichkeit nach würde an dieser Stelle gar nicht gekämpft werden. Vermutlich war Ercul Ashe sicherer als sonst jemand in der Armee. Er beschloß, gleich nach der Schlacht nach ihm zu sehen. *Wenn ich überlebe!* Plötzlich fühlte sein Magen sich wie ein Eisklumpen an.

Mit knarrendem Leder und leise klirrender Rüstung machten Brians Truppen sich zum Hügel auf, wo sie den Rest der Nacht kauern und sich nach den verlassenen Lagerfeuern und dem Morgengrauen sehnen würden.

Farin überprüfte seine Waffen und den Sitz seines Sattels, dann schwang er sich auf seinen Braunen. Lautlos fluchte er, als das erregte Pferd schnaubte und sich aufbäumte. Er schloß sich rasch der Reihe von Roberts und Erics Männern an, die sich bereits, lautlos wie eine Geisterarmee, durch den Nebel in Richtung Süden in Marsch gesetzt hatten. Sie waren zu absolutem Schweigen ermahnt worden, und so bemühten sie sich eifrig, selbst ihr Husten zu unterdrücken, zu dem die feuchte Luft sie dann und wann reizte. Klirrende Rüstung wurde durch dicke Umhänge gedämpft, und um das Zaumzeug der Pferde hatte man vorsichtshalber Stoffstreifen gewickelt. Die Geräusche, die sie trotzdem unweigerlich verursachten, verschluckte der Nebel, so wie sie selbst von der Dunkelheit verschlungen wurden. Es dauerte nicht lange, und sie vermochten nicht einmal mehr ihre eigenen Lagerfeuer zu sehen.

Flammen flackerten wild in der breiten Feuerstelle des königlichen Schlafgemachs. Caolin hielt an der Tür an und verdrängte die Dunkelheit des Korridors mit einem Blinzeln. Das Gemach war voll von Frauen, die sich zielbewußt bewegten wie Soldaten, die sich auf die Schlacht vorbereiteten. Caolin lächelte über diesen Vergleich – seine Gedanken beschäftigten sich in dieser Nacht ohnehin mit Kriegsführung – bis ihm bewußt wurde, daß er gar nicht so abwegig war.

Rosemarie beugte sich über das Bett. Sie bemerkte ihn,

als sie sich wieder aufrichtete und zur Seite trat. Faris lag im Bett, die Linnendecke bis zum Kinn hochgezogen. Der geschwollene Bauch hob sich deutlich darunter ab. Als der Seneschall zögerte, stöhnte sie und biß sich auf die Lippe. Ihr Bauch veränderte seine Form unter der Decke. Ihr Gesicht wirkte aufgedunsen, und das Haar klebte ihr am Kopf.

Erschrocken wandte Caolin sich an Lady Jessica. »Stirbt sie?«

Jessica hob eine Braue, dann zuckten ihre Lippen. »Ihr habt wohl noch nie eine Frau im Kreißbett gesehen? Sieht ein Mann, der sich sehr anstrengt, denn viel anders aus?«

Caolins Blick wanderte zu Faris zurück. Ihre Verkrampfung ließ nach. Sie seufzte und entspannte sich, während Rosemarie ihr mit einem feuchten Schwamm über die Stirn strich. Dann öffnete sie die Augen, die wie dunkle Schatten in ihrem bleichen Gesicht lagen und schaute Caolin an.

Er zwang sich, an das Bett zu treten und sich auf den Stuhl daneben zu setzen. Er nahm ihre Hand. »Wie geht es Euch?«

Faris verzog das Gesicht. »Sie sagen, ich mache meine Sache gut ... Ich freue mich, daß Ihr gekommen seid.« Ihre Augen hafteten an den seinen, als könne sie Kraft aus seiner Seele ziehen. Er kämpfte gegen den Impuls an, seine Hand wegzuziehen.

Die Königin hielt den Atem an, und ihr Blick richtete sich nach innen. Ihre Hand verkrampfte sich schmerzhaft um Caolins Gelenk. Hastig wandte er die Augen von ihrem wogenden Bauch ab und dem reinen Flackern des Feuers zu.

Berisa bückte sich von ihrem Stuhl beim Feuer, um einen neuen Knäuel Wolle aus ihrem Korb zu holen. Sie wandte sich Lady Jessica zu. »Ich hatte Schwierigkeiten mit den Beinen, als ich mein erstes Kind trug, und auch beim dritten. Beim zweiten war die Entbindung am schwierigsten. Ich hatte zwei Tage lang Wehen«, erklärte sie stolz. Dann blickte sie auf die sich windende Gestalt auf dem Bett. »Irgend etwas geht immer schief!«

Caolin schluckte und schloß die Augen, aber seine Nase

quälte sich weiter mit dem beißenden Schweißgeruch und dem aufdringlich süßen Parfümduft: ein typisch weiblicher Geruch, der dick und schwer in diesem Gemach hing.

Faris' Hand entspannte sich. Rasch zog er seine zurück, stand auf und blickte auf sie hinab. Jessica hatte gesagt, daß alles in Ordnung sei. Aber was wäre, wenn doch etwas schiefging? Jehan hatte auf seinem Totenbett besser ausgesehen als Faris jetzt.

»Ihr solltet lieber gehen«, sagte Rosemarie sanft. Caolin glaubte Mitgefühl in ihren Augen zu sehen, doch in diesem Moment störte es ihn nicht.

»Wird das Kind bald da sein?«

Rosemarie zuckte die Schultern. »Ich selbst bin nur ein Mädchen unter lauter Müttern und habe keine eigene Erfahrung, aber bei Tieren habe ich oft die Geburtshelferin gespielt. Das erste Kind läßt sich gewöhnlich viel Zeit. Ich glaube nicht, daß es vor Tagesanbruch kommen wird. Wir werden Euch Bescheid geben.«

Lady Jessica lachte. »Seid froh, daß Ihr nicht der Kindsvater seid! Wenn dem so wäre, ließen wir Euch nicht gehen.«

Caolin schauderte und drehte sich um, dabei stieß er an der Tür fast gegen den Wacholdermeister. Der Seneschall wich einen Schritt zurück und verbeugte sich. »Das ist eine Aufgabe, die ich Euch gern überlasse«, murmelte er, als der Meister an ihm vorbei in den Raum trat.

Die Dunkelheit in seinem eigenen Gemach war eine Erholung von dem Anblick und den Lauten im Kreißzimmer, doch nicht von seinen eigenen Gedanken. Er konnte das schmerzverzerrte Gesicht der Königin nicht vergessen. Es kam vor, daß Frauen im Kindbett starben. Wenn sie es nicht überlebte, was würde dann aus ihm? Verzweifelt zündete er eine Lampe an und beschäftigte sich mit den Papieren auf seinem Schreibtisch – Listen des Proviants, der den Truppen mitgegeben worden und noch nicht abgerechnet war.

Er zwang sich zu arbeiten und überlegte, wo er weiteres Getreide herbekommen könnte – wie viele Scheffel von jedem Landbesitzer – wie viele Ernten ... Aber immer wieder blickte er zum Fenster, immer wieder lauschte er auf Schritte in der Halle. Im Palast plagte sich die Königin mit der Geburt eines neuen Herrschers für Westria. Im Nebel südlich von Risslin bereiteten die Streitkräfte sich auf eine Schlacht vor. Morgen um diese Zeit würden viele Fragen beantwortet sein: ob Brian noch lebte und weiterhin eine Bedrohung für ihn darstellen würde; ob die Königin die Geburt überlebt hatte und ihm weiterhin als Seneschall den Rücken stärken würde; und ob ein lebendes Kind ihre Position stärken würde.

Morgen mußte sich entscheiden, wem die Herrschaft über Westria zufallen würde. Er brauchte nur abzuwarten.

7 Die Schlacht der Königin

Die aufgehende Sonne strahlte wie ein Leuchtfeuer über den hohen Rand des östlichen Gebirges. Farin fragte sich, wie lange sie brauchen würde, um den Nebel aufzulösen, der das Tal unten im Würgegriff hielt. Ein Nebelmeer spülte noch gegen den Hügel, auf dem die Truppen unter Brians Befehl den Tag erwarteten. Einige Soldaten begannen sich zu rühren. Sie streckten die Beine aus, die steif von der feuchten Kälte waren, und wischten den Tau von Schwertern und Bogen. Eine Frau legte den gespannten Bogen neben sich und kämmte das braune Haar, ehe sie es wieder zu festen Zöpfen flocht. Die seidigen Strähnen schimmerten im ersten Tageslicht.

Farin dehnte und bog die kalten Finger und sehnte sich nach seiner Harfe. Doch bis ich Goldschwan gestimmt habe, dachte er sarkastisch, ist die Schlacht vielleicht schon vorüber. Als er Brians tiefe Stimme hörte, drehte er sich um. Seit er den Lord Befehlshaber von Las Costas in Nebelhall erlebt hatte, empfand er eine Abneigung gegen ihn, doch es war ganz offensichtlich, daß seine Leute ihn verehrten.

Brian blieb stehen, um mit einem Axtkämpfer aus der Felsmark zu reden, und seine Kameraden lachten herzhaft. Farin fuhr zusammen, bis ihm einfiel, daß Stille nun nicht mehr nötig war. Selbst wenn der Feind sie hörte, wäre es jetzt für einen Stellungswechsel ohnehin zu spät.

»Ah, Sir Farin, sich sehe, Ihr seid noch bei uns.« Brian kam auf ihn zu und betrachtete anerkennend den Braunen, der sich an dem taufeuchten Gras gütlich tat. »Ich wette, daß Robert und Eric heute nacht auch nicht besser geschlafen haben als wir.«

»Schlafen?« echote Farin erstaunt. Selbst wenn sein Körper sich hätte entspannen können, die Gedanken an die bevorstehende Schlacht würden ihn doch wachgehalten haben.

Brian schüttelte den Kopf. »Ich hoffe, Ihr habt Euch ein wenig ausgeruht! Ihr werdet heute Eure ganze Kraft brauchen!« Er spähte den Hügel hinab.

Die Bogenschützen befestigten die Sehnen, die sie zum Schutz über Nacht um ihre Taille gewickelt hatten, wieder an den Bögen. Einer bot Farin von seinem Brot und Käse an, aber dieser lehnte dankend ab. Er fragte sich, ob sein Magen sich zusammenzog, weil er Angst hatte, oder weil Faris in den Wehen lag und er einen Hauch ihrer Schmerzen empfand.

Die Silberschleier des Nebels lösten sich nun auf. Kleine Erdbuckel kamen zum Vorschein und wassergefüllte Mulden, von den Tieren getrampelt, die inzwischen von den Elayanern verzehrt oder von ihren Besitzern noch rechtzeitig in Sicherheit gebracht worden waren. Das taufrische Gras glitzerte in den ersten Sonnenstrahlen.

»*Sie* schlafen tief und fest, diese Hundesöhne«, fluchte ein Axtkämpfer neben Farin und deutete zum feindlichen Lager. »Man sollte doch meinen, sie müßten inzwischen aufgewacht sein!«

Sie lauschten. Farins Brauner schüttelte den Kopf und machte sich genußvoll über ein anderes Büschel saftigen Grases her. Ein Vogel tauchte zwitschernd aus dem restlichen Nebel hoch und flog über ihren Köpfen in sonnigere Höhen.

Brian runzelte die Stirn. »Was ist das dort unten – die schwarzen Flecken im Gras?«

»Kuhfladen?« meinte einer lachend.

»Dazu sind sie zu groß!« Brian ignorierte das Gelächter und spähte durch die letzten dünnen Nebelschwaden. Unwillkürlich mußte Farin bei seinem Anblick an einen Leitbullen denken, der in den Wind witterte. Schweigen breitete sich um Brian aus wie konzentrische Wellen auf einem Weiher.

»Das sind Palomons Wachfeuer!« flüsterte schließlich jemand.

»Niedergebrannt ...«

»Palomon mag vielleicht tief und fest geschlafen haben, aber bestimmt nicht hier!« Brians Stimme schnarrte, und Farin war es, als hätte jemand mit einem Fingernagel über seine Seele gekratzt.

»Mylord! Mylord!« Von der anderen Hangseite drang

Lärm herauf. Farin raste hinter Brian her, der plötzlich abrupt stehenblieb. Farin wich hastig aus, um nicht gegen ihn zu prallen, und rutschte in dem nassen Gras auf die Knie.

Einen Moment waren seine Augen von einem Schimmern geblendet, das sogar noch stärker wurde, als der Nebel sich verzog. Dann erkannte er, daß die vagen Gestalten im Gras unter ihm Krieger waren, deren Speere in der Sonne blitzten. Die Elayaner! Reihe um Reihe hatten sie sich etwa eine Viertelmeile entfernt an der linken Flanke der Westrianer formiert. Die Umrisse einer riesigen Sichelformation wurden sichtbar – Palomons gesamte Streitmacht mußte hier konzentriert sein!

»So ...«, sagte Brian leise. »Der Wurm hat tatsächlich die Seiten gewechselt!« Trauer huschte über Brians Züge, doch so vorübergehend, daß Farin kaum glauben konnte, sie bemerkt zu haben. Dann schien der Befehlshaber die Beine in den Boden zu stemmen und drehte sich zu Farin um.

»Palomon versteht also auch etwas von Strategie. Lord Robert sollte sich ihm von hinten nähern – dort, wo er gewesen war. Das bedeutete, daß er sich inzwischen hinter dem verlassenen Lager befindet. Gebt ihm Bescheid, aber beeilt Euch. Sie werden uns jeden Augenblick angreifen – wir sind ihnen nicht nur zahlenmäßig unterlegen, sondern auch für einen Sturm von dieser Seite nicht richtig formiert! Robert soll sofort mit dem Rest der Armee herbeieilen, sonst wird hier niemand mehr sein, dem er helfen kann!« Er legte flüchtig eine Hand auf Farins Schulter.

Farin schluckte, als das Gemurmel um ihn zum Brüllen anschwoll. Während er zu seinem Braunen zurückrannte, hörte er Brians Stimme über den Tumult hinweg:

»Richtet euch alle zu mir aus. Jeder am Ende einer Reihe setzt sich nach links in Bewegung – ihr andern folgt. Marsch, ihr Narren!»

Mit erstaunlicher Koordination drehten sich Brians Truppen, um sich dem Feind zu stellen. Während Farin aufsaß, ging ein Zittern durch die Reihen der Elayaner, die sich zum Angriff bereitmachten. Dann verharrten einen Augenblick lang beide Armeen wie erstarrt.

Farin riß seinen Blick los und schlug mit den Zügeln auf den Nacken seines Pferdes. Das Tier wieherte empört auf, und es stürmte den Hang hinunter, zwischen den Erdbukkeln hindurch, auf die verlassenen Lagerfeuer zu. Farin blickte nicht zurück, aber er hörte das *Klack-klack* von Speeren auf Schilden, als die *Impis* vorrückten.

»Wie lange wird das so weitergehen?« fragte Faris zittrig. Sie rang nach Luft, als eine neue Wehe begann, dann bemühte sie sich, den Atem anzuhalten, um nur jede Bewegung zu vermeiden, die dieses Reißen verstärken könnte, das ihren Körper umformte.

Jessica strich mit dem Schwamm über Faris' Stirn, als der Schmerz nachließ. Lächelnd sagte sie: »Das Tor ist erst halb offen, Liebes. Neun Monate hat dein Körper gelernt, dieses Kind zu tragen – es braucht seine Zeit, den Vorgang umzukehren.«

»Wie spät ist es?«

»Morgengrauen«, antwortete ihre Schwägerin.

»Morgen!« verbesserte Rosemarie sie und zog die Vorhänge auf. Lady Alessia von Las Costas hatte Berisas Platz am Feuer eingenommen. Die Gemeindehebamme von Laurelynn füllte Wasser in den Kessel nach, der über dem Feuer hing. Blasses Licht fiel ins Gemach, es versilberte Rosemaries blondes und erhellte eine Silbersträhne in Jessicas dunklerem Haar. In der Wiege am Fenster bewegte sich Jessicas drei Monate alter Sohn. Er saugte an seinem Daumen und schlief wieder ein.

Faris schauderte. »Ich hatte gedacht, um diese Zeit hätte ich es überstanden.«

»Wenn dein Bruder hier wäre, könnte er uns die Zeit mit ein paar hübschen Weisen vertreiben«, lenkte Jessica ab.

»Ich nehme an, Farin wünscht sich inzwischen auch, er wäre hier!« Rosemarie wandte sich vom Fenster ab. »Es sei denn, er hört Musik aus dem Klirren von Schwertern!«

Branwen schaute von ihrer Stickerei auf. Jessicas Gesicht spannte sich, und ihr Blick traf sich mit dem von Lady Alessia, dann lächelte sie resolut.

»Wir hier sind damit beschäftigt Leben zu *geben*! Branwen, du hast eine hübsche Stimme, sing du doch für uns.«

»Was soll ich singen?« stammelte das Mädchen verlegen.

»Ein Wiegenlied vielleicht?« schlug Lady Alessia vor.

Für Faris verschwammen ihre Stimmen, denn ihr Körper forderte wieder ihre ganze Aufmerksamkeit. Als die Wehe nachließ, beendete Branwen gerade die erste Strophe.

Schlaf ohne Furcht, auch wenn stürmisch der Wind –
Ich halt dich im Arm, mein Liebstes, mein Kind.

Jessica stand auf. Sie hob ihren kleinen Sohn aus der Wiege und setzte sich mit ihm in den Schaukelstuhl, um ihm die Brust zu geben. Der Stuhl knarrte im Rhythmus mit Branwens Lied.

Wär dein Vater nur bei mir, er fände wie du
In meinen Armen die sicherste Ruh.
Doch er hat mich verlassen, er zog in die Schlacht
Wo meine Arme nicht schützen und meine Liebe nicht wacht …

Branwen brach unvermittelt das Lied ab, als ihr bewußt wurde, was sie da gesungen hatte. Das Seidengarn und die Stickerei fielen auf den Boden, sie sprang auf und rannte aus dem Gemach. Jessicas Baby weinte, als sie es fester an sich drückte, und Lady Alessias Hand legte sich um ihren Ehering.

»Kein sehr gut gewähltes Lied für uns«, sagte Lady Alessia schließlich. »Aber warum ist sie davongerannt?«

Rosemarie war plötzlich sehr bleich, aber sie antwortete mit fester Stimme: »Sie liebt Farin, und er zog in den Krieg, ohne sich von ihr zu verabschieden.«

Faris drückte das Gesicht ins Kissen. *Warum sollten sie verschont bleiben?* dachte sie. *Mein Liebster wird auch nie zu mir zurückkehren …*

»Möge der Herr der Schlachten schützend die Hand über sie alle halten«, flüsterte Alessia.

Brians Hand schloß sich um den Griff seines Schwertes, er zog es in einer einzigen geschmeidigen Bewegung. Sein Blick richtete sich auf die schimmernden Reihen der Elayaner. Ohne die Augen von ihnen zu nehmen, drehte er leicht den Kopf, damit die Männer seine Stimme besser hören konnten.

»Krieger von Las Costas und von der Felsmark!« rief er. »Wir, die wir am meisten unter diesem Feind gelitten haben, wurden erwählt, die Falle für ihn zu ködern. Doch nun sieht es so aus, als wäre er auch nicht dumm. Und bald werden wir auch erfahren, ob er ebensogut kämpfen kann. Wenn wir ihn aufhalten können, bis Lord Robert kommt, wird er eine Überraschung erleben. Also, Männer, haltet durch, für die Ehre Westrias!«

Zum Schluß dröhnte seine Stimme und übertönte den rhythmischen Kriegslärm der elayanischen Fußsoldaten, die ihre Speere gegen die Schilde schlugen.

»Schützen, schießt eure Pfeile ab, wenn ich die Hand senke!« Sein mächtiges Schwert blitzte in der Sonne wie eine lodernde Stichflamme.

Die Elayaner hatten sich in Bewegung gesetzt, hinter ihren ovalen Rindlederschilden waren die Männer fast ganz verborgen. Ihre Lederharnische glänzten ölig, und die bunten Federbüsche auf ihren Helmen wippten über den Schildrändern. Zu beiden Seiten der Fußsoldaten trabte Reiterei, deren Schirmhelme im zunehmenden Tageslicht schimmerten. Unter der feindlichen Streitmacht gab es sowohl berittene Bogenschützen, als auch Lanzer mit großen Rundschilden. Brian wandte sich an den Mann an seiner Seite:

»Douglas, begebt Euch zu Sir Edgar Weißbart und sagt ihm, er soll uns den Rücken mit vier Kompanien Bogenschützen decken!«

Die feindlichen Streitkräfte begannen den Hügel zu erklimmen, ihr monotoner Kriegsgesang schien aus der Erde selbst zu vibrieren. In ihrer Mitte fiel Brian ein Glitzern von Silber auf. »Palomon ...«, murmelte Brian. »Palomon und sein Gefolge in Silberrüstung.«

Aus den Augenwinkeln bemerkte er, daß Palomons

berittene Bogenschützen nun vor den andern ritten und einen weiten Bogen beschrieben, um die westrianische Nachhut einzukreisen, solange die Infanterie vorrückte. Brian konnte nur hoffen, daß Sir Edgars Bogenschützen bereit waren. Dann sah er, daß die feindlichen Fußsoldaten in Pfeilschußweite waren und ließ seinen Arm hinuntersausen.

Die Bogenschützen, die hinter den westrianischen Speerkämpfern am höchsten Punkt des Hügels postiert waren, schossen ihre Pfeile ab. Sie schwirrten auf den Gegner zu wie ein Schwarm verärgerter Bienen. Gleich darauf waren die Lederschilde mit ihren Stacheln gespickt. Einige der Federbuschhelme verschwanden, aber die Reihen stockten weder im Schritt noch mit ihrem Gesang.

Wieder und wieder schwirrten Pfeile, doch der Feind kam unbeirrt näher. Brian konnte nun bereits deutlich die Gesichter sehen. Das Blut raste in seinen Adern, und seine Füße schienen den Puls der Erde unter ihnen zu erspüren. Nun erinnerte er sich – nur die Nähe des Todes brachte es fertig, daß man sich so lebendig fühlte! Wild grinsend schwang er seinen Schild vom Rücken und schob den linken Arm durch die Schlaufen.

Sie waren schon sehr nahe.

»Das erste Glied, bereit ...«, brüllte Brian. »Und – *Sturm!*«

Er sprang vorwärts. Sein Schwert sauste hoch, als schwinge der Schlachtruf es empor, der aus seiner Kehle donnerte. Seine Männer fielen in den Ruf ein, und ihre Füße schlugen einen lauten Takt, als sie den Hang nutzten, um ihrem Sturm größere Wucht zu geben.

Der Feind wimmelte bereits um sie herum. Schwarze Augen funkelten ihn an, doch schon hieb Brians Schwert hinein. Er spürte den Aufprall kaum, als der Schildrand des Elayaners nachgab. Die scharfe Klinge schnitt durch Lederharnisch und Fleisch, erst harter Knochen hielt sie auf. Die dunklen Augen weiteten sich, ein Schrei schrillte in Brians Ohren, er riß das Schwert zurück und stürmte weiter.

Faris schrie, als die Faust des Riesen sie erneut zerquetschte.

»Entspannt die Muskeln! Atmet tief durch! Laßt Euch tragen, Mylady – kämpft nicht dagegen an. Atmet aus – die Wehe kommt – jetzt tief einatmen – und wieder …«

Faris versuchte, sich zu entspannen. Sie ließ sich von der Wehe treiben, als ritte sie auf dem Kamm einer riesigen Welle. Doch dann verlor sie das Gleichgewicht und stürzte in die See der Schmerzen.

»Nein!« Sie griff mit den Händen in die Luft, als ertrinke sie wahrhaftig. Mit sanfter Gewalt drückten Hände sie nieder. Ihr Körper verkrampfte sich. Die Muskeln von Bauch und Rücken spannten sich in einem vergeblichen Versuch, die gewaltigen Konstriktionen ihres Schoßes zu verhindern, die die reife Leibesfrucht hinauspressen wollten.

Die Wehen wurden stärker. Ein Schrei zerriß Faris' Kehle, endete in einem Ächzen, stieg wieder zum Schrei an. Faris' Finger krallten sich in Rosemaries und Branwens Hände, die nicht zurückzuckten.

»Faris – du hast schon einen großen Teil überstanden, aber du mußt deinen Körper unter Kontrolle bekommen! Was glaubst du, wozu die Übungen waren? Du weißt, was du tun mußt! Entspann dich, zähle, atme ein!« Berisas Gesicht verschwamm vor ihren Augen.

»Jehan – ich schaffe es nicht!« murmelte Faris, als der Schmerz ein wenig nachließ. »Ich komme nicht gegen diese Qualen an – Jehan! Ich habe dein Sterben leichter gemacht, kannst du jetzt nicht mir helfen?« Sie wimmerte, als sie spürte, daß ihr Leib sich wieder zusammenzog. Etwas Kaltes berührte ihre Lippen, doch ihr fehlte selbst die Kraft, das Zitronenwasser zu schlucken, das Rosemarie ihr anbot.

Sie zuckte zusammen, als die Hebamme heiße Tücher auf die Geburtsöffnung legte, damit die Muskeln sich entspannten. Sie hatten ihr das Nachtgewand ausgezogen, damit es sie nicht behinderte. Es störte Faris jetzt nicht einmal, daß die anderen Frauen so die Narbe auf ihrem Arm sehen konnten. Dadurch erkannte sie, wie groß die Schmerzen sein mußten, die sie beherrschten. Dann durchzuckte sie neuer Schmerz, und sie vergaß sogar Angst zu haben.

»Sie blutet wieder ...« Die Stimme der Hebamme kam wie aus unendlicher Ferne. Faris schloß die Augen.

»Meister, könnt Ihr ihr denn nicht etwas geben, das die Schmerzen lindert?« rief Rosemarie. »Sie hat nicht die Kraft, so lange durchzuhalten!«

»Es ist zu früh ...« Seine Stimme klang gequält. »Es würde dem Kind schaden ...«

»Aber irgend etwas müßt Ihr doch tun können!«

»Wenn sie es zuläßt ...«

Faris spürte die kühle Berührung der Hände des Wacholdermeisters, und einen Augenblick stillte eine Erinnerung an Seelenfrieden ihre Qualen. *Awahna* ... Ihr Geist tastete nach der Ruhe des Tales, nach dem kühlenden Dunst, der seine Wasserfälle verschleierte. Der Dunst begann sie einzuhüllen. Sie hörte noch, wie der Meister ihren Namen rief, doch sie war bereits weit entfernt, als hätte seine Geistberührung ihr die Kraft verliehen, sich loszureißen. Der Klang verzweifelter Stimmen schwand, und dann aller Schmerz.

Farin zügelte seinen Braunen und spähte verzweifelt durch die Nebelschwaden, die um ihn wallten. Über die schwitzende Pferdekuppe konnte er den zertrampelten Boden sehen.

Ein größerer Trupp mußte hiergewesen sein, aber wessen Trupp? Zwischen den Hufabdrücken der Westrianer und denen der Elayaner gab es keinen Unterschied. Der Braune warf den Kopf hoch, machte ein paar Schritte vorwärts und riß an den Zügeln, als er sich bemühte, das Gras zu erreichen.

»Du Vielfraß ...«, brummte Farin. »Wenn ich falle, wirst du dann meine Leiche zur Seite schieben, um an das Gras heranzukommen, auf dem ich liege?«

Etwas glitzerte silbern im Schlamm. Er schwang sich aus dem Sattel, um es besser sehen zu können. Es war ein Medaillon der All-Mutter, barbusig, mit dem Kind auf dem Knie. Auf die Rückseite war das westrianische Kreuz geprägt.

Etwas Kaltes, Spitzes drückte sich in seinen Nacken. Farin hielt den Atem an und stieß ihn gepreßt aus, als der Druck nachließ. Dann drehte er sich vorsichtig um. Einen Herzschlag lang glaubte er die Helmzier eines Elayaners hinter dem kurzen Schaft der Lanze zu sehen. Doch dann erkannte er, daß es sich um Wachtelfedern handelte. Es war Sir Randal von Registhorpe.

»Randal – wo ist Eric?« Farins Stimme überschlug sich. Er stolperte auf die Füße und schwang sich in den Sattel zurück. Mit festerer Stimme fuhr er fort: »Die Elayaner haben uns umzingelt, unser Schlachtplan ist zusammengebrochen ...«

»Rasch, kommt!« Sir Randal riß bereits sein Pferd herum. Farin tastete nach dem Schwertgriff und stellte fest, daß er das Medaillon noch in der Hand hielt. Er schob es in die Tasche seines Unterkleides und mußte plötzlich an Faris denken. »All-Mutter beschütze uns heute beide!« stieß er inbrünstig hervor.

Endlich frei! Faris schwebte auf den verschwommenen Dunst zu, der zur Gischt des über eine graue Felswand tosenden Wasserfalls wurde. Eine Weile genügte es ihr, einfach nur hier zu sein. Dann erinnerte sie sich, weshalb sie gekommen war und Jehans Namen gerufen hatte.

»Mein Liebster – ich bin hier.«

Das war nicht wie ihre anderen Träume von ihm. Genauso, wie dieses Tal gewaltiger war als das Awahna, das sie bisher kennengelernt hatte, und seine Steine ein unbekanntes Licht ausstrahlten, so war auch Jehan nun größer und prächtiger denn je.

»Sind schon so viele Jahre vergangen?« erkundigte er sich erstaunt. »Ich habe hier gewartet, obgleich sie wollten, daß ich weiterziehe. Bist du ebenfalls tot?«

»Ich ... ich weiß es nicht«, antwortete sie stockend. »Ich lag so lange in den Wehen.«

Jehans Züge zuckten, doch die Erinnerung an ihre eigenen Schmerzen waren noch zu lebendig in ihr, als daß sie ihn hätte bemitleiden können. »Mein Liebling, ich hatte nicht gewollt, daß du es allein erträgst.« Er machte eine Pause. »Und was ist mit dem Kind?«

»Sollen sie es doch aus meinem Schoß reißen!«

»Können sie das?« zweifelte er, ohne ihre Bitterkeit zu bemerken. »Sind sie dazu rechtzeitig imstande?«

Sie starrte ihn an, und Ärger verdrängte ihre Ehrfurcht. »Du willst mich zu diesen Qualen zurückschicken? Nicht allein, Mylord! Nicht allein!« Ihre Hand umklammerte seine. Sie spürte, wie sie sich bewegte, als wäre der Dunst zur Strömung geworden. Aber sie ließ Jehans Hand nicht los und konzentrierte ihr Bewußtsein darauf, auch noch, als sie den Wacholdermeister ihren Namen rufen hörte.

»Für die Lilie des Nordens!« rief Eric. Selbst durch den schweren Sattel spürte er Donnerhufs schwellende Muskeln, als der Hengst vorwärtssprang und die Bewegungsfreiheit nach so vielen Stunden des Harrens in der Kälte genoß. Hinter ihm donnerte die gesamte schwere Reiterei Westrias.

Worte hallten durch Erics Schädel, während die Hufe den Rhythmus des Angriffs schlugen – Farins hervorgestoßene Botschaft. Er erinnerte sich an das entsetzte Gesicht Lord Roberts und an die Befehle, die er bereits auszuführen begann, noch ehe sie über Roberts Lippen gedrungen waren. Es wurde ihm kaum bewußt, daß es Brian war, zu dessen Rettung er wie die Wilde Jagd galoppierte.

Donnerhuf brauste über die letzte Kuppe, und Eric sah den Hügel, auf dem Brian sich zum Kampf gestellt hatte. Die Sonne, die sich allmählich ihrem Höchststand näherte, schien auf blutbesudelte Schwerter. Die traurigen Überreste von Brians Truppen kämpften noch inmitten einer See von wippenden Federbüschen, um die die berittenen Bogenschützen wie Wölfe kreisten.

»Westria! Westria und Jehan!« Der Schlachtruf donnerte aus fünfhundert Kehlen. Die Reiterei des Feindes sah sie nun und galoppierte auf sie zu. Ihre Pfeile prallten von den Rüstungen der westrianischen Ritter ab.

Die gegnerischen Streitkräfte prallten aufeinander. Eines der leichteren Pferde aus dem Süden wieherte und ging zu Boden, als der Rapphengst es rammte. Ein weiteres tauchte jetzt vor ihm auf. In dem hoffnungslosen Versuch, Erics Speer abzuwehren, warf sein Reiter den Schild hoch. Als sie vorbeibrausten, blieb der Speer stecken und wurde aus Erics Fingern gerissen. Ein Reiter donnerte von der Seite herbei. Donnerhuf wich aus, seine eisenbeschlagenen Hufe hieben nach dem Feind. Der Rest der Elayaner stob hilflos zur Seite, und sie waren hindurch.

Donnerhufs Sprünge wurden länger, als sie auf die belagerten Westrianer zugaloppierten. Dahinter beobachtete Palomon mit seinen Reserven die Wendung der Schlacht. Eric riß sein Schwert aus der Scheide und lenkte Donnerhuf nach rechts. Er brannte darauf, diese silbergerüstete Figur zu erreichen und niederzureiten. Die Luft um ihn summte, und etwas schoß an seinem Kopf vorbei. Überrascht nahm Eric den Blick von Palomon und sah neben ihm einen Trupp Fußsoldaten: kräftige Männer mit Lederharnischen, Stahlkappen und sonnengeröteten Gesichtern. Sie waren mit Armbrüsten bewaffnet.

Wieder summte die Luft, und der Rapphengst zuckte zusammen. Eric fluchte, als Donnerhuf stockte. Hinter ihm schrien Männer vor Schmerzen auf, als sich die Armbrustbolzen durch Panzer und Kettenrüstung bohrten. Der Hengst scheute, als ein Pfeil ihn in die Flanke traf, ein Pfeil, der Erics Schenkel nur knapp verfehlte. Mit einem schrillen Wiehern warf Donnerhuf den Kopf zurück, und Eric sah, daß ein zweiter Schaft aus seinem Hals ragte.

Eric riß die Füße aus den Steigbügeln und sprang hastig aus dem Sattel, als der Hengst stürzte.

Einen Augenblick war niemand in seiner Nähe. Mit brennenden Augen kniete Eric sich neben Donnerhufs Kopf. Nur zu gut erinnerte er sich, wie er einst neben dem neugeborenen Rappfohlen gekniet und ihm seinen Namen gegeben hatte.

»Bruder, verzeih mir, daß ich dich hierhergebracht habe«, flüsterte er rasch. »Möge ich so tapfer kämpfen, wie du es getan hast!« Er legte sein Schwert ins Gras, strich ein letztes Mal zärtlich über den schweißbedeckten Nacken des Hengstes und zog seinen Dolch zum Gnadenstoß.

Ein Schatten fiel auf die Klinge. Erics Hand schoß vor, legte sich um einen Arm und zog den Angreifer herab auf das gefallene Pferd. Einen Augenblick später schnitt der Dolch durch die Kehle des Feindes.

»Jetzt hast du Begleitung, mein alter Freund«, sagte er rauh, doch die Augen des Hengstes waren bereits gebrochen.

Eric griff nach seinem Schwert und erhob sich schwerfällig. Er fluchte aus Trauer um seinen vierbeinigen Gefährten und weil er wußte, daß seine Chance verpaßt war, an Palomon heranzukommen. Doch über ihm klirrten Schwerter, Verwundete und Sterbende schrien, und alles wurde übertönt von Brians Schlachtruf. Er blickte den Hügel hinauf und sah ein mächtiges Schwert herabsausen.

Eric schob seinen Schild zurecht und rannte brüllend auf das dickste Getümmel zu.

»Für die Lilie des Nordens, für Jehan und für Westria!«

»Jehan!« Während sie weiter seinen Namen rief, spürte Faris, wie sie herabsank. Farben wirbelten um sie, doch er war immer noch da. Sie spürte seine Anwesenheit sogar noch, als sie die Lider hob und sah, daß sie sich an die Hand des Wacholdermeisters klammerte.

»Der Herrin sei Dank!« hauchte der Meister. Schweiß perlte von seiner Stirn, obwohl er sehr bleich war.

»Ich habe Jehan geholt ...«, sagte Faris deutlich und achtete nicht auf die erschrockenen Gesichter der Frauen am Fuß ihres Bettes.

»Ich weiß ...«

Faris spürte, wie die nächste Wehe kam und versuchte, sich wieder in den Dunst zurückzuziehen.

»Nein! Das Warten ist vorüber und Ihr müßt jetzt *mit* Eurem Körper arbeiten!« rief der Wacholdermeister. »Seid Ihr gewillt, Euch mit mir zu verbinden, damit ich Euch helfen kann, den Schmerz zu lindern?«

Faris nickte und biß sich auf die Lippe, als die Wehe sie

erneut zu zerreißen drohte. *Jehan!* Ihr Geist klammerte sich immer noch an ihm fest.

»Mylord!« rief auch der Wacholdermeister.

»Ich bin da ...«

Faris stöhnte. Sie spürte den Schmerz wiederkehren, doch etwas glitt zwischen sie und ihn. War es Jehan oder der Meister? Oder beide? Es spielte jetzt keine Rolle.

»Die Wehen verändern sich!« rief die Hebamme und legte die Hände auf Faris' Bauch. »Endlich öffnet Ihr Euch! Holt nun tief Luft, Mylady, und haltet den Atem an ...«

Laßt Euch vom Meer zum Strand tragen ... Der Meister füllte ihren Geist mit dem Bild einer wogenden See, deren Wellen sie hoben und senkten. Faris griff nach Jehan und glaubte, seine Lippen auf ihren zu spüren.

Vage war sie sich bewußt, daß jemand Kissen hinter ihren Rücken schob, bis sie halb saß, und saubere Tücher unter sie auf das Bett legte. Jehan leitete sie, während der Meister ihr half, die Schmerzen zu ertragen, und die Wellen höher und schneller wogten und den Strand suchten.

Plötzlich verstand sie den Grund für die Eile. Sie schwamm nicht auf den Wellen, sie *war* die Welle. Ihr Stöhnen wurde zum Ächzen, und sie preßte.

Einen Augenblick war sie frei. Sie öffnete die Augen und schaute sich um. Mit ungewöhnlicher Klarheit sah sie die angespannten Gesichter der Frauen, den Sonnenschein, der durch die Fenster fiel, und das gebeugte Haupt des Wacholdermeisters.

»Es wird auch allmählich Zeit!« brummte Berisa.

»Jetzt können wir anfangen zu kämpfen!« sagte er, der in ihr war.

Faris zögerte. Doch als die Preßwehe begann, war sie entschlossen.

»Jetzt!« Faris schrie wild wie ein Krieger auf dem Schlachtfeld und preßte. Licht blitzte und brach sich an den Fenstern, auf der See, in Faris' Augen.

Die Luft schien zu flammen, als die Schwerter hoch- und hinunterschwangen. Eric blinzelte in die blendende Mittagssonne, sein Schwert sauste herab. Einen Speer, der auf ihn zielte, schlug er mit dem Schild zur Seite. Er taumelte und stemmte rasch die Füße wieder gegen den Boden, als Brian gegen ihn geworfen wurde. Eric spürte, wie die Muskeln des andern gegen seinen Rücken schwollen, als Brian sich fing und von neuem das Schwert schwang. Eric hieb nach einem wutverzerrten Gesicht. Erst als er es verfehlte, bemerkte er, daß der Mann sich nach hinten in Sicherheit gebracht hatte. Alle hatten den Rückzug angetreten!

Benommen schaute er sich um. Ein wahrer Wall von Leichen legte stummes Zeugnis davon ab, daß sie ihre Stellung gehalten hatten – wie lange? Eine Stunde? Zehn? Er blickte hoch und sah, daß die Sonne nun direkt über ihnen stand, und daß schwarze Punkte im klaren Blau des Himmels kreisten und auf ihre Zeit warteten.

Erics Arm schmerzte von den vielen Schlägen, deshalb senkte er das Schwert und stützte die Spitze auf den Boden. Es gab keinen Zoll an ihm, der nicht mit Blut besudelt war, und obgleich er wußte, daß einiges davon sein eigenes war, spürte er nur eine unendliche Müdigkeit. Er hörte einen tiefen Seufzer hinter sich.

»Hmmm, stimmt Ihr mir zu, daß dies ein besserer Ort ist, um unsere Waffenkunst zu messen, als der Duellplatz?« fragte ihn Brian mit müdem Grinsen.

Eric blinzelte und zwang sein benommenes Gedächtnis sich zu erinnern, wie er Brian im vergangenen Sommer herausgefordert hatte. Nach einem Augenblick schüttelte er den Kopf und lächelte zögernd. »Ich glaube, Ihr seid der Sieger, Mylord.«

»Der Haufen ist auf Eurer Seite genauso hoch wie auf meiner.«

»Möglich, aber ich bin erschöpft, während Ihr schon Stunden gekämpft habt, ehe ich überhaupt ankam.« Er betrachtete Brians Profil, die braunen Augen, die eingefallen wirkten, den braunen Bart, der mit Blut bespritzt war, und er fuhr zusammen, als sähe er sein eigenes Spiegelbild.

»Ich bin sehr froh, daß Ihr gekommen seid. *Nackt ist ein bruderloser Rücken!«* deklamierte Brian den alten Kriegerspruch.

»Brian ... tut mir leid, daß wir uns früher gestritten haben. Ich ...«, stammelte Eric und verstummte.

Brian grinste. »Ihr werdet noch ein guter Mann, Streithahn – wenn Ihr die Chance bekommt. Jehan hat es vorhergesagt, aber ich fürchte, wir werden unsere Freundschaft nicht lange genießen können.«

Sie blickten sich um. Hinter den Leichenhaufen war ein freier Streifen und dahinter die Männer, die sich vorhin zurückgezogen hatten, und hinter ihnen wiederum Palomon mit seiner Reserve. Eric nickte. Er versuchte die Tatsache zu akzeptieren, daß er bald tot sein würde, aber der Gedanke erschien ihm unwirklich. Dagegen konnte er sich sehr gut vorstellen, pausenlos weiterzukämpfen – nur vor der Dunkelheit am Ende scheute er zurück.

»Wenn ich fallen sollte und Ihr überlebt«, sagte Brian ruhig, »dann bringt diesen Ring, den der König mir gab, meinem Sohn, damit er ihn trägt, bis Westria einen neuen Herrn hat.« Eric wurde plötzlich bewußt, daß Stunden vergangen waren, seit er das letzte Mal an die Königin gedacht hatte. Vielleicht hatte sie ihr Kind bereits geboren.

»Ja«, murmelte er heiser. »Und nehmt Ihr meinen.«

Sie schwiegen eine Weile und blickten auf den wartenden Feind. Sie konnten nicht nach Süden sehen um festzustellen, ob Robert und die Armee bereits hierher unterwegs waren.

Plötzlich lachte Brian. »Nun, zumindest können wir unseren letzten Kampf so kämpfen, daß es eine Ballade wert wird. Dieser Junge – der Bruder der Königin – macht vielleicht eine daraus.« Er begann ein altes Schlachtlied zu singen:

Es schießt der Feind sich rund um uns, rot rennt von seinen Speeren.
Das Blut uns'rer Brüder, Bein uns'res Bundes.
Schlagt zu, Recken! Nie werden Schwerter das Schwingen verlernen,
Während noch williger Mut weilt im Herzen des Kämpfers.

Sie konnten Palomon nun ganz deutlich sehen. Kein

Blutstropfen schmälerte den Glanz seiner Silberrüstung, und seine schwarzen Augen blitzten. Brian verstummte und starrte ihn an.

Eric nickte. »Ich habe ebenfalls versucht, an ihn heranzukommen ...«

»Ich kann mir nicht vorstellen, daß er eine Herausforderung annehmen wird, aber probieren muß ich es!« Brian trat vorwärts und hob sein Schwert.

»Palomon von Elaya! Ich fordere Euch zum Zweikampf!« brüllte er. »Dieser Streit besteht in erster Linie zwischen Euch und mir – warum sollen andere darunter leiden?«

Palomon blickte weiterhin auf sie. Seine Miene verriet nicht, ob er Brian gehört hatte. Dann hob er die Hand und rief einen Befehl. In die wartenden Reihen kam Bewegung. Mehrere Krieger traten hervor und gingen in Stellung gegenüber den beiden Westrianern. Eric knurrte tief in der Kehle.

»Die Armbrüste ... die Armbrüste! Faris hat es gesehen, arme Herrin – mein Ende!« sagte Brian leise. Er wandte sich an Eric. »Ich habe keinen Beweis, aber wenn Ihr am Leben bleibt, dann erinnert Euch an meine Worte: Auf irgendeine Weise hat Caolin dies veranlaßt! Er schwor, daß er mich töten würde. Ich dachte nicht, daß er es fertigbrächte ...« Er schüttelte den Kopf wie ein verwundeter Bär. »Diese Feiglinge! Ich schuldete Jehan mein Leben, doch nicht so ...« Er faßte Eric am Arm.

»Sie sollen nicht triumphieren! Komm, Bruder, wir wollen *sie* angreifen!«

Eric nickte. Die Übelkeit in seinem Magen wurde von einer wilden Freude verdrängt, die wie feuriger Wein durch seine Adern floß. Kurz drückten sie einander die Hand, und dann, als die Schützen ihre Armbrüste hoben, wandten sie sich ihren Feinden zu.

Brian schüttelte erneut den Kopf und rannte vorwärts. Im Laufen sang er:

Vorwärts, Gefährte, treu're Freund mir als alle Gesippen!
Der Feind, der uns fällt, wird Klage noch führen bevor
uns're Witwen Weinen.

Dicht hinter ihm rief Eric: »Für die Lilie des Nordens!« Und die Bolzen sirrten herbei.

Brian stolperte, als einer ihn traf, doch er rannte weiter. Als er ihm folgte, spürte Eric ein Summen wie von einer Biene dicht am Ohr, und er dachte an den Mut seines Rapphengstes. Dann fühlte er einen dumpfen Schlag, als ein Pfeil den oberen Rand seines Schildes aufriß und seine Schulter streifte. Die Geschosse kamen nun in schnellerer Folge, doch Brian stolperte immer noch vorwärts, und Eric rannte immer noch hinter ihm her.

Einige Pfeile bohrten sich in Erics Schild. Wieder wurde er getroffen, am Arm, an den Beinen. Er zählte die Pfeile nicht, dachte nur daran, daß er den Feind irgendwie erreichen mußte.

Seine Beine wollten ihn nicht mehr tragen. Er taumelte und fiel auf die Knie. Vor ihm wurde Brian nun endgültig aufgehalten, das Schwert entglitt seiner Hand. Weitere Pfeile bohrten sich in ihn, dann breitete er die Arme aus, als wolle er seinen Feind in einer Umarmung zerquetschen, und stürzte kopfüber in den Schlamm.

Eric kroch zu dem Gefallenen. Er schüttelte den Kopf, um die schwarzen Flecken zu vertreiben, die vor seinen Augen krochen. Es waren nur ein paar Fuß, doch sein Kopf schwamm, als er Brian erreichte.

Er kauerte sich über ihn und berührte vorsichtig sein Gesicht. Keine Wimper zuckte, nichts änderte sich an dem grimmigen Lächeln. Eric ignorierte das Dröhnen in seinen Ohren, zog den Ring von Brians Finger und streifte ihn über einen eigenen.

Dann versuchte er aufzustehen, doch die Dunkelheit schwoll um ihn an wie Wasser. Seine Kraft verließ ihn, und er sank auf Brians Leiche. Die schwarze Welle überspülte ihn, aber ehe sie ihm das Bewußtsein raubte, hörte er wie aus weiter Ferne die süße Musik von Roberts Trompeten.

»Ihr seid das Meer …«, hörte Faris den Meister, als die Welle sich hob und zurückwogte. Sie hatten ein Seil an die Bettpfosten gebunden, an dem sie ziehen konnte, und Jessica

hielt mit Rosemarie ihre Beine gespreizt. Sie spürte, wie das Kind durch ihren Leib nach außen gepreßt, mit der Brandung jedoch wieder zurückgespült wurde.

»Du bist die Erde und das Kind ist ein Schößling, der der Sonne entgegenstrebt«, sagte Jehan. Faris wappnete sich mit der Kraft der Erde. Sie stellte sich einen Lichtstrahl vor, der von ihrem Körper emporströmte, bis er die Form eines breitschultrigen Mannes mit Jehans Zügen und ihren schwarzen Augen annahm.

»Ich sehe den Kopf des Babys!« rief Rosemarie erfreut. »Es hat schwarzes Haar!«

»Nur noch ein paar Preßwehen!« sagte Berisa. Die Hebamme kauerte bereits bei Faris' Knien und streckte die Hände aus. Die Wehe ließ nach, und Faris stieß den Atem in einem zittrigen Seufzer aus.

»Holt jetzt tief Luft, Mylady«, riet ihr die Hebamme ruhig.

»Ihr seid der Wind!« rief der Meister.

Faris füllte ihre Lunge. Sie spürte, wie Luft sie durchbrauste und in jeder Ader prickelte. Sie wappnete sich, zog am Seil und preßte. Ihr Atem explodierte in einem Schrei, daß die Fensterscheiben erzitterten.

»Jetzt, mein Liebling, jetzt! Wir sind Feuer!« Schmerz und Ekstase waren eins.

Faris' Leib zog sich zusammen, und ihr Geist wurde zu einer Flamme. In ihrem Leuchten sah sie eine Frau, deren Körper glühte und deren Haar wie Feuer wogte. Sie spürte, wie Jehan und der Meister vor dieser Erscheinung zurückwichen, sie aber öffnete die Arme, um das Feuer an sich zu ziehen. Das Leuchten wuchs, bis Faris nur noch ein Augenpaar sah, das weder männlich noch weiblich war, sondern mehr als beides, und aus dem unendliche Liebe sprach.

Sie spürte einen Ruck und dann etwas Glitschiges zwischen den Schenkeln. Die Flamme, die sie einhüllte, wandelte sich zu einem gleichmäßigen Leuchten, und ihr Körper beruhigte sich endlich. Ein warmes Gewicht wurde ihr auf den Bauch gelegt. Die Hebamme bewegte sich flink.

Dann hörte sie einen Klaps und einen dünnen empörten Schrei. Faris' Blick suchte seine Richtung. Sie sah, daß die

Hebamme einen Säugling hochhielt, dessen Gesicht vor Protest verzerrt war und dessen Geschlechtsteil, das aus diesem ungewöhnlichen Winkel unnatürlich groß wirkte, zweifellos männlich war.

»Ein Junge! Ein König für Westria!« rief Jessica. »Faris, schau!«

»Jehan, wir haben es geschafft ...«, murmelte Faris. »Da ist dein Sohn!«

»Ja – er ist wunderschön!«

Aus Jehans Gedanken spürte Faris einen Hauch Traurigkeit. Sie wollte ihn nach dem Grund fragen, doch jeder Nerv entspannte sich in einem goldenen Glühen. *Unser Sohn ...*, dachte sie schläfrig. Die Frauen um sie lachten glücklich und schrien durcheinander. Ein Ruf breitete sich auf den Korridoren des Palastes aus und danach wie ein Lauffeuer durch die Straßen von Laurelynn.

»Das Kind ist geboren! Das Warten ist vorüber! Endlich! Endlich!«

»Endlich!« brüllte Sir Randal. »Seht doch! Sie ergreifen endlich die Flucht!«

Farin spähte blinzelnd zu den dunklen Gestalten, die in der gleißenden Sonne über die Ebene hasteten. Jemand warf sein Schwert in die Höhe und fing es mit einem Begeisterungsschrei wieder auf.

»Sieg!« Sein Ruf wurde aufgenommen und echote durch die Reihen blutbeschmierter Männer, die keuchend stehenblieben, als ihnen bewußt wurde, daß sie die Sieger auf dem Feld waren.

»Ihr Männer von Las Costas und von den Ebenen – alle, deren Pferde noch galoppieren können – verfolgt sie! Ich will Palomon!« Lord Robert deutete auf den fliehenden Feind.

Farin gab seinem Pferd die Fersen. Der Braune machte einen Schritt vorwärts, stolperte, hielt an und wieherte kläglich.

»Auf ihm holt ihr Palomon nicht ein, Farin! Er lahmt im rechten Vorderbein«, sagte Randal.

Farin schwang sich aus dem Sattel und untersuchte das offenbar verstauchte Bein. »Tut mir leid, alter Freund.« Er tätschelte den Braunen, dann blickte er zu Sir Randal hoch. »Es ist mir bis jetzt gar nicht aufgefallen, und ihm offenbar auch nicht.«

Ein Rabe flog krächzend über ihnen vorbei und ließ sich auf einem toten Pferd nieder. Wachsam blickte er sie mit seinen gelben Augen an, als frage er sich, ob sie ihm das Mahl wohl streitig machen würden.

Es ist vorüber ... Farin lehnte den Kopf an die Schulter seines Braunen, der die Nase über das blutige Gras rümpfte.

»Auch hier gibt es genug für uns zu tun.« Sir Randal ließ den Blick über das Schlachtfeld schweifen. »Sie sind bestimmt nicht alle tot!«

»Wo ist Eric?« fragte Farin plötzlich. Eric hatte ihn und Sir Randal befohlen, Lord Roberts Männern den Weg zu weisen, da sie beide nicht schwer genug gerüstet waren, um bei seinem Sturmangriff mitzumachen. »Ob er mit den Reitern hinter Palomon her ist?«

Aber Randals Blick war auf den Raben gefallen, der gerade begann, den Schnabel in die schwarze Flanke des Pferdekadavers zu hacken. Randal lenkte sein müdes Pferd darauf zu, und Farin rannte hinter ihm her. Er schwenkte wild die Arme, um den Vogel zu vertreiben.

»Gute Göttin! Es ist Donnerhuf!«

Gleichzeitig blickten beide auf den Hügel, auf dem Brian sich mit seinen Leuten dem Feind gestellt hatte, dann eilten sie durch die verstreut herumliegenden Toten dorthin! Für jeden gefallenen Westrianer, nach dem Farin sich bückte, um in sein Gesicht zu sehen, lagen zumindest zwei tote Elayaner im Schlamm. Krähen flatterten verärgert hoch, wenn er in die Nähe kam, und hüpften hinter ihm zurück, um ihren Schmaus fortzusetzen. Auch einen riesigen Geier sah Farin. Und in den Bergen heulten Kojoten, die auf die Dunkelheit warteten, um ihren Anteil an dem Festmahl zu fordern.

Farin schüttelte den Kopf. Wie konnten so viele Tote hier liegen und doch noch so viele Feinde kampffähig gewesen sein, als Lord Robert mit dem Rest der Armee ankam?

Farins Arm schmerzte vom Schwingen des Schwertes, doch von ein paar Kratzern abgesehen war er ohne Verletzungen davongekommen. Hatten die Barden, die so munter über Schlachten sangen, je selbst an einer teilgenommen?

Schluckend stapfte Farin weiter. Im Westen zogen sich die ersten roten Streifen des Sonnenuntergangs über den Himmel, das Küstengebirge lag schon im Schatten. Bald würde es dunkel sein, wie sollte er da noch jemanden erkennen? Auf der gegenüberliegenden Seite des Feldes sah er Männer mit Wagen, die die Toten einsammelten, um sie zum Scheiterhaufen zu bringen.

Farin blieb stehen, als er einen Kreis gehäufter Leichen – alle elayanische Fußsoldaten – erblickte. Er fragte sich, was für ein tapferer Krieger ein solches Monument seines Mutes errichtet hatte. Schaudernd kletterte er darüber, um zu sehen, wer in der Mitte lag. Zu seiner Verwunderung fand er niemanden, nur die Abdrücke von zwei schweren Fußpaaren im Schlamm.

Einen Moment blieb er nachdenklich stehen. Im Osten konnte er die Stelle sehen, wo Palomon und seine Reserven Roberts Angriff abgewartet hatten. Sein Blick wanderte hangabwärts und über die merkwürdige Leere zwischen Palomons Kuppe und derjenigen, auf der er jetzt stand. Plötzlich lenkte eine schwache Bewegung seine Aufmerksamkeit auf sich. Er hielt den Atem an, spähte, kletterte zurück über die Leichen und rannte los.

Was er gesehen hatte, waren zwei Gefallene, die ganz allein mitten in einem leeren Feld lagen. Sie schienen beide tot zu sein – mit so vielen Pfeilen in sich konnte es nicht anders sein. Und die Bewegung, die ihm aufgefallen war, mußte ein Kleidungsstück gewesen sein, das kurz im Wind geflattert hatte. Doch da bewegte sich der zuoberst Liegende *kaum merklich.*

Farin kniete sich hastig neben ihn und drehte ihn mit zitternden Händen um, damit er sein Gesicht sehen konnte. Selbst im rosigen Schein der Abendröte war es totenbleich, doch nicht kalt – noch nicht.

»Eric!« hauchte er. »Eric!«

»... die Hundesöhne. Lauf weiter!« murmelte Eric, ohne die Augen zu öffnen.

»Dem Herrn der Schlachten sei gedankt! Randal!« brüllte Farin. »Er ist hier!« Dann bückte er sich über den Verwundeten. »Eric, ich bin es, Farin! Die Schlacht ist vorüber, Eric – wir haben gewonnen!«

Als Farin ihn bewegte, fiel Erics Arm schlaff herab und kam, als wolle er sie schützen, auf der Leiche zu ruhen, auf der er gelegen hatte.

»Nein – nein!« murmelte er. »Berührt ihn nicht!«

Farin hob den Kopf des Toten und erkannte Brian. Verwirrt und verwundert legte er ihn wieder nieder.

»Ist Eric tot?« keuchte Randal noch im Laufen, dann hielt er neben ihnen an.

»Nein«, dann fügte Farin hinzu: »Noch nicht. Aber Brian ist gefallen. Holt einen Wagen hierher – und einen Heiler, irgendeinen!«

Auf dem Feld ließen die Männer Robert hochleben und jubelten über ihren Sieg. Farin schüttelte den Kopf. Er strich Eric das klebrige Haar aus der Stirn und fragte sich, ob sie noch jubeln würden, wenn sie erfuhren, was dieser Sieg sie gekostet hatte.

Sogar im Palast konnte man die Jubelrufe und das begeisterte Singen auf den Straßen der Stadt hören. Der Prinz war geboren, und das Gerücht über den Sieg im Süden ging um.

»Sie haben Grund zu feiern!« Rosemarie wandte den Blick von dem herrlichen Abendrot ab und wandte sich vom Fenster ab. »Wenn ich nicht so erschöpft wäre, würde ich jetzt auch da draußen sein!«

»Erschöpft!« rief Branwen. »Aber Lady Faris hat die ganze Arbeit getan!«

Faris lag warm und glücklich, mit dem Kind im Arm, und schloß die Augen wieder. Man hatte sie gewaschen und ihr ein frisches Nachtgewand angezogen. Nachdem der Wacholdermeister das Baby gesegnet hatte, war es gewickelt und zu ihr gelegt worden. Nun wollte sie schlafen, nur schlafen. An der Tür wurde ein Rascheln hörbar. Der Wacholdermeister kam in einer grünen Damastrobe herein.

»Weckt sie nicht auf!« mahnte Jessica ihn, als er sich bückte, um das Baby hochzuheben. Faris hob müde die Lider um einen Spalt.

»Ich bringe ihn Euch unbeschadet zurück, meine Liebe, schlaft ruhig weiter.« Er lächelte beinahe wieder mit seiner früheren Heiterkeit. Der Säugling nuckelte hoffnungsvoll an seiner Robe, so daß der Meister laut auflachen mußte. »Nein, mein Kleines, hier findest du nichts. Ich zeige dich deinem Volk, dann darfst du wieder zu deiner Mutter zurück.« Er wandte sich an Jessica. »Hat jemand Caolin Bescheid gegeben? Er wird das Leuchtfeuer anzünden wollen.«

Faris hörte, wie sich die Tür hinter ihm schloß. Der Sonnenuntergang leuchtete unter ihren geschlossenen Lidern wie ein Nachglanz des Feuers der Herrin. »Jehan, hörst du, wie sie sich über unser Kind freuen?« murmelte sie schläfrig. Sie war bereits eingeschlummert, ehe sie sich wundern konnte, weshalb er nicht antwortete.

Der letzte Schein des Sonnenuntergangs schwand über den Bergen im Westen, als Farin aus Lord Roberts Zelt trat, wo die Heiler noch um Erics Leben rangen. Fackeln brannten in Brians blaugoldenem Zelt, in dem er aufgebahrt lag. Seine Reiterei folgte Palomon noch, und von den Bogenschützen, die an seiner Seite gekämpft hatten, lebten nur noch sehr wenige. Im Großen Tal würde die Trauer unbeschreiblich sein, sobald die Kunde dort eintraf.

Farin hatte zumindest Ercul Ashe retten können. Der Mann hatte, nach dem langen Tag ohne Essen und Trinken und ohne Kenntnis vom Stand der Schlacht, nur wirr vor sich hin gebrabbelt. Er war seinem Befreier mitleiderregend dankbar. Farin beeilte sich, ihn aus dem Lager fortzubringen, da er befürchtete, Brians Männer würden ihm, der diese verhängnisvolle Strategie vorgeschlagen hatte, die Schuld an den schrecklichen Verlusten geben.

Jetzt blickte Farin nordwärts und fragte sich vage, ob der Rest von Westria die Neuigkeit bereits erfahren hatte. Auf dem Gipfel eines Berges unter dem bleichen Glitzern der ersten Sterne entdeckte er einen orange glitzernden Punkt. Ein weiterer Stern? Aber vor einem Augenblick war er noch nicht dagewesen!

Während er noch darauf starrte, flammte Licht auf und ein zweites oranges Glühen war zu sehen. Es war größer – näher, vielleicht? Ein drittes leuchtete auf dem Berg vor ihm. Er blinzelte verärgert über seine Dummheit. Es waren natürlich Leuchtfeuer, die von einem Berg zum andern Signale übermittelten den ganzen Weg von Laurelynn hierher.

»Faris!« murmelte er benommen. »Sie hat ihr Kind geboren und ich habe es nicht gespürt!«

Ringsum deuteten die Männer auf die Berggipfel, fluchten erfreut und klopften einander auf den Rücken. »Das Kind ist geboren!«

Farin schaute über sie hinweg auf den immer größer werdenden Haufen, dessen Feuer bald jenen auf den Bergen Konkurrenz machen würde, und er fragte sich, ob das Leben so vieler ein gerechter Tausch für das eine war, das heute auf die Welt gekommen war. Mit einer solchen Frage hätte er sich normalerweise an den Wacholdermeister gewandt – oder an den König, dachte er unglücklich.

Allein stand er da und starrte auf das freundliche Lodern der Leuchtfeuer. »Brenne hell, Feuer«, murmelte er schließlich, »und leuchte uns den Weg zur Hoffnung ...«

8 Der Meister des Spiels

Schatten der Schachfiguren fielen im Kerzenschein zitternd auf das Brett. Caolin fragte sich, warum er angenommen hatte, die intensivstes Nachdenken fordernden Strategien eines Schachspiels könnten ihn beruhigen. Der Wolf Gerol hob den Kopf, als sein Herr sich ruhelos zum Fenster umwandte, dann legte er ihn wieder auf die Vorderpfoten.

Die Nacht draußen glühte vom Licht des Leuchtfeuers. Caolin war sogleich, als er erfuhr, daß Faris' Kind geboren war, zum Gipfel des Rotbergs geeilt, um es selbst zu entzünden. Er bildete sich ein, er könne die Jubelrufe über die weite Entfernung von Laurelynn bis hierher hören, aber es war nur das Prasseln des gewaltigen Feuers. Hier herrschte Stille. Doch sie brachte ihm keinen Frieden.

Er drehte sich wieder zu der karg ausgestatteten Kammer um, in der das einzig Schöne und Wertvolle dieses Schachspiel war. Warum war er hiergeblieben, statt mit den andern in Laurelynn zu feiern? Er hatte seinen Tempel seit Jehans Tod nicht mehr benutzt – nicht mehr seit dem erschreckenden Ritual für die Herrin des Feuers. War er hierhergekommen, weil er wußte, daß er Kraft brauchte, die hier seiner harrte? Vielleicht, doch er war noch nicht bereit, den Tempel wieder zu betreten.

Beiläufig nahm er eine der weißen Figuren in die Hand – einen Turm. Er drehte ihn zwischen seinen langen Fingern. Licht wärmte das polierte Elfenbein des kunstvoll geschnitzten kleinen Turms, als er ihn auf seinen Platz zurückstellte.

»Ein Turm – Lord Robert von der Felsmark, dieser würdige Recke ...«, murmelte er. »Er nähert sich seinem Ziel auf schnurgeradem Weg, sobald er sich einmal dafür entschieden hat. Er ist der Held des Tages – weiß er mit seiner Beliebtheit etwas anzufangen?«

Gerols Augen folgten Caolins Bewegungen, aber er wußte nie so recht, wann sein Herr zu ihm sprach und wann er nur Geräusche von sich gab. Also blieb er liegen.

Caolin griff nach dem andern Turm und stellte ihn an das

entgegengesetzte Ende des Brettes. »Theodor, das Bollwerk des Nordens. Hier ist er verwurzelt und trauert, weil er über den Höhepunkt seiner Macht hinaus weiterlebt.«

Caolins Hand schwebte über einem Springer. »Und hier ist Eric, der Streiter unserer Königin.« Er bewegte die Figur drei Felder geradeaus und eines zur Seite. »Er weiß nie, wohin er auf dem Weg ist – bis er anlangt.«

Sein Blick suchte den anderen Springer, der umgekippt war, und er dachte an die Botschaft, die ihm Ordreys Taube erst heute nachmittag gebracht hatte. Er nahm die Figur. »Lord Brian, der nicht mehr im Spiel ist!« Seine Finger schlossen sich wie ein Schraubstock um den Springer, ein Knacken war zu hören, und der Kopf der Schachfigur rollte über den Boden. Caolin lächelte und legte die enthauptete Figur zur Seite.

»Nun zu unseren Läufern – die Leiterin der Schule ...« Er stellte einen Läufer neben den Turm, »... und der Wacholdermeister, der keinen Trost mehr in seinen eigenen guten Ratschlägen findet.« Er setzte den zweiten Läufer ab. An die Verlorenheit in den Augen des Meisters konnte er sich noch gut erinnern. Er konnte den Schmerz des Mannes zwar verstehen, aber dennoch kein Mitleid empfinden.

Düster blickte er auf die zwei leeren Felder in der Mitte der Reihe.

»Der König – kein König!« Er schüttelte den Kopf und stellte den weißen König behutsam neben das Brett auf den Tisch. »Aber eine Königin haben wir«, fügte er rasch hinzu, und seine Finger strichen liebkosend über die feingeschnitzten Einzelheiten des Gewandes.

Nun blieben nur noch Bauern verstreut auf dem Brett. Caolin griff nach einem. »Und das Kind«, murmelte er, als er sich an das schreiende Etwas mit dem roten Gesicht in des Wacholdermeisters Arm erinnerte. »Wird es zum König oder zur einfachen Spielfigur?« Schulterzuckend setzte er die Figur auf das leere Feld des Königs und stellte nun auch die Bauern auf.

Dasselbe machte er mit den schwarzen Figuren. Er hielt nur flüchtig inne, als er nach dem schwarzen König griff.

»Palomon«, murmelte er und stellte die Figur auf ihren Platz. Dann strich Caolin die blonde Strähne aus der Stirn und betrachtete sein Schachbrett.

»Und was ist mit mir? Nun, Gerol, was meinst du? Wo ist mein Platz auf dem Spielbrett?« Caolin lehnte sich zurück, als der Wolf herbeitapste und mit der Nase seine Hand stupste.

Lächelnd kraulte Caolin den Kopf mit dem rauhen Fell. Geschickt fuhren seine Finger zwischen den Ohren hindurch, kraulten ihn dort und glitten weiter, bis hinab zu dem dicken Pelz auf dem Hals des Tiers.

Der Wolf gab einen zufriedenen Laut von sich. Als die Liebkosungen immer mechanischer wurden, seufzte er tief und legte sich vor Caolin, den Kopf auf dessen Fuß. Der Seneschall aber starrte auf das Brett. Im flackernden Licht sah es aus, als warteten die schwarzen und weißen Reihen nur auf das Signal zum Sturm.

»Sie warten darauf, daß jemand sie bewegt, Gerol, auch wenn sie die Berührung der Hand nicht erkennen.« Caolin erinnerte sich an das Schachbrett in Nebelhall. Dort, wie jetzt hier, war Faris die Königin gewesen, aber dort hatte Caolin sich als Läufer gesehen, als ihren Hauptberater. Und er hatte versucht – ja gewiß, er hatte es versucht, die Rolle einer Figur unter vielen auf dem Brett zu spielen.

Er hob die weiße Königin hoch und glaubte in der Haltung der geschnitzten Figur eine Ähnlichkeit mit Faris zu erkennen. »Die Königin ist die mächtigste Figur auf dem Brett, aber selbst sie ist verwundbar ...« Sein Blick wanderte zu dem enthaupteten Springer.

Nun, da Brian tot war, hatte Caolin keinen ernstzunehmenden Feind mehr – seltsam, daß er diesen bärbeißigen Haudegen jetzt beinahe vermißte! Zumindest hatte Brian seine Feindschaft offen gezeigt. Nun gab es nur noch Bauern, die gegen ihn eingesetzt werden konnten. Und er hatte keinen Verbündeten als diese verwundbare Königin! Wenn Faris im Kindbett den Tod gefunden hätte, was wäre dann aus ihm geworden? Lady Jessica war die nächste in der Thronfolge, und sie würde sich gewiß von ihrem einfältigen Gemahl beraten lassen und nicht von ihres Bruders

Seneschall. Ja, sogar jetzt noch konnte Faris sich einen anderen Ratgeber wählen.

»Nein!« Etwas in Caolins Stimme veranlaßte Gerol, den Kopf hochzureißen und mit zuckenden Ohren zu horchen, wo sich ein Feind befinden könnte.

»*Ich* muß der Meister des Spiels sein!« Caolin griff nun auch nach dem schwarzen König und wog die beiden Figuren in seiner Hand. »Faris und Palomon müssen sich beide nach *meinem* Willen bewegen!«

Westrias Sieg in der Schlacht auf der Drachenöde zwang Palomon zu Unterhandlungen. Und sobald er den Mann kennengelernt hatte, würde Caolin wissen, wie er ihn manipulieren konnte. Doch ehe er den Friedensvertrag aufsetzte, mußte er absolute Macht über die Königin haben! Er stellte den schwarzen König aufs Brett zurück. Die weiße Königin aber behielt er in der Hand. Er drehte sie zwischen seinen sehnigen Fingern und überlegte, wie er es bewerkstelligen könnte ...

Wie kann ich diesem Kind Vater und Mutter sein und obendrein Westria regieren? Seufzend blickte Faris auf den Kinderkopf mit dem dunklen Flaum. Das Kind spürte ihre Zweifel nicht. Es öffnete den Mund und schloß ihn rasch wieder um ihre Brustwarze. Das war alles, was es jetzt von ihr wollte. Aus der Zuchtstute Westrias war sie nun zu seiner erhabensten Milchkuh geworden. Und das schlimmste war, alle erwarteten von ihr, daß ihr das auch noch *gefiel!*

Ihr Arm begann zu schmerzen. Sie verlagerte ihre Haltung in den Kissen, mit denen man den großen hölzernen Sessel gepolstert hatte, damit sie in der Aprilsonne auf der Terrasse liegen konnte. Der Rasen, der von der Terrasse hinter dem Palast bis zum See verlief, war mit Löwenzahn übersät. Der Wacholdermeister und Rosemarie spazierten darüber.

Über die Dächer der Stadt hinweg sah Faris die Hänge des Rotbergs, auf denen wilder Senf und Mohn blühten. Wohin sie auch blickte entsprang dem Schoß der Erde neues Leben, so wie es auch ihrem entsprungen war.

Warum konnte sie sich nicht freuen? *Ich könnte es, wenn Jehan hier wäre ...* Sie mußte sich zurückhalten, ihn nicht zu rufen. Er hatte nur gewartet, bis sein Sohn unbeschadet auf der Welt war, dann hatte er sie wieder verlassen.

»Der Göttin sei Dank für dieses herrliche Wetter!« sagte Jessica von ihrem Sessel. »Bald können wir die Kinder auf eine Decke legen, dann können sie nach Herzenslust strampeln. Nun, da mein Gemahl die Elayaner besiegt hat, werden wir wohl in Kürze nach Hause zurückkehren. Besuch uns doch in Rivered, Faris! Du warst erst einmal dort! Jetzt im Frühling kann man Schneefelder und Blumen gleichzeitig sehen ...«

»Euer Gemahl hatte Hilfe im Kampf gegen die Elayaner«, warf Rosemarie bitter ein. Ihr Blick suchte das Gemach im Palast, in dem Eric lag. Sie hatte ihn eine Woche aufopfernd gepflegt, und jetzt war das Schlimmste überstanden, aber es würde noch lange dauern, bis er wieder auf einem Pferd sitzen konnte.

Faris schüttelte den Kopf. Schwäche von ihrer eigenen Schlacht lastete noch auf ihren Gliedern, und ihr geschundener Leib schmerzte selbst im Heilen.

Jessica verstand ihre Geste und lächelte. »Natürlich bist du noch schwach – es war eine schwere Geburt. Aber es kommt alles wieder in Ordnung!«

Faris schloß die Augen. »Was habe ich davon?« Tränen kamen ihr jetzt immer viel zu schnell und rannen ihre Wangen hinab. Sie wartete auf eine abfällige Antwort, doch statt dessen spürte sie Jessicas leichten Kuß auf der Stirn.

»Ich weiß, daß du niedergeschlagen bist – das ist im Augenblick völlig natürlich.« Der Sessel knarrte, als Jessica sich wieder setzte. Sie fuhr fort: »Es geht vorüber.«

Rosemarie lachte. »Meine Mutter erzählte mir, daß sie während dieser Zeit an einem Tag so mutlos war, daß sie mich fast hätte aus dem Fenster fallen lassen.«

Faris ließ das Geplauder über sich ergehen, ohne selbst etwas zu sagen. Jessicas Gemahl war zu ihr heimgekehrt, und Eric, auch wenn er sich Rosemaries Liebe nicht bewußt war, war ebenfalls zurück. Sie jedoch hatte ihren Liebsten gleich zweimal verloren, als er starb, und dann wieder, als er nach der Geburt seines Sohnes seinen Geist zurückgezogen hatte. Und nun war sie dazu verdammt, mit diesem wimmernden Geschöpf zu leben, das frustriert an ihrer Brust saugte.

»Ich glaube, er hat noch Hunger! Leg ihn doch an die andere Brust«, riet Jessica ihr.

Müde gehorchte Faris. Sie schlug ihr Gewand an der anderen Seite zurück und entblößte die Rundung ihrer rechten Brust, die prall von Milch war wie der Busen einer All-Mutterfigurine. Sie biß sich auf die Lippe, als der Mund des Babys sich fest um die Warze schloß, und wappnete sich gegen das Ziehen, als die Milch zu fließen begann.

»Meister, könnt Ihr denn nichts tun, damit sie glücklich über diese Zeit ist? Er wird nur allzu schnell groß werden!« sagte Jessica.

Der Wacholdermeister lachte. »Ich bin bloß Ehrenmitglied in eurer Gesellschaft, und obgleich nur wenige Männer das Privileg haben, bei einer Geburt zu helfen, bin ich unter Frauen kein Experte.«

Faris blickte ihn verwundert an. Widerwillig erinnerte sie sich an die Verwirrung und die grauenvollen Schmerzen, und das war auch schon alles von dieser Geburt, woran sie sich erinnerte. Und *das* erachtete er als Privileg? Das Baby war nun eingeschlafen. Es hatte satt und zufrieden den Kopf nach hinten fallen lassen. Der rosige Mund war geschürzt, und die Wimpern lagen wie Flecken auf den Wangen.

»Darf ich ihn nehmen?« bat der Meister. »Daß ich ihm geholfen habe, auf die Welt zu kommen, müßte mir eigentlich ein instinktives Gefühl dafür geben!« Er faßte mit kräftigen Händen um Kopf und Gesäß des Kindes, dann legte er es an seine Schulter und tätschelte es eifrig.

»Er ist wahrscheinlich naß!« warnte Faris und schnürte das Mieder ihres Gewandes.

Der Meister betastete die Windel. »Ein wenig feucht, nicht mehr – warten wir, bis er verdaut hat, ehe wir ihn stören.« Er begann mit dem Kind hin und her zu gehen.

»Hast du dir schon einen Milchnamen für ihn ausgedacht?« fragte Jessica. »Seine Namensgebungszeremonie ist bereits in einem Monat. *Stern* ist Tradition in der Familie ...«, fuhr Faris' Schwägerin fort. »... nach Julian Sternenkind. Der Himmel weiß, wer Julians Vater wirklich war, aber es ist ein hübscher Titel, und dieses Kind ist wahrhaftig unser Morgenstern!«

Rosemarie lachte. Faris lehnte sich in die Kissen zurück und betrachtete eine einsame Möwe, die sich an den See verirrt hatte und nun herabstieß, um sich auszuruhen, ehe sie ans Meer zurückkehrte.

»Guten Morgen, meine Königin.«

Unwillkürlich zuckte Faris zusammen. Sie blickte auf und erblickte Caolin. Sein rotes Gewand leuchtete wie eine Flammensäule, und sein Haar schimmerte in der Vormittagssonne wie eine goldene Kappe. Angesichts seiner Eleganz war sie froh, daß sie ihr Gewand geschlossen und glatt gestreift hatte. Sie fragte sich, wie schlimm der Wind wohl ihr Haar zerzaust hatte.

»Mein täglicher Tribut, Mylady.« Er verbeugte sich und überreichte ihr einen Strauß aus niedrigen Iris in Elfenbein und Blau. Am Tag zuvor hatte er ihr bunten Mohn gebracht und davor Veilchen.

»Sie sind wunderschön«, bedankte sie sich lächelnd.

»Nicht schöner als die Dame, für die sie sind.«

Ihr Blick wanderte zu seinem Gesicht. Dachte er das wirklich? Nun, da sie ihre Figur wiedergewann, fanden Männer sie vielleicht tatsächlich anziehend ... Die Frauen hatten ihn nicht vorgelassen, als sie in den Wehen gelegen hatte, so hatte er keine Erinnerung an ihre Schmerzen ... dadurch hatte er auch ihre Narbe nicht gesehen. Sein Gesichtsausdruck war nun der eines Kenners, der ein feingearbeitetes Kleinod betrachtet.

Plötzlich mußte sie lachen und blickte auf die Iris. Welch herrliche Farben! Und wie klar der Himmel war! Vage bemerkte sie, daß Jessica aufstand und ging, doch als sie daran dachte, ihr auf Wiedersehen zu sagen, war sie bereits fort.

»Habt Ihr nichts Besseres zu tun, als mir Komplimente zu machen, Mylord Seneschall?«

»Ich habe ein Schreiben an Elaya ausgearbeitet, Mylady.«

Er reichte es ihr, und sie warf einen Blick darauf, während er fortfuhr. »Dieser Brief lädt Palomon zu Friedensverhandlungen in zwei Wochen hierher ein.«

»Gut – was sagt Lord Robert dazu?« fragte sie.

»Robert?« Er hob leicht spöttisch eine Braue. »Robert ist Oberbefehlshaber der Streitkräfte – der Ratstisch ist *mein* Schlachtfeld. Die Entscheidung liegt bei Euch, meine Königin, nicht bei Robert. Wenn die Elayaner hierherkommen, wird Eure Schönheit die Eroberung vervollständigen, die Roberts Schwert begonnen hat.«

Sie schüttelte den Kopf. »Ich glaube nicht, daß ich mich imstande fühlen werde, selbst teilzunehmen.«

Er hielt ihr eine Feder und ein Tintenfaß entgegen, und sie unterzeichnete das Schreiben an der Stelle, auf die er deutete, mit etwas zittriger Hand.

»Aber Ihr müßt Euch wenigstens kurz sehen lassen. Ich werde Euch von der besten Schneiderin in Laurelynn ein prächtiges Gewand anfertigen lassen.«

»Ich hatte keine Ahnung, daß die Pflichten eines Seneschalls so weit gehen!« sagte sie mit freundlichem Spott. »Vielleicht nehme ich teil, wenn auch nur um zu sehen, welche Art von Gewand Ihr für mich machen laßt.«

»Eines, das den Elayanern zeigen wird, daß wir eine wahre Königin in Laurelynn haben!« antwortete Caolin und küßte ihre Hand.

»Prächtig, diese Elayaner! Man könnte meinen, sie wären nie auch nur in der Nähe eines Kampfes gekommen!« sagte Farin und schaute hinunter auf die vorderste Reihe von Prinz Palomons Leibgarde.

»Sogar auf dem Schlachtfeld sahen sie prächtig aus«, murmelte Eric.

Farin verließ das Fenster und schaute seinen Freund an, von dem allerdings außer Verbänden wenig zu sehen war. Doch Erics Augen glänzten, und seine Wangen waren gerötet. Rosemarie runzelte besorgt die Stirn und legte ihre Hand auf seine Schläfe.

Die Marschschritte wurden von Hufschlag auf Kopfsteinpflaster abgelöst. Farin blickte auf die Straße zurück, wo gerade die wippenden Federbüsche der Leibgarde um eine Ecke verschwanden und die elayanischen Gesandten in Sicht kamen. Kettenrüstung glitzerte unter ihren Seidenumhängen. Farin blinzelte, als die versilberten Helme die Sonne reflektierten. »Sie tun gut daran, gerüstet zu kommen«, bemerkte er aufmerksam lauschend. »Hörst du die Menge?«

Aus den Menschenmassen entlang der Straße hob sich ein Murmeln, wie wenn die Windrichtung wechselt und das Tosen eines fernen Wasserfalls herüberträgt. Die westrianischen Soldaten, die entlang der Straße ihren Posten bezogen hatten, schauten unwohl hinter sich.

»Kannst du Palomon sehen?« erkundigte sich Eric.

Farin wartete, bis die ersten vier Pferde vorbei waren. Ihnen folgte ein weiterer Reiter, der steif wie eine Statur auf seiner gescheckten Stute thronte. »Ich sehe jemanden: einen dunkelhäutigen Mann mit Adlergesicht und Silberstickerei auf dem blauben Umhang.«

»Palomon ...« Eric seufzte. »Ich wünschte, ich könnte ihn aus der Nähe sehen – ich versuchte an ihn heranzukommen, aber sie erschossen Donnerhuf und dann ...«

»Eric! Es ist vorbei – bitte, bleib liegen!« Rosemarie drückte ihn an den Schultern auf die Kissen zurück. Er zitterte, beruhigte sich dann, doch Tränen der Schwäche glitzerten auf seinem Gesicht. Rosemarie strich sanft über seine Stirn, dann glättete sie sein Kopfkissen.

»Sie kommen in allen Ehren geritten«, sagte sie bitter. »Doch sie sollten in Joch und Ketten in diese Stadt geschleppt werden! Das hätten sie verdient!«

»Nun, wir versprachen Waffenstillstand – es gelang uns ja auch nicht, sie gefangenzunehmen«, erklärte Farin. Er spürte jedoch, wie seine Hand zuckte, als wolle sie aus eigenem Willen zum Schwert greifen.

»Was für ein Waffenstillstand?« Erics Stimme wurde kräftiger. »Hat eine Ratssitzung stattgefunden, während ich im Bett liegen mußte?«

Die letzten Elayaner verschwanden außer Sicht. Stirnrunzelnd schloß Farin das Fenster. »Nicht daß ich wüßte.« Er griff wieder nach seiner Harfe.

»Wer hat ihn dann beschlossen? Lord Robert? O diese verfluchte Schwäche! Ich sollte doch wissen, was vorgeht! Ich müßte dabei sein!«

»Ihr seid hier – Ihr lebt! Seid dafür dankbar!« mahnte Rosemarie ihn. »Der Meister sagt, wenn Ihr jetzt stilliegt, werdet Ihr in ein paar Monaten wieder reiten können. Und sogar kämpfen, wenn das alles ist, was Ihr tun wollt!« Sie biß sich auf die Lippe und wandte das Gesicht ab, aber Farin entging nicht, wie sehr sie sich um ihr übliches sanftes Lächeln bemühen mußte.

Erics Blick ruhte auf ihren goldenen Zöpfen. »Ich weiß, daß ich Glück hatte ... Aber Ihr müßt wissen, daß ich noch nie zuvor stilliegen mußte«, sagte er leise.

Rosemarie griff blind nach der halbvollen Schüssel mit Kraftbrühe und löffelte sie entschlossen in Erics gehorsam geöffneten Mund. Farin senkte den Kopf, um sein Lächeln zu verbergen, und stimmte eine fröhliche Weise an.

»Ich weiß, daß Ihr es haßt, gefüttert zu werden«, sagte Rosemarie. »Aber bald werdet Ihr wieder bei Kräften sein und ohne Hilfe essen können.« Sie beugte sich mit der leeren Schüssel über ihn. »Ich mußte mit ansehen, wie der König seine Lebenskraft verlor, doch ich werde dafür sorgen, daß Ihr sie nicht auch noch verliert!«

»Das bezweifle ich nicht, meine Liebste. Wenn Ihr bei uns im Süden gewesen wärt, hätte der Feind vor Angst die Flucht ergriffen.« Eric grinste, als er sah, wie Rosemarie tief errötete. Anerkennend blickte er ihr nach, als sie zum anderen Ende des Gemachs ging. Plötzlich machte sie einen Schritt rückwärts, als die Tür aufschwang und Branwen davorstand.

»Was machst du da?« fauchte sie das Mädchen an. »Brauchen Faris und das Kind dich nicht?«

»Rosemarie! Laß das arme Mädchen doch wenigstens eintreten!« rügte Farin sie. Er erhob sich, um die Tür hinter Branwen zu schließen, und nun errötete er über ihr dankbares Lächeln. Jehans Krankheit hatte die Erinnerung an die Nacht vertrieben, in der er mit ihr geschlafen hatte, doch in letzter Zeit sah es so aus, als wollte sie sie zurückbeschwören ...

»Der Wacholdermeister spielt mit dem Baby«, erklärte Branwen. »Manchmal habe ich das Gefühl, er ist dem Kind mehr Mutter als die Königin! Und was meine Herrin betrifft, so sie ist bei Caolin.« Sie setzte sich auf den Hokker, den Rosemarie verlassen hatte, und lächelte Eric heiter zu.

Er schien sie nicht zu sehen. »Caolin ...« Sein Blick kam auf Farin zu ruhen.

»Habe ich dir eigentlich genau erzählt, wie Brian starb?«

»Eric!« mahnte Rosemarie.

Er schüttelte den Kopf. »Es wird mir guttun, darüber zu reden. Jedenfalls muß ich es *dir* erzählen, Farin, weil Brian hoffte, du würdest ein Lied daraus machen.«

Farin versuchte zu lachen. »Ich dachte, er konnte mich nicht leiden ...« Aber Eric erzählte bereits. Farin beugte sich vor, als die Gemütsbewegung Erics suchende Worte einem Epos aus alter Zeit ähnlich machte.

»Und so nahm ich seinen Ring und schwor, ihn zu rächen, falls ich am Leben bliebe.« Eric hob die Hand, und sie sahen Brians Ring am Mittelfinger glitzern, direkt neben seinem eigenen.

Farin stützte die Stirn auf die Harfe. Wahrhaftig, die Geschichte war es wert, verewigt zu werden, aber konnte er das? Er hatte sich bisher an nichts Größeres als eine Ballade gewagt.

»Und Ihr sagt, Brian habe Caolin beschuldigt, seinen Tod herbeigeführt zu haben?« brach Rosemarie das einsetzende Schweigen. »Das verstehe ich nicht – Caolin war gar nicht dort ...«

»Ich weiß nicht, wie er es getan hat – Brian wußte es auch nicht, aber er sagte, Caolin habe geschworen, ihn zu töten. Erinnerst du dich, Farin, daß er schon Verrat vermutete, als dieser Stellvertreter Caolins den Schlachtenplan vorschlug?«

Farin nickte. Wieder hörte er Ercul Ashes Stimme, glühend vor Begeisterung, als er die verhängnisvolle Strategie darlegte.

»Ich kann es trotzdem nicht glauben!« entgegnete Rosemarie. »Ich habe Caolin zwar nie gemocht, aber ...«

»Faris mag ihn«, sagte Branwen plötzlich und drehte das Ende ihres braunen Zopfes.

»Was meint Ihr damit?« rief Farin heftig und setzte die Harfe ab.

»Sir Farin, seid nicht böse auf *mich*. Ich kann nur sagen, daß er sie jeden Tag besucht und ihr Blumen bringt – und sie lacht über seine Späße ...«, sie verstummte.

»Aber Branwen, was ist daran auszusetzen?« fragte Rosemarie. »Wenn er sie aufheitert, sollten wir ihm dankbar sein! Es ist jedenfalls mehr als wir erreicht haben!«

Branwen zuckte verärgert die Schultern und schwieg. Farin seufzte und fragte sich, weshalb er so aufgebraust war.

»Wenn es keine Ratssitzung gegeben hat«, sagte Eric nach einer Weile, »dann muß Caolin dahinterstecken. Mit Faris' Einverständnis natürlich, aber die Idee kam zweifellos von ihm.«

»Nun, sie hatte wahrhaftig an anderes zu denken!« warf Rosemarie ein.

Farin schloß die Augen und erinnerte sich, wie Jehan die Straße nach Nebelhall hochgaloppiert war, der auffällige Lichtklecks vom Gewand des Seneschalls dicht hinter ihm. Caolin war immer einen Schritt hinter seinem Herrn gewesen und hatte stets alles souverän im Griff gehabt.

»Aber der König war ständig irgendwohin unterwegs und hat die Staatsführung vollständig Caolin überlassen ...«

»Der König lebt nicht mehr«, sagte Eric düster. »Glaubt ihr vielleicht, Faris könnte einen solchen Mann beherrschen? Ich bin ihr Beschützer – ich müßte auf sie aufpassen!«

»Aber das ist – das ist lächerlich! Ist Euch überhaupt klar, was Ihr da sagt?« Rosemarie blinzelte vor Erstaunen und rieb sich die Augen. »Wenn Caolin ein solcher Schurke ist, glaubt Ihr, Ihr könntet Faris da mit Eurem Schwert schützen? Brians Schwert half *ihm* jedenfalls nicht!«

Farin sah, wie Erics Augen zu funkeln begannen, als er über diese Worte nachdachte. Er versuchte sich vorzustellen, wie sein Freund in Ecken lauerte und Caolin nachspionierte. Unwillkürlich mußte er über diesen Gedanken lachen.

»Du lachst über mich, und du hast recht«, sagte Eric. »Mir fehlt die Veranlagung für einen guten Verschwörer. Ich könnte Caolin auch nie überlisten – aber gemeinsam schaffen wir es vielleicht ...« Er blickte sie mit glänzenden Augen an, wie ein Hund, der hofft, ausgeführt zu werden.

»Ich helfe Euch!« versicherte ihm Branwen. »Es gefällt mir nicht, wie Caolin Lady Faris zum Lachen bringt.«

Rosemarie schüttelte den Kopf. »Selbst einmal angenommen, Caolin wäre tatsächlich – an irgend etwas schuld, wie wollt ihr es herausfinden?«

»Wie ist es mit seinem Stellvertreter, von dem wir vorhin gesprochen haben? Hat er den Plan an Palomon verraten?«

Farin runzelte die Stirn und strich die silberne Locke zurück. »Ich glaube, er hat den Plan ehrlichen Herzens vorgelegt, Eric. Er hielt ihn wirklich für brillant. Und er hatte gar keine Gelegenheit, ihn zu verraten, nachdem wir uns dafür entschieden hatten. Wer wüßte das besser als ich? Ich habe ihn nach der Schlacht von seinen Fesseln befreit. Der arme Mann! Er war die ganze Nacht und den ganzen Tag in Brians Zelt zusammengeschnürt gewesen und wußte nicht, ob er umgebracht oder belohnt werden würde.«

»Dann wäre er doch bestimmt bereit, mit dir zu reden«, meinte Rosemarie nachdenklich.

»Ja, aber – er ist seinem Herrn treu ergeben.«

»Du solltest es dennoch versuchen, Farin. Es ist schwer zu glauben, daß die Elayaner *zufällig* den Spieß so passend umdrehen konnten!« sagte Eric.

»Sprich mit ihm, dann erfahren wir vielleicht etwas«, riet auch Rosemarie ihm.

Farin bedachte sie mit einem Seitenblick. »Hört sich an, als hättest du dich der Verschwörung angeschlossen.«

Rosemaries blonde Brauen hoben sich überrascht. »Sind wir Verschwörer? Caolin würde sich kranklachen!« Wieder schüttelte sie den Kopf. »Ich möchte nur die Wahrheit wissen – für Faris.« Aber ihr Blick suchte Erics erregtes Gesicht, und Farin dachte, daß sie ihre Entscheidung mehr seinetwegen als wegen der Königin getroffen hatte.

»Ich weiß die Mühe zu würdigen, die Ihr für mich auf Euch genommen habt, Caolin. Das Gewand ist wundervoll!« Faris hob eine Falte des Brokatstoffes und staunte, wie die Nachmittagssonne das Muster der Goldfäden veränderte. »Aber ich werde es nicht tragen.« Sie ließ den Stoff fallen, und das Gold kräuselte sich zu einem Reigen von Schmetterlingen mit roten, purpurnen und rosa Flügeln, die auf dem Brokat zu flattern schienen.

Faris blickte zu Caolin hoch. Seine grauen Augen waren verschleiert, so daß sie nicht erraten konnte, was er dachte, aber seine Gedanken waren selten lesbar, selbst wenn er einen offen anblickte.

»Aber Ihr werdet die elayanische Delegation doch empfangen!« Das klang nicht ganz wie eine Frage. War er enttäuscht, weil sie das prunkvolle Gewand abgelehnt hatte?

»Es wird mir wohl nichts anderes übrigbleiben, alle erwarten es von mir«, antwortete sie müde.

Er drehte sich zum Fenster um. Ein Sonnenstrahl ließ seinen Siegelring aufflammen. »Was werdet Ihr tragen? Was wollt Ihr, daß die Elayaner sehen?« fragte er ruhig.

Faris zuckte mit der Schulter und blickte auf das Gewand hinab, das lose an ihr herabhing. »Sie werden mich sehen, wie ich bin.« Plötzlich war sie sich der Narbe bewußt, die unter ihrem Ärmel verborgen war, ihrer Blässe und des Silbers, das ihr Haar zu durchziehen begann wie die Goldfäden den Brokat. »Warum sollte ich mich für sie anders geben, als ich bin?«

Ja, warum sollte sie es, ob nun für die Elayaner oder für den Wacholdermeister oder für Rosemarie. Sie konnten sie zwingen, ihre Pflicht zu tun, aber nicht dazu, daran Freude zu haben!

Caolin nahm ihre Hand und drehte Faris zum Fenster um. Respektvoll küßte er ihre zu einer halben Faust geballten Finger. Der Rubin seines Ringes glühte wie der Stein des Feuers.

»Faris ...« Caolins Stimme war sehr ruhig und leise. »Zeigt ihnen eine wahre Königin! Hört auf mich, Faris, und tut, was ich Euch rate.« Sie wartete, die Augen auf den Ring gerichtet, während er das brokatene Obergewand hob, dessen dunkelpurpurnes Untergewand in Falten gelegt war, und hielt es ihr entgegen.

»Seht eine Königin, Faris!« Seine Augen, die plötzlich leuchteten, bannten ihren Blick. Einen Moment sah sie sich in ihnen gespiegelt.

»Ihr seid schön und stolz«, fuhr er fort. »Ihr braucht nur zu wollen, und sie beugen sich Eurer Macht!«

Faris richtete sich von ihrer gebeugten Haltung auf, die sie nach der Entbindung angenommen hatte, und schob das Kinn vor. *Ja … sie sollen alle daran denken, daß ich die Königin bin!* Die Tür zu ihrem Gemach öffnete sich, und Faris schreckte zusammen.

Caolin trat einen Schritt von ihr zurück, hielt das Gewand jedoch immer noch hoch.

»Branwen, Ihr kommt gerade zur rechten Zeit!« sagte er. »Ich habe das neue Gewand gebracht, das Eure Herrin heute abend tragen wird. Ihr müßt ihr beim Ankleiden helfen.« Er lächelte das Mädchen strahlend an.

Mit plötzlichem Abscheu zupfte Faris an dem verschossenen, formlosen Gewand, das sie trug, und fragte sich, wie sie es je hatte anziehen können.

»Ja, Branwen, und rasch«, sagte sie, als sie bemerkte daß das Mädchen zögerte und Caolin beobachtete. Sie begann, die Haken zu öffnen.

Caolin verneigte sich. »Ich komme in einer Stunde wieder, um Euch zum Empfangssaal zu geleiten.«

Im Empfangssaal des Palastes von Laurelynn brannten die Kerzen in den Wandhaltern – doch nicht alle, so daß das Licht nicht alle Schatten vertreiben konnte. Auf der Musikergalerie spielte leise und unaufdringlich ein Streichorchester, ohne Rhythmus oder Melodie, die ins Ohr fallen konnte.

Farin hörte ihnen nur halbherzig zu, während er auf Rosemaries Bemerkungen achtete.

»Ich frage mich, wie Caolin es geschafft hat, die Leute hierherzulocken …« Sie schaute sich um und nickte im Vorübergehen Lady Gwenna, der Gattin des Bürgermeisters, zu. »Alle sagten, für den Feind ein Fest zu geben hieße, die Gefallenen zu verraten.«

»Ist das ein Fest? Irgendwie erscheint es mir nicht so!« Die gedämpfte Musik und die Schatten verliehen dem Ganzen eine düstere Atmosphäre. Es wurde auch nichts zum Essen aufgetragen, allerdings boten Diener Kelche mit gekühltem Weißwein an.

Einen Moment blieben sie stehen, und Rosemarie begrüßte Lady Elinor von Schönhafen. Als Farin weitergehen wollte, zupfte Rosemarie ihn am Ärmel.

»Sieh dir das an!« Sie deutete auf schimmernden Brokat unter der großen Fahne von Westria an der Wand. Farin erstarrte, als er Prinz Palomon und sein Gefolge erkannte.

Sie waren auch nicht zu übersehen, denn die anderen Gäste hielten großen Abstand von ihnen. Palomon plauderte betont unbefangen und nippte an seinem Wein. Er benahm sich nicht anders, als befände er sich in seinem eigenen Palast. Die Musik machte eine Pause, dann begann das Orchester eine Pavane.

»Oh, müssen sie denn so trostloses Zeug spielen?« Rosemarie schüttelte den Kopf.

Farin hörte genauer zu und erkannte die Weise als die eines alten Liebesliedes. »Die Musiker müßten doch wirklich wissen, daß man eine Pavane nicht wie einen Trauermarsch spielt! Es könnte natürlich sein ...« Rosemarie blickte Farin, der bedächtig vor sich hin lächelte, fragend an. »Es sei denn, sie tun es mit Absicht. Ich glaube fast, Caolin hat es so geplant!«

»Dann ist es ihm auch gelungen. Ich fühle mich beinahe zu bedrückt, um mich auch nur zu ärgern. Wenn Eric hier wäre, würde er bestimmt nicht so geduldig sein. Vielleicht ist es ganz gut, daß er noch zu schwach war, um mitzukommen!«

Farin nickte. Erics Schwester vertrat ihn bei diesem Empfang, so, wie der Haushofmeister von Sanjos Las Costas vertrat. Das hätte eigentlich Lady Alessia tun sollen, doch sie hatte sich geweigert zu kommen.

Rosemarie seufzte, als vollende der Gedanke an Eric, was die traurige Musik begonnen hatte.

»Mit Eric geht es zusehends aufwärts«, tröstete Farin sie. »Er wird deine Pflege bald belohnen.«

»Was willst du damit sagen?« fragte sie ihn scharf.

Jetzt war es Farin, der verlegen wurde. »Nun, ich glaube, daß er über seine Liebe zu Faris hinweg ist.«

»Sieht man es mir so sehr an?«

»Nein«, beruhigte Farin sie. »Aber ich kenne dich eben sehr gut.« Er blickte sie an und dachte, wie seltsam es war, daß er sich in ihrer Gesellschaft viel gelöster fühlte, als wenn er mit seinen Schwestern beisammen war. »Außerdem ist es wahrhaftig nichts, dessen du dich schämen müßtest. Du hast selbst gesehen, wie Faris seit Jehans Tod ihre Schönheit verloren hat. Ich bezweifle, daß Erics Erinnerungen der lebendigen Gegenwart einer Frau, die ihn liebt, widerstehen könnte.«

Er versuchte Rosemarie nicht als altvertraute Freundin zu sehen, sondern so, wie Eric sie vielleicht sah. Für ihn war sie zu groß, doch in Erics Arme würde sie genau passen. Sie trug ein jadefarbenes Gewand, in dessen Saum eine breite Borte von Eukalyptusblättern gewebt war. Die kräftige Farbe betonte ihr goldenes Haar, aber sie sah müde aus. Wenn Eric genesen war, würde sie sicher wieder Farbe bekommen, und dann würde er erkennen, daß sie eine eigene Schönheit hatte.

Die Musik wurde leiser, schwand wie verebbende Fluten, und nun war nur noch das Gemurmel plaudernder Stimmen zu hören. Farin fragte sich, weshalb die Musik aufgehört hatte, als plötzlich eine massierte Welle von Fanfarenstößen in das Stimmenloch vorstieß. Erstauntes Stimmengewirr setzte ein, als die Klänge abbrachen, doch von der Tür her breitete sich mit einemmal Stille aus wie das Kräuseln der Oberfläche, wenn man einen Stein in einen Teich wirft.

»Sagtest du nicht gerade, Faris habe ihre Schönheit verloren?« flüsterte Rosemarie.

Stumm schüttelte Farin den Kopf und starrte auf seine Schwester, die mit Caolin den Saal betrat. Er hatte vergessen, wie seine Schwester in leuchtenden Farben gewandet aussah, und noch nie hatte er sie so etwas tragen sehen.

Die leuchtenden Rot- und Purpurtöne ihres Obergewands hoben sich flammend vom Untergewand ab, das in einem dunkelvioletten Ton gehalten war, einem Ton, der zwischen der samtigen Haut einer Weintraube und ihrem eigenen tiefschwarzen Haar oszillierte. Winzige Goldknöpfe zogen sich vom Stehkragen bis über das Brokatmieder hinunter, und ebenfalls vom Handgelenk zum Ellbogen, wo die Ärmel des Untergewands aus den weiten, hängenden Ärmeln des Obergewands hervortraten. Die Schlitzärmel und der Rock kräuselten sich wie die emaillierten Schwingen eines künstlichen, exotischen Schmetterlings.

Eine Sopranflöte spielte zunächst allein, nach ein paar Takten fielen eine Alt-, dann eine Tenor- und eine Baßflöte zu einer Fuge ein, während das Gefolge der Königin sich hinter ihr in Bewegung setzte.

Der Zug machte die Runde um die Halle. Wo er vorüberkam, zündeten Diener die restlichen Kerzen an. Als die Königin den Thron erreichte, der auf dem Podest am Ende des Saales aufgestellt war, erfüllte helles Licht den ganzen Raum. Nun erst kam der sanfte Glanz von Samt richtig zur Geltung, das Glitzern von Gold- und Silberfäden und das Funkeln von Edelsteinen an Fingern, Hals und Brust.

Von seinem Platz nahe der Königin ließ Farin den Blick über die geröteten Wangen der Männer und den neuen Ausdruck in ihren Augen schweifen. Er flüsterte Rosemarie zu: »Was immer man über Caolin sagen mag, das hat er wahrhaftig brillant aufgezogen!«

»Ja, aber zu welchem Zweck? Sieh dir mal Faris' Gewand genauer an!«

Das Lächeln der Königin wirkte wie eingemeißelt, während sie die Anwesenden begrüßte. Faris lehnte sich vor, um etwas zu Lady Jessica zu sagen, und da schien es, als blute das Scharlachrot ihres Brokats in die zinnoberrote Robe des Seneschalls. Man konnte meinen, die metallischen Zierfäden von Faris' Gewand stammten aus dem glänzenden Gold von Caolins Haar. Plötzlich rann Farin ein eisiger Schauder über den Rücken.

Federbüsche wippten über den Köpfen der Menge, als Prinz Palomon mit seinem Gefolge herankam. Der Herold rief: »Mylady Faris, Herrin der Steine und Regentin Westrias – darf ich Euch Palomon, Lord der Tambara und erkorenen Prinzen der Konföderation von Elaya vorstellen?«

Seide raschelte, als Faris sich erhob und Palomon zu einer flüchtigen Berührung die Hand entgegenstreckte, dann setzte sie sich wieder.

»Mylady, hättet Ihr Westrias Streitkräfte im Süden geführt, wären wir allein von Eurer Schönheit besiegt worden!« Palomons Zähne blitzten weiß aus den schwarzen Locken seines Bartes. Er nickte Lord Robert mit einem kaum merklichen Hauch von Spott zu. »Mylord Befehlshaber, meinen Glückwunsch zu Eurem Sieg.«

»Er war knapp«, entgegnete Lord Robert. »Eure Taktik war sehr geschickt.«

»Offenbar nicht geschickt genug«, erwiderte Palomon. Sein Blick wanderte von Robert zum Seneschall, dann zurück zur Königin, ehe er einen Schritt zur Seite tat, um sein Gefolge vorzustellen. Dann meldete der Herold jene Ratsmitglieder, die an den Friedensverhandlungen teilnehmen würden. Nachdem auch sie vorgestellt waren, hob die Musik auf ein unsichtbares Zeichen hin wieder an, und der Ansturm auf das kalte Büfett setzte ein.

Farin hörte, wie eine Gildemeisterin zu ihrem Gatten sagte: »Hast du diese Ärmel gesehen? Elayanischer Schnitt! Und keine Laurelynner Weber haben je Brokat mit diesem Muster angefertigt!«

»Aber meine Liebe, der Stoff stammt wahrscheinlich aus der Kriegsbeute«, antwortete der Mann, ehe das Paar außer Hörweite kam.

Rosemarie runzelte die Stirn. »Ich hoffe, es gibt nicht sehr viel mehr Gerede dieser Art!«

Ohne zu antworten, steuerte Farin sie zum Büfett. Er nahm zwei Gläser und eine Kanne Wein, während Rosemarie ein paar Kuchenstücke auf ihre Teller legte. Damit zogen sie sich zu einer Fensterbank zurück.

Jetzt spielten die Musiker die Pavane im richtigen Tempo. Faris und Caolin führten die Reihe der Tänzer an, die sich durch den ganzen Saal zog. Faris' Augen glänzten fiebrig. Caolins feste Hand führte sie durch die Figuren, als die Musik kunstvolle Variationen des Grundthemas spielte. Sie tanzten gut zusammen, trotz ihres Größenunterschieds, aber Farin erinnerte sich, wie Faris mit Jehan getanzt hatte – da war es gewesen, als hätten zwei getrennte Hälften sich wieder vereint.

»Farin, wer ist dieser Mann dort an der Tür?« Rosemaries Frage riß ihn in die Gegenwart zurück. Er drehte sich um und sah Ercul Ashe mit einem zufriedenen Lächeln kauen.

»Das ist Ercul Ashe. *Er* hat sich offenbar gut erholt!« sagte Farin. Und wirklich erinnerte der stellvertretende Seneschall mit dem glatt zurückgekämmten ergrauendem Haar und dem pelzverbrämten Wams, der sittsam bis zum Hals geknöpft war, kaum noch an den arg mitgenommenen Gefangenen, den er aus Brians Zelt befreit hatte.

»Er sieht mir zu selbstzufrieden aus«, bemerkte Rosemarie. »Wie kommt das, wo doch alle andern in Westria entweder wütend sind oder trauern? Sprich mit ihm, Farin.«

Farins Lächeln schwand, als er sich an die Raben auf dem Schlachtfeld erinnerte. »Ercul Ashe verließ das Lager sofort, nachdem ich ihn befreit hatte. Er sah überhaupt nicht, was sein Plan anrichtete«, sagte er bedächtig. Er drückte Rosemaries Hand und ging zur Tür.

Die Gäste machten nun in der Saalmitte für eine Darbietung Platz. Farin hielt sich ganz am Rand, als die Darsteller mit kurzen Holzschwertern und roten und blauen Schilden herbeisprangen. Die Glöckchen an ihren Hand- und Fußgelenken klingelten fröhlich, während sie paarweise den Schwerttanz vorführten.

Ercul Ashe blickte bei Farins Näherkommen auf, und sein Lächeln wurde offener, als er ihn erkannte.

»Sir Farin!« Der Vertreter des Seneschalls verbeugte sich tief. »Ich habe Euch noch gar nicht für meine Rettung gedankt. Ich muß gestehen, ich war so benommen, daß mir erst nach Stunden bewußt wurde, wer Ihr wart. Ich wollte Euch in Laurelynn nicht lästig fallen, und natürlich war ich auch sehr beschäftigt.« Sein leichtes Kopfnicken deutete auf die Menge. Die Tänzer wirbelten und wogten durcheinander und Schwerter schlugen auf gegnerische Schilde im Takt zu den Trommeln.

»Ja, es ist eine großartige Veranstaltung«, sagte Farin behutsam und fragte sich, wie er zum Thema kommen sollte. Als er Ashe das letzte Mal gesehen hatte, war der Mann schwindelig vor Erschöpfung und Angst gewesen. Wie kam es, daß er sich hier so sicher fühlte?

Ein Page kam mit einer Kanne Wein vorbei. Farin streckte sein Glas aus und bedeutete dem Jungen, auch das seines Gesprächspartners zu füllen. Diesmal war es schwerer Rotwein aus der Gegend von Sanjos. Wie passend, dachte Farin und spürte, wie das starke Getränk seine Beklemmung lockerte.

»Danke.« Ashe freute sich sichtlich über das Kompliment. »Es war gar nicht so einfach, es in dieser kurzen Zeit zu schaffen.« Er nippte an seinem Wein.

»Das kann ich mir gut vorstellen«, versicherte ihm Farin. »Der Seneschall hat wohl seine Knute geschwungen?«

»Knute? Mein Herr hat keine Knute nötig. Jeder seiner Leute weiß genau, was er von ihm erwartet!« entgegnete Ashe stolz. Der Ton erinnerte Farin daran, wie Frauen mit ihren Schmerzen bei der Entbindung zu prahlen pflegten.

»Aber es mußte doch sicher so viel geplant und erledigt werden!« sagte Farin, um ihn zum Sprechen zu bringen.

»Mein Herr sieht alle Möglichkeiten voraus und ist für alle gerüstet«, versicherte ihm Ercul Ashe, auch jetzt voll Stolz.

Die Holzschwerter klapperten auf die Holzschilde, und die Glöckchen der Tänzer klingelten.

»Ich wünschte, er hätte Palomons Strategie auf dem Schlachtfeld vorausgesehen!« Es kostete Farin große Mühe, seine Stimme lediglich leicht bedauernd klingen zu lassen; es fiel ihm so schwer, wie ein schwieriges Lied auf Anhieb in der richtigen Tonhöhe anzustimmen.

Eine starke Gefühlsregung verschleierte Ashes Blick. Farin fühlte sein Herz heftig pochen, als er spürte, daß seine Worte an der Verteidigung des andern vorbeigeglitten waren wie die Schwerter der Tänzer an der Parade ihrer Gegner. Konnte er es dem Stellvertreter irgendwie leichter machen, Caolin die Schuld zu geben?

»Ich bin froh, daß es mir gelungen ist, Euch noch rechtzeitig aus dem Zelt zu befreien. Wenn Männer solche Verluste erleiden, nehmen sie sich nicht immer die Mühe, einer Sache auf den Grund zu gehen. So mancher gab Euch die Schuld, als er hörte, daß Ihr den Schlachtplan vorgeschlagen habt!«

Ashes Gesichtsausdruck veränderte sich nicht, aber er sagte sehr leise: »Und was ist mit Euch, Sir Farin? Glaubt Ihr auch, daß ich auf Verrat sann?«

Farin errötete über diese unverblümte Frage und schüttelte den Kopf. »Ich war dabei, als Ihr mit Lord Robert gesprochen habt. Ich glaube, Ihr wart davon überzeugt, daß Euer Plan gut war«, sagte er etwas lauter als beabsichtigt. Die Tänzer drehten sich schneller und die rotgerüsteten begannen, die anderen über die ganze Länge des Saales zu verfolgen.

»Aber jemand anders könnte den Plan verraten haben. Wart Ihr der einzige, der wußte, welche Strategie Ihr uns vorschlagen wolltet?« fuhr Farin fort.

Ein anderer hätte gelacht oder sich geärgert. Ercul Ashe schürzte nur die Lippen und hob die schmalen Brauen.

»Wenn Ihr mich im Lager gehört habt, habt Ihr mich auch sagen hören, daß ich seit über sieben Jahre für Mylord Caolin arbeite. Wenn man einem solchen Herrn so lange gedient hat, bildet Ihr Euch da wirklich ein, daß ein Knabe wie Ihr mich überlisten könnte, ihn zu verraten?«

Nun errötete Farin noch stärker. Ihm war bewußt, wie durchsichtig seine Versuche gewesen waren, das Gespräch in diese Richtung zu lenken. Die roten Tänzer trieben ihren Gegner nun mit krachenden Schlägen von Schwert auf Schild und Schwert auf Schwert durch den Saal. Ähnliche schreckliche Laute hatte Farin auf dem Schlachtfeld gehört. Doch danach war es grauenvoll still gewesen.

»Habt Ihr das Schlachtfeld gesehen?« fragte er scharf und begegnete nun zum ersten Mal offen Ashes Augen. »Die Weide war zu blutigem Schlamm aufgewühlt, die Pferde stolperten über zerstückelte Leiber. Ich sah, wie ein Kojote einen abgetrennten Arm davonschleppte, dessen Hand noch um einen Bogen gekrampft war – es war ein Frauenarm!«

»So etwas passiert im Krieg ...«, begann Ashe bedrückt, aber Farin unterbrach ihn.

»Wundert es Euch da, daß ich wissen möchte, ob unser Schlachtplan verraten wurde?«

»Nein.« Ashe seufzte und nahm einen Schluck Wein. »Aber das Buch, in dem ich den Plan fand, stand im ältesten Teil der Bibliothek, wo die Werke über die Manöver der Alten aufbewahrt werden. Dicker Staub lag auf dem Buch, und ich erzählte auf dem Weg in den Süden niemandem von dem Plan. Selbst Caolin war zu beschäftigt, um mir zuzuhören!«

Farin wurde es schwer ums Herz. Sie waren so sicher gewesen, daß Caolin seine Hand im Spiel gehabt hatte! Doch er glaubte nicht, daß Ercul Ashe imstande wäre, seine Aufrichtigkeit nur vorzutäuschen.

»Ich habe mir auch Gedanken darüber gemacht ... Ich möchte nicht, daß man mich für einen Verräter hält ... Aber es *muß* Zufall gewesen sein ...« Ashes Stimme war so leise, daß Farin Mühe hatte, die Worte zu verstehen.

Mit Triumphgebrüll trieben die roten Tänzer nun die blauen aus dem Saal.

»Denkt darüber nach, Meister Ashe. Vielleicht habt Ihr irgend etwas vergessen. Denn wenn jemand sich hinter dem Schild Eurer Integrität verborgen hat, dann müßt Ihr Euch damit abfinden, daß man Euch einen Verräter nennt!« Farins Worte gingen in dem Beifall unter, mit dem die Zuschauer sich für den Tanz bedankten. Ashe wandte sich schroff ab. Farin wußte, daß er ihn gehört hatte, aber er brachte es nicht übers Herz, ihn zurückzurufen.

Die Tänzer hatten sich wieder gesammelt, rot und blaubunt gemischt, und verbeugten sich. Farin fragte sich, weshalb gerade diese Farben gewählt worden waren. Blau mochte für Elaya stehen, aber dann hätten die Sieger das Grün Westrias tragen müssen. Da alles an diesem Abend so sorgfältig berechnet war, konnte er sich schlecht vorstellen, daß die Farben Zufall sein sollten. Die Menge machte Platz, damit Caolin die Königin zur Tür geleiten konnte. Sein rotes Gewand schien im üppigen Kerzenschein zu glühen und übertraf fast die Pracht ihres Brokats.

Rot ist die Farbe des Seneschalls … und das Banner von Las Costas ist blau! Wut verdrängte das Mitleid, das Farin für Ercul Ashe zu empfinden begonnen hatte. Er schaute sich um. Der Saal leerte sich. Die Elayaner hatten ihn nach der Königin verlassen, und der stellvertretende Seneschall war ebenfalls gegangen.

»Ihr habt Eure Diener fortgeschickt – das ist gut. Ich wagte kaum zu hoffen, Euch allein vorzufinden.« Caolin sprach aus den Schatten an der Tür.

In einer geschmeidigen Bewegung kam Prinz Palomon auf die Füße und hatten bereits den Degen gezogen, der an der Wand lehnte. Der Türriegel klickte leise, und Caolin trat ins Licht. Palomon starrte ihn einen Augenblick an, dann schob er die Klinge zurück in ihre Scheide, wie eine Katze, die ihre Krallen zurückzieht.

»Ich habe nicht gehört, daß meine Wachen Euch gemeldet hätten«, sagte der Prinz trocken.

»Eure Wachen wissen nicht, daß ich hier bin.« Caolin zog einen zweiten Sessel an den niedrigen Tisch und setzte sich. Die Tischplatte war als Schachbrett eingelegt. Die zierlichen Figuren erregten Caolins Neid sogar jetzt, da er seine ganze Willenskraft auf den Zweck seines Besuches konzentrieren mußte.

Palomons Miene wurde um noch eine Spur ironischer. »Soll ich meine Neugier gestehen«, fragte er, »oder meine Wachen befragen? Es ist Euch gelungen, mich zu interessieren, Meister Seneschall, denn wenn dem nicht so wäre, würde ich die Wachen jetzt rufen. Man nennt Euch Zauberer – ist dies eine Demonstration Eurer Fähigkeiten?« Die Kandelaber an beiden Tischseiten flackerten unruhig, Schatten huschten durch das Gemach.

Caolin lächelte, er ließ sich durch den verschleierten Hohn des andern nicht aus der Ruhe bringen. Wenn der Prinz seine Wachen schließlich fragte, würden sie ihm erklären, daß sie geglaubt hatten, Rodrigo Maclain vorzulassen. Dann mochte er anfangen, sich wirklich Gedanken zu machen.

»Glaubt Ihr, daß ich ein Zauberer bin?« fragte er freundlich.

Palomon zuckte fast unmerklich die Schultern. »Ein solches Wort existiert nicht im Sprachschatz vernünftiger Leute … Möchtet Ihr einen Schluck Wein?« Ohne auf die Antwort zu warten füllte er einen zweiten Kelch und schob ihn Caolin über den Tisch zu. Mit der Fingerspitze strich er fast zärtlich über eine Schachfigur. »Spielt Ihr eine Partie mit mir?«

Caolin seufzte und schüttelte bedauernd den Kopf. »Wenn wir bloß Zeit dazu hätten … Der Zweck meines Besuchs ist weniger vergnüglich, aber vielleicht lohnender. Ich dachte mir, ein Gedankenaustausch wäre wünschenswert, ehe wir uns am Verhandlungstisch gegenübersitzen.«

Palomons feingeschwungene Brauen hoben sich. »Erwartet Ihr, daß ich Euch ohne vorhergehende Beratung Versprechungen mache?«

»Ihr meint damit, ohne zuzuhören, wie Eure Ratgeber ihre Meinungen kundgeben, um dann die Worte so umzudrehen, daß sie glauben können, Eure Ideen wären ihre eigenen?«

Palomons Augen glitzerten kurz auf, doch er schwieg.

»Außerdem«, fuhr Caolin fort, »bin *ich* allein.«

»*Ihr* seid nicht der Herr von Westria.«

Nun zuckte Caolin die Schultern. »Nicht nominell …« Er fragte sich, ob Palomon, dem ein erreichter Titel Macht über die anderer Angehöriger des Königlichen Hauses gab, etwas dagegen hatte, wie der Seneschall sich hier Macht verschafft hatte.

Palomon bedachte ihn mit einem verschleierten Blick. »Ihr deutet an, daß Ihr die Königin lenkt – seid Ihr ihr Liebhaber?«

Caolin starrte ihn an. Er konnte nichts dagegen tun, daß ihm das Blut glühend in den Kopf stieg und so rasch zurückwallte, daß die Schatten wie eine dunkle Flut um ihn wirbelten. Er erinnerte sich: Faris in Jehans Armen … die nachgeahmte Faris unter ihm auf dem Rotberg … die vielen andern Frauen, die aus Jehans Bett in sein eigenes gekommen waren.

Weshalb war er so schockiert über Palomons Vermutung? Warum hatte er diese Möglichkeit nicht selbst bewußt in Erwägung gezogen? Eine verborgene Tür war plötzlich in ihm aufgesprungen und klaffte weit offen wie eine Brunnenöffnung, in der er nicht hineinzublicken wagte. Und doch konnte es keine bessere Methode geben, seine Macht zu sichern, als dadurch, daß er die Königin verführte – heiratete!

»Es war nicht als Kränkung gedacht«, versicherte ihm der Prinz. »Da die Dame ihren Gemahl verloren hat, wäre das völlig natürlich. Allerdings ist mir nicht unbekannt, daß eure westrianischen Frauen häufig die Rolle eines Mannes übernehmen und allein herrschen ... Wer wird eigentlich über Las Costas regieren, nun, da sein kriegerischer Herr nicht mehr ist?«

»Seine Witwe, wie es bei uns Brauch ist.« Caolin nahm einen tiefen Schluck Wein. Ihm war nun klar, daß Palomons Bemerkung über die Königin nur dazu gedient hatte, dieses Thema zur Sprache zu bringen.

»Und Ihr glaubt, die Regentin von Las Costas würde Eure Autorität anerkennen, wenn sie wüßte, wessen Bote Lord Brians Stellung an mich verraten hat?«

»Ich hatte gedacht, Ihr würdet die Dinge im richtigen Licht sehen«, sagte Caolin geduldig. »Elaya und Westria halten einander in Schach. Wir können von dieser Friedensverhandlung nur gewinnen, wenn wir beide bereit sind, ein Opfer zu bringen ...«

Palomon wartete schweigend. Sein Gesicht wirkte wie aus dunklem Holz geschnitzt.

»Wie auch immer, ich habe es nicht nötig, Euch um Verschwiegenheit zu bitten«, fuhr Caolin fort. »Ihr könnt nicht beweisen, daß der Bote von mir kam. Ihr seid zwar Alleinherrscher, aber Ihr wurdet auch gewählt. Jene, die Euch auf den Thron hoben, können ihn Euch mühelos wieder wegziehen.« Caolin lehnte sich zurück und untersuchte des Elayaners Gesicht nach einer Reaktion. Eine Windböe rüttelte kurz am Fenster.

»Ihr habt uns beide vernünftige Männer genannt«, fügte der Seneschall hinzu. »Gewiß sind wir zu vernünftig, um uns mit Drohungen oder Geheimniskrämereien zu befassen. Hört mir zu, Palomon. Dieser Krieg bringt uns nichts mehr. Obgleich es zweifellos längere Zeit dauern wird, bis ihr uns wieder bedrohen könnt, können wir es uns auch nicht leisten, unseren Sieg auszuschöpfen ...«

Palomon lachte. Er drehte seinen Kelch in der Hand. »Ihr seid sehr offen – wollt Ihr *mein* Minister werden?«

Caolin schüttelte den Kopf und wog seine Worte ab. »Auf Männer wie Lord Brian muß man aufpassen, aber ich hatte gehofft, mit Euch auf gleicher Ebene sprechen zu können.«

Der Prinz hob den Kopf und betrachtete Caolin unter halbgeschlossenen Lidern, was den Eindruck erweckte, als blicke er auf ihn herab.

Eine Ader pochte schmerzhaft auf Caolins Stirn. Genauso hatte Brian ihn angesehen. *Ruhig Blut!* mahnte er sich, doch seine Finger schlossen sich so heftig um seinen Siegelring, daß der geschliffene Stein in seine Haut schnitt. *Das Geschlecht dieses Mannes reicht weiter zurück als Jehans. Er wäre König, wenn der Stolz der Elayaner eine Erbmonarchie zuließe. Er hat die Reaktionen eines Schachmeisters. Er läßt sich nichts anmerken ...*

Er begegnete dem verächtlichen Blick des Elayaners und hielt ihm gleichmütig stand, bis Palomon die Schultern zuckte und wegsah. Caolin hob einen Elfenbeinturm vom Schachbrett.

»Palomon«, fragte er leise, »gibt es in Elaya jemanden, der Euch auf diesem Brett ebenbürtig ist?«

Die Augen des Prinzen glitzerten plötzlich wieder, und er lachte laut heraus. Caolin stellte die Figur zurück und lehnte sich im Sessel zurück.

»Nun gut«, sagte der Prinz und setzte das vorherige Gespräch fort. »Aber wenn Elaya und Westria in einer Pattsituation sind, warum seid Ihr dann zu mir gekommen?«

»Unseren Nationen mögen die Hände gebunden sein, doch nicht Euch oder mir. Ich werde wegen ein paar Quadratmeilen Land nicht streiten ...« Caolin verlagerte sein Gewicht, und sein Sessel knarrte, als ächze Brian in seinem Grab.

»Ihr würdet uns Santibar geben?« flüsterte Palomon.
»Wenn meine Stellung hier stark genug wäre, würde ich dafür sorgen, daß die Festung eine leichte Beute wird, wenn Ihr wieder zu einem Krieg bereit seid«, sagte Caolin wohlüberlegt.
»Was wollt Ihr?«
Einen Augenblick hing die Frage zwischen ihnen. Eine Kerze flackerte, als die Flamme eine Schadstelle im Docht erreichte, dann brannte sie gleichmäßig weiter.
»Ich brauche die Unterstützung des westrianischen Volkes. Ich könnte mir beispielsweise große Beliebtheit verschaffen, wenn ich ihm den Kopf des Mannes gäbe, der Lord Brian niederschießen ließ ...« Caolin nahm einen weiteren Schluck. »Aber ich habe keine Lust, mit Eurem Bruder zu verhandeln, der nach allem, was ich gehört habe, ein kriegssüchtiger Narr ist.«
Ein Lächeln zuckte um Palomons volle Lippen.
»Falls ich mich mit der Königin vermähle – erkennt mich als Herrscher Westrias an! Doch gebt mir inzwischen etwas, das ich vorweisen kann: Reparationen in Gold und eine öffentliche Entschuldigung für den Einfall in Westria. Besteht darauf, daß Ihr nur mit mir verhandeln wollt.«
»Mein Volk würde dafür meinen Kopf fordern!«
»Was sind Worte? Muß Euer Volk genau wissen, was gesagt wurde? Wenn Ihr Euren Ratgebern heimliche Konzessionen andeutet, werden sie Eure Interpretation der Geschehnisse unterstützen. Und das Gold fließt durch ein Handelsabkommen wieder herein ...« Caolins Wein glühte im Kerzenschein wie der Rubin seines Ringes. Dunkelheit umgab sie, trennte sie von der Welt.
Der Prinz von Elaya starrte noch stirnrunzelnd in seinen Kelch. »Aber eine öffentliche Entschuldigung!« Er rümpfte die Nase.
»Eure Armee hat die Festung Drachenklaue zerstört ... Ich könnte den Wiederaufbau verzögern.« Caolin atmete vorsichtig, als vermöchte die geringste Bewegung die feine Kette der Überzeugung zu brechen, die er zwischen sich und dem andern schmiedete.
Palomon lehnte sich plötzlich heftig zurück und stellte

den Kelch geräuschvoll auf den Tisch. »Ihr kommt mit Versprechungen, von *mir* aber verlangt Ihr, daß ich bezahle und dann warte, ob Ihr Eure Versprechen haltet.«

Zorn flammte in Caolin auf. Palomon zuckte wie vor einem Schlag zurück. Des Seneschalls Ring funkelte, als er die Hand um die Tischkante klammerte.

»Ich habe Euch etwas versprochen – und ich halte meine Versprechungen *aufs Wort*!« zischte Caolin.

Der Prinz von Elaya versuchte zu lachen, doch seine schweren Lider vermochten die Besorgnis in seinen Augen nicht ganz zu verbergen. »Ich glaube Euch«, sagte er. Er bückte sich, um eine Figur aufzuheben, die Caolin in seiner Erregung auf den Boden gestoßen hatte.

»Und doch ...«, fügte er hinzu, und ein Schimmer echten Humors entspannte sein Gesicht, »würde ich gerne Schach mit Euch spielen!«

Caolin lächelte, unterließ es jedoch, ihn darauf aufmerksam zu machen, daß er das bereits getan hatte.

9 Der Morgenstern

Das Licht des frühen Morgens, das schräg über den Berg der Herrin fiel, ließ die Umrisse des nächstgelegenen Kammes im Schatten, während der mit blauem Dunst verhangene entferntere Hang sich leuchtend dem Himmel entgegenhob. Der Wacholdermeister spürte, wie es ihm die Kehle zuschnürte; er fragte sich, weshalb er nur so gerührt war. Es waren doch nur Felsen und Bäume, obgleich es einen Augenblick so ausgesehen haben mochte, als wäre es der Schleier über dem Antlitz einer Welt gewesen, die aus lebendigem Licht bestand. Einmal hatte er das Glück gehabt, diese Welt sehen zu dürfen.

Er hörte vergnügtes Lachen hinter sich. Fast der ganze Hof war mit ihnen gekommen, um dabei zu sein, wenn der kleine Prinz seinen Milchnamen bekam. Die Gesellschaft hatte gestern die Bucht überquert und die Nacht am Fuß des Berges zugebracht, denn Faris hatte sich geweigert, in Nebelhall zu schlafen.

Der Meister seufzte. Er war seit Faris' und Jehans Vermählung nicht mehr auf dem Berg der Herrin gewesen. Und sie ... zu welchem Ort, der nicht schwer von Erinnerungen war, konnten sie beide schon gehen?

Er schaute über die Schulter zurück. Rosemarie und Farin ritten neben der Sänfte, in der Eric den Berg hochgebracht wurde. Farin hatte seine Harfe aus ihrem Kasten geholt und improvisierte, während er sein Pferd mit den Knien lenkte. Ihnen folgten Faris und Branwen, die das Baby in einem am Sattelknauf befestigten Korb hütete.

Diese Korbwiege war ein echtes Kunstwerk, liebevoll geflochten, mit blauen und roten Federn von Buntspechten, Gimpeln und Hähern verziert und mit einer weißen Wildlederdecke versehen. Eine Frau mit einem Gesicht wie poliertes Bärentraubenholz hatte sie kurz nach der Geburt des Babys mit folgender Botschaft im Palast abgegeben:

Nun, da einer unseres Blutes über die Mächte Westrias herrschen wird, möge er wie ein Kind unseres Stammes gewiegt werden.

Da hatte Berisa ihnen von ihrem Karokgroßvater erzählt, den Faris und Farin nicht mehr kennengelernt hatten. Ein Abkömmling der Ureinwohner Westrias würde herrschen. Dem Meister wurde plötzlich bewußt, daß es das seit dem KATAKLYSMUS nicht mehr gegeben hatte. Sein Puls beschleunigte sich, und sein Geist reichte zu dem gleichmäßigen Funken hinüber, der das Kind war. Einen Moment sah er das aufregende Durcheinander von Formen und Farben, die vor den Augen des Babys wirbelten, als es den Pfad hochgetragen wurde.

Schnell zog er sich zurück. Das Kind würde heute auch ohne die Anwesenheit des Geistes eines Erwachsenen genug aufnehmen müssen. Er wunderte sich nicht zum ersten Mal über die Leichtigkeit, mit der er die Verbindung herzustellen vermochte. Falls er selbst Kinder gezeugt hatte, wußte er zumindest nichts davon. Wäre die Geistvereinigung ebenso leicht, wenn das Kind sein eigenes wäre? Konnte jeder Säugling auf diese Weise erreicht werden? Oder war diese Verbindung etwas ganz Besonderes? Die einzige Gnade in dieser schrecklichen Zeit?

Rosemaries warmes Lachen lenkte ihn ab.

»Nein, Eric, wir werden *nicht* am Tanz im Heiligen Hain teilnehmen!«

»Aber die Herren vom Seetor feiern dort immer Beltane! Ich fühle mich kräftig genug ...«, entgegnete Eric.

»Und werdet Ihr Euch auch noch so kräftig fühlen, wenn Ihr Euren Part in der heutigen Zeremonie gespielt habt?« fragte sie.

»Du mußt verstehen, Eric«, warf Farin ein, »in Wirklichkeit befürchtet Rosemarie nur, daß eine der Baummaiden dich verschleppen könnte!«

Eric lachte. »Ich habe so allerhand Geschichten darüber gehört. Beltane ist in dieser Beziehung wie das Fest der Urwesen.«

Auch der Meister lächelte, denn er hatte ein Jahr im Heiligen Hain gedient und hatte seine eigenen Erinnerungen an den Beltanetanz.

Farins Harfe erklang und sie verstummten. Er fing zu singen an:

Es ritt einst zur Jagd ein König allein
— Eines Morgens im Frühling ist es gescheh'n —
Da sah er ein Mädchen auf einem Stein,
Inmitten von Blumen, 's war wunderschön anzuseh'n.

›Nie hat mein Auge größ're Schönheit geschaut!‹
— Eines Morgens im Frühling ist es gescheh'n —
›Komm mit mir ins Schloß als meine liebliche Braut
Inmitten von Blumen, 's wär' wunderschön anzuseh'n.‹

Ich bin Fürstin der Blumen und gehe nicht fort.
— Eines Morgens im Frühling ist es gescheh'n —
Doch ich werd' deine Liebste an diesem Ort,
Inmitten von Blumen, 's war wunderschön anzuseh'n.

Im ganzen Reich ward der Tod des Königs beweint
— Eines Morgens im Frühling ist es gescheh'n —
Doch er ist mit der Liebsten noch immer vereint,
Inmitten von Blumen, 's ist wunderschön anzuseh'n.

»Wenn Jehan bei mir im Norden geblieben wäre, würde er vielleicht noch leben!«

Überrascht sah der Meister, daß Faris ihr Pferd neben seines gelenkt hatte. »Meine Liebe ...«, begann er.

»Darf ich denn nicht vergessen?« fragte sie bitter. Mitleidlos verriet die Morgensonne das falsche Rot ihrer Lippen und glitzerte auf dem Puder, mit dessen Hilfe sie versucht hatte, die Schatten unter ihren Augen zu vertuschen.

»Man kann die Vergangenheit nicht ablehnen, ohne sich selbst abzulehnen, aber man kann jeden neuen Tag leben, eine Stunde nach der andern leben ...« Das waren die Worte, die er sich in seinen schlaflosen Nächten selbst vorbetete — die Litanei, mit der er seine eigenen Erinnerungen zu vertreiben suchte.

Sie schüttelte den Kopf. »Heute kann ich das nicht. Heute muß ich die Steine anlegen! Wie soll ich das schaffen, wenn *er* mir nicht hilft, die Last zu tragen?« Ihre Stimme brach.

Und wie soll ich die Worte sprechen und das Ritual durchfüh-

ren, wenn ich nicht spüre, daß etwas wartet und mein Gebet hört? Es kostete ihn große Mühe, seine Verzweiflung nicht hinauszuschreien.

»Hört auf!« flüsterte Faris. »Muß ich auch noch Euer Leid tragen?«

Einen Augenblick hallte die Trauer zwischen ihnen wider. Dann gab die Königin ihrem Pferd wild die Sporen. Die Verbindung brach, denn eine Schar Wachteln flatterte aus dem Gebüsch am Pfad hoch, und die schwarze Stute machte einen Satz vorwärts.

Das Pferd des Meisters schnaubte und stolperte, da Caolins Wallach es im Vorüberreiten streifte. Der Meister fuhr zusammen, als er die unverhohlene Verachtung in den Augen des Seneschalls bemerkte. Einen Moment schoben sich die zwei Gesichter zwischen ihn und die Straße: die spröde Maske der Schönheit, die die Königin trug, und Caolins Gesicht, das voller geworden war, wodurch alle verräterischen Linien verschwunden waren.

Das Unbehagen des Meisters wurde zu plötzlichem Ärger über die Unverschämtheit, mit der der Seneschall der Königin folgte. Er wollte ihnen schon folgen, unterließ es dann aber. Es hätte jetzt keinen Sinn, solange Caolins belustigtes Lächeln jedes Wort verzerren konnte, das er sagen würde. Nein, er mußte warten, bis Faris allein war.

»Ich komme gleich, aber laß mich jetzt allein!«

Die Worte zitterten noch in der dünnen Luft, als Faris zum Gipfel des Berges der Herrin hochkletterte und Rosemaries allmählich schwindenden Schritten lauschte. Wie betäubt stellte sie die Schatulle ab, in der die Steine ihrer Berührung harrten. Sie hielt den Atem an, um ein Seufzen zu unterdrücken, dann hörte sie nur noch den Wind, der um den Berg pfiff. Die Bucht tief unten lag in gleißendem Licht, ein ruheloses Spiegelbild der Sonne am saphirblauen Himmel. Und nicht nur auf dem Wasser brach sich das Licht, auch auf den wie geschliffen wirkenden Kanten des Felses und den glänzenden Blättern der Erdbeerbäume schillerte ihr Widerschein.

Die andern hatten sich auf der Wiese versammelt und warteten, daß Faris die Steine anlegte, damit die Zeremonie beginnen konnte.

Hilflos schaute sie sich um. Sie erinnerte sich, wie sie auf dem Bergvater gestanden und Westria als ein goldenes Versprechen zu ihren Füßen hatte liegen sehen. Hier aber brannten ihre Augen vor Sonnenlicht. Der Rotberg, weit auf der anderen Seite der Bucht, sah aus, als wolle er sich über die Hügel zu seinen Füßen hinwegheben. Die Hänge des Berges der Herrin erschienen ihr dagegen wie Wellen, die gegen den Gipfel spülten. Für einen Augenblick geriet die Welt um sie herum ins Wirbeln. Sie verlor das Gleichgewicht, fiel und schlug sich die Knie auf den Steinen auf. *Was geschieht nur mit mir? Was habe ich getan?* Tränen rannen über ihre Wangen, doch da war niemand, der sie hätte trösten können.

Der Wind trug den Duft sonnengewärmten Grases herbei und weckte ihre Erinnerung. Sie hatte das schon einmal getan – am Busen des Berges geweint, weil sie sich vor der Zeremonie gefürchtet hatte, die sie mit dem König vereinen würde. Doch nun lag Jehan verloren für sie in den Schatten des Heiligen Hains, und sie war hierhergekommen, um seinem Kind einen Namen zu geben.

Und ich habe immer noch Angst vor den Steinen …

Das Lied des Windes war zu einem tiefen Summen geworden, das im festen Gestein unter ihren Füßen zu vibrieren schien. Sie legte die Hände auf den verwitterten Felsboden. Auch hier sind Kräfte, dachte sie, die tragen, ohne zu richten oder zu fordern.

»Herrin des Berges«, flüsterte sie, »leih mir deine Kraft!«

Frieden hüllte sie ein wie eine Kugel aus geblasenem Glas. Faris hielt den Atem an und rührte sich nicht.

Wovor hast du Angst?

Faris suchte in ihrem Innern nach einer Antwort und erschauerte, als sie sich an das süße Gefühl der Macht erinnerte, das sich in ihr geregt hatte, als sie die Steine das letzte Mal angelegt hatte – und an das triumphierende Lächeln auf dem Gesicht dieser anderen Faris, die ihr aus dem Spiegel entgegengeblickt und sie verspottet hatte. Irgendwo in ihr war noch die Herrin der Dunkelheit.

Dann verstummte das Trillern der Vögel, das Summen der Bienen, ja sogar das Murmeln des Windes. Frieden, so greifbar und dauerhaft wie der Berg, schirmte sie von der Welt ab. Einen Augenblick wartete Faris an der Schwelle der Entscheidung, dann trat sie hinein in jene Klarheit, in der Wille und Notwendigkeit eins sind. Sie öffnete die Schatulle.

Macht pulsierte um sie, erschütterte die zerbrechliche Hülle ihrer Selbstbeherrschung, doch die Stille des Berges blieb in ihr. Sie stellte sich vor, daß sie sich als innere Barriere um sie erhob, die ihr selbst die verlockende Macht der Steine fernhalten konnte. Dann legte sie sie an, stand vorsichtig auf, als müsse sie das ganze Gewicht Westrias im Gleichgewicht halten, und schritt den Hang hinunter.

Männer und Frauen drehten sich um, als Faris auf sie zukam. Sie nahm ihren Platz im Kreis gegenüber dem Wacholdermeister ein und streckte die Hände aus.

Zu ihrer Linken wartete Lord Robert und zur Rechten Eric. Mit einer raschen Bewegung, bei der die Stickerei an den Ärmeln ihrer Wappenröcke in der Sonne aufglitzerte, nahmen sie ihre Hände. Rosemarie und Lady Alessia schlossen den Kreis, als sie des Wacholdermeisters Hände ergriffen.

Die Zuschauer der Zeremonie scharten sich ringsum. Faris sah flüchtig das rote Gewand des Seneschalls und Brians Sohn mit den Bernsteinaugen, der aufmerksam und in angemesssener Entfernung hinter seiner Mutter stand. Sie spürte ihre Erregung, wie man eine ferne Brandung spürt, aber ihr Schild schützte sie noch dagegen.

Der Wacholdermeister beendete sein Gebet: »... und deshalb, All-Schöpfer, eröffne uns Deinem Willen. Denn Du bist die Quelle aller Kraft und Sicherheit, und unsere Gelübde sind nur Offenbarungen Deiner Macht.« Bei den letzten Worten zitterte seine Stimme. »Im Namen der vier Elemente und des ABKOMMENS von Westria, laßt uns beginnen.« Die Kette der Hände öffnete sich. Lady Jessica trat in die Mitte des Kreises, vorbei an dem kleinen Tisch, vor dem der Meister stand, gefolgt von Farin, der das Baby unbeholfen auf den Armen trug. Das Kind streckte die Arme aus und schaute sich mit leuchtenden dunklen Augen interessiert um.

»Mylords, Myladies ...« Der Meister verbeugte sich ringsum. »Ihr seid für die Provinzen Westrias hierhergekommen als Paten dieses Kindes bei seiner ersten Namensgebung. Gelobt ihr, es zu beschützen, bis es ein Mann ist?«

Alle im Kreis bejahten, nur Faris blieb stumm und hielt ihren Geistschild aufrecht, bis sie an der Reihe war.

»Gelobt ihr, dieses Kind zu lieben, als wäre es euer eigen Fleisch und Blut?«

»Wir geloben es.«

»Werdet ihr dafür sorgen, daß diesem Kind die Geschichte des KATAKLYSMUS gelehrt wird und die Bedeutung des ABKOMMENS, nach dem wir leben?«

Fragen und Antworten teilten die erwartungsvolle Stille. Die Stimme des Meisters war hart vor Anspannung, die Antworten der Paten folgten aufeinander wie die Töne eines Fanfarenrufs.

»Und wenn dieses Kind sich als Jüngling einst bereit fühlt, den Namen eines Mannes zu tragen, werdet ihr dann dafür sorgen, daß er geweiht wird und auf das ABKOMMEN von Westria schwört?«

In der strahlenden Mittagssonne warfen sie keine Schatten. Licht schimmerte auf Rosemaries goldenen Zöpfen, glitzerte auf Alessias kupferfarbenen, festgesteckten Lokken, und ließ Bronze und Silber auf den gebeugten Köpfen Erics und Roberts aufblitzen.

Nun fragte der Meister mit lauter, tiefer Stimme: »Wie soll das Kind heißen?«

Faris spürte, wie das Licht ihre Worte schluckte. Welcher Name – welcher Name konnte aus dem »Baby« eine Person machen, die sie nicht ignorieren konnte? Sie hatte beabsichtigt, ihn ihres Leides wegen *Dolor* zu nennen ...

»Wer bist du?«

Das Kind wand sich in Farins Armen, und Faris war nicht sicher, ob sie die klare Flamme seines Geistes spürte oder nur ein Aufleuchten seiner Augen sah.

»Stern ...«, rief sie in Erwiderung dieses Leuchtens. »Er soll Stern heißen!«

Der Säugling beobachtete sie immer noch. Etwas an seinen leuchtenden Augen erinnerte sie an Jehan, aber die

Ähnlichkeit hörte bei seinen geraden Brauen auf. Er war er selbst ... Ihr Blick verschwamm, und sie sah in dem rosigen Babygesicht flüchtig die hohe Stirn und das kräftige Kinn eines Mannes.

»Mein Stern! Mein Sohn!« rief ihr Geist ihm zu.

Der Wacholdermeister wandte sich dem Kind zu und verbeugte sich.

»Ich verneige mich vor dir, Morgenstern Westrias, denn eines Tages wirst du die Steine der Macht tragen. Deshalb müssen wir mehr tun, als dir nur einen Namen geben – wir müssen dich mit den Steinen vertraut machen.«

Der Meister hob den Blick zu Faris. Sie spürte, wie seine Anspannung die Oberfläche ihres Schildes auflöste. Sie versuchte zu lächeln und aufs neue die Kraft des Berges zu Hilfe zu rufen.

Farin legte das Baby in Rosemaries geschickte Arme. Der Meister nahm eine irdene Schüssel voll Getreidepollen und zeichnete damit das westrianische Kreuz im Kreis auf Sterns Stirn.

»Im Namen der Erde segne ich dich, Sohn dieses Landes. Werde so fest wie sein Muttergestein, so fruchtbar wie seine Scholle, so aufrecht wie die Pflanzen, die der Sonne entgegenstreben!«

Faris spürte, wie die Erde vibrierte. Durch ihre Fußsohlen fühlte sie die Gesteinsschichten unter ihr, das Netz der Wurzeln, die die Erde durchzogen, das Leben, das in jedem Halm, in jedem Blatt war. Doch ihre Finger lösten bereits den Erdstein von ihrer Hüfte, und das Gefühl für die Erde schwand, als sie den Stein auf den Bauch des Kindes legte. Sterns Augen wandten sich ihr erstaunt zu, bis sie den Stein wieder wegnahm.

Der Meister trug den Erdstein zum Tisch und brachte einen Silberkelch mit Regenwasser, während Jessica Rosemarie das Kind abnahm und zu Eric trug. Faris ging ihr nach; ihr Magen begann zu wogen, als der Seestein erwachte, ohne daß der Erdstein da war, um das Gleichgewicht zu halten.

Ich bin deine Herrin – sei still! befahl sie rasch und zwang ihre Muskeln, sich zu entspannen.

»Im Namen des Wassers segne ich dich, Sohn der See. Werde mächtig wie die donnernden Wellen, verläßlich wie Ebbe und Flut, sanft wie Regen!« Das Wasser an des Meisters Finger bildete einen Halbmond auf Sterns Stirn und wusch einen Teil der Pollen ab.

Faris' Brüste pochten unter der Last der Milch, und in ihren Ohren war ein Brausen wie von der See. Sie entsann sich, wie sie das Meer gewesen war und dieses Kind zur Geburt getragen hatte. Tränen füllten ihre Augen. Doch sie nahm bereits den Gürtel mit dem Seestein ab und berührte das Kind damit.

Nun trug Farin das Baby durch den Kreis zu Robert. Doch Faris mußte erst nach Atem ringen, während der Wind mit ihrem Haar spielte. Ihre Ohren öffneten sich dem Wispern des Windes um den Berg, dem Schrei eines Habichts Meilen entfernt, dem würzigen Duft des Räucherwerks, mit dem der Meister das Kind segnete.

Sie biß sich auf die Lippen und kämpfte mit der Macht des Steines. Ihr Schild wurde schwächer. Sie spürte die Kraft in dem Stein an ihrer Brust und wehrte sich gegen die Versuchung, sie frei zu lassen.

»Im Namen der Luft segne ich dich, Sohn des Himmels. Werde frei wie der Wind, harmonisch wie die Musik und so weise, daß du für alles einen Namen findest – auch für dich, wenn die Zeit gekommen ist!«

Der Windkristall hob sich von Faris' Busen, als trügen ihn seine eigenen Silberschwingen. Als sie ihn auf Sterns Brust legte, verschwammen der Kristall und die Augen des Kindes zu einem gemeinsamen Leuchten. Durch das Murmeln von Stimmen gellte Sterns Schrei.

Faris spürte seine Verwirrung und fühlte das Durcheinander von Bildern, für die das Kind keine Worte hatte. Sie hüllte ihn in ihre Liebe ein und beruhigte ihn, bis er verstummte. Dann trug Jessica ihn zu Alessia.

Als Faris ihr folgte, senkte sich ein Sonnenstrahl hinunter und entzündete den Stein auf ihrer Stirn. Wie durch ein Flammenmeer ging sie auf Alessia zu und wehrte sich gegen die Ehrfurcht der Zuschauer und gegen die Kraft, die durch jeden Nerv pulste, bis sie glaubte, sie selbst würde in Flammen aufgehen. Ihr Körper war eine Hülle aus geblasenem Glas, ein viel zu zerbrechliches Gefäß für ein solches Feuer.

»Im Namen des Feuers segne ich dich, Sohn des Lichtes. Werde gefährlich wie der Blitz, freundlich wie eine Kerzenflamme, ein Bruder all derer, die das Feuer des Lebens wärmt.«

Faris' Finger schlossen sich um ihren Stirnreif. Sie streckte ihn aus, um damit Sterns Stirn zu berühren. Doch plötzlich schien die Luft zwischen ihnen mit Flammen gefüllt zu sein.

»Sein Gewand brennt, löscht das Feuer!« Der Schrei einer Frau echote aus der Vergangenheit in die Gegenwart. *Ich darf ihn nicht verbrennen lassen!* Wieder wand Faris sich in Schmerzen, als sich das Feuer wie damals an ihrem Arm hochfraß. Trotzdem griff sie nach Stern und wußte nicht einmal, ob es ihr Kind war oder das der Haushälterin, das sie vor langer Zeit gerettet hatte. Dann berührte ihre Hand seine kühle Stirn. Sie ließ den Stein des Feuers los.

Dunkelheit ...

Durch Faris' Geist wirbelten immer noch Bilder von Schmerz und Glanz: Des Wacholdermeisters Leid, Sterns Freude, die schreckliche Schönheit des Steins des Feuers. Sie wußte, daß die Arme ihres Bruders sie stützten, aber sie konnte nichts sehen. Als das Hämmern ihres Herzens nachließ, erkannte sie, daß nicht wirklich Feuer gebrannt hatte, und daß es ihr eigener Sohn gewesen war, den sie mit dem Stein berührt hatte.

Mein Sohn! Die Wildheit, mit der sie ihn verteidigt und gerettet hatte, erstaunte sie selbst. *Ich liebe ihn,* dachte sie verwundert. *Meinen eigenen süßen Stern!*

»So sehet denn, ihr Bürger Westrias, den zukünftigen Herrn der Steine!«

Die Stimme des Meisters ging in dem Jubel unter, der über Faris hinwegspülte und in ihre entblößte Seele drang.

Das Baby begann zu weinen, und sie hörte, wie der Meister es zu beruhigen versuchte. »Mein Sohn – laßt mich zu ihm!« wimmerte sie und bemühte sich, sich aus Farins Armen zu lösen. Doch niemand hörte sie.

Was ist los mit ihr? Was kann ich tun? Farins aufkommende Panik übertrug sich wie einen Peitschenschlag auf Faris. Sie schrie auf.

»Ich kümmere mich um sie.«

Faris spürte die halbherzige Erleichterung ihres Bruders. Starke Arme hoben sie hoch. Die Stimmen schwanden, und die Flut von Gefühlen, die auf sie eingehämmert hatten, wurde schwächer, als lösche ein anderer Wille sie aus.

»Beruhigt Euch ...« Faris wurde bewußt, daß sie diese trockene Stimme bereits eine Weile hörte, aber nur mit ihren Ohren. »Um Euch steht jetzt eine Mauer. Ihr könnt weder hören noch fühlen. Bei mir seid Ihr sicher ... Ich werde nicht zulassen, daß die Steine Euch noch einmal Qualen zufügen ...«

Faris schauderte. Sie wußte, daß nicht viel gefehlt hatte, und die Steine hätten sie überwältigt. Sie spürte die feste Erde unter sich und atmete in demselben Rhythmus, in dem kühle, unpersönliche Finger ihr übers Haar strichen. Dankbar sank sie in stille Dunkelheit.

Nach geraumer Weile hob Faris die Lider. Sie lag im Schatten eines Lorbeerbaums. Caolin saß neben ihr, den Rücken an den Stamm gelehnt und einen Arm auf dem angewinkelten Knie, als ruhe er schon ewig lange hier. Als die Lorbeerblätter sich bewegten, fiel Sonnenschein auf seine wie aus Holz geschnitzten Züge, die ihr in letzter Zeit so vertraut geworden waren, dann verliehen Schatten ihnen aufs neue etwas Geheimnisvolles. Welches war sein wahres Gesicht? Sie seufzte, als ihr Körper sich wieder bemerkbar machte.

»Wie fühlt Ihr Euch?«

Sie bemühte sich, sich aufzusetzen. »Mein Kopf schmerzt – aber nur dumpf.« So wie seinerzeit die Salben die furchtbaren Schmerzen ihres verbrannten Armes gedämpft hatten. Diesmal war der Schutzschild ihres Geistes verbrannt. Schwach spürte sie das Leben des Baumes, doch nichts von Caolin. Hatte er auch dafür gesorgt, daß der Geist der anderen sie nicht zu berühren vermochte?

»Caolin – danke, daß Ihr mich geschützt habt«, sagte sie leise. »Und danke auch, daß Ihr mir jetzt Eure Gefühle erspart habt. Euer Schild ist offenbar besser, als es der des Wacholdermeisters jemals war.«

Seine Lider zuckten, als berührte ihn das, aber er lächelte sie weiterhin an. »Ich tat, was in meiner Macht stand, um Euch zu helfen«, entgegnete er ruhig. »Fühlt Ihr Euch jetzt gut genug, um zurückzukehren?« Faris blickte auf die Wiese hinunter, wo alles für das Fest vorbereitet wurde. Blauer Rauch kräuselte sich bis in die Gipfel der Bäume.

»So viele Gedanken und Gefühle!« Sie erschauerte und schüttelte den Kopf, doch ihre Brüste waren prall von Milch, und ihre Arme sehnten sich plötzlich nach dem Gewicht ihres Kindes. »Wo ist Stern?«

»Beim Wacholdermeister, vermutlich«, antwortete Caolin. »Macht Euch keine Sorgen, sie haben das Kind wahrscheinlich gefüttert. Es wundert mich, daß der Meister sich nicht Brüste hat wachsen lassen, um den Kleinen selbst zu stillen!«

Er ist mein Sohn! Ärger wallte in ihr auf, und nicht nur aus dem Grund, weil sie sich der Schmerzen bewußt war, die sie erwarteten, wenn das Baby satt war und den Druck in ihren Brüsten nicht linderte. »Ich muß gehen. Bleibt Ihr bei mir und helft mir, mich abzuschirmen?«

»Wenn wir getrennt werden, liegt es gewiß nicht an mir«, versicherte er ihr. »Aber es gibt so manche, denen es nicht gefällt, wenn es den Anschein hat, daß wir uns zu nahe stehen.«

»Nein!« Faris klammerte sich an seinen Ärmel, weil sie befürchtete, der versprochene Schutz würde ihr entrissen. Caolin rührte sich nicht. Doch die windbewegten Zweige ließen strahlenden Sonnenschein hindurch, der sie so sehr blendete, daß sie sein Gesicht nicht sehen konnte. »Nein!« rief sie in ihrem Bedürfnis nach Abschirmung. »Ich werde Euch nicht von meiner Seite lassen!«

»Rosemarie, laßt mich los!« Eric stieß ihren stützenden Arm zur Seite. Er ging vorsichtig auf die Pferdesänfte zu, die man auf Baumstämmen abgestellt hatte, damit er sich ausruhen konnte, und setzte sich. Nur die Blässe um seinen Mund und der pochende Pulsschlag an seinem Hals verrieten Farin, wie sehr diese Schritte ihn angestrengt hatten.

»Ihr seid müde – wir sind alle müde. Ich wollte Euch nur helfen ...«, sagte Rosemarie ruhig. Sie war stehengeblieben, wo er sich von ihr losgerissen hatte.

»Indem Ihr mich beschützt wie eine Glucke ihr einziges Küken?« schnaubte Eric.

Die Vorstellung, Eric flattere mit daunigen Flügeln durch die Luft, reizte Farin so sehr zum Lachen, daß er sich wegdrehen mußte, damit die beiden es nicht sahen. Aber Rosemarie und Eric achteten überhaupt nicht auf ihn.

»Eine solche Hilfe macht mich wieder zum Wickelkind! Kehrt zu dem Baby zurück, wenn es das ist, was Ihr wollt! Ich bin nicht Euer Kind!«

»Der Göttin sei Dank!« rief sie. »Ich wünsche Eurer Mutter viel Spaß mit Euch, wenn Ihr nach Bongarde heimkehrt! Und ich hoffe, das tut Ihr bald, ehe ich es bedauere, daß ich Euch ins Leben zurückhalf.« Am ganzen Körper zitternd drehte sie sich um. Dann blieb sie kurz stehen, um sich zu fassen, und eilte schließlich davon.

Farin nahm die Hände herunter, die er auf seine Ohren gepreßt hatte, um die gebrüllten Worte zu dämpfen. Eric starrte Rosemarie nach. Sein Gesicht war fast so tief gerötet wie das ihre. Ein Stück weiter unten am Hang fing eine Flöte fast spöttisch zu trillern an.

»Sag jetzt nicht, daß ich undankbar bin!« Eric funkelte Farin an wie er die Elayaner auf dem Schlachtfeld angefunkelt haben mochte. »Ich werde wahnsinnig, wenn ich weiter so verhätschelt werde!«

»Aber mußtest du gleich so schroff sein?« fragte Farin friedfertig und lehnte sich an einen Erdbeerbaum. »Rosemarie war bereits erschöpft, die Zeremonie war sehr anstrengend für sie. Du bist vielleicht auf dem Wege der Genesung, aber wer wird *sie* pflegen, wenn sie krank wird?«

Eric legte sich nun in die Sänfte und verzog schmerzhaft das Gesicht. Er stützte den Arm auf ein Kissen. »Rosemarie pflegen?« wiederholte er verständnislos.

Farin schüttelte verärgert den Kopf. *Sie liebt dich, und wenn dein Gehirn nicht aus Granit wäre, hättest du das längst bemerkt ...*

Eine Schar Jungen sauste an ihnen vorbei, gefolgt von einem aufgeregt bellenden Hund. »Dachs, komm sofort zurück!« rief eine Frauenstimme.

Farin fragte sich, ob Dachs einer der Jungen oder der Hund war. Er drehte sich um und sah, daß es Lady Alessia von Las Costas war, die gerufen hatte.

»Mylady!« Er stand auf und verbeugte sich.

Sie blieb stehen, erkannte sie und schritt nach kurzem Zögern auf Eric zu.

»Sir Farin, Mylord Eric ... Machen Eure Verwundungen Euch noch sehr zu schaffen?«

»Ich bin nur ein bißchen müde ...«

»Versucht nicht aufzustehen, mein Junge. Mir braucht Ihr nichts vorzumachen. Ich habe Brian oft genug gepflegt, um zu wissen, wann ein Mann Schmerzen hat.« Sie hielt sich aufrecht wie ein junges Mädchen, doch die Kummerfältchen um ihre Augen waren ebensowenig zu übersehen wie die bitteren Falten um ihre Mundwinkel. Einen Moment sah sie Eric fest in die Augen, bis er seine abwandte und sich wieder auf den Rücken fallen ließ.

»Man berichtete mir, daß Ihr an der Seite meines Gemahls verwundet wurdet«, sagte Alessia.

Nun blickte auch er ihr tief in die Augen. »Mylady, zweifachen Kummer brachte ich aus dem Feld zurück: Daß Lord Brian fiel, und daß wir nur so kurze Zeit Freunde waren. Ich glaube, ich zürnte ihm davor, weil er war, was ich sein wollte ...«

»Ich glaube Euch«, sagte Alessia leise. Ein Muskel zuckte an ihrer Wange. »Ich bin froh, daß er einen so guten Kameraden hatte.« Sie schaute sich um. »Dachs, komm her!«

Ein Junge löste sich aus dem Gewirr, blickte seine Mutter an und kam zunächst langsam auf sie zu, beschleunigte jedoch den Schritt, als er sah, wer noch wartete. Er hatte das rotbraune Haar seiner Mutter und die herausfordernden Augen Brians.

»Mein Sohn – gib Lord Eric die Hand!«

Als Dachs die Hand ausstreckte, zog Eric Brians Ring vom Finger, drückte ihn in die Hand des Jungen und schloß seine Finger um ihn. Dachs starrte ihn erstaunt an, doch Alessia wurde so weiß, daß Farin rasch stützend den Arm um sie legte.

»Dachs, hör mir gut zu«, sagte Eric ernst. »Als deine Großmutter starb, trat dein Vater vor König Jehan und schwor ihm den Treueid, und der König gab ihm seinen Ring. Jetzt ist der König tot – wie dein Vater – doch wenn dieses Kind, das heute seinen Namen bekommen hat, erwachsen ist, wird es *dein* König sein. Nun, dein Vater wußte, daß sehr viele Jahre vergehen würden, ehe dir Stern einen eigenen Ring an den Finger stecken kann. Darum bat Lord Brian mich, dir diesen zu bringen. Schwörst du, Stern zu dienen, wie dein Vater Jehan gedient hat?«

»Ich schwöre es«, sagte Dachs fest.

Eric schluckte und fügte hinzu: »Dein Vater war seinen Leuten ein guter Herr, und er war der beste Kämpfer von Westria. Vergiß ihn nicht. Wenn du alt genug bist, ein Schwert zu führen, dann komm zu mir, wenn du möchtest, und ich werde dich im Fechten unterrichten ... Falls es deiner Mutter recht ist«, fügte er rasch etwas unsicher hinzu. Dachs nickte mit glänzenden Augen.

»Ihr erweist uns eine große Ehre – ich kenne niemanden, der würdiger wäre, Brians Sohn zu unterrichten.« Alessias Augen glänzten feucht, doch ihre Stimme war jetzt fest.

»Mama, der Ring ist mir zu groß«, sagte der Junge. »Bewahr du ihn auf, Mama – ich würde ihn verlieren, wenn ich ihn an einen Finger stecke.«

Alessia biß sich auf die Lippen und streckte die Hand aus. »Wir besorgen dir ein Goldkettchen, Liebling, dann kannst du ihn um den Hals tragen, bis du erwachsen bist.«

Ein Ball flog an ihnen vorbei. Dachs' Augen folgten ihm, er stand jedoch still. »Geh und spiel wieder«, forderte ihn Alessia auf. »Ich bleibe noch eine Weile und unterhalte mich mit Lord Eric.«

Doch mehrere Minuten sprach niemand. Unwillkürlich blähten sich Farins Nasenflügel, als der Wind köstlichen

Bratenduft mit sich brachte. Er fragte sich, ob er sich zurückziehen konnte, um etwas zu essen zu bekommen.

»Ich hoffe, Ihr habt nichts dagegen ...«, sagte Eric schließlich. »Lord Brian ersuchte mich, den Ring an mich zu nehmen ...«

»Dagegen?« wiederholte Alessia fragend. »Ich habe an den Ring gedacht, nahm aber an, daß mein Gatte ihn noch trug, als sein Leichnam verbrannte ...« Sie unterbrach sich und setzte sich auf den Rand der Bahre, als wäre sie plötzlich nicht mehr imstande, sich aufrecht zu halten. Der Wind raschelte leise in den Blättern des Erdbeerbaums.

»Sie erzählten mir nur, daß Ihr sie gefunden habt, Sir Farin ...« Ihr Blick kehrte zu ihm zurück. »Doch niemand wußte, wie es passierte. Erzählt mir bitte, wie mein Gatte starb.«

Eric richtete den Blick auf den Boden, und seine narbigen Hände öffneten und schlossen sich um die Decke, während er berichtete. Farin sah das Schlachtfeld jetzt vor sich, doch die Kämpfenden wirkten irgendwie entrückt und das Glühen des Sonnenuntergangs veredelte ihre gequälten, verzerrten Züge. Selbst Brian, der sich einen Weg durch die Reihen der Feinde kämpfte, stand durch seinen bevorstehenden Tod im Schatten tragischer Schönheit. *Kein Epos, sondern ein Klagelied ...*, dachte Farin.

Stolz stand Lord Brian im Morgennebel, doch jetzt in der Dunkelheit ... Er schloß die Augen und versuchte, die für die ansteigende, beunruhigende Melodie passende Textzeile zu finden, die sich ihm immer wieder entzog.

»Und dann sah ich ihn fallen ...«, endete Eric und preßte die Stirn auf seine ineinander verschränkten Arme, während die Tauben im Erdbeerbaum den Untergang der Sonne beklagten.

»Warum kann ich nicht glauben, daß es ein Zufall war?« sagte Alessia. »Natürlich weiß ich, daß selbst die mächtigsten Bäume gefällt werden können. Aber der Seneschall wollte den Tod meines Gemahls schon einmal zuvor herbeiführen ...«

»Wa-as?« sagten Eric und Farin gleichzeitig. Eric setzte sich wieder auf.

Einen Moment runzelte Alessia die Stirn, dann blickte sie beide entschlossen an. Die untergehende Sonne schien ihr rötliches Haar in Flammen zu setzen. »Mein Gemahl schwor dem König Schweigen, doch nun sind sie beide tot ... Ich glaube nicht, daß sein Eid mich noch bindet. Im vergangenen Herbst fälschte Caolin einen Brief, um König Jehan glauben zu lassen, Brian wäre ein Verräter. Dann wollte er ihn verhaften, und Brian wäre auch dabei getötet worden, hätte nicht der König selbst eingegriffen!«

Der Wind blies jetzt stärker, trotz des strahlenden Spätnachmittags wurde es kühl. Farin preßte die Hände auf die Augen, um die Tränen und die Flut von Erinnerungen zurückzuhalten, die er fest im Griff geglaubt hatte. *»Das* war es, was er uns nicht sagen wollte! Deshalb eilte er hinaus in den Regen!«

»Farin, was ist passiert?«

Doch jetzt in der Dunkelheit ... Die gesprochene Frage unterbrach seine innere Klage. Er blickte hoch und sah durch einen Tränenschleier Jessica und hinter ihr Robert. Ihr Blick schweifte besorgt von Farin zu Eric und Alessia.

»Wußtet Ihr, daß Euer Bruder sich das Fieber holte, das schließlich zu seinem Tod führte, als er ins Freie ging, um meinen Gatten vor Caolins Heimtücke zu schützen?« fragte Alessia angespannt.

»Lord Robert, konntet Ihr je in Erfahrung bringen, wer den Plan verraten hat, mit dem Caolins Stellvertreter zu Euch kam? Wußtet Ihr, daß Caolin Brian den Tod geschworen hatte? Brian selbst hat es mir erzählt«, Erics Stimme krächzte, weil er sich so sehr anstrengte, leise zu sprechen.

Farins Herz begann zu pochen wie eine ferne Kriegstrommel.

»Brian und der Seneschall standen immer auf Kriegsfuß.« Lord Roberts Sorgenfalten um die Augen vertieften sich. »Der All-Schöpfer weiß, was ich dafür geben würde, wenn ich wüßte, was schiefgelaufen ist ... Aber welchen Beweis habt Ihr, daß Caolin ... Ich kann nicht glauben ...«

»Was könnt Ihr nicht glauben, Lord Robert?« fragte Caolin.

Ein Verräter ist schuld an seinem Tod! Farin schnürte

die Kehle zusammen, und Erics Kinnladen, der einen kurzen Moment vor Erstaunen heruntergeklappt war, schloß sich deutlich hörbar. Caolin musterte sie alle mit einem spöttischen Zug um die Lippen, der vielleicht ein Lächeln sein sollte: Die kalten grauen Augen berührte es jedenfalls nicht. Der Wind peitschte sein Gewand um ihn wie die gierig leckenden Zünglein einer Flamme.

Eine Weile war kein Laut außer den im Wind raschelnden Blättern zu hören, so als flüsterten selbst die Bäume von Verrat. Alle starrten Caolin an. Farin fragte sich, ob er wohl auch so schuldbewußt wie Eric oder so herausfordernd wie Lady Alessia aussah, doch dann dachte er: *Aber nicht wir sind die Schuldigen!*

Lord Robert war der erste, der sich rührte. Er strahlte die Würde der Felsmark aus, als hätte er ihren Schutz aus dreihundert Meilen Entfernung noch um sich gehüllt. Lady Jessica klammerte sich an seinen Arm. »Ich glaube nichts, ehe der Beweis nicht vor mir liegt«, antwortete er milde. »Ich empfehle Euch, es ebenso zu machen, Lord Seneschall!«

Die Drohung, die in der Luft gelegen hatte, schwand teilweise, und Farin wagte wieder zu atmen. Er spürte jedoch noch sehr intensiv die ungeheure Spannung in Alessia, und es schien ihm fast, als sprühten Funken aus ihrem gelockten Haar.

»Ich bin nicht so zurückhaltend«, zischte sie. »Ihr mögt Euch in Sicherheit wiegen, weil Brian tot ist, doch sein Geist klagt Euch an!«

Caolin schüttelte nachsichtig den Kopf. »Ich verstehe Eure Trauer, Mylady, doch es waren Prinz Palomons Armbrustschützen, die Euren Gemahl töteten, nicht ich!«

»Aber Euer Diener sagte ihnen ...«

Farin drückte die Hand auf Erics Lippen und stellte sich vor seine Bahre, als könne er den Freund mit seinem schlanken Körper verbergen.

»Ist das etwa eine Verschwörung?« Untertöne von Schärfe schwangen in Caolins leisem Lachen mit.

Farin blickte betont an ihm vorbei und sah, daß Faris mit dem Baby auf dem Arm auf sie zukam, gefolgt vom Wacholdermeister und von Rosemarie. Die Zeit schien stillzustehen, und ihm blieb eine Ewigkeit zu beobachten, wie Faris' Gesichtsausdruck sich veränderte, wie sie die unvermeidbare Frage stellte, wie seine eigene Angst hochstieg.

»Ich glaube, Ihnen gefällt Jehans Wahl seines Seneschalls nicht«, erwiderte Caolin.

Farin zuckte zusammen, als Faris' Entsetzen auf ihn einschlug. Er spürte das verzweifelte Flehen, mit dem sie sich an Caolin wandte, und sah den Triumph in des Seneschalls blassen Augen, als er ihr beruhigend zulächelte.

»Ich will, daß er seine gerechte Strafe erhält!« rief Alessia. »Er soll für den Tod meines Gemahls bezahlen!«

Faris fuhr sie an: »Und wer bezahlt für den Tod meines Gemahls? Brian ließ sich nicht aufhalten – er stürmte in Jehans Krankengemach, und nach ihrem Streit erholte sich Jehan nicht mehr! Lord Brian verdiente den Tod!«

»Faris! Mylord!« riefen Farin und der Wacholdermeister gleichermaßen erschrocken. Doch Faris schien sie nicht zu hören. Alle redeten gleichzeitig.

Erics Stimme erhob sich über die der andern. »Aber Faris! Verdiente etwa auch die Hälfte unserer Heerscharen den Tod? Würde Jehan ...«

Nun fuhr sie ihn an. »Bildet Ihr Euch etwa ein, Eure Narben gäben Euch das Recht, an Jehans Letztem Willen zu rütteln?« Stern hatte zu wimmern angefangen, woraufhin Faris ihn nur noch fester an sich drückte.

»Ihr wollt mich alle verwirren!« Der Blick der Königin wanderte von Eric zu Alessia und den andern, während sie nach Atem rang. »Versucht ihr etwa die Unabhängigkeit der Provinzen zu erzwingen, nun, da Jehan nicht mehr lebt? Mögen die Steine mich vernichten, wenn ich etwas an der Reichseinteilung ändere! Caolin ist Seneschall, und das Erbe meines Sohnes ist ein einiges Reich. Ich werde mich dafür einsetzen, daß sich daran nichts ändert, und wenn ich dafür jeden Lord Befehlshaber in Westria austauschen muß!«

Das Baby schrie gellend seinen Protest über die auf ihn einschlagenden Gefühlswallungen hinaus. Das Rauschen des Windes in den Bäumen klang wie ein Echo des Geraunes aus der Menge, die der laute Streit angezogen hatte.

»Faris! Seid still!« mahnte der Wacholdermeister über den Lärm hinweg. »Anschuldigungen sollten im Rat erhoben werden, nicht bei einem Streit in aller Öffentlichkeit. Ihr dürft die Befehlshaber der Provinzen nicht auf diese Weise beleidigen!«

Faris starrte ihn an und tätschelte unbeholfen das Baby, dessen Gesicht rot vor Zorn war.

»Mylady – denkt an Stern«, sagte der Meister jetzt sanfter. »Euer Ärger beunruhigt ihn.« Er streckte die Arme aus, um das Kind zu nehmen.

»Nein!« Faris trat zurück, bis sie gegen Caolin prallte, dessen rotes Gewand nun im Wind um sie flatterte wie der Strahlenkranz einer Kerze. »Vielleicht kann ich im Augenblick wirklich nichts gegen die Provinzen unternehmen, gegen Euch aber sehr wohl, alter Mann! Sie wollen nur mein Reich, Ihr jedoch möchtet mir meinen Sohn stehlen! Jehan hat Euch bei seinen Anweisungen nicht erwähnt, und ich finde, Ihr seid bereits viel zu lange hier!«

Farin versuchte vergebens, in dieser Wahnsinnigen seine Schwester wiederzuerkennen. Des Meisters Gesicht wirkte wie ein Totenschädel, in dem nur noch die Augen lebten.

»Faris ...«, aber sein Wispern trug der Wind mit sich.

»Ich bin Eure Königin«, schrie sie, »und ich befehle Euch zu gehen!«

Das Licht in seinen Augen erlosch. »Nun gut, ich kann Euch in Eurer Selbstzerstörung nicht aufhalten. Doch denkt an Eure Worte, wenn Ihr verzweifelt und nach mir ruft – denn dann werde ich nicht hier sein!« Er sprach, als hätte der Wind seine Worte geformt.

»Ich werde meine eigenen Fehler machen, und ich schwöre, eher werde ich meinen Namen verleugnen, als Euer Gesicht wiederzusehen!«

Der Meister wandte sich ab.

»So wird der große Adept, der Stolz der Schule der Weisen, endlich gedemütigt!« Triumph funkelte durch Caolins Selbstbeherrschung.

Der Ältere blieb einen Moment stehen und blickte den Seneschall an. Farin strengte sich an, seine Erwiderung zu hören.

»Ihr seid jetzt allein, Caolin – um Euer selbst willen seid vorsichtig, und denkt daran, daß Jehan Euch liebte!«

Stumm senkte Caolin die Augen zu Boden, und der Meister setzte seinen Weg fort. Rosemarie rannte hinter ihm her, als das Graubraun seiner Kutte mit den Schatten der Bäume verschmolzen war.

Caolin legte den Arm um die Königin und streichelte ihr Haar. Nach einer kurzen Weile beruhigte sie sich, und er führte sie fort.

Farin spürte, wie ihn seine Kraft verließ, und er stützte sich rasch gegen den Erdbeerbaum. Das Licht schwand, doch noch brannten rote Streifen am Horizont.

»Robert, dieser Mann ist gefährlich«, sagte Jessica fest. »Ich weiß, daß Jehan ihm traute, aber jetzt ist er eine Gefahr!«

Lord Robert seufzte und blickte Caolin und der Königin nach. »Schon möglich, aber was kann ich ohne Beweise tun?«

»Und wenn Ihr Beweise hättet?« fragte Alessia.

»Was wollt Ihr damit sagen?« entgegnete Robert. Jessica nahm seinen Arm, und als Alessia zu reden begann, entfernten sich die drei.

Erics Zittern erschütterte den Rahmen der Bahre. »Ist Faris vom Wahnsinn besessen? Wie konnte sie das tun? Wie kann sie nur so sein?«

Farin schüttelte den Kopf. »Ich weiß es nicht. Ich kenne sie nicht mehr wieder ...« Er setzte sich auf den Rand der Sänfte.

»Ich bin froh, daß du nach Hause zurückkehrst. Jessica hat recht. Mich sollte die Tatsache schützen, daß ich der Bruder der Königin bin ...« Nachdenklich hielt er inne und fragte sich, ob die Frau, die den Wacholdermeister verbannt hatte, überhaupt noch seine Schwester war, überhaupt noch etwas für ihn empfand. Wie kalt der Wind doch geworden war!

»Du, Robert und Alessia dürftet in euren eigenen Provinzen sicher sein«, fuhr er fort. »Ich bin nur froh, daß Caolin Rosemarie nicht bei uns gesehen hat.«

»Rosemarie?« Erics Hand umklammerte Farins Arm.

»Caolin weiß, daß *wir* seine Feinde sind«, erklärte Farin geduldig. »Wenn er Brians Ende inmitten seiner Truppen herbeizuführen vermochte, was kann er dann erst Rosemarie antun, die allein in Laurelynn ist? Wir werden nach Beweisen für Robert suchen und dir in Bongarde Bescheid geben, wenn wir Erfolg haben.«

Erics Augen glitzerten im Halbdunkel. »Ich kehre mit euch nach Laurelynn zurück!« erklärte er schroff und blickte über die Wiese. Farin sah Rosemarie langsam auf sie zukommen und unterdrückte seine Entgegnung. Vielleicht kam wenigstens etwas Erfreuliches aus den Schrecken dieses Tages!

Als er aufstand, schlüpfte ein letzter Sonnenstrahl unter dem Wolkenrand durch und ließ die Steine von Westria, die noch auf dem Altar lagen, in seinem Licht erstrahlen.

Caolin blickte hinab auf die Vier Steine von Westria, die auf dem Tisch verteilt lagen und im Kerzenschein funkelten. Er hatte nicht gedacht, daß sie so schön wären. Zwei Tage lang hatte er sie in seinem Sattelbeutel versteckt gehalten und gegen sein Verlangen gekämpft, sie anzusehen, und gegen seine Furcht, daß die Königin die Schatulle, die sie vom Berg der Herrin zurückgebracht hatte, öffnen und die einfachen Steine finden würde, gegen die er die echten ausgetauscht hatte.

Er stand in seinem Gemach auf dem Rotberg, und die Steine fingen alles Licht in dem Raum ein und strahlten es zurück. Die Stille schien das lastende Gewicht der Dunkelheit draußen noch zu erhöhen.

»*Ich* habe die Steine!« Die Kerzenflammen beugten sich unter seinem leisen Zischen. Licht regte sich in den Tiefen des Erdsteins, als Caolin den Stein zwischen seinen langen Fingern drehte, und erinnerte ihn an frische Blätter, auf die die Sonne fällt. Mit vollem Bewußtsein legte er die Hand flach auf die Oberfläche des Steins.

Er spürte eine seltsame Schwere und ein Prickeln, nach dessen Ursache er vergebens suchte, bis er erkannte, daß sein Körper damit gar nichts zu tun hatte. Er legte den

Stein auf den Tisch zurück, wagte dabei kaum zu atmen.

In der Schule der Weisen hatten die anderen Schüler Botschaften füreinander in die Steine am Weg gelegt und aus verbogenen Metallstücken alter Zeit seltsame Geschichten gelesen; für Caolin jedoch waren es nur einfache Metallstücke und Steine gewesen. Bei den Zeremonien hatte man ihn immer mit denjenigen Gegenständen hantieren lassen, die zu sehr mit Macht geladen waren, als daß irgendein anderer sie hätte berühren können; so würde man einem Mann, der durch irgendeinen Nervenschaden keinen Schmerz empfinden konnte, auftragen, den heißen Kessel vom Feuer zu nehmen!

Rasch griff er nach dem Seestein und spürte ein Kribbeln im Magen. Zum zweiten Mal kitzelte Macht die Oberfläche seiner Seele. Behutsam legte er den Seestein wieder auf den Tisch und trat einen Schritt zurück. Begehrlich blickte er auf die Steine.

»Ich kann sie *fühlen*!« Seine Stimme überschlug sich, denn er fragte sich unwillkürlich, was geschähe, wenn er sie anlegte. Die Härchen stellten sich ihm am Nacken auf, und ein Schauder rann ihm über den Rücken. *Nein! Du bist nicht ihr Meister!* Er erinnerte sich an Jehans heimliche Angst, wann immer er sie angelegt hatte. *Sie sind zu gefährlich … bewahre sie gut auf … behalte sie hier …*

Caolin zog die Vorhänge zurück und schaute hinaus. Doch der Wind hatte einen Mantel von Wolken vor die Sterne getrieben. Er konnte ihn über den Berg seufzen hören, wie ein Sterblicher über einen Verlust seufzen mag. Wo war der Wacholdermeister jetzt?

So lange hatte er ihn gefürchtet, und wie leicht war er ihn schließlich losgeworden! Caolin schloß die Vorhänge wieder, und die Steine zogen aufs neue seinen Blick an.

»Nun, alter Mann, was hast du von mir erwartet? Du hast die Steine, die Königin und das Reich mir überlassen! Ich werde gut über die Steine wachen – und die Königin? Ich glaube, sie ist bereit, zu mir zu kommen …«

Er erinnerte sich, wie Faris sich an ihn geklammert hatte, und er versuchte sich vorzustellen, wie es wäre, sie in die Arme zu nehmen. Doch sein Gedächtnis beschwor nur

Erinnerungen an Jehan herauf, wie er sie geküßt hatte. Bild verfloß zu neuem Bild, bis er bloß noch sah, wie Jehan langsam den Kopf drehte und der Schatten der alten Leidenschaft sein Auge verdunkelte.

Ich wollte Jehan! beantwortete er die Frage, die Palomon ihm zuletzt gestellt hatte. *Aber er hat uns verlassen, und die Welt ist ein leeres Haus, das ich irgendwie ausstatten muß.* Von Jehan war nur sein Reich geblieben, seine Königin und seine Macht. Konnte er Jehan irgendwie erreichen, wenn er all das übernahm?

»Aber sie werden versuchen, mich aufzuhalten – dieses Weibsbild Alessia und Robert und die andern ... Ich muß Faris heiraten, damit sie mich nicht wegschicken können!«

Und die Steine?

Ihre Schönheit lockte ihn, doch er schüttelte den Kopf. Und trotzdem – vielleicht gab es ja eine Möglichkeit, daß er sich jetzt ihrer Macht bedienen konnte ... Sein Blick wanderte zu der Tür seines Tempels, den er seit fast sechs Monaten nicht mehr betreten hatte.

Abgestandene Luft schlug ihm entgegen. Immer noch hing der Geruch des Räucherwerks, das Caolin für sein Ritual benötigt hatte, im Tempel. Er weckte Alpträume in ihm, und sein Schirm war machtlos gegen die Bilder, die von innen kamen. Er wartete und bemühte sich, nicht zu atmen, bis die Kerze in seiner Hand wieder gleichmäßig brannte. Dann legte er die Steine in ein Tuch und trug sie in sein Heiligtum. Jeden Stein legte er auf den Altar seines Elementes, und er hielt nicht inne, bis sein Fuß versehentlich an den Keilerschädel stieß, der noch gegen den Altar der Herrin des Feuers lehnte.

Nein ... er schüttelte abwehrend den Kopf, verdrängte seine Erinnerungen und legte den Stein des Feuers ab. Aber die Glasaugen des Ebers fingen das Feuer der Kerzenflamme und folgten ihm. *Du hast Jehan getötet ...*

»Nein!« schrie Caolin da, packte den ausgestopften Schädel, stolperte durch das andere Gemach und riß die Tür ins Freie auf. Mit aller Kraft warf er den Keilerkopf in die Dunkelheit, damit er den Berg hinabrolle und irgendwo an den unteren Hängen verschwände.

Am ganzen Körper bebend ließ er sich in einen Sessel fallen, die Tür fiel hinter ihm zu. In seinem Kopf hallte die Anklage in Brians Stimme – und in seiner eigenen.

Nach einer Weile zwang Caolin sich, aufzustehen. Der Luftzug beim Öffnen der Außentür hatte die Kerzen im Tempel ausgeblasen, aber das Glitzern der bronzenen und goldenen Kleinode auf den Altären warf das Licht aus dem vorderen Gemach zurück. Sorgfältig verschloß er die Tempeltür. Der Wind war stärker geworden und rüttelte an den Fenstern, als suche er einen Weg ins Innere. Zitternd hüllte Caolin sich in Decken und legte sich nieder.

Jehan ... o mein geliebter Herr ... wie einfach war doch alles, als ich nur trauerte, weil ich den Weg nach Awahna nicht finden konnte, und du sagtest mir nur, daß du mich liebst. Er tröstete sich selbst, indem er sich ihre erste Begegnung noch einmal vor seinem inneren Auge ins Leben rief, und mitten in seiner Erinnerung war er schon in den Schlaf abgeglitten.

Er schritt mit Jehan durch den Wald. In der süßen Harmonie von Worten und Schweigen war die Vergangenheit verschwunden wie ein böser Traum. Ihre Stimmen waren die Solisten vor dem Orchester wispernder Bäume und ferner Wasserfälle. Graue Felsen ragten hinter den säulengleichen Tannen empor und reckten sich dem strahlend blauen Himmel entgegen, der von einem Wunder sprach, das die Bäume noch verbargen.

»Gehen wir jetzt nach Awahna, mein Herr?« fragte er.

Des Königs Gesicht leuchtete. »Caolin – ich habe immer gewußt, was du ersehntest.«

Doch plötzlich sah Caolin, wie sein Schatten schwarz auf den Weg fiel, als Licht in den verschiedensten Farbtönen hinter ihm aufstrahlte. Er drehte sich um: Vier leuchtende Gestalten winkten ihm zu, eine baumbraun, eine seeblau, eine windsilber und die letzte rot wie Feuer. Ihre Augen waren Edelsteine, und die Macht schimmerte aus ihren Fingern.

»Die Wirklichkeit der Steine befindet sich in Awahna«, vernahm er Jehans Flüstern in seinem Ohr.

Aber Caolin fehlte der Wille, sich zu bewegen, bis sie vergingen wie der Regenbogen im Sonnenschein. Dann drehte er sich um.

Doch Jehan war verschwunden.

Caolin erwachte in der Leere zwischen Nacht und Tag. Sein Körper bebte in lautlosem Schluchzen, denn Jehans Gesicht war noch ganz deutlich vor ihm, und er erinnerte sich, wieviel er verloren hatte.

Der Wacholdermeister schreckte schmerzhaft auf. Die feuchte Frische der Luft verriet ihm trotz geschlossener Augen, daß der Morgen graute, aber seine Muskeln waren noch steif vom Schlaf und der Anstrengung des langen Fußmarsches – er hatte zwei Tage gebraucht, um das Land der Menschen hinter sich zu lassen.

Für einen Segen hatte ein Kauffahrer vom Seetor ihn mit seiner Ladung Salzheringe den ganzen Weg bis nach Rivered gebracht. Doch seither hatte er seinen Weg mühsam zu Fuß machen müssen. Nun hatte er das Gebirge erreicht, und obgleich der Lord Befehlshaber der Felsmark zum Hüter der Berge ernannt war, herrschten hier nicht die Menschen.

Ein Vogel rief fragend und brach ab, als erinnere er sich, daß die Welt noch schlafen wollte.

Sei still! mahnte sich der Wacholdermeister. *Du wolltest hierher. Also sei still und vergiß alles, was nicht jetzt und hier ist …*

Er öffnete die Augen. Ein blaßgoldenes Licht zog über den Himmel wie Hoffnung in ein verzagtes Herz. Er zwang sich aufzustehen.

Fröstelnd drehte er sich von rechts nach links, grüßte die Hüterinnen der vier Richtungen und streckte die Arme der lebenspendenden Sonne entgegen, so, wie er es jeden Morgen tat, seit man es ihn in der Schule der Weisen gelehrt hatte. Dann begann er die Tanzmeditation, die den Körper mit den Kräften des Universums ins Gleichgewicht brachte.

Er rutschte auf einem lockeren Stein aus und hielt an.

Blicklos starrte er auf die Bäume. *Ist mir sogar das Jetzt genommen?* fragte er sich düster.

Zunächst war es ein Schatten zwischen ihm und der Leiterin der Schule gewesen. Nun verstand er, wieso es zu ihren Schwierigkeiten in der Führung gekommen war. Wie konnte sie die Priester und Priesterinnen der Schule beraten, andere zu lehren und zu verbessern, wenn sie selbst nur Leere im Herzen der Dinge sah?

Das Leben war schwer genug, ohne auch noch die Last anderer zu tragen, und in einer Welt, in der es nun keine Heiligkeit und keine Herrlichkeit mehr gab, war es ohnehin gleichgültig, was der einzelne tat. Wie vielen anderen in der Schule war es wie ihr ergangen, aus Faulheit oder weil sie den Glauben verloren hatten? Wie vielen anderen im ganzen Land? War er der einzige, der sich hatte täuschen lassen?

Der Meister sank auf die Knie, seine Hände krallten sich in die Erde. Nach einer Weile wurde sein Blick wieder klarer, und er sah, daß seine Finger sich um etwas Grünes verkrampft hatten – ein verdorrter Ahorn, aus dem ein neuer Schößling wuchs. Er setzte sich auf seine Fersen und blickte dieses kleine Wunder an. *Das ist keine Täuschung! Er kann die Gefahren nicht kennen, aber er sucht die Sonne.*

Ich suchte Awahna. Wie bei diesem Schößling, entgegen allen Anscheins, ist etwas in mir, das sich nach dem Licht sehnt. Behutsam häufte er etwas Erde um den werdenden Baum und befeuchtete sie aus seinem Wasserbeutel. Dann trank er selbst aus dem Bach in der Nähe. Er hatte Messer, Feuerstein und Stahl bei sich. Er wußte, wo in diesem Land die Pflanzen wuchsen, von denen er sich ernähren konnte. Eine Weile jedenfalls …

Er richtete sich auf, blickte auf die dunstverschleierten Berge, deren Gipfel sich der aufgehenden Sonne entgegenreckten. Irgendwo dort befand sich der Weg nach Awahna. Die Logik sagte ihm, daß er nie dorthin kommen würde.

Doch als er hochblickte, lächelte er, denn die Berge waren nun ganz in Licht getaucht.

10 Traum und Alptraum

Faris wachte auf, als Stern sich in seiner Wiege neben ihrem Bett bewegte. Ihr erwachendes Bewußtsein ließ den Traum noch einmal vor ihrem inneren Auge abspielen. Sie sah sich durch eine bunte Welt belebter Formen wandeln, deren Bedeutung sie zu kennen glaubte und die sie trotzdem nicht in den Griff bekam.

Das Baby quietschte, dann sammelte es Kraft zu einem Schrei. Faris streckte die Hand nach der Wiege aus, die zu schaukeln anfing, als sie sich aufsetzte.

»Schon gut, mein Liebling, ich werde dich gleich stillen.«

Die Träume hafteten noch in ihrem Gedächtnis. *Ich sollte sie Farin erzählen,* dachte sie. Aber er sprach nicht mehr mit ihr. *Vielleicht sollte ich sie aufschreiben?*

Sie griff nach einer Windel und legte das Baby trocken. Als das getan war, öffnete sie das Fenster und atmete tief die frische Morgenluft ein. Die Tage wurden bereits wärmer, obgleich es noch nicht Juni war. Zu bald schon würden die Morgen nicht mehr so angenehm kühl sein.

Aber die feuchte Luft reizte sie zum Husten. Die Woche nach Sterns Namensgebung war sie sehr krank gewesen, doch sie hatte gehofft, sich inzwischen davon erholt zu haben.

Dem Baby wurde bewußt, daß sein Hunger keineswegs gestillt war, also fing es wieder zu schreien an. Faris trug es zum Schaukelstuhl und zog den weiten Ausschnitt ihres Nachtgewandes herunter, um die Brust zu entblößen. Die Warze härtete sich in der kühlen Luft, und sie seufzte froh, als die Lippen des Babys sich darum schlossen und die Milch zu fließen begann.

Sie drückte Stern an sich und strich mit staunenden Finger über das seidige, dunkle Haar. Mit dem Fuß setzte sie den Schaukelstuhl in Bewegung. Vage erinnerte sie sich, daß sie das Kind anfangs nicht geliebt hatte, und genauso vage, wie an einen schlimmen Traum, erinnerte sie sich an den Streit nach seiner Namensgebung.

Leise begann sie zu singen.

Oh, weshalb weinst du, mein Liebstes, mein Kind?
Alles ist gut, schlaf ein nun geschwind.
Horch auf die Musik, wann immer du bangst,
Die fröhlichen Klänge vertreiben die Angst …

Ich könnte nach Farin schicken, dachte sie. Stern stieß auf und ließ ihre Brust los. Sie legte ihn an die andere an.

Schläft du noch nicht? Hör Mama zu,
In ihren Armen findest du Ruh'.
Dein Vater wacht über dein junges Geschick
Und spielt dir im Traumland die schönste Musik.

Bei dieser letzten Strophe stockte sie, aber sie zwang sich, zu Ende zu singen.

»Mein Kleines, *du* wirst nie die Arme deines Vaters um dich spüren, außer er kommt im Traum zu dir …«, flüsterte sie und blinzelte ihre Tränen fort. Doch Stern war bereits eingeschlummert. Sein rosiger Mund war leicht geöffnet, und seine winzigen Finger hatten sich um eine Falte ihres Nachtgewands geballt. Sanft löste sie seine Hand und legte ihn in seine Wiege zurück. Verzweifelt bemühte sie sich, sich von ihren Erinnerungen an Jehan abzulenken. Der Traum – sie könnte ihn aufschreiben.

Sie schaute sich nach Papier um, sah jedoch nur Jehans Tagebuch, das sie seit Sterns Geburt nicht mehr aufgeschlagen hatte. Ganz hinten waren noch ein paar leere Seiten. Sie wollte sie herausreißen, aber als sie Jehans Schrift wiedersah, hielt sie inne, denn ein Satz sprang ihr ins Auge. Sie begann zu lesen.

Ein Herrscher muß mehr als nur Mut haben. Er muß gerecht herrschen und darf sich selbst nicht milder beurteilen als den Geringsten seiner Untertanen …

Diese Worte waren offenbar mit viel Zögern niedergelegt worden. So manches hatte Jehan durchgestrichen und darübergeschrieben. Faris erkannte diesen Entwurf. Sie erinnerte sich, wie Jehans Stimme im Saal widergehallt hatte, als er Eric zum Lord Befehlshaber eingesetzt hatte.

Er darf nicht aus Voreingenommenheit handeln oder gar jemandem den Vorzug geben. Er darf keinen Beschuldigten verurteilen, solange dessen Schuld nicht bewiesen ist. Erst wenn an seiner Schuld kein Zweifel mehr besteht, darf er den Übeltäter mit der Strafe belegen, die dieser sich durch seine Untat selbst erwählt hat …

Die Zeile brach ab. Ein Stückchen weiter unten sah sie eine einzelne Zeile, mit schwerer Hand geschrieben und so klar wie die Unterschrift auf einem Hinrichtungsbefehl.

Aber wer richtet über mich?

»O mein Liebster«, flüsterte Faris, »für welche eingebildeten Sünden gabst du dir die Schuld? Und selbst wenn du Kritik verdient haben solltest, was ist dann mit mir? Unser Kind wird mein Richter sein, wenn ich ihm sein Erbe nicht erhalten kann!« Sie blätterte durch das Tagebuch, als suchte sie nach einer Eingebung, dabei fand sie ein sorgfältig abgeschriebenes Gedicht.

Schöner als Lilien und der Dämmerung Pracht
Bist du, deren Anmut den Tag mir verklärt.
Schöner als Frühling nach langer Winternacht,
Herrin, ach wär' mir noch ein Blick in dein Antlitz gewährt …

Abrupt klappte sie das Buch zu. Sie brauchte nicht in ihrem Gedächtnis zu forschen, um sich an jene Nacht zu erinnern, in der Jehan dieses Lied für sie gesungen hatte. Nach einer kurzen Weile schaute sie in den Wandspiegel und musterte sich. »Jehan ist tot, aber ich lebe. Bin ich noch schön?«

Das Gesicht, das ihr aus dem Spiegel entgegenblickte, war nicht mehr das eines jungen Mädchens, doch trotz der Silberfäden im Haar war es auch noch nicht alt zu nennen. Ihrer weichen Rundungen beraubt, wirkten die Linien ihrer Wangen und des Kinns wie die einer Frau unbestimmbaren Alters. Faris dachte: *Ich bin jetzt eine Frau.* Und dann: *Werde ich mein ganzes Leben alleine sein müssen? Will ich das?*

Jehan selbst hatte ihr geraten, nicht zu lange zu trauern. Aber wo könnte sie einen Liebsten finden, der seines Andenkens würdig war? Bei wem könnte sie sicher sein, daß er ihre Liebe nicht ausnutzte?

Eric? Nein, sie durfte ihn Rosemarie nicht ein zweites Mal nehmen.

Caolin? Der Gedanke weckte ihre Phantasie. Sie vermochte sich kaum vorzustellen, daß dieser kalte Mann Leidenschaft empfinden könnte, und doch, er war gut zu ihr gewesen. Wie erstaunt alle sein würden ...

Nein, dachte sie, manche wären wütend. Die Erinnerung an das Namensgebungsfest brach sich Bahn. Wieder sah sie die Wut in Erics und Farins Augen, als sie sich dem Seneschall entgegenstellten. Warum haßten sie Caolin? Haßten die zwei sie ebenfalls? Selbst der Wacholdermeister hatte sie verlassen. Sie war an jenem Nachmittag krank und verstört gewesen – er mußte doch gewußt haben, daß sie nicht ernsthaft gewollt hatte, daß er ging!

Stern quengelte leicht und drehte sich im Schlaf. Faris seufzte. »Ich kann ohne einen Geliebten leben, doch nicht ohne Liebe ...« Sanft schaukelte sie die Wiege, bis das Kind wieder ruhig schlummerte. »Mein kleiner Stern, du bist der einzige, dessen Liebe mir sicher ist!« Sie runzelte die Stirn. »Irgendwie müssen Caolin und die andern wieder Freunde werden wie zu Jehans Zeit.«

Caolin überflog das Blatt.

Es wäre mir eine große Freude, wenn Ihr meine Einladung zu dem Musikabend am letzten Tag im Mai annehmen würdet ...

Die Handschrift der Königin war so leicht und geschwungen, daß man den Eindruck gewinnen konnte, sie könnte jeden Moment anfangen, über das Blatt davonzuflattern.

Er faltete die Einladung und legte sie auf seinen Schreibtisch, dabei nickte er dem Boten zu. »Ich werde ihr meine Antwort schicken.«

»Wir besprachen den Wiederaufbau der Festung Drachenklaue«, erinnerte ihn Ercul Ashe. »Ihr müßt die Mittel dafür genehmigen.« Papier raschelte in seiner Hand, als er vorlas, was benötigt würde.

Caolin dachte an die ausgefeilte Sprache des Abkommens, das Prinz Palomon unterzeichnet hatte, und an das simple Versprechen, auf das er dem elayanischen Herrscher die Hand gegeben hatte. Die Erinnerung an Kerzenschein überlagerte den Sonnenstrahl, der durchs Fenster auf seinen Schreibtisch fiel.

»Ich werde Mittel bewilligen, aber nicht für die Festung – die Straße muß ausgebessert werden«, erklärte er seinem Stellvertreter.

Ercul Ashe blickte auf. »Damit sie weniger Mühe haben, wenn sie uns das nächste Mal überfallen?« Unter dem unbewegten Gesicht war eine Gemütsbewegung zu ahnen, doch seine Stimme war ruhig wie immer.

Caolin runzelte die Stirn. »Elaya wird uns nicht überfallen. Beide Länder brauchen den friedlichen Handel. Stellt eine Liste von allem auf, was benötigt wird, dann unterzeichne ich sie.« Mit einem Ohr hörte er, wie Ashes Feder über das Papier kratzte, während er noch einmal die Einladung der Königin las.

Ein Musikabend in der linden Nachtluft … Würde es wieder bunte Lampions geben wie beim Fest der Urwesen vor fast einem Jahr? Und würde Faris sich für ihn niederlegen, wie sie es für Jehan getan hatte? Er spürte wachsende Erregung, als er sich erinnerte, wie des Königs Hände über ihren Körper gestreichelt hatten. Faris war die Königin. Es würde etwas anderes sein mit ihr als mit all den anderen Exemplaren von Frauenfleisch, die aus Jehans Bett in seines gekommen waren. Seit sechs Monaten hatte er niemanden mehr berührt. Diese Frau hatte Jehans gehört … Entschlossen unterdrückte Caolin die Erinnerung an die Träume von Jehan, die ihn quälten, seit er die Steine an sich genommen hatte. Gewiß waren sie nichts weiter als die Folge seines Selbstzweifels, nun, da alles, was er sich je ersehnt hatte, zu ihm kam, wie ein Falke zu seinem Herrn: die Steine, die Königin, das Reich von Westria.

Plötzlich schwang die Tür auf. Jemand sprach aus dem dämmrigen Korridor:

»Wie anheimelnd! Wie erfrischend, vom Staub der Straßen hierherzukommen und zu sehen, wie Ihr beschaulich im Kühlen sitzt, mit Eurem Hund an der Seite!«

Automatisch griffen Caolins Hände nach dem Brief, um ihn zu verbergen, noch ehe er aufblickte. Er kniff die Augen zusammen, entspannte sich jedoch, als er Ordrey erkannte, der die Tür mit einem Fußtritt schloß, und sich in einen Sessel fallen ließ.

Ercul Ashe rümpfte flüchtig die Nase über den Branntweingeruch, der von dem Neuankömmling ausging, und kritzelte weiter.

»Ich habe Euch heute nicht erwartet«, sagte der Seneschall. »Seid Ihr Eurer Muße müde?«

»Nein, aber ich würde sie mehr genießen, wenn die Leute den verdammten Krieg vergäßen ...« Ordrey trat an die Kommode und goß Wein in einen Kelch. Er leerte ihn in einem Zug und schenkte sich nach, dann kehrte er zu seinem Sessel zurück.

»Was ist passiert?«

Ordrey zuckte die Schultern und blickte spöttisch auf Ercul Ashe. »Ich würde mich in nächster Zeit in keiner Schenke sehen lassen, wenn ich Ihr wäre, verehrter Kollege. Wißt Ihr, welche Geschichten man über die Schlacht auf der Drachenöde erzählt?« Er nippte an seinem Wein.

Ashe hörte zu schreiben auf, und Caolin wurde die Anspannung gewahr, mit der sein Stellvertreter die Feder umklammerte. *Ahnt er, wie er benutzt wurde?*

»Ihr fragt mich gar nicht nach diesen Gerüchten? Ihr meint, des Seneschalls erster Stellvertreter brauche das Murmeln geringerer Leute nicht zu fürchten?«

Ercul Ashe fügte ein weiteres Wort auf seiner Liste hinzu. Sein Federkiel spaltete sich und verspritzte Tinte über das Papier. Er griff nach einer neuen Feder und spitzte sie mit exakten, aber heftigen Schnitten.

»Ordrey ...«, warnte Caolin.

»Die Leute wissen, wer Lord Robert diese großartige Strategie empfahl«, sagte Ordrey und wich Caolins Blick aus. »Ich wagte gar nicht zuzugeben, daß ich Euch kenne, viel weniger, daß ich Euch auf dieser folgenschweren Reise begleitet habe.«

Das Federmesser zuckte, und die Hälfte der neuen Feder segelte auf den Boden. Ercul Ashe starrte darauf, während Ordrey zu lachen anfing.

»Ordrey, seid endlich still!« Caolins Ärger vibrierte in der Luft. Sein Blick bannte Ordreys blasse Augen, bis die Belustigung sich in ihre Tiefen zurückzog, und wartete, bis auch Ercul Ashes stumpfer Blick ihn suchte. Ashe war ein Narr, aber von ihm konnte niemand etwas erfahren. Ordrey andererseits wußte alles. Caolin fragte sich, ob seine Treue sich mit der von Ronald Sandreson messen könne, wenn es zu einer ähnlichen Befragung käme. Eric oder Alessia würden viel darum geben, zu erfahren, was Ordrey wußte.

»Wenn Ihr Angst habt, müssen wir Euch irgendwohin schicken, wo Ihr sicher seid«, sagte Caolin leise. »Wenn Ercul die Liste fertig hat, an der er gerade arbeitet, brauchen wir einen Kurier, der sie zur Grenze bringt. Auf der Südstraße dürftet Ihr nichts zu befürchten haben!«

Ordrey verzog das Gesicht, dann nahm er sich zusammen und blickte Caolin an. Seinen Kelch stellte er ab.

»Und was ist mit mir?« fragte Ercul Ashe.

»Ihr?« Der Seneschall hob eine helle Braue. »Aber Ihr habt doch nichts zu verbergen ...«

»Wenn Ordrey nichts zu verbergen hat, warum hat Caolin ihn dann fortgeschickt?« Eric stemmte sich auf die Füße und machte einen Schritt auf Farin und Rosemarie zu. Besorgnis leuchtete in den Augen des Mädchens auf, aber Eric brauchte seit beinahe drei Wochen, seit kurz nach dem Namensgebungsfest, nicht mehr zu liegen.

»Vielleicht machten sie beide Spaß«, entgegnete sie. »Der Mann ist Caolins Kurier – ist es da so merkwürdig, daß er ihn wieder irgendwohin schickt? Gewiß weiß Ordrey, daß niemand auch nur daran denkt, ihm etwas anzutun, nur weil er Ercul Ashe als Führer mitgegeben wurde.«

Eric ging durch das Gemach zu Farin, der auf seinem Lieblingsplatz auf dem Fensterbrett saß. Es war Vormittag, und das Holpern und Klappern von Karren und die Rufe von Straßenhändlern, die ihre Waren feilboten, drang durch das offene Fenster.

»Nein, nicht deshalb ...«, entgegnete Farin bedächtig. »Aber da *ist* etwas ...« Er schloß die Augen und entsann sich der Verwirrung Ercul Ashes, als der Mann am Morgen zu ihm gekommen war.

»Drei Tage habe ich darüber nachgedacht, Sir Farin, und ich bin nun überzeugt, daß Ordrey und Mylord Caolin über mich gelacht haben. Ich liege des Nachts wach und frage mich, weshalb?« Dann machte dieses Bild vor seinem inneren Auge einem andern Platz, als hätte er eine Seite in einem Buch umgeschlagen. Er sah Brians Zelt vor sich und hörte das Lachen eines Mannes, als Ashe sich in seinen Fesseln wand.

»Ercul Ashe erzählte niemandem außer den Befehlshabern von der Strategie, die er für geeignet hielt, weder vor noch nach dem Kriegsrat«, erklärte Farin. »Aber ich hörte, wie er zu Ordrey sagte, daß Robert seinen Plan angenommen hat. Staub läßt sich auf ein Buch sprühen ... Was ist, wenn Caolin schon zuvor von dieser Strategie wußte, und *Ordrey* sie an Palomon verriet?«

Farin blickte zu seinen Freunden hoch. Rosemarie zog nachdenklich die Brauen zusammen, während Erics Hände sich ballten und wieder öffneten. *Caolin tat gut daran, Ordrey fortzuschicken ...*, dachte Farin.

»Eric! Ihr könnt ihm nicht folgen – noch nicht!« rief Rosemarie, die ihn ebenfalls beobachtet hatte. Sie umklammerte seinen Arm, ließ ihn jedoch sogleich wieder los und errötete tief. »Verzeiht.« Sie wandte das Gesicht ab. »Ich habe vergessen, daß ich nicht mehr Eure Pflegerin bin.«

Erics Hände hielten nun still. Ein Muskel zuckte an seiner Wange; er blickte Rosemarie an. »Nein. Ihr habt recht. Ich kann nichts tun, ehe ich nicht wieder ein Mann bin.«

»Mausefallen und Schlingen ...«, bot ein Händler auf der Straße seine Ware feil. »Fallen jeder Art – Mausefallen und Schlingen ...«

»*Ich* kann«, sagte Farin in ihr Schweigen. »Wir müssen einen echten Beweis finden! Ercul Ashe wird zwar jetzt die Augen offenhalten, ich bezweifle allerdings, daß Caolin irgend etwas Belastendes herumliegen läßt.«

»Aber Ordrey kennt dich!« rief Rosemarie.

»Er kennt den Bruder der Königin, der die Harfe Goldschwan spielt. Ich glaube jedoch nicht, daß er einen wandernden Barden erkennen wird, der die üblichen Lieder singt. Ich werde meine Haut tönen und meine Haare unter einem Barett verbergen.« Farin rutschte vom Fenstersims herunter.

»Ich wollte sowieso auf Wanderschaft gehen – mir ist noch etwas eingefallen …« Zwei Paar graue Augen wandten sich ihm erwartungsvoll zu. »Mit oder ohne Beweis wird es schwierig sein, Lord Robert zu bewegen, etwas gegen den Seneschall zu unternehmen, vor allem solange alle ihn hochpreisen, weil er dieses Abkommen mit Elaya zustande gebracht hat. Wir müssen im Volk Stimmung gegen Caolin machen!«

»Wenn du glaubst, daß du das zustande bringst, Farin, bist du so eingebildet wie er!« Rosemarie schüttelte den Kopf.

»Was hast du vor?« erkundigte sich Eric und setzte sich wieder auf sein Bett.

»Nun …« Farin errötete. »Ich habe ein Lied gemacht. Das über Brian, um das du mich gebeten hast, Eric …« Er holte tief Luft, dann füllte seine Stimme das Gemach mit einer ergreifenden Weise.

Wie Feuer steigt die Sonne über Morgennebeln auf,
Und Männer rüsten sich, zum blut'gen Sturm bereit,
Doch einsam liegt des Feindes Lagerstätte
Nur Spatz und Amsel finden sich zum Streit.

Oh, wo sind die Krieger, wo sind die Maiden,
Wo ist der Held, und wo ist sein Heer?
Ihr Blut ist vergossen, ihr Lachen verklungen,
Der Lord von Las Costas, er führt sie nie mehr.

»Der Rest ist über die Schlacht, und eine Strophe erzählt, wie ein vermummter Unbekannter Palomon Bescheid gab, und das Lied fragt, wer ihn wohl geschickt hat ...«

Eric pfiff durch die Zähne. »Selbst der Bruder der Königin wird nicht mehr sicher sein, wenn Caolin das hört!«

»Nun, ich hatte keineswegs vor, das Lied in Laurelynn vorzutragen.« Wieder errötete Farin. »Aber wenn ein unbekannter Harfner es im Süden singt, und wenn es den Leuten gefällt, werden die Händler es über ganz Westria verbreitet haben noch ehe zwei Wochen vergangen sind!«

»Da gibt es ein Problem«, warf Rosemarie ein. »Wenn du die Südstraße nimmst, wirst du nicht zum Fest hier sein, das Faris für nächste Woche plant. Wie soll ich ihr deine Abwesenheit erklären?«

»Werde ich ihr überhaupt fehlen?« fragte Farin bitter. Nur zu gut erinnerte er sich, wie seine Schwester sich in seinen Armen gewunden und wie Caolin sie davongetragen hatte.

»Farin! Jetzt bist du ungerecht! Faris möchte dir gerne sagen, daß es ihr leid tut!«

Farin schüttelte den Kopf. »Nein, du hast ihre Einladung gelesen. Sie möchte, daß alles wieder ist, wie es zuvor war. Aber der König lebt nicht mehr, Brian lebt nicht mehr, und sie selbst hat den Wacholdermeister verbannt. Glaubst du, ich könnte neben ihr sitzen, ohne daß sie spürt, was ich fühle?« Sein Puls jagte.

»Glaubst du etwa, *ich* fühle ...«, begann Eric, doch Rosemarie unterbrach ihn.

»Er hat recht. Faris und er sind Zwillinge. Es wird *uns* schon schwerfallen, unsere Gefühle vor ihr abzuschirmen! Aber Farin, bitte sei vorsichtig. Ich habe Geschichten über diesen Ordrey gehört ...«

Farin wich ihren Augen aus, denn er erinnerte sich, was er über ihn hatte raunen hören. Seine langen Musikerfinger ballten sich abwehrend zu Fäusten.

»Ja. Nun – ihr zwei, genießt das Fest, aber paßt auf Caolin auf!«

Lampions leuchteten zwischen den grünen Pflaumen an den Bäumen entlang dem See. Silber und Kristall glitzerten in ihrem Schein, die prächtigen Gewänder der Gäste glänzten und schimmerten, und die Kämme der kleinen Wellen, die sich von der am Ufer vertäuten Barke ausbreiteten, als die Musikanten in ihr Platz nahmen, spiegelten und brachen den ganzen Glanz ein zweites Mal.

Faris ließ den Blick nervös über den Halbkreis aus Stühlen und Kissen schweifen, der dem See zugewandt war. Ihr gegenüber unterhielten sich Lord Robert und Lady Jessica mit Elinor von Schönhafen, während Meister Ras von Santierra etwas zu dem Kapellmeister sagte, der noch nicht bei seinen Musikern auf der Barke war.

Caolin hatte sich auf einem Stuhl rechts und ein wenig hinter ihr niedergelassen. Er trug heute ein neues Gewand aus stumpfrosa Linnen mit üppigen Silberverzierungen.

Rosemarie und Eric waren noch nicht eingetroffen.

Eine Dienerin kniete sich vor sie hin und bot ihr einen der mit Wein gefüllten Kelche von ihrem Tablett an. Faris nahm ihn, lächelte dankend und trank rasch. Branwen hatte ihr bereits erzählt, daß Farin Laurelynn verlassen hatte. Sie schloß flüchtig die Augen und sah aufs neue den Vorwurf in den Augen des Mädchens, als hätte sie ihren Bruder vertrieben. Ihre Kehle schnürte sich zusammen – Farin hatte ihr nicht einmal Lebewohl gesagt.

Würden Eric und Rosemarie ihrem Fest ebenfalls fernbleiben?

Da hörte sie Jessica einen Gruß rufen und seufzte erleichtert, als sie Rosemarie durch die von Lampions erhellten Bäume kommen sah. Ihr blaues Gewand rauschte, als sie herbeieilte. Ausnahmsweise trug sie ihr Haar offen, es wallte wie ein goldener Fluß über ihren Rücken. Faris lächelte. Gewiß würde Eric Rosemarie heute schön finden.

Eric kam langsam, auf einen Stock gestützt hinterher. Sein Blick folgte Rosemarie, und er schloß sich ihr auf der Caolin gegenüberliegenden Seite des Halbkreises an.

Nun, zumindest waren jetzt alle hier.

Faris raffte die Falten ihres ärmellosen Übergewandes zusammen und stellte sich vor die Anwesenden. Die gerippte silberne Seide der Schleppe schleifte über den Boden, und ihre Borte mit eingewebten Pfirsich- und Pflaumenblüten schimmerte im Lampionschein und betonte den pfirsichfarbenen Tüll ihres Untergewands.

»Mylords, Myladies ...« Faris wartete, bis die Gespräche verstummten und unterdrückte einen Hustenreiz. »Ich danke euch für euer Kommen und hoffe, daß wir mit den gebotenen Erfrischungen und der Musikauswahl euren Geschmack getroffen haben und ihr euch alle gut unterhaltet.« Sie vollführte eine auffordernde Geste und der Kapellmeister hob seinen Taktstock. Die ersten Klänge der Musik schwebten über das Wasser, als sie sich wieder setzte.

Die weißgewandeten Dienerinnen bewegten sich anmutig durch die Reihen der Sitzenden, sie boten Appetithäppchen an, Tortenstücke, mundfertige Stücke Obst und Käse und eine große Auswahl an Weinen. Faris' Nerven begannen sich allmählich zu beruhigen.

Rosemaries Blick ruhte auf den Musikern – und Erics auf Rosemarie. Doch er saß ein wenig abseits von ihr, als hätte er Angst, sie zu berühren. Faris spürte seine Sehnsucht ebenso deutlich wie sie spürte, daß Rosemarie unglücklich war. Vielleicht wurde dem Mädchen deshalb nicht bewußt, daß das, was sie schon so lange so heftig ersehnte, nun in Reichweite lag.

Faris lächelte und kam sich wie eine Dorfkupplerin vor. Und wen würde sie in diesem Fall für sich aussuchen? fragte sie sich. Ohne den Kopf wenden zu müssen konnte sie Caolins Profil sehen. Er hatte die Augen geschlossen, und seine Geistesabwesenheit überformte seine Züge mit einer ungewohnten Reinheit. *Ist das der wahre Caolin? Die Seele hinter seiner unentwegten Maske?* Das Stück endete, und Applaus setzte ein. Ein zweites folgte, dann eine Pause, in der neue Leckerbissen gereicht wurden. Die Gäste standen auf und vertraten sich die Füße am Seeufer.

»Euer Orchester spielt sehr gut, Mylady.« Meister Ras von Santierra verbeugte sich tief vor Faris. Als er sich aufrichtete, glänzte sein dunkles Gesicht. »Aber ich hatte gehofft, heute abend Euren Bruder zu hören – ich habe bereits viel Lob über sein Können vernommen.«

»Er hat Halsschmerzen und wagte nicht zu kommen«, entschuldigte Rosemarie seine Abwesenheit mit einem Seitenblick auf Caolin. Faris schaute sie scharf an – hatte Branwen gelogen? Nein, sie *spürte,* daß Farin weit weg war. Sie wandte sich ab, um zu verbergen, wie sehr es sie schmerzte. Sollten sie doch denken, sie glaube ihnen!

»Dieser Abend ist wie aus einem Traum«, sagte Jessica und lächelte Faris zu. »Die Luft ist so lind, und die Lichter auf dem Wasser so zauberhaft.«

»Ich träumte vor kurzem etwas Interessantes«, erzählte Faris rasch, um kein Schweigen aufkommen zu lassen. Die anderen wandten sich ihr zu und lauschten. Verzweifelt bemühte sie sich, ihre Träume so lebhaft zu erzählen, wie sie sie in das Tagebuch eingetragen hatte.

»Ich wandelte durch einen Garten ...«, begann sie. »Ein Pferd, ein Adler und ein Eber begleiteten mich. Doch schon bald galoppierte das Pferd davon, während der Adler sich auf meiner Schulter niederließ und aus meiner Hand fraß. Geraume Zeit verging, dann griff der Keiler den Adler an und tötete ihn. Ich blieb allein mit dem Eber zurück, und die Nacht senkte sich herab ...«

Sie blickte die Umstehenden hilflos an. Vielleicht hätte Farin die Worte gefunden, die Furcht und das Staunen, die sie gefühlt hatte, wiederaufleben zu lassen, doch sie vermochte es nicht. In jener Nacht hatte sie noch einen zweiten Traum gehabt, doch was würde es nutzen, wenn sie jetzt auch von ihm erzählte?

»Das hört sich an wie eine Prophezeiung«, meinte Lady Elinor. »Habt Ihr versucht, ihn zu deuten?«

»Vielleicht könnte man Euch in der Schule der Weisen damit helfen«, sagte Lord Robert ernst.

»Vielleicht«, murmelte Faris. »Wenn jemand mir den Traum deuten könnte, würde ich ihn reich belohnen.« Plötzlich spürte sie verlegen, daß Caolin sie beobachtete, und sie blickte rasch zur Seite.

Faris hatte befürchtet, daß Caolin Eric oder Rosemarie zur Rede stellen würde, doch alle unterhielten sich über Unverfängliches, und wenn sich auch niemand zu Freundschaftsbeteuerungen hinreißen ließ, kam es doch zumindest auch zu keinen Feindseligkeiten. Caolin redete kaum.

Sie betastete die milchigen Opale in ihrem silbernen Halsschmuck, und die Berührung weckte ihr rosiges Glühen. *Es sind lediglich Edelsteine*, sagte sie sich, *nicht der Stein des Feuers. Warum kommt mir die Luft so warm vor?* Sie öffnete die Spange ihres Übergewandes und ließ es auf die Lehne ihres Stuhls fallen. Der Ausschnitt ihres Gewandes reichte bis zum Busen, und die Ärmel waren an den Handgelenken auf die im Norden übliche Weise gerafft, statt offen und weit zu fallen wie die der anderen Damen. Sie beneidete sie um diese kühlen Ärmel, doch wenn sie ihre so trüge, würde es ihre Narbe entblößen.

»Träume können wahrhaftig sehr seltsam sein«, sagte Meister Ras. «Einmal träumte ich ein Meisterlied, doch als ich aufwachte, hatte ich kein Papier bereit, um es niederzuschreiben, und bis ich welches fand, konnte ich mich nicht mehr erinnern, wie das Lied ging. Wie sieht es bei euch aus?« Er ließ den Blick über die Umstehenden schweifen. »Was träumt Ihr, Lord Seneschall?«

Caolin hob abrupt den Kopf, und flüchtig war etwas Gehetztes in seinen grauen Augen zu sehen. »Ich träume vom König …«, flüsterte er, ehe sein Blick sich wieder verschleierte.

Faris' Herz preßte sich zusammen, und sie mußte an ihre eigenen Träume von Jehan denken. Rasch winkte sie dem Kapellmeister. Diesmal spielten die Musiker zur Begleitung einer Sängergruppe aus der Felsmark – Bergleute, die ein melodisches Lied in einem Rhythmus sangen, der sich Hammerschlägen anzupassen schien. Lord Robert legte einen Arm um seine Gemahlin und lehnte sich lächelnd zurück. Eric rutschte unruhig in seinen Kissen, als schmerzten seine Wunden.

Branwen kam mit Stern auf den Armen durch die Bäume. Bei seinem Anblick fingen Faris' Brüste zu pochen an. Sie zog das Gewand über eine Brust herunter, um ihn zu stillen. Sogleich hörte sein Quengeln auf.

»Schon gut, mein Sohn«, flüsterte sie. »Du mußt nicht hungern, deine Mama sorgt für dich.« Ihr Blick wanderte wachsam über den Halbkreis.

Das Lied endete. Jessica erhob sich und trat zu Faris. Sie beugte sich über Stern und strich sanft über seine Wange. Dann lächelte sie und kreuzte die Arme über ihrem Busen. »Du hast mich erinnert, daß es Zeit ist, meinen Kleinen zu stillen. Aber ich bin froh, daß wir gekommen sind. Es war eine willkommene Abwechslung voll Harmonie.«

»Danke, daß ihr gekommen seid.« Faris erwiderte ihr Lächeln. Wieder einmal staunte sie, wie gut Jessica ihre Gefühle zu erkennen schien.

Als Jessica und Robert gegangen waren, bedeutete Faris der Kapelle weiterzuspielen. Sie stillte Stern, bis er zufrieden einschlummerte, dann übergab sie ihn wieder Branwen, damit sie ihn in seine Wiege zurückbringe. Schließlich flüsterte sie den Dienerinnen zu, die Weinkannen stehenzulassen und sich zurückzuziehen.

Sie schenkte sich selbst nach, und ihr Bewußtsein erweiterte sich mit den Klängen der Musik. Sie spürte, daß Lady Elinor und Meister Ras der Abend gefiel, und auch Caolin schien zufrieden zu sein. Heimlich betrachtete sie die ruhigen Züge des Seneschalls. *Will ich ihn wirklich als Liebhaber? Oder habe ich nur Angst, alleinzusein?*

Sie biß sich auf die Lippe und wandte ihre Aufmerksamkeit Rosemarie zu, die zusehends unglücklicher wurde. Die Musiker spielten ein Lied von unerwiderter Liebe. Als es zu Ende war, winkte sie ihnen zu, eine Pause einzulegen.

»Rosemarie«, sagte sie schnell, »wir sollten den Musikern Zeit gönnen, sich auszuruhen. Erinnerst du dich, wie wir in der Burg miteinander gesungen haben?«

Ihre Freundin nickte. *»Du* hast eine schöne Stimme, aber ich habe schon viel zu lange nicht mehr gesungen.«

»Und ich befürchte, daß ich mitten im Lied husten muß«, gestand Faris ehrlich. »Also müssen wir ein Duett singen.« Sie forschte in ihrem Gedächtnis nach etwas Passendem.

»Bitte, Rosemarie, ich möchte Euch singen hören«, bat Eric.

»Wirklich?« Rosemarie wandte sich unsicher der Königin zu. Ihre Wangen waren etwas röter als zuvor. »Hast du schon ein Lied ausgewählt?«

»Was hältst du von dem Abschiedshymnus, den wir zu

unserer Weihe und Namensnehmung gelernt haben?« fragte Faris. Sie sah sich wieder am Fuß des Bergvaters inmitten der Reihen junger Männer und Frauen, deren Gesichter voll Stolz über ihren neu gewählten Namen gerötet waren. Sie fand, daß der Hymnus alles ausdrückte, was sie gelernt hatten.

Rosemarie nickte. »Gut. Aber deine Stimme ist höher, also mußt du anfangen.«

Faris nahm einen tiefen Schluck Wein, um den Hustenreiz zu unterdrücken, auch vertrieb seine Wärme ihre Befangenheit. Sie begann und entspannte sich, als Rosemaries warme Altstimme in der zweiten Hälfte der ersten Zeile einfiel und sich um ihren Sopran wob.

Einmal noch laßt unsere Stimmen sich zusammenfinden,
Einmal noch, bevor wir auseinandergehn,
Unsere Erinnerungen werden niemals schwinden,
Solang' sie fest in uns'ren Herzen stehn.

Die Tonart wechselte, so daß die zweite Strophe eine Note höher begann als die erste.

Geh deinen Weg, doch in dem Mosaik des Lebens
Ist jeder Mensch nicht mehr als nur ein kleiner Stein –
Nimm drum die Welt so, wie sie ist, oder vergebens
Wird alles Suchen nach der wahren Freiheit sein.
Denn unser Schicksal ist kein blindes Walten,
Wo sich die Wege kreuzen, steht schon lang geschrieben;
Glück und auch Unglück sind nur höhere Gewalten,
Die uns das geben oder nehmen, was wir lieben.

Faris sah, wie die andern sie beobachteten, und fragte sich: *In welchem Muster sind unsere Leben jetzt verwoben?* Rosemaries Stimme stockte kurz, doch dann ging sie zur letzten Strophe über.

Jeder für sich zieh'n wir voll Hoffnung durch die Welt,
Von Leidenschaft getrieben, den Hunger ungestillt,
Nur auf der Suche nach dem einen, das wahrhaftig zählt:
Den Quell der Liebe, wo jeder Seele Durst noch wurd' gestillt.

Bei der letzten Zeile sprang Rosemarie auf, preßte die Faust auf ihre Lippen und blickte Faris schmerzerfüllt an. »Wie konntest du mich bitten, *das* zu singen! Wie konntest du nur, wo du doch weißt ...« in Schluchzen raubte ihr die Stimme. Sie raffte ihre Röcke und rannte durch die Bäume davon.

Eric quälte sich auf die Füße und starrte ihr nach. Sein Gesicht verlor das bißchen Farbe, das es bekommen hatte. Erschrocken ging Faris zu ihm. »Eric!« flüsterte sie eindringlich. »Liebt Ihr sie?«

Er blickte auf sie hinab, und nichts in seinem Benehmen verriet, daß ihm bewußt wäre, wer da vor ihm stand. »Ja ...«, sagte er staunend. »Ja!«

»Dann, im Namen der Herrin, geht Ihr nach!« Faris faßte seinen Arm und schob ihn in die Richtung, in die Rosemarie gelaufen war. Er ließ sich auf ihren Stuhl fallen, schüttelte den Kopf und griff nach ihrem Wein. Wenigstens würde Rosemarie jetzt ihre Chance bekommen! Als sie wieder aufblickte, sah sie, daß Lady Elinor und Ras von Santierra vor ihr standen und versuchten, ein Lächeln zu verbergen.

»Mylady, auch wir müssen uns jetzt verabschieden. Habt Dank für Eure Gastlichkeit und den sehr ... unterhaltsamen ... Abend.« Meister Ras verbeugte sich hochachtungsvoll.

Stille setzte ein, als sie gegangen waren, nur das Quaken eines Frosches im Schilf und das Knarren der Barke war zu hören.

»Mylady ...«, rief der Kapellmeister über das Wasser. »Möchtet Ihr, daß wir noch etwas spielen?«

Aus ihren Gedanken gerissen antwortete Faris: »Oh – entschuldigt bitte. Selbstverständlich dürft auch ihr gehen, und vielen Dank. Eure Musik war wundervoll!« Nachdem das Ruderboot Sänger, Spieler und Instrumente an Land gebracht hatte, bedankte sie sich noch einmal. Nur noch wenige Kerzen brannten in den Lampions, die jetzt in den Bäumen wie verspätete Glühwürmchen aussahen. Der Kapellmeister verbeugte sich, und als er sich wieder aufgerichtet hatte, blickte er unsicher zu Caolin, der abwesend über den See schaute.

»Es wäre mir eine Ehre, Euch zum Palast zurückgeleiten zu dürfen, Mylady ...«

Faris schüttelte lächelnd den Kopf. »Habt Dank, aber ich möchte noch eine Weile bleiben. Der Lord Seneschall wird mir Gesellschaft leisten.«

Und dann waren nur noch sie und Caolin dort. Die Nacht bescherte ihnen nun ihre eigene Musik: Den vielstimmigen Chor der Frösche, das Tamburin der Grillen im Gras, das Summen von Insekten und das Flattern der herabsausenden Flügel ihrer Jäger.

Der Abend war vorüber. Weshalb saß sie dann immer noch hier, obgleich eine seltsame Enttäuschung ihr die bisherige Freude trübte? Sie glättete den Seidentüll ihres Gewandes um die Schenkel und spürte die glatte Haut darunter – der Abend war zu warm für einen Unterrock. Doch war das der einzige Grund gewesen, weshalb sie dieses Gewand gewählt hatte?

Sie erinnerte sich, was ihr Spiegel ihr gezeigt hatte, als sie sich für dieses Fest kleidete – wie das pfirsichfarbene Gewand ihren Wangen einen rosigen Hauch verliehen hatte, wie die weichen Falten die sanften Rundungen ihres Körpers ahnen ließen ... *Ich habe mir eingebildet, ich würde so schön sein, daß er mir nicht widerstehen könnte,* dachte sie bitter. *Ich glaubte, ich wäre die eine Frau, die Erfolg hat, wo alle anderen versagt haben.*

Caolin hatte sich nicht bewegt. Seine Silhouette hob sich vom Sternenhimmel ab, seine Hände umklammerten die Falten des Gewandes. Faris betrachtete ihn: Das seidige helle Haar, das am Hals kurz geschnitten war, die glatte Haut, den fast hageren, hochgewachsenen Körper – er erinnerte an eine Statue aus Marmor und Gold. Konnte das sie, die Jehan gekannt hatte, anziehen? Sie nahm einen tiefen Schluck Wein.

»Ich glaube, der Abend war ein Erfolg«, sagte sie laut.

Caolin drehte sich zu ihr um. Die bewegten Schatten verhöhnten ihre Erinnerung an sein Gesicht. Unvermittelt sagte er: »Mylady – wußtet Ihr, daß ich heute abend mit der Absicht hierherkam, Euch zu lieben?«

Einen Augenblick war sie sprachlos. Ihr Herz pochte

langsam und schwer. Sie stemmte sich auf die Füße, machte zwei Schritte auf ihn zu und blieb stehen, wo das restliche Lampionlicht ihre Figur unter dem Gewand offenbarte.

»Caolin ...«, sagte sie sanft. »Nennt mich Faris.«

Seine grauen Augen richteten sich auf sie, und zum ersten Mal trafen sich ihre Blicke offen. »Faris ...« Er schien sich ein wenig zu entspannen. »Ich will ehrlich zu Euch sein, Faris«, sagte er, während sie sich bemühte, in seinem Gesicht zu lesen. »Ich habe noch nie eine Frau geliebt. Ich liebe auch Euch jetzt nicht.«

Faris nickte. »Ich habe nur einen Mann geliebt. Aber ich glaube, daß wir einander brauchen.«

»Ich brauche Euch, um mein Amt zu sichern ...«, entgegnete Caolin bitter. »Um die Dinge zu tun, für die Jehan mir die Verantwortung übertrug. Ich muß Eurer sicher sein – versteht Ihr?«

Er beschwor sie. Faris schüttelte verwirrt den Kopf. Wollte er, daß sie ihn zurückwies?

»Ich brauche Eure Hilfe, damit ich tun kann, worum er *mich* bat – und ich möchte nicht allein sein!«

»Aber Ihr habt Jehan gehört!« Er wandte sich halb ab.

Faris seufzte. »Glaubt Ihr, es würde ihm mißfallen?«

»Nein – ich weiß nicht!«

Muß ich alles allein tun? Die Nacht um sie war still geworden, doch plötzlich überschwemmte Faris eine Woge des Verlangens. Einen Augenblick später erkannte sie den Grund dafür, so wie man einen Teil einer Melodie erkennt – so war es Eric und Rosemarie ergangen. Ihr wurde bewußt, daß sie ihren Schild aufgegeben hatte. In Caolin spürte sie leichte Verwirrung und Furcht. Würde er sich öffnen, wenn sein Körper sie liebte?

»Caolin ...« Faris streckte die Hand nach ihm aus.

Da küßte er sie, ohne Zärtlichkeit. Sie hatte nicht erwartet, daß seine Berührung sie in Ekstase versetzen würde, aber sie war dankbar für seine Wärme und die Sicherheit, die ihr seine starken Arme um sie endlich verliehen.

Nach einer Weile ließ er sie los. Sein Gesicht wirkte angespannt, als wäre sie ein Problem, das er lösen müßte. Er streichelte ihr Haar, dann zog er die Nadeln heraus, eine nach der andern, bis die schweren Locken wie Schatten über ihre Schultern fielen. Behutsam fuhr sein Finger nun die Rundung ihrer Wange entlang, wanderte über die glatte Haut ihres Halses und über den Busen, dann glitt er unter das Gewand und zog es vorsichtig über ihre Schultern hinunter.

Faris verhielt sich ganz still. Ihre Nerven reagierten auf die Sequenz, die sie von Jehan gelernt hatte. Plötzlich wußte sie mit absoluter Sicherheit: *Wir haben beide nur den einen Mann geliebt …* Aber sie hatte keine Zeit zu staunen, denn Caolin zog sie hinab auf die Teppiche, die über das Gras gelegt worden waren. Mit zitternden Händen nestelte er an seinem und dann an ihrem Gewand und drückte seinen Körper auf sie. Keuchend senkte Faris ihre Hand, um ihn zu führen, und griff mit der ganzen Kraft ihres Geistes nach ihm, bahnte sich einen Weg durch seinen Schirm, den sein Verlangen geschwächt hatte.

»Jehan!« hörte sie seinen inneren Schrei. Mit dem Namen gab etwas in ihm nach, als reiße die Haut entlang einer alten Narbe auf. Caolins Körper zuckte vor ihrem zurück. Bilder fluteten in ihren Geist: *Ein Keilerschädel … der Keiler, der Jehan niederstieß … eine Frau, die sie war und doch nicht sie war und deren Fleisch qualvoll in dunklem Feuer schmolz.* Schrilles Gelächter gellte schier unerträglich bis in die letzten Winkel ihrer Seele.

Nein – es war Caolins Gelächter. Er kauerte auf Händen und Knien über ihr, während sie wimmerte und sich ihm zu entwinden versuchte. Wie eine Zwinge umschloß seine Hand ihre Schulter. Faris schauderte vor Entsetzen und Mitleid zurück. Sie verstand nun, was er getan und wie es ihn innerlich zum Krüppel gemacht hatte.

»Du bist die Herrin der Finsternis und mir erschienen, um mich zu quälen!« schrie er. »Ich kenne dich, Dämonin – du wurdest geschickt, ihn zu vernichten, uns beide zu vernichten! Aber ich erkenne dich jetzt!«

Faris gelang es, ihm ihren Arm zu entreißen, doch ihr Gewand riß dabei entzwei. »Ich bin Faris – Faris, die Königin!«

Er ließ sie los, setzte sich auf und starrte sie an. Sein Schweigen ließ auch sie verstummen.

Schließlich sagte er: »Nein! Du kannst nicht die Königin sein, denn du bist gezeichnet, und sie war makellos und schön!« Seine Stimme war völlig tonlos.

Er hat meine Narbe gesehen! Ihre heimliche Furcht verdrängte den Augenblick der Erkenntnis. Fröstelnd bemühte sich Faris, ihre Blöße mit den Fetzen des Gewandes zu bedecken.

Caolin schwieg nun. Nach einer Weile zwang sie sich, ihn anzusehen. Er kniete noch neben ihr, doch seine Augen funkelten nicht mehr, er hatte jetzt den Blick eines Mannes, vor dessen Augen sich eine Schlange über den Weg windet.

»Caolin ...«, flüsterte sie, doch seine Stimme schien die ihre aufzusaugen.

»Jetzt *müßt* Ihr mir dienen!« Seine Ruhe war erschreckender, als es seine Wut gewesen war.

Faris setzte sich auf. »Ich bin nach wie vor Königin von Westria, auch wenn ich gezeichnet bin, wie Ihr es zu nennen beliebt«, entgegnete sie bitter. »Seid Ihr dem Wahnsinn verfallen?« Nach dem, was er getan hatte, mußte er wohl wahnsinnig sein.

»Ich?« Caolin lachte leise. *»Ihr* habt all Eure Freunde vertrieben! Ihr habt den Wacholdermeister verbannt, habt Euch den Haß Eures Bruders zugezogen, habt Eric in die Arme einer anderen getrieben. Aber es spielt keine Rolle. Ich kann Euch zwingen, meinen Willen zu tun ...«

Er hob die Hand, so daß das Licht des letzten Lampions auf seinen Siegelring fiel. Das Leuchten des Rubins zog Faris' Blick an. Er bewegte ihn nach links, dann nach rechts, und ihr Kopf drehte sich entsprechend. Sie begriff, was mit ihr geschah! Er hatte das schon einmal mit ihr gemacht, ihr Wille hatte unter seinem Befehl geflattert wie ein gefangener Schmetterling. Seine Worte hallten in ihrem Gedächtnis, aber sie konnte sich nicht befreien.

»Seht Ihr?« Wieder lachte Caolin auf. »Soll ich Euch nackt durch die Straßen von Laurelynn schicken und Eure Narbe zur Schau stellen lassen? Ich habe Euch meinem Willen schon mehrmals untertan gemacht, damit ich Frieden mit Palomon schließen konnte – Ihr habt keinen Schutz mehr gegen mich!«

Er senkte die Stimme, machte sie noch eindringlicher. »Soll ich Euch befehlen, den Arm Eures Sohnes ins Feuer zu halten? Dann werdet Ihr *wirklich* wahnsinnig!«

Faris war nun ganz still, ihr Blick von Caolins Ring gebannt wie ein Kaninchen von den Augen einer Schlange. In irgendeinem noch freien Winkel ihres Verstandes wehrte sie sich verzweifelt. Doch es stimmte wohl. *Ich muß es zugelassen haben, sonst hätte er keine Macht über mich!*

Sie spürte den Druck, als Caolins Wille sich Zutritt erzwang, so wie sie vor einer Weile seinen Schild durchbrochen hatte. Sie versuchte zu schreien, als vor ihrem inneren Auge Flammen um sie loderten. Sie hörte ein Kind vor unbeschreiblicher Angst schreien, sah, wie das Feuer nach seinem Seidengewand griff und nach der empfindlichen Haut darunter leckte, so wie sie es als Kind und dann wieder gesehen hatte, als Stern seinen Namen bekam.

Herrin des Feuers, hilf mir! flehte sie. Sie warf sich nach vorne und schlug die Flammen aus.

Der letzte Lampion erlosch.

Das Feuer war verschwunden, genau wie das Funkeln des Rubins, das ihre Augen gebannt hatte. Einen Moment blinzelte Faris benommen in die Dunkelheit, dann stolperte sie auf die Füße und rannte blind durch die Bäume davon.

Caolins rauhes Gelächter folgte ihr. Sie hörte, was er ihr nachrief, nur verstand sie nicht, was er meinte. »Habt Ihr Angst vor mir, Faris? So soll es auch sein. Ich bin der Keiler aus Eurem Traum! Ich habe Jehan getötet!« Er keuchte vor Anstrengung, dann rief er noch: »Ihr werdet mir gehorchen, Faris, um Eures Kindes willen!«

Faris schluchzte lautlos, drückte die Fetzen ihres Gewandes gegen ihren Körper und taumelte zum Palast. Einmal hielt sie an, um sich in die Büsche beim Gartentor zu übergeben. Dann hastete sie hindurch und verriegelte es hinter sich. Doch erst, als sie die Treppe hochstolperte, verlor sich das höhnische Gelächter Caolins.

Vor Sterns Wiege hielt sie an. Im schwachen Glühen des

Nachtlichts sah sie die Rundung seiner Wange. Sein gleichmäßiger Atem war das einzige Geräusch in dem Gemach. Allmählich schwand das Bild seines verkohlenden Fleisches vor ihrem inneren Auge. Nur mühsam konnte sie sich beherrschen, ihn nicht an ihre Brust zu drücken. Sie wußte, wenn sie ihn jetzt berührte, würde er ihre schreckliche Qual spüren und schreien, und dann käme Branwen herein und würde sie fragen, was geschehen war.

»Nein! Niemand darf es wissen ...« Schaudernd nahm sie das Geschmeide von Hals und Ohren. wickelte sich in ihren Morgenrock und verschloß die Tür zum Nebengemach.

»Ich könnte Caolin der versuchten Vergewaltigung bezichtigen!« Die Blutergüsse, wo seine Hand sich in ihr Fleisch geklammert hatte, begannen zu pochen. Wenn es nur Vergewaltigung gewesen wäre! Viel leichter hätte sie die Schändung ihres Körpers als die ihrer Seele ertragen. Ihr Magen drehte sich um, als sie sich sah, wie er sie gesehen hatte – verzerrt und abscheulich. *Wie konnte Jehan mich überhaupt lieben? Wie konnte er mich zur Herrin der Steine machen?*

Die Steine!

Faris richtete sich auf. Feuer rann durch ihre Adern, als sie sich an ihre Kräfte erinnerte. *Caolin nannte mich die Herrin der Finsternis, nun, so soll er die Herrin der Finsternis auch wahrhaftig sehen!* Schwankend ging sie in ihr Ankleidegemach und öffnete die Schatulle. Sie hob die grüne Seide heraus, in die der Stein des Feuers gewickelt war.

Doch sie enthielt einen ganz gewöhnlichen Serpentin.

Ungläubig riß Faris die Seide von den anderen Steinen und fand auch da nur ganz gewöhnliche Edelsteine. Hatte der Wacholdermeister die Steine der Macht an sich genommen, um ihr ihre Treulosigkeit heimzuzahlen? Oder hatte Caolin sie gestohlen?

Das Gemach verschwamm um sie. Ihre Knie gaben nach, doch Faris spürte kaum noch, daß sie stürzte. Ihr Körper wurde steif, als ihre Qual sich in einem lautlosen Schrei Luft machte.

In der Herberge zum Neumond auf der Südstraße erwachte Farin plötzlich mitten in der Nacht. Seine Augen versuchten die Dunkelheit zu durchdringen, während er unter der Qual seiner Schwester am ganzen Leib zitterte.

Als die Gewalt dieses Schreis nachließ und sein hämmerndes Herz sich beruhigte, befreite Farin sich aus dem Umhang, in den er sich zum Schlafen gewickelt hatte. Er mußte nach Laurelynn zurückkehren!

Leise, um die anderen Schläfer in der geräumigen Stube nicht aufzuwecken, griff er nach seinem Rucksack und dem Harfenkasten und ging zur Tür. Doch zuvor legte er noch ein paar der Münzen, die er am Abend durch seine Lieder verdient hatte, auf das Bett.

Bald befand er sich auf der Straße nach Laurelynn. Er fröstelte und suchte den Himmel nach der ersten Spur des Morgengrauens ab.

Der Wacholdermeister schrie im Schlaf auf. Er setzte sich und preßte die Hände auf die Ohren, als könne er so den schrecklichen Schrei ausschließen, der ihn alarmiert hatte.

Faris! Ich muß zu ihr!

Wieder sah er ihr verzerrtes Gesicht vor sich, als sie ihn fortgeschickt hatte, und wieder hörte er seine Stimme: *Doch denkt an Eure eigenen Worte, wenn Ihr verzweifelt und nach mir ruft – ich werde nicht hier sein!*

Er stützte das Gesicht in seine Hände. Er war Tage von Laurelynn entfernt. Bis er Faris erreichen konnte, wäre die Gefahr, die sie bedrohte, auf die eine oder andere Weise bereits vorüber. Sie brauchte *jetzt* Hilfe. Es war lange her, seit er den Herrn des Lichtes um etwas gebeten hatte. Durfte er es wagen, für einen anderen zu beten? Aber er hatte schon aufgehört, sich Sorgen um sein eigenes Leben zu machen, als er sich für diese Wildnis entschied. Was aus ihm wurde, war nun nicht mehr von Bedeutung.

Der Meister nahm die Meditationshaltung an und schickte seinen Geist suchend nach innen. Vor dem Sturz in die Schwärze zuckte er zurück, doch er wehrte sich nicht dagegen.

Der Abgrund war unendlich. Nach einer Weile verlor er seinen eigenen Namen und alle Erinnerung an das Licht, doch das Bild von Faris ließ er nicht los. Und dann kam er zur Ruhe. Warme Dunkelheit öffnete sich, um ihn aufzunehmen, und er gab das Wissen über sich selbst und über sie auf, und war frei.

Aus dem Zusammenspiel von Licht und Dunkelheit entsteht die Welt …

Der Wald begann, sich aus den Schatten zu lösen, als irgendwo im Osten das Licht wuchs. Der Wacholdermeister zuckte zusammen. Er wurde sich wieder seines Selbst bewußt und lächelte.

O Mutter der Dunkelheit, hilf Faris jetzt!

Die Dunkelheit, die sie eingehüllt hatte, löste sich allmählich auf. Faris zwang sich aufzustehen, sie fröstelte in ihrem verschwitzten Morgenmantel. Doch ihr Geist schwebte irgendwo weit weg von dem Schwindelgefühl, der Kälte und der Angst in einer gelösten Klarheit, in der Verstand und Seele eine Ewigkeit zur Verfügung standen, in der sie überlegen konnte, was zu tun war.

»Ich darf niemanden wissen lassen, daß ich die Steine nicht mehr habe. Wenn der Wacholdermeister sie an sich genommen hat, sind sie in Sicherheit, aber Caolin würde die Tatsache, daß ich nicht auf sie aufgepaßt habe, als weiteren Beweis für meine Unfähigkeit darstellen …«

Und damit hätte er recht, bemerkte eine innere Stimme.

»Und wenn Caolin die Steine hat …« Einen Moment fand sie keine Worte für die möglichen Folgen. In ihrer kurzen traumatischen Geistberührung hatte sie erkannt, daß Caolin jetzt ein Zauberer war.

Die Steine verlockten mich, zur Herrin der Dunkelheit zu werden – wozu könnten sie Caolin verlocken?

Faris schüttelte den Kopf. »Ich könnte mich krank stellen, doch wie lange würde es mir wohl gelingen, seinen Besuch zu verhindern? Und sobald wir uns wiedersehen, wird er meinen Willen an sich binden, und dann ist alles verloren.«

Der Wacholdermeister hat dich davor gewarnt, als er dich anflehte, deine Ausbildung fortzusetzen! Du kannst dich ja kaum unbedeutenden Geistern verschließen, und Caolin ist möglicherweise sogar noch stärker als der Meister!

»Ich wünschte, ich wäre bei Sterns Geburt gestorben – niemand hätte mich dann benutzen können!« Das dunkle Wasser des Sees würde ihr Ruhe schenken.

Und alle würden annehmen, dein Leid habe dich in den Wahnsinn getrieben – wer aber schützt dann Stern vor Caolin?

Nein – welche Lösung sie auch fand, sie mußte Stern schützen und Westria ebenfalls! Wenn ihr eigenes Überleben nötig war, um das zu erreichen, dann mußte sie eben auch sich selbst schützen. Faris kehrte in ihr Schlafgemach zurück – sie hatte das Bedürfnis, sich zu vergewissern, daß Stern friedlich schlummerte. Nach einer Weile trat sie ans Fenster. Sie fröstelte in der kalten Luft und fragte sich, wie lange es noch bis zum Morgengrauen sein mochte. Hustend drehte sie sich um.

»Ich habe mich bisher töricht benommen, wer würde da mein Wort gegen Caolins Behauptungen glauben? Doch ich muß eine Möglichkeit finden, ihn zu entlarven und zu beweisen, daß ich bei klarem Verstand bin!«

Plötzlich erinnerte sie sich an Caolins Behauptung, daß er den König getötet habe. Sie zwang sich, an die Ereignisse zur Zeit von Jehans Tod zu denken. Stöhnend strich sie die feuchten Haarsträhnen aus dem Gesicht zurück und griff nach dem Tagebuch. Sie schlug die letzten Seiten auf, die zu lesen sie bisher nicht den Mut gehabt hatte. Der König hatte viel über den Keiler geschrieben, der ihn niedergeworfen hatte.

O mein Geliebter! dachte sie, während sie las. *Ich sah dich als Gott – wärst du glücklicher gewesen, wenn du mir gegenüber hättest zugeben können, daß du auch nur ein Mensch warst?*

Sie las weiter, verlangsamte ihr Lesetempo, als sie zu Jehans Entdeckung von Caolins Verrat kam.

»Selbst damals wollte Caolin schon Macht!« rief sie, und ihre Hände krallten sich um das Buch. »Gute Göttin! Warum hat Jehan mich und das Reich in die Hände dieses Menschen gegeben?«

Sie kam zur letzten Eintragung. Die Schrift schwankte hier, sie war unübersehbar von Schmerz verzerrt und wie mit des Königs Blut geschrieben. *Weil er ihn liebte …*, kam da die Antwort wie von selbst. Faris las die Worte noch einmal laut.

> *Meine Aufpasser schlafen. Wie lange bin ich umhergeirrt? Nein – es ist jetzt das Fieber … Caolin, wo bist du? Ich habe deine Seele berührt – aber du bist noch da, und deine Seele brennt wie Kohle in der Asche.*
>
> *Feuer trocknet die Schleier vor meinen Augen. Ich hatte nicht beabsichtigt, dir die Brosamen meiner Liebe zu geben. Ich liebte dich und Faris auf verschiedene Art. Was hätten wir drei alles gemeinsam vollbringen können, wenn ich es nur früh genug erkannt hätte!*
>
> *Ich werde dir meine Macht geben und meine Königin – ja selbst mein Land, um wiedergutzumachen, was ich dir antat. Du und Faris, ihr müßt einander retten, Caolin!*

Faris klappte das Buch zu, denn mehr hatte Jehan nicht geschrieben. Dann warf sie sich auf ihr Bett und weinte – um Jehan, um sich selbst und sogar um Caolin.

»Ich habe es versucht, mein Liebster, ich habe es versucht! Ich hätte ihn geliebt …«, flüsterte sie verzweifelt. »Und nun bindet mich deine Seelenqual. Wie kann ich Stern retten, ohne Caolin zu vernichten?«

Vor dem Fenster zwitscherte ein einsamer Vogel und verstummte wieder. Bald würden auch andere erwachen und die Sonne ankündigen – und sie mußte ihre Entscheidung treffen.

»Wenn ich lernen könnte, die Kräfte zu benutzen, wie der Meister es mir immer riet, könnte Caolin weder mir noch dem Kind etwas anhaben«, sagte sie schließlich. »Doch selbst in der Schule der Weisen wären wir nicht vor ihm sicher, nicht vor ihm und nicht vor anderen, die uns für ihren Kampf um die Macht benutzen wollen. Es gibt nur einen Ort, wo ich ungestört und in Sicherheit studieren könnte – in Awahna …« Die Lampe loderte auf, als hätte der Name ihr neues Leben geschenkt.

»Ich werde mich nach Awahna begeben und Caolin ohne Rivalen zurücklassen. Schon um seiner selbst willen wird er Westria beschützen. Aber er darf sich nicht zu sicher fühlen, deshalb werde ich niemandem sagen, wohin ich gegangen bin!«

Sie unterdrückte ein Lachen und suchte hastig nach den Sachen, die sie benötigen würde. Sie kramte in ihren Truhen und warf ihre Seidengewänder zur Seite, denn sie hatte nicht vor, als Königin zu gehen. Sie fand die einfache Tunika, die sie in der Schule getragen hatte. Sie würde ihr als Bluse und Untergewand dienen. Darüber zog sie einen alten Rock, schlüpfte in abgetragene Stiefel und schlang sich ein braunes Schultertuch von Branwen um.

Was würde sie noch brauchen? Aus ihrem Geschmeidekästchen nahm sie Halsketten und Armreifen, die sie unterwegs gegen Essen eintauschen konnte. Aus einem kleineren Fach holte sie des Königs Ring. Sie küßte ihn und hängte ihn an das Kettchen mit dem goldenen Kreuz, das Jehan ihr geschenkt hatte.

Schmatzende Laute drangen aus der Wiege und verstummten, als Stern offensichtlich seinen Daumen gefunden hatte. Doch damit würde er sich nicht lange zufriedengeben. Rasch faltete sie eine einfache Decke der Länge nach zusammen und packte Windeln und Babykleidung in sie herein.

Stern wimmerte, und Faris hörte mit dem Packen auf und zwang sich, sich zu beruhigen. Während sie ihn im Schaukelstuhl stillte, dachte sie über ihren Entschluß nach. Würde es genügen, einfach zu verschwinden? Sollte sie irgendwelche Hinweise hinterlassen für die, die Augen dafür haben mochten?

Als Stern satt war, wickelte und kleidete Faris ihn, dann legte sie ihn in die Wiege zurück. Mit klaren, dunklen Augen verfolgte er ihre Bewegungen. Die Nacht schwand jetzt, die Vögel sangen fröhlich in den Obstbäumen. Sie griff nach Jehans Tagebuch und riß die Seiten heraus, auf die sie ihre Träume niedergeschrieben hatte. Dem letzten fügte sie eine Zeile hinzu:

Caolin hat mich die Bedeutung meiner Träume erkennen lassen.

Diese Seiten legte sie auf den Tisch. Dann knüpfte sie die Decke zusammen, schlang sie sich über den Rücken, zog das Tuch über den Kopf und blickte ein letztes Mal in den Spiegel. Mit dem ergrauenden Haar, das zu einem Zopf geflochten war, und dem einfachen Tuch, das ihr Gesicht beschattete, sah sie wie eine Bäuerin aus, die vor ihrer Zeit gealtert war. Niemand würde sie für die schöne junge Königin von Westria halten, von der die Barden sangen.

Dann hüllte sie Stern in seine Decke und ging. Die Tür ließ sie hinter sich offenstehen.

Gold überzog den Himmel im Osten. Faris spürte, wie es ihr leichter ums Herz wurde, sie glaubte das Licht von Awahna vor sich scheinen zu sehen. Nun konnte nichts mehr sie zurückhalten, endlich würde sie dorthin gehen, wo sie sein wollte. Sie lächelte, als sie sich erinnerte, daß sie geträumt hatte, sie habe einen Lorbeerschößling in ihren Garten gepflanzt und ihn gen Osten getragen, um einem Sturm zu entgehen; und dann habe sie ihn in den Bergen wieder eingepflanzt, wo er groß und stark wurde. Obgleich er es vielleicht nie ahnen würde, hatte Caolin ihr auch ihren zweiten Traum gedeutet.

Die Sonne hob sich über die hundert Meilen entfernten Berge der Felsmark, und Faris verließ mit ihrem Kind unbemerkt Laurelynn.

11 Der Prozeß

»Mylord, es tut mir leid, aber die Königin ist nirgendwo zu finden.« Der Hauptmann der Wache von Laurelynn verbeugte sich und trat einen Schritt zurück.

»Es tut Euch leid!« fuhr Caolin ihn an. »Sie *muß* irgendwo sein! Sind Eure Leute blind? Bestimmt kann eine Frau, die ein Kind auf dem Arm trägt, in eineinhalb Tagen nicht weit kommen. Schickt Männer auf alle Straßen in einem Umkreis von einem Tagesritt von Laurelynn!«

»Jawohl, Mylord.« Der ziegelrote Waffenrock des Hauptmanns färbte sich bereits dunkel von Schweiß. »Aber wir haben bereits überall gesucht ...« Er unterbrach sich hastig, als Caolin sich drohend erhob. »Jawohl, Mylord Seneschall – wir werden noch einmal suchen.« Schwitzend zog er sich unter vielen Verbeugungen aus dem Gemach zurück.

Ich muß sie finden, ehe sie mit jemandem über mich spricht! Obgleich die Nachmittagshitze fast unerträglich war, fröstelte Caolin, als er sich entsann, wie seine Erinnerungen aus ihm herausgezogen worden waren, als Faris seinen Körper und seine Seele berührte hatte.

»Mylord Seneschall, die Kuriere stehen bereit, die Botschaften zu übernehmen.« Ein anderer Mann stand nun an der Tür.

Caolin blickte fragend Ercul Ashe an, dessen Feder noch einen Schnörkel zog, ehe er nickte, das Papier faltete und es zu dem Stoß auf seinem Schreibtisch legte.

»Sie sind fertig«, erklärte Ashe. »Eine für jede der Freien Städte.« Er stand auf und massierte abwesend seine Schreibhand, während der Mann bereits klappernd die Treppe hinuntereilte. In den Amtsstuben ringsum wurden Anweisungen erteilt und Überlegungen angestellt, und in der Stadt herrschte große Aufregung – wie in einem Bienenstock, aus dem die Königin verschwunden war. Tausend Stimmen wiederholten tausend Variationen desselben Kehrreims:

Die Lady Faris ist nicht in Laurelynn ... Die Königin und ihr Kind sind verschwunden ...

»Soll ich anfangen, die formelle Erklärung aufzusetzen, Mylord?« Die kühle Stimme Ercul Ashes riß Caolin aus seinen Gedanken.

»Was? O ja – irgend etwas werden wir wohl bekanntgeben müssen.« Der Seneschall fuhr sich durchs Haar. Wo würde Faris Hilfe suchen?

Er richtete sich auf. »Findet jemanden, der weiß, wo die Hütte des Wacholdermeisters auf dem Berg der Herrin ist, und schickt ihn hin, damit er dort sucht!«

Sein Stellvertreter nickte und rief einen Schreiber herbei, der auf dem Gang wartete. Seine Amtsstube drehte sich plötzlich um Caolin, und er bemerkte, daß er seit gestern keinen Bissen mehr gegessen hatte. Er schenkte sich Wein ein und hob den Kelch an die Lippen, doch er brachte keinen Schluck hinunter.

Wenn sie ein Schreiben hinterlassen hätte, in dem sie mich anklagt, hätte man mich bereits in Ketten geworfen ... Caolin verzog das Gesicht. *Warum hat Faris mich nicht beschuldigt? Glaubt sie, diese Ungewißheit würde mich dazu bringen, mich selbst zu verraten?*

Er schloß die Augen, aber er konnte Faris' schmerzerfülltes Gesicht genausowenig vergessen wie die häßliche Narbe an ihrem Arm. *Sie ist gezeichnet!* erinnerte er sich. *Sie hätte nie zur Königin erhoben werden dürfen!*

Habe ich vielleicht unbewußt gespürt, daß Jehan sich verseucht hatte? Und er fragte sich plötzlich: *Habe ich ihn deshalb getötet? Dann war es ihre Schuld!*

»Sie haben Netze durch den ganzen See gezogen ... und in der ganzen Stadt keine Spur von der Königin ...«, sagte Ercul Ashe mit leicht fragendem Ton. Caolin stützte den Kopf auf die Hände, ohne auf ihn zu achten. Wo war Faris? Was konnte er noch unternehmen, um sie zu finden?

Er hatte eine Brieftaube zu einem seiner Agenten im Süden geschickt, gleich gestern abend, als er erfahren hatte, daß Faris vermißt wurde. Er hoffte, daß die Botschaft Ordrey erreichte. Er hatte Gerol bei sich – und bis sie zurückkehrten, konnte er nicht einmal den Wolf auf die Spur der Königin ansetzen.

»Es ist seltsam, daß die Königin einfach so weggerannt

ist«, sagte Ercul Ashe jetzt. »Aber Krankheit kann den Geist verwirren. Schien es ihr an dem letzten Abend nicht gutzugehen?«

Caolin hob langsam den Kopf und blickte seinen Stelltreter an, wie Gerol vielleicht einen gefangenen Hasen ansehen würde. »Der Königin fehlte nichts, als sie mich verließ. Ich habe keine Ahnung, wohin sie sich begeben haben könnte. Und ich lüge nie ...«, antwortete er leise. Seine ganze verzweifelte Hilflosigkeit der vergangenen zwei Tage richtete sich nun auf das neugierige Gesicht seines Stellvertreters.

»Ich habe fast den ganzen Vormittag damit verbracht, Lord Robert von der Felsmark eben dies immer wieder zu versichern, während er die Hände rang, weil er nicht wußte, was er tun sollte.» Caolins Stimme wurde lauter, er lehnte sich über den Schreibtisch. »Und Ihr, kleiner Mann, wollt Ihr mich jetzt einer Befragung unterziehen?« Er brüllte die letzten Worte und ging um den Schreibtisch herum zu Ercul Ashe, der so erschrak, daß er zur Tür rannte.

Der Seneschall blieb plötzlich stehen, als die Tür krachend zuschlag, und stützte sich mit steifen Armen auf den Schreibtisch. In seinem Kopf hämmerte es. Er wollte sich gerade die Lippen mit der Zunge befeuchten, als ihm bewußt wurde, daß sein Mund zu einem Knurren verzerrt war. Nun versuchte er, den Schmerz zu verdrängen, und drehte den Kopf ganz vorsichtig heran. Er hatte seine ganze Kraft eingesetzt, um Faris zu finden. Aber was würde geschehen, wenn sie gefunden war?

Ich tötete Jehan ... Ich schwor, Faris und dem Kind zu dienen, wie ich ihm gedient habe ... Ich lüge nie ...

Er senkte den Kopf, bis sein blondes Haar die Schreibtischplatte streifte. Er stöhnte, denn er wußte, daß sein eigener Schwur ihn band, Faris und ihr Kind zu töten, sobald sie gefunden waren. Doch das durfte niemand wissen, niemand je erfahren. Sein Leben und Westrias Sicherheit hingen davon ab, daß für immer verborgen blieb, was aus der vermißten Königin geworden war.

Faris schlug sich mühsam durch die Weidenzweige am Straßenrand. Der rote Staub, der um sie aufstieg, reizte sie zu heftigem Husten, während sie dem in der Ferne immer kleiner werdenden Reiter nachblickte, der ihn aufgewirbelt hatte.

»Sie suchen uns immer noch«, sagte sie zu Stern und hob ihn höher, bis sein Köpfchen über ihre Schulter schaute. Innerlich fröstelte sie, als sie sich fragte, welche Anweisungen Caolin seinen Boten wohl gegeben hatte. Sie sollte die Straße verlassen, um nicht vor jedem Reisenden Angst haben zu müssen.

»Wir brauchen ein sicheres Fleckchen, wo wir die Nacht zubringen können«, sagte sie fest. »Ich hatte gehofft, wir könnten in irgendeinem Bauernhaus Unterkunft finden, aber es ist noch nicht sicher, und wir sind auch noch zu nahe an der Straße.« Sie seufzte und schaute sich um.

Der Staubschleier verlieh den langen Sonnenstrahlen, die von den Bergen im Westen schräg über das Tal fielen, eine gewisse Festigkeit. Sie funkelten rotgold zwischen dem Schilf zu ihrer Rechten, wo der Dunkelwasser sich in seinem seichten Bett dahinschlängelte. Wenn sie ihm folgte, würde sie zur Mündung des Gnadenflusses gelangen, der von den Bergen herunterrauschte. Dort begann der Pilgerweg, dort würde sie sicher sein.

Aber noch war sie nicht dort, und obgleich ein Bauer sie ein Stück auf seinem Karren mitgenommen hatte und sie deshalb heute auch weiter als erwartet gekommen war, machte ihr Körper ihr nach einem Jahr der Bequemlichkeit zu schaffen. Beim Erwachen – sie hatte die Nacht auf feuchtem Boden gelegen – hatte sie jeden Muskel gespürt, und ihr Husten machte sich wieder bemerkbar. Für heute nacht konnte sie auf nicht mehr als ein Dickicht hoffen, das sie und ihr Kind vor dem Tau schützte.

Faris kletterte von der erhöhten Straße hinunter und stapfte querfeldein. Ihre Röcke streiften an den goldenen Halmen wilden Hafers entlang, dessen Ähren bereits so reif waren, daß sie sich in dem groben Stoff verfingen. Sie atmete den würzigen Duft sonnengetrockneten Heus ein, der sie an die Felder zu Hause erinnerte. Allmählich entspannte sie sich. Die schläfrige Stille des Landes erfüllte sie, bis sie, in Übereinstimmung mit der Welt um sie herum, bereit für die nächtliche Rast war. In dem Jahr, das hinter ihr lag, hatte sie sowohl höchste Ekstase als auch tiefstes Leid erlebt, doch seit sie Jehan kennengelernt hatte, war ihr kein Frieden mehr beschieden gewesen.

Das goldene Land lag vor ihr und glühte, als hätte es mit der Hitze der Sonne auch ihr Licht in sich aufgenommen. Es war so, wie sie es vor einem Jahr vom Gipfel des Bergvaters gesehen hatte. Damals hatte sie auf dieses Land hinabgeblickt, nun aber war sie ein Teil davon, und dieser kleine Teil, den sie zu sehen vermochte, schloß alles ein.

Einen Augenblick vergaß sie sogar sich zu bewegen, ganz von der Stille gefangen. Ihr Bewußtsein wandte sich nach innen, als sie nach einer Erkenntnis forschte, die zum Greifen nahe war.

Awahna – Awahna lag dort – wenn sie nur ...

Da begann Stern an ihrem Hals zu saugen – und der Augenblick verging.

»O mein Kind – wir werden wohl doch den langen Weg nehmen müssen!« flüsterte sie, und Tränen verschleierten ihren Blick.

In diesem Moment bemerkte sie vor sich die überwucherten Radfurchen eines Weges. Neugierig folgte sie seinen Biegungen zu einer Gruppe von Eichen. Sie standen rings um ein kleines Haus aus weißgetünchten, sonnengetrockneten Lehmziegeln, das mit schon arg mitgenommenen Binsen gedeckt war. Die Wände waren vielfach ausgebessert, also kümmerte sich wohl noch jemand um das Häuschen, so alt es auch war.

Vorsichtig öffnete Faris die Tür. Sie blinzelte in die Dunkelheit und auf einen Lichtstreifen, der nach einiger Zeit den Blick auf einen schattigen Eingang und einen Alkoven unter einem Westfenster freigab. Ihre Schritte hallten auf den Bodenfliesen, als sie durch den Raum schritt, um zu erkennen, was diese Farbenkleckse an der hinteren Wand waren.

Da veränderte sich der Einfallwinkel der Sonne, und die Farben vor Faris erwachten zum Leben. Es war ein Fresko:

Ein Mann in der einfachen Tunika des Adepten, einen Stab in der Hand, als wäre er ein Hirte oder ein König. Der Künstler hatte ihn auf einen dunkleren Hintergrund gemalt, um auf das Licht hinzuweisen, das von ihm ausging. Wunden waren an seinen Händen und Füßen, seine Augen erinnerten sie an die des Wacholdermeisters, seine Haltung jedoch an Jehan.

Faris legte Stern behutsam auf den niedrigen Altar und verneigte sich, denn sie erkannte, daß sie in eine Kapelle des HÜTERS der Menschheit gekommen war.

»Gütiger Herr, ich danke dir für diese Gastlichkeit und bitte dich, mein Kind zu segnen ...«, murmelte sie. Dann blieb sie still stehen, bis sie durch die geschlossenen Lider spürte, daß das Licht mit der untergehenden Sonne schwand, und die Wesenheit, die ihr Bewußtsein wahrgenommen hatte, sich zurückzog.

Faris richtete sich auf und trug Stern zum anderen Ende des kleinen Raums, wo sie ihre Decke auf den Boden breitete. Sie ließ ihn darauf liegen, während sie Reisig sammelte und ein bescheidenes Mahl aus Haferbrei und Trokkenfrüchten bereitete. In der Stille der Nacht träumte sie, der HÜTER sei von der Wand gestiegen und stünde, die Hand ausgestreckt, vor ihr, und führe sie zu der Kluft in den Bergen, wo sich graue Felsen wie Säulen zum blauen Himmel hoben.

Sie war in ihren Träumen schon dort gewesen und mit Jehan umhergewandelt.

Doch jetzt wartete der Wacholdermeister, um sie willkommen zu heißen. Glücklich rannte sie auf ihn zu. *Seht Ihr, ich habe den Weg doch noch gefunden* ... Als sie die Augen öffnete, blickte sie ins goldene Licht des neuen Morgens.

Sonnenschein fiel in Erics Gemach, doch selbst sein Strahlen wurde übertroffen von Erics Augen, als er Rosemarie anblickte. Farin legte die Stirn auf die Rundung seiner Harfe und unterdrückte das Verlangen, ihnen das Glück aus den leuchtenden Gesichtern zu reißen, als hätten sie kein Recht darauf, nun, da Faris verschwunden war.

»Es ist fast so, als hätte sie geahnt, daß ihr etwas zustoßen würde«, sagte Rosemarie leise, »und als hätte sie deshalb gewollt, daß wir zuvor alle noch einmal zusammenkommen.« Eric hob ihre Hand zu seinen Lippen.

»Faris ist *nicht tot*!« rief Farin. »Redet nicht, als ob sie es wäre!«

Erics blickte ihn besorgt an. »Wir *möchten* natürlich glauben, daß sie noch lebt – aber die Suche nach ihr ist seit sechs Tagen erfolglos! Wie kannst du dir da so sicher sein?«

Farin stützte nun das Kinn auf die Harfe und runzelte die Stirn. »Zwischen uns ist etwas – eine Art Faden, der unser Bewußtsein verbindet. Ich spürte ihre Verzweiflung in jener Nacht, als sie verschwand. Ich würde auch den Schmerz ihres Todes fühlen. Oh, warum bin ich nur weggegangen!« Hilflos hieb er mit der Faust auf das Fensterbrett neben sich und blickte erstaunt hoch, als Taubheit dem Schmerz wich.

Eric seufzte. Zu lange schon grübelten sie darüber.

»Faris muß weggerannt sein«, fuhr Farin nach einer Weile fort. »Das tat sie schon einmal – nach dem Tod unserer Mutter.« Er warf Branwen einen bitteren Blick zu. »Wenn du sofort Alarm geschlagen hättest ...«

»Ich wollte Gerede vermeiden!« rief sie. »Es wurde schon genug über das merkwürdige Benehmen der Königin gemunkelt. Und als ich nachschaute und sah, daß auch Rosemarie nicht in *ihrem* Gemach war, dachte ich, sie wären zusammen spazierengegangen und hätten nur vergessen, jemanden zu benachrichtigen.«

Sie sah Rosemarie vorwurfsvoll an.

Rosemarie errötete und blickte verlegen zu Eric hinüber. Abwesend dachte Farin, daß er recht gehabt hatte, als er dachte, die Liebe würde Rosemarie zur Schönheit erblühen lassen. Selbst die von der Hitze geröteten Wangen und die Schweißperlen auf ihrer Stirn minderten ihren Liebreiz nicht.

Er seufzte und strich zärtlich über die glatte Biegung seiner Harfe. *Aber für mich ist Goldschwan immer noch die Schönste!* Er hätte nie gedacht, daß er ein einfaches Instrument so vermissen könnte! Selbst wenn er ihr Gold unter einer

Farbschicht verbergen müßte, würde er sie nicht mehr zurücklassen, wenn er wieder auf Wanderschaft zog.

Farin unterbrach seinen Gedankengang und staunte, mit welcher Selbstverständlichkeit er annahm, daß er wieder ausziehen würde. *Nun, bis ich Faris gefunden habe, ist das Leben in Laurelynn nichts mehr für mich …* Er zwang sich, wieder dem Gespräch der andern zuzuhören.

»Caolin *muß* etwas wissen!« rief Branwen. »Der Kapellmeister sagte mir, daß er die beiden allein zurückgelassen habe.«

»Auf Faris' Anweisung«, antwortete Rosemarie. »Und der Kapellmeister würde mit einem Verdacht nicht hinter dem Berg halten – er mag den Seneschall nämlich nicht.«

Ein schüchternes Klopfen an der Tür ließ alle zusammenfahren. Eric öffnete und spähte die dämmrige Treppe hinunter. Farin erstarrte, als sich eine Gestalt in grauem Gewand und mit noch grauerem Haar aus den Schatten löste. Er erkannte Ercul Ashe.

Der Stellvertreter des Seneschalls huschte in das Gemach und schaute sich um. »Ist jemand auf dem Korridor?« fragte er besorgt. »Ich hoffe nicht, daß mich jemand kommen sah.«

»Was ist passiert?« erkundigte sich Farin. Er ging ihm entgegen und griff seinen Arm. »Verdächtigt man Euch?« Sein Herz hämmerte. Ashe war bisher noch nie zu ihm gekommen.

»Nein … Ich bin sicher, mein Herr ist zu sehr mit anderem beschäftigt, als daß er an mich denken würde.« Ashe setzte sich auf den Stuhl, den Eric ihm anbot. »Und doch weiß ich nicht mehr, auf was ich mich noch verlassen kann!«

»Geht es um die Königin?« fragte Rosemarie erregt. »Hat Caolin …«

»Was? Nein – ich könnte schwören, er wartet genauso verzweifelt auf Kunde von ihr wie jemand von euch. Immerhin hängt seine ganze Autorität an seinem Status als ihr Minister!«

Farin schluckte. »Aber Ihr habt etwas erfahren …«, sagte er behutsam. »Etwas, das wir wissen sollten …«

»Ich glaube ...« Ercul Ashe blickte sie mit gequälten Augen an, seine Stimme war kaum noch zu vernehmen. »Ich glaube, daß Mylord Caolin ein Zauberer geworden ist.«

Farin unterdrückte das Bedürfnis, laut zu lachen. *Irgend etwas* hatte den kleinen Mann jedenfalls gehörig erschreckt.

»Was hat er getan?« erkundigte sich Eric, der diese Vermutung offenbar gar nicht so lachhaft fand.

»Ist es nicht Zauberei, sich der Gestalt eines anderen zu bedienen?« fragte Ercul Ashe.

Farin spürte, wie sich ihm die Härchen im Nacken aufstellten.

»Er war wütend auf mich, weil ich zu viele Fragen stellte«, erklärte Ashe. »Ich dachte, er würde mich schlagen, doch plötzlich war er nicht mehr Caolin, sondern ein zum Sprung bereiter Wolf ... Natürlich schrieb ich es zunächst nur meinem Schrecken zu ...«

»Jetzt nicht mehr?«

»Nein. Ich erinnerte mich, wie Leute mich ansprachen und behaupteten, sie hätten mich an Orten gesehen, wo ich bestimmt nie gewesen war. Also fragte ich sie nach Einzelheiten ...« Die Worte quälten sich über seine Lippen. »Jetzt glaube ich, daß Lord Caolin manchmal meine Gestalt annimmt.

Er hat mich *benutzt.* Er hat mein Aussehen benutzt und meinen Ruf – für einen heimlichen Zweck, ohne mein Wissen!« Die von jahrelangem pflichtbewußten Dienst in sein Gesicht gemeißelten Linien schienen unter dieser nervlichen Belastung zu zerfließen.

Farin schluckte und blickte weg, er wollte die Erniedrigung des älteren Mannes nicht mit ansehen. Er fragte sich: *Wie würde ich mich fühlen, wenn mein Herr meine Treue mit solcher Schande belohnte?*

»Aber Meister Ercul – weshalb sollte er so etwas tun?« rief Eric.

Der Stellvertreter des Seneschalls seufzte. »Einen Grund kann ich mir denken. Eine Zeitlang traf ich mich regelmäßig mit einem Agenten Prinz Palomons ... Nein, es war kein Hochverrat – ich sollte ihm nur falsche Informationen zuspielen!« fügte er hinzu, als er Erics Miene sah.

»Als der Krieg erklärt wurde, wies mein Herr mich an, diese Treffen nicht mehr einzuhalten. Darüber war ich sehr froh. Aber ...« Sein Blick wanderte über die Anwesenden.

»Der Wirt von den Drei Lorbeeren sagte, ich sei auch weiterhin regelmäßig zu den Treffen gekommen, und zwar so lange, bis Prinz Palomon nach den Friedensverhandlungen nach Elaya zurückkehrte!«

Eric rannte in dem Gemach herum wie ein Puma in einem Käfig. »Ich dachte schon immer, daß Palomons Entschuldigung zu bereitwillig kam!« sagte er rauh. »Was, nehmt Ihr an, hat Caolin ihm dafür versprochen?«

»Wenn wir keine schriftlichen Beweise finden, werden wir das nie erfahren«, warf Rosemarie ein.

»Und wenn wir nicht beweisen können, daß Caolin sich dieser Zaubertricks bedient, können alle Zeugen in Laurelynn nur schwören, daß sie Ercul Ashe gesehen haben!« erklärte Farin düster.

Rosemarie lehnte sich an den Fensterrahmen, und die Nachmittagssonne ließ ihr Haar in einem noch tieferen Gold aufleuchten. »Ich wünschte, der Wacholdermeister wäre hier! Er würde erkennen, welche Kräfte der Seneschall hat ...«

»Was ist mit der Leiterin der Schule?« fragte Branwen. »Sie wird an der Ratssitzung in zwei Wochen teilnehmen. Könnte sie sich Caolin unbemerkt vornehmen?«

»Ich weiß nicht, ob ich es wagen kann, sie darum zu bitten.« Rosemarie biß sich auf die Lippen. »Und wenn Caolin so große Macht erworben hat, ist es zweifelhaft, daß es ihr überhaupt gelingen würde.«

Farin wandte den andern den Rücken zu. Ihm war plötzlich unendlich kalt. Hatte Caolin auch bei Faris Zauberei angewandt? Er hatte sich vorgestellt, daß der Seneschall sie heimlich erwürgte und in den See warf ... Aber was war, wenn geistiger Zwang ihr diesen grauenvollen Schrei entrungen hatte?

Ich hätte sie beschützt! dachte er, und dann: *Aber ich war nicht da!*

»Ich muß gehen«, erklärte Ercul Ashe. »Ich werde erwartet.«

»Ihr habt mehr getan, als wir erhoffen durften«, versicherte ihm Rosemarie. »Seid vorsichtig – Caolin darf nicht ahnen, daß sich etwas in Eurer Loyalität geändert hat.«

Der Stellvertreter des Seneschalls stand steif auf und zog seine Würde wie einen Mantel um sich. »An meiner Loyalität hat sich nichts geändert«, entgegnete er. »Ich diene Westria.«

Sein Verantwortungsbewußtsein veranlaßte Farin, ihn die Treppe hinunterzubegleiten und ihm nachzusehen, bis er in der Menge verschwunden war. Als er sich umdrehte, um wieder hineinzugehen, hinkte ein Mann mit der Haltung eines Soldaten, vom Arm seines Kameraden gestützt, vorbei. Beide sangen:

Allein mit den Raben liegt ein Krieger im Blut –
Ihn schüttelt das Fieber, er ringt mit dem Tod.
Ein letztes Lebwohl in machtloser Wut –
Daß er die Freunde verlassen muß jetzt in der Not …

Farins Klagelied für Brian hatte seinen Weg nach Laurelynn gefunden.

Faris preßte den Handrücken auf ihre Stirn, dann zog sie die breite Krempe ihres Hutes tiefer ins Gesicht, um es vor der Sonne zu schützen. Hatte sie Fieber? Ihre Haut war heiß und trocken, aber das war auch die Luft, die sie atmete. Die Sonnenglut, die sich auf den Felsen zu beiden Seiten der Straße brach, machte die Schlucht, die der Gnadenfluß durch die Berge geschnitten hatte, zu einem Backofen.

Ihr Pony stolperte. Faris zog es mit einer Hand am Zügel hoch und drückte automatisch mit der anderen Stern an sich, den sie mit dem Tuch vor ihre Brust gebunden hatte. Tier und Hut hatte sie mit ihren letzten Silberarmreifen in einem Dorf nahe der Stadt Tor erstanden. Das Reiten verschaffte zwar ihren schmerzenden Füßen Erleichterung, aber das Tier kam auch nicht schneller voran, als sie es zu Fuß geschafft hätte, und sein holpriger Gang ließ sie bald jeden Knochen in ihrem Leib spüren.

Dafür hatten sie seit Tagen keine Häscher mehr gesehen. Hatte man sie bereits vergessen? Sie hustete rauh und gab ihrem Pony die Fersen.

Vier Tage war sie dem Pilgerweg durch die welligen Ausläufer des Gebirges gefolgt, wo das Rot der Erde nur da und dort von dem stumpfen Grün vereinzelter Krüppeleichen oder Nadelbäume durchbrochen wurde. Nun aber erhoben sich die hohen Berge vor ihr, Kamm um Kamm, hier und dort mit Fichten, Latschenkiefern und Tannen bewachsen.

Faris versuchte, die Begeisterung wiederzufinden , die sie anfangs erfüllt hatte, als sie den Weg nach Awahna gesehen hatte, aber die endlosen, mühsamen Tage hatten sie ihr geraubt. Jetzt stieg der Weg stetig an, während die Schlucht tiefer wurde und die Felswände steil zum Gnadenfluß abfielen, der tief unten mit weißem Schaum über Felsbrocken und Steine rauschte. Eine willkommene Brise blies in dieser Höhe, doch Faris' Kopf schmerzte immer noch dumpf, und sie blinzelte in die blendende Sonne. Dann blickte sie hinunter und schloß rasch die Augen, von Schwindel erfaßt.

*Wenn ich abstürze, würde niemand es sehen. Niemand würde je wissen, was aus mir geworden ist ...*Faris fröstelte und hoffte, daß das die Angst war. Stern wand sich und beschwerte sich lauthals, und sie zwang sich, ihn weniger fest an sich zu drücken.

»Ich kann nicht krank sein! Ich darf nicht krank sein – nicht jetzt! Was würde dann aus dir?« rief sie. »Ich habe mich überanstrengt, das ist alles, ich bin nun schon fast zwei Wochen unterwegs. Ich müßte doch ein Plätzchen finden, wo wir uns ausruhen können. Awahna kann nicht mehr sehr weit entfernt sein!«

Doch die dünne Bergluft peinigte ihre Lunge, und der Weg schlängelte sich weiter, bis zum Ende der Welt.

»Dem All-Schöpfer sei gedankt, daß die Sitzung zu Ende ist – ich dachte schon, sie würden sich noch mehr Ausreden einfallen lassen, weshalb Faris bis zum Ende aller Zeit nicht gefunden werden kann!« Rosemarie lehnte sich gegen die bemalte Säule, die die Veranda der Ratshalle stützte, und seufzte.

»Ich danke dem Herrn, daß es dich gibt, Rosemarie!« sagte Eric ernst. »Wenn du deinen Vater nicht gebeten hättest, eine Mittagspause einzulegen, wäre Caolin jetzt vielleicht schon Regent. Natürlich hätten Lady Alessia und ich gegen ihn gestimmt, aber bei den andern bin ich mir nicht sicher. Wie er es hinstellte, klang es wie ein *vernünftiger* Vorschlag.«

Rosemarie lachte. Farin stemmte gegen das Geländer und klopfte mit den Fersen gegen die Sprossen. Die rötlichen Ziegel Laurelynns wirkten in der Mittagssonne beinahe farblos. Drei Wochen waren inzwischen seit Faris' Verschwinden vergangen.

»Die Nachmittagssitzung wird die endgültige Entscheidung bringen«, sagte er bedächtig. Zu gut erinnerte er sich an das Bild des Seneschalls, dessen Haar so sorgfältig gestutzt war, daß es genau mit dem kleinen Stehkragen seines losen Linnengewandes abschloß. Die Hitze hatte ihm offenbar überhaupt nichts ausgemacht, ihm dagegen rann auch jetzt der Schweiß in wahren Bächen über den Rücken.

»Ich glaube, Caolin hat einen Fehler gemacht«, sagte Rosemarie. »Nach dieser Bedenkzeit wird so mancher, der ihn als Seneschall geduldet hat, dennoch eine ganze Menge gegen einen Regenten Caolin einzuwenden haben!«

»Hoffentlich!« sagte Farin. Immer noch kamen Scharen aus der Ratshalle und redeten aufgeregt aufeinander ein. Er fächelte sich mit dem losen Ärmel Luft zu und wünschte sich, die Wolken im Westen möchten sich vor die Sonne schieben oder ein Gewitter bringen – irgend etwas, um die Spannung in der Luft zu brechen, die sich seit dem Vormittag zusehends erhöhte.

»Aber kann ein Regent die Arbeit ohne Caolin überhaupt bewältigen? *Ich* möchte dieses Amt wahrhaftig nicht!« rief Eric und strich mit den Fingern durch sein zerzaustes Haar.

»Wir haben erwartet, daß Faris es schaffen würde«, warf Farin bitter ein, »und daß sie die Trauer um Jehan ebenso tragen würde wie sein Kind.« Er fühlte sich plötzlich so einsam und ohne Wärme. *O meine Schwester, wirst du mir je vergeben, weil ich dich im Stich ließ?*

»Wir haben immerhin Robert ...«, murmelte Eric. »Er erklärt sich vielleicht bereit, wenn es keine andere annehmbare Wahl gibt, und wenn jemand gegen Caolin aussagt. Oh, ich weiß, ich versprach, Ercul Ashe nicht dazu aufzufordern, solange ich ihn nicht vor seinem Meister schützen kann«, beantwortete er Rosemaries besorgtes Stirnrunzeln. »Aber wenn Caolin an der Macht bleibt, kann ich seinem Stellvertreter auch nicht helfen. Und wie können wir des Seneschalls Macht ohne die Aussage Ashes brechen?«

»Vielleicht müssen wir das gar nicht ... schaut doch!« Farin deutete auf ein grelles Rot, das die bunte Menge durchquerte – Caolin und sein Gefolge auf dem Weg zur Reichskanzlei. Es war nicht zu übersehen, daß die Umstehenden vor ihnen zurückwichen. Und Farin konnte ihr Mißtrauen und ihre Neugier spüren. Jemand rief: »Denkt an die Drachenöde!« Dann waren Fetzen eines Liedes zu vernehmen, das immer lauter wurde. Und der Kehrreim schließlich war unüberhörbar.

Wo bleibt uns're Herrin, der Quell aller Schönheit?
Und wo ist der Stern, der uns aufging am Firmament?
Fragt doch die rote Spinne, die über der Stadt hockt –
Vielleicht, daß sie die dunklen Antworten kennt ...

Farin sah, daß Caolin stehenblieb, bis er die kleine Gruppe auf der Veranda erkannte. Farin umklammerte unwillkürlich Erics Arm, so sehr erschütterte ihn die Bosheit in den Augen des Seneschalls.

»Das ist ungerecht!« protestierte er zwischen Furcht und Lachen. »Ich habe dieses Lied gar nicht verfaßt!«

Die Menge verstummte und beobachtete den Seneschall, der majestätisch vorüberging und überhaupt nicht auf sie achtete.

»Was würden sie tun, wenn sie glaubten, er könnte ihr Regent werden?« fragte Eric und zog die Brauen zusammen.

Farin biß sich auf die Unterlippe. Sein Magen verkrampfte sich über der Erkenntnis, daß ihn seine Wanderung, die ihn der Chance, Faris zu helfen, beraubt hatte, ihn offensichtlich nicht davor bewahrt hatte, als Urheber des Liedes über Brian bekannt zu werden. Nicht, daß das jetzt noch eine Rolle spielte ... Der Platz in seiner Seele, der seit Jehans Tod leer gewesen war, füllte sich nun mit Haß auf Caolin.

Bruchstücke neuer Strophen fielen ihm ein, und die Welt um ihn hörte auf zu schwanken. »Ich werde ihnen die Wahrheit sagen!« erklärte er mit dünnem Lächeln. »Und ich glaube, daß es Caolin bald leid tun wird, daß er sich um dieses Amt bemüht!«

»Nein! Tu das nicht!«

Farin drehte sich um und sah, daß Branwen sich ihnen angeschlossen hatte. Er fragte sich, wie lange sie schon dastand.

Ihr Ton wurde eindringlicher: »Du weißt, daß der Seneschall keine Kränkung vergißt! Sollen andere ihn zu Fall bringen!«

Farin schluckte. Branwen hatte ihn am Arm gefaßt, und er war sich ihrer Nähe fast unangenehm bewußt. Wieder mußte er an die Macht vor der Eberjagd denken, in der sie sich geliebt hatten. Doch das erklärte den Schrecken in ihren Augen nicht.

»Jemand *muß* es versuchen!« sagte er zu ihr, so sanft er es konnte. »Wäre es dir lieber, wenn Caolins Zorn *sie* träfe?« Er deutete auf Eric und Rosemarie.

»Ja!« zischte das Mädchen. Flecken hoben sich von der fahlen Blässe ihres Gesichts ab.

Farin entriß ihr seinen Arm. Er verstand jetzt, weshalb er ihr ausgewichen war. Ihr Verlangen lähmte ihn mehr als die drückende Hitze. Sie wollte nicht nur seinen Körper, sie wollte *ihn!*

»Du brauchst keine Angst um mich zu haben. Sobald die Sitzung vorbei ist, verlasse ich Laurelynn und suche meine Schwester.«

Neue Flecken glühten auf Branwens Wangen. »Ich dachte, ich hätte nur deine Harfe als Rivalin! Dabei hätte ich wissen müssen, daß meine eigentliche Rivalin die Königin ist!«

»Du hast von mir bekommen, worauf du aus warst!« erwiderte Farin wütend. »Und mehr bekommt keine Frau je von mir!« Sein Haß auf Caolin, sein Schuldbewußtsein, weil er Faris alleingelassen hatte, und die Liebe zu seiner goldenen Harfe vermischten sich einen Herzschlag lang zu einer Vision, in der seine Zukunft wie eine schöne weiße Straße vor ihm lag. Er stieß Branwen zur Seite, sprang von der Veranda hinunter und bahnte sich einen Weg durch die Menschenmassen.

Die Bürger machten ihm respektvoll Platz, als sie ihn erkannten, und murmelten seinen Namen. Farin lächelte und vergaß den kleinen Streit. Die Menge würde noch hier sein, wenn er mit seiner Harfe zurückkehrte, und dann würde er für sie spielen und sie überzeugen.

Caolin ließ den Blick über die Räte von Westria an den acht Seiten der Ratskammer und über die Bevollmächtigten der Stände schweifen, die auf den arenagleichen Bänken hinter ihnen saßen.

Wie kann ich sie für mich gewinnen? fragte er sich. *Wie kann ich sie meinem Willen unterwerfen?* Als die Fanfare schmetterte, erhob er sich mit den anderen, und die Sitzung nahm ihren Fortgang.

Jetzt ... dachte er. Sein Mund war trocken, und das Blut prickelte in seinen Adern. Hatten Jehan oder Brian sich so gefühlt, wenn sie ihren Feinden in der Schlacht gegenüberstanden?

»Heute morgen sprachen wir davon, daß wir die Suche nach der Königin über das gesamte Reich ausdehnen wollen«, begann er. »Da das alle Länder betrifft, ersuche ich den Rat um die Erlaubnis dazu.« Er blickte sich fragend um. *Und wenn sie gefunden wird?* Er scheute vor der Erinnerung an die Befehle zurück, die er Ordrey erteilt hatte.

»Ich dachte, wir sprachen diesen Vormittag über die Regentschaft, Lord Seneschall!« warf Lady Alessia scharf ein. Ihre Augen funkelten unter dem dunklen Feuer ihres Haares. »Es muß immer noch über einen Antrag abgestimmt werden!«

Caolin unterdrückte ein Seufzen. Er hatte gehofft, davon abzulenken, da sein Schachzug, die Macht auch nominell zugesprochen zu bekommen, keinen Erfolg gebracht hatte. Verächtlich zuckte er die Schultern. »Er wurde aus Zweckmäßigkeitsgründen gestellt. Aber ich verstand es so, daß der Rat einen derartigen Zug für verfrüht hält.«

»Ja, gewißt ist es dafür zu früh«, sagte Lord Robert erleichtert und blickte von den polierten Bodenfliesen auf, die er einer eingehenden Betrachtung unterzogen hatte. »Es sind ja erst knapp zwei Wochen her, seit die Königin – wegging.«

Caolin rümpfte unmerklich die Nase. Wenn Robert sein Rivale für das Amt des Regenten war, schien er doch keinen großen Wert auf diese neue Bürde zu legen. In der flüchtigen Stille hörte Caolin den Gesang draußen vor der Ratshalle. Sein Blick schweifte zu der Bank hinter dem Thron der Königin, von der aus Sir Farin ihn während der letzten drei Tage angefunkelt hatte. Der junge Narr! Er hätte längst etwas unternehmen sollen, um ihn zum Schweigen zu bringen ...

Lord Eric erhob sich und blickte rasch noch einmal Rosemarie wie um Unterstützung heischend an, ehe er sich räusperte. »Mylords und Myladies von Westria – bei der letzten Ratssitzung unseres Königs ernannte Jehan Lady Faris zur Regentin für ihr Kind. Doch er fügte hinzu, daß, sollte sich etwas Unvorhersehbares ereignen, wir selbst über die Zukunft entscheiden müßten.«

Jehan! Caolins Blick floh zu dem Sonnenstrahl, der durch das Oberlicht auf den Boden fiel. Doch er sah nur das Licht des Mittwinters, das die angegriffene Schönheit von Jehans Gesicht erhellte. *O mein geliebter Herr, warum hast du mich alleingelassen?*

»Dieses Reich braucht einen Führer, der nach dem Gesetz gewählt ist, und nicht einen, dem mangels Mitbewerber dieses Amt zufällt. Laßt uns die Wahl jetzt treffen!« rief Eric.

Caolin runzelte die Stirn, doch Frederic Sachs hatte sich bereits zu Wort gemeldet, noch ehe Eric sich wieder gesetzt hatte. Der Seneschall entspannte sich. Eine wohlabgewogene Mischung aus Schmeichelei und Furcht hatte diesen Mann schon lange zu seinem Diener gemacht.

»Ihr wart der Beschützer der Königin, junger Herr – strebt Ihr nun auch nach dem Umhang des Königs?«

Eric errötete. Irgendwo aus der Menge erklang boshaftes Gelächter. Sachs fuhr fort: »Gewiß ist unser Lord Seneschall, der seit dem Tod des Königs allein die Bürde des Reiches trug, am besten geeignet, das Zepter zu schwingen. Bestätigen wir ihn als Regenten!« Er blickte Caolin erwartungsvoll an, und der Seneschall versuchte zu lächeln. Doch ihm war klar, daß es nun keine Möglichkeit mehr gab, die Abstimmung zu verhindern. Er zuckte innerlich zusammen, als Lady Alessia das Wort ergriff.

»Meine Miträte, ich fühle mich nun, da ich das Erbe meines eigenen Sohnes bewahren muß, der Königin tiefer verbunden, als sich irgendeiner von euch vorstellen kann. Doch weil es auch um die Zukunft meines Sohnes geht, kann ich mir keine Sentimentalität leisten. Seht die leeren Plätze, auf denen im vergangenen Jahr noch so viele gute Männer saßen!« Sie deutete um sich.

»Wollt ihr von den Städten diese Plätze einnehmen, so wie ihr Lord Eric beschuldigt, die Macht eines andern zu begehren? Das glaube ich nicht! Ich glaube, wir waren alle gleichermaßen betroffen über die Schlacht, in der mein Gemahl getötet wurde. Nun sind wir geschwächt, und wenn Elaya uns wieder angreift, brauchen wir einen Krieger als Haupt unseres Reichs!«

Eric stand wieder auf. »Der *Hüter* der Menschheit weiß, daß ich *nichts* begehre, was des Königs war!« stammelte er mit dem Blick auf Rosemarie. »Ich würde die Regentschaft nicht annehmen, selbst wenn ihr sie mir antrüget. Aber ich pflichte der Lady von Las Costas bei, und ich würde bereitwillig Lord Theodor folgen, der der Älteste unter uns ist, oder Lord Robert, der unser Oberbefehlshaber im Krieg war.«

»Ein Befehlshaber, der zuließ, daß seine halbe Armee umkam!« brüllte jemand.

»Weil er einer Strategie folgte, die von Caolins Stellvertreter vorgeschlagen wurde!« rief Alessia heftig.

Caolin spürte Bewegung hinter sich, aber er wußte, daß er sich nicht umdrehen durfte.

»Ich wußte doch nicht ... ich wußte nicht ...«

Der Seneschall erstarrte, als er die Stimme Ercul Ashes erkannte.

»Seid still, Mann!« flüsterte einer seiner Begleiter. »Niemand hat Euch beschuldigt!«

»Nein. Ich bin verloren ...«

Caolin ballte die Hände. Dieser hysterische Narr! Hastig überlegte er und versuchte sich zu erinnern, ob Ashe irgend etwas Belastendes wissen könnte. Sein Stellvertreter war schon im Amt gewesen, noch ehe er selbst in der Kanzlei angefangen hatte. Viele Jahre war er sein vertrauenswürdigster Gehilfe gewesen. Niemand durfte ihm Fragen stellen!

»Nein, Mylady – ich übernahm den Plan«, sagte Lord Robert schwer. »Die Verantwortung trage ich allein. Doch ich schließe mich Lord Erics Worten an. Ich leiste bereitwillig Mylord von der Korona den Treueid, wenn er das Amt annimmt.«

Caolin vergaß Ercul Ashe und lehnte sich vor. Jetzt war er sich sicher, denn gewiß würde niemand einen Mann wählen, der sich auf einen Stock stützen mußte, wenn er sich erhob.

Theodor richtete sich von seinem Platz auf, als kehre seine lange vergangene Jugend zurück. Er lächelte.

»Ich bin euch, Mylords, dankbar für euer Vertrauen, doch selbst wenn der Rat mir das Amt des Regenten anbieten würde, müßte ich ablehnen. Voriges Jahr sprach Brian von den Gefahren, wenn ein Herrscher sein Land nur teilweise kennt. Ich war gegen seine Lösung jenes Problems, aber seine Analyse trifft auch auf mich zu.« Er seufzte. »Die Korona befindet sich so weit vom Zentrum des Reichs entfernt, daß ich nicht als Regent herrschen könnte, ohne die Korona zu vernachlässigen. Und meine beste Zeit als Krieger ist vorüber. Ihr braucht einen Jüngeren, euch zu führen – einen Mann, der selbst angesichts einer Niederlage noch kämpft, weil er seine Pflicht kennt.«

Lord Theodor stemmte sich auf die Füße. Sein Blick blieb

kurz auf den Thronsesseln des Königs und der Königin von Westria haften, dann sagte er: »Ich schlage vor, daß Lord Robert von der Felsmark für so lange zum Regenten gewählt wird, bis die Königin oder ihr Sohn gefunden ist.«

Gespanntes Schweigen setzte ein, nachdem er seine Rede beendet hatte. Caolin starrte auf die Staubkörnchen, die im Sonnenschein flimmerten; seine Gedanken überschlugen sich. Wer hätte gedacht, daß der alte Mann ablehnen würde? Nun würde sich Robert gezwungen sehen, die Wahl anzunehmen – schon jetzt saß er mit gebeugtem Kopf, als drücke bereits die Last der Verantwortung auf ihn.

Wer würde Vertrauen zu einem so unwilligen Kandidaten haben? fragte sich Caolin. *Was ist so falsch daran, daß ich die Macht begehre? Ich könnte sie so gut für Westria einsetzen!*

Die anderen Ratsmitglieder und ihr Gefolge beobachteten ihn, und die Stille, die eingesetzt hatte, breitete sich sogar auf die Menge im Freien aus.

»Ich glaube, es ist jetzt meine Pflicht, zur Wahl zu rufen.« Er staunte selbst, daß seine Stimme so ruhig klang. Während sein Blick von einem Gesicht zum andern wanderte, wünschte er sich, er hätte wenigstens eine kurze Weile mit jedem allein, ehe sie abstimmten. Bei seinen Fähigkeiten und unter Umständen mit der Hilfe des dunklen Feuers in seinem Ring könnte er sich gewiß ihrer Unterstützung versichern! Doch die große Zahl der Anwesenden schützte sie.

»Ist es der Wille dieses Rates, zu diesem Zeitpunkt einen neuen Regenten für Westria zu wählen? Und wenn ja, wer soll dieser Regent sein?« Caolin holte tief Luft, ehe er sich an Lady Alessia zu seiner Linken wandte.

»Ich stimme jetzt für Lord Robert von der Felsmark«, sagte sie.

Das hatte der Seneschall erwartet. »Meister Sachs?« fragte er.

»Die Freien Städte wählen den Lord Caolin.«

»Lord Eric?«

»Robert war mein Befehlshaber – ich werde ihm gern wieder dienen«, erwiderte Eric rasch.

Caolins Blick huschte vorbei an des Königs leerem Thron auf die gegenüberliegende Seite. Er verbeugte sich vor Lord Theodor. »Da dieser Vorschlag von Euch ausging, darf ich wohl annehmen, daß Ihr für Lord Robert stimmt?« fragte er ironisch und empfand tiefen Haß für den alten Mann, der lächelnd nickte.

»Und die Schule?« Caolins Herz hämmerte, als er das dunkle, abweisende Gesicht ihrer Leiterin anblickte. Sie als einzige von den Anwesenden hätte ihm die Wahrheit entringen können, doch sie sah ihn nur ein wenig geistesabwesend und eine Spur traurig an.

»Die Schule der Weisen wählt den Befehlshaber der Felsmark.«

Weil du ihn beherrschen kannst, wie du mich nie lenken könntest? Caolin unterdrückte diese Worte und wandte sich als letztes an Lord Robert.

»Und Ihr, Mylord – stimmt Ihr für Euch?« fragte er.

»Wie kann ich mich dieser Aufgabe würdig fühlen?« entgegnete Robert. »Ich enthalte mich der Stimme!«

»Wie peinlich ...«, sagte Caolin und bemühte sich, die Hoffnung zu unterdrücken, die wieder in ihm erwacht war. erwachen. *Doch vielleicht ...*

»Ich verstehe Euch völlig. Und ich glaube, wenn die Königin erst gefunden ist, wird sie nicht sehr glücklich sein zu erfahren, daß ihr Amt so rasch neu vergeben wurde. Ich stimme dafür, daß die Entscheidung auf ein andermal verschoben wird.«

»Es sind drei Jastimmen, zwei Neinstimmen und eine Enthaltung«, rief der Schreiber. Erregte Bemerkungen wurden in den Zuhörerreihen gewechselt.

»Keine überwältigende Stimmenmehrheit«, bemerkte Caolin.

»Robert, Ihr müßt für Euch stimmen!« rief Eric. »Hört Euch doch das Volk an!«

Im Unterbewußtsein hatte Caolin ein Grollen vernommen wie das eines aufkommenden Sturms. Doch es waren Stimmen, nicht Donner, und aus dem Durcheinander kristallisierte sich ein rhythmischer Ruf heraus: »Lord Robert ... Lord Robert ... Lord Robert ...«

Als Caolin Palomon veranlaßt hatte, den Friedensvertrag zu unterzeichnen, hatte die Menge ihn hochleben lassen. *Nun*, dachte er mit einem Rest Selbstironie, *Palomons Versprechungen waren so eitel wie Roberts Sieg*. Er beobachtete das Mienenspiel seines Rivalen: Bestürzung wich der grimmigen Resignation eines Mannes, der bereit ist, sich dem Gegner zu stellen.

Robert konnte sich der Wahl nun nicht mehr entziehen. Ihm, Caolin, blieb nur noch ein Augenblick, um seine Pläne zu retten.

»Nun gut«, sagte der Befehlshaber der Felsmark schließlich. »Ich werde das Amt annehmen, und mögen die HÜTERINNEN Westrias uns allen beistehen!«

»Das Wahlergebnis ist nunmehr vier Ja und zwei Nein«, meldete der Schreiber. »Damit ist Lord Robert zum Regenten von Westria gewählt!«

Ehe jemand anders auch nur ein Wort sagen konnte, trat Caolin vor Lord Robert. Nun brauchte er nur noch eine Person zu überzeugen.

»Mylord Regent! Damit es keinen Zweifel mehr an Eurer Wahl gibt, schwöre ich Euch nun vor dem Rat und dem Volk Westrias den Treueid!« Er trat in den Sonnenstrahl, der durch das Oberlicht einfiel, denn alle sollten seine Ehrlichkeit sehen.

»Fünfzehn Jahre diente ich dem König, und ich kenne die ermüdende Last des Mannes, der *dort* sitzt ...« Er deutete auf den leeren Thron. »Sie wird nicht leichter für Lord Robert sein, weil er nur das Zepter und nicht die Krone trägt. Auf der ganzen Welt gibt es kein Land wie Westria, wo der Boden fruchtbar für alle Künste des Friedens ist!« Caolin drehte sich reihum. Er wunderte sich ein wenig, daß er zitterte, denn was er sagte, war die blanke Wahrheit.

»Unsere Nachbarn beneiden uns um unseren Reichtum und unsere goldenen Äcker. Und doch gibt es Dinge, die sich nicht mit dem Schwert verteidigen lassen ...« Er blickte Eric an und fragte sich, ob er es verstehen konnte. Sorgfältig erklärte er das Gleichgewicht der Kräfte, die Westria zusammenhielten, und die Verwaltungsarbeit, die erforderlich war, um dieses Gleichgewicht zu bewahren.

»Ein Teil davon ist Euch vertraut, Mylord, denn Ihr herrscht bereits über eine Provinz ...« Er wandte sich wieder an Lord Robert. »Doch Ihr werdet noch viel zu lernen haben.« Er verbeugte sich. »Ich halte die Entscheidung des Rates für weise, denn sie erlaubt es, daß zwei die Last tragen, die einen allein niedergedrückt hätte. Deshalb biete ich Euch meine Dienste an, Mylord.« Er blickte Lord Robert in die feuchten Augen und unterließ es im letzten Moment noch hinzuzufügen: *Wie ich sie dem König geleistet habe.*

Dann wartete er und beherrschte seine Gesichtsregungen, damit nichts von seinem Triumphgefühl verraten würde. Während dessen erhob sich Lord Robert und streckte ihm die Hand entgegen. »Caolin ...«

»Nein!« schrie Alessia. »Ihr dürft ihn nicht in seinem Amt bestätigen – er ist Brians Mörder!«

»Nein!« unterstützte sie eine andere Stimme. Caolin sah Farin an der Tür stehen, und seine Harfe glitzerte boshaft in seinen Armen. »Faris floh aus Furcht vor ihm!«

»Nein!« rief nun auch Eric. »Er hat uns an Palomon verraten!«

Wahrheit! Die Anschuldigungen trafen Caolin, wie Palomons Pfeile Brian getroffen hatten. *Doch es gab keine Beweise dafür!* Bebend vor Furcht und Zorn wandte er sich hilfesuchend an Robert.

Der neue Regent schritt an ihm vorbei zur Mitte des polierten Bodens und brüllte mit einer Stimme um Ruhe, die selbst über ein Schlachtfeld zu hören gewesen wäre. Sie erschütterte die Ratshalle und ließ das unheilverkündende Murmeln der Menge verstummen, das Farin gefolgt war.

»Das sind schwere Anschuldigungen! Ihr habt mich zu eurem Führer gewählt, und so sage ich euch, begründet sie oder schweigt!« Robert blickte die drei an. »Nun?«

»Mein Gemahl war stolz und manchmal voreingenommen«, sagte Alessia leise, »aber er log nicht. Er erzählte mir, daß Caolin einen Brief gefälscht hatte, so daß der König ihn für einen Verräter halten mußte. Als des Seneschalls Männer dabei waren, ihn zu ermorden, eilte Jehan hinaus in den Regen, um ihn zu retten, und zog sich dabei das Fieber zu, das zu seinem Tod führte. Und später, vor der Schlacht, schwor Caolin Brian, daß er für seinen Tod sorgen würde.«

»Mylord Regent, glaubt Ihr dem irren Gerede einer Frau, die wahnsinnig vor Kummer ist?« zischte Caolin.

Farin trat in die Halle, und Caolin wurde nun klar, wer den Mob draußen angeführt hatte. Robert wandte ihm seinen besorgten Blick zu.

»Meine Schwester und ich sind geistig eng verbunden, und in der Nacht, in der sie verschwand, weckte mich ihre grauenvolle Angst«, erklärte Farin ohne Pathos.

»Seid Ihr sicher, daß es nicht Eifersucht war, die Euch weckte?« begann Caolin.

»Und der Seneschall war der letzte, der die Königin sah!« unterbrach ihn Rosemarie. »Am Morgen fanden wir nur die Zeilen: ›*Caolin hat mich die Bedeutung meiner Träume erkennen lassen.*‹ Faris aber war nicht mehr da!«

Der Sonnenschein, der durch das Oberlicht fiel, schien sich in Feuer verwandelt zu haben. Caolin wandte sich an Rosemarie. »Und wo wart Ihr, als all dies sich zutrug? Warum erzählt Ihr uns nicht, was Ihr und der edle Lord Eric in den Büschen gemacht habt, während die Königin einsam duldete, was immer ihr auch zustieß?« Er achtete nicht auf Erics Proteste.

»Ihr erzählt da eine nette Geschichte, um Eure Pflichtverletzung zu entschuldigen, doch die Aussagen der Zeugen, die wir im Laufe mehrerer Tage gehört haben, beweisen, daß es der Wunsch der Königin war, bei mir zu bleiben. Bei der Herrin des Feuers, Mylords, weshalb sollte ich ihr etwas antun wollen? Wenn Faris jetzt hier wäre, würdet Ihr es nicht wagen, mich so zu behandeln!«

»Lady Rosemarie ist meine zukünftige Gemahlin!« brauste Eric auf. »Jeder, der sie – welcher Sache auch immer – beschuldigt, wird sich vor mir zu verantworten haben!«

»Zuerst müßt Ihr Eure Beschuldigung begründen«, sagte Lord Robert. »Könnt Ihr beweisen, was *Ihr* sagt?«

Eric wechselte einen Blick mit Farin. »Ich habe einen Zeugen«, erwiderte er, »aber ich werde ihn nicht bitten auszusagen, ehe seine Sicherheit nicht garantiert ist.«

Caolin erstarrte. Ein Zeuge? Zeuge wovon?

Lord Robert runzelte die Stirn. »Nun gut, ich versichere ihn meines Schutzes – wenn er hier ist ...«

»Ich bin hier ...« Die Antwort kam schwach, doch Caolin hörte sie. Andere vernahmen sie ebenfalls. Der Seneschall folgte ihrem Blick zu seinem eigenen Sektor der Halle und sah, weiß wie Milch und zitternd wie Espenlaub – Ercul Ashe.

»Nein! Ihr gehört mir! Wer hat Euch zu diesem Verrat getrieben?« Caolin wagte nicht, sich zu bewegen, denn wie könnte er jetzt auch nur dem Boden unter seinen Füßen trauen?

»Ihr selbst, Mylord Seneschall«, antwortete sein Stellvertreter nun mit festerer Stimme. Caolin war, als sähe er ihn jetzt zum ersten Mal: Ein dünnes, häßliches Männchen, das stand, als wäre sein Rückgrat aus Stahl.

Knisternde Stille herrschte, während Ecul Ashe von dem Sektor des Seneschalls herabstieg, um sich vor den Regenten von Westria zu stellen.

»Lord Caolin ist ein Zauberer, der den Menschen seinen Willen aufzwingt und ihre Augen blendet«, erklärte Ashe. »Ich kenne einen Wirt, der bereit ist zu schwören, daß eines Abends jemand in meiner Gestalt sich in seiner Schenke mit einem Spion Palomons traf, während ich mich zu Hause in meinem Gemach befand.«

»Ihr seid so verängstigt, weil Ihr befürchtet, beschuldigt zu werden, den Plan für die Schlacht in der Drachenöde verraten zu haben, und deshalb wendet Ihr Euch jetzt gegen mich!«

Caolin bemühte sich, seine Stimme ruhig zu halten, obgleich sich in ihm ein Wutanfall aufbaute, der alles, was er vernünftig vorbringen konnte, mit sich zu reißen drohte. »Ihr hättet besser daran getan, Euch meinem Schutz anzuvertrauen, Ercul Ashe. *Ihr* wart es, der die Treffen vorschlug, *Ihr* wart der einzige, der mit Hakim MacMorann zusammenkam; und wie könnt *Ihr* beweisen, was Ihr mit ihm besprochen habt?«

Caolin wandte sich rasch an Robert. »Mylord Regent«, sagte er in einem Ton, in dem Erwachsene miteinander über unartige Kinder zu sprechen pflegen, »ist das der gesamte Beweis, der gegen fünfzehn Jahre treue Dienste für Westria erbracht werden kann? Er würde nicht einmal genügen, um ein Gerichtsverfahren einzuleiten!« Er blickte Robert eindringlich an, um ihn mit aller Willenskraft dazu zu bringen, ihm zu glauben.

Robert sah sich den Tumult um ihn herum an und nagte an seiner Lippe. Sein Gesicht wirkte plötzlich so grau wie sein Haar.

»Ihr habt recht – es gibt keinen Beweis, der Euch vor Gericht bringen könnte, Caolin«, sagte er schließlich gequält. »Doch da ich nun für das Wohlergehen des Reichs verantwortlich bin, wie kann ich Euch da in Eurem gegenwärtigen Amt belassen?« Er deutete auf die Reihen feindseliger Gesichter. »*Sie* würden Euch nie mehr trauen, und wenn ich Euch als Seneschall bestätigen würde, würden sie auch mir nicht mehr vertrauen!«

»Nein!« Caolin schüttelte den Kopf. »Ihr braucht mich zu nötig ...«

»Caolin, ich *muß* Euch Eures Amtes entheben«, sagte Lord Robert um Verständnis heischend.

Der Seneschall schaute sich um. »Und Ihr *alle* seid derselben Meinung?« Die Luft knisterte vor düsterem Feuer. Als die Stille wuchs, blickte er sie der Reihe nach an und prägte sich so seine Feinde ein.

Ercul Ashe, der ihn verraten hatte ... Alessia ... Eric und Rosemarie und ihr alter Vater ... die Leiterin der Schule ... Frederic Sachs und die andern. Einen Augenblick erschütterte ihn der Haß in Farins Gesicht, das sich auf erschrekkende Weise in seiner Erinnerung mit Faris' Gesicht verwob, als sie sich in seinen Armen gewunden hatte. Und plötzlich sah er die Herrin der Finsternis, mit der er sich auf dem Rotberg vereinigt hatte, und er erkannte, daß er nun frei war, um sich *Ihrer* Kräfte zu bedienen.

Er riß sich die Amtskette vom Hals und schmetterte sie von sich; der sanfte goldene Schimmer wie von einem fallenden Stern begleitete ihren Aufprall auf den Boden. »Ich hätte Euch bis an mein Lebensende treu gedient, doch Ihr selbst habt das Geschick gewählt, das nun über Euch kommen wird.« Wie gern hätte er ihnen ins Gesicht geschleudert, daß die Steine Westrias nun in seiner Hand waren, aber er beherrschte sich gerade noch. Er hatte sie gewarnt – wenn sie die Vernichtung auf sich zukommen sahen, würden sie wissen, wer sie ihnen geschickt hatte!

»So werdet Ihr gehen?« fragte Robert staunend.

»Ich werde gehen, ohne Entschädigung für meine Dienste und mit nichts als dem versprochenen Preis der Königin für die Deutung ihres Traumes.« Caolin spürte, wie ihm sein Lächeln entglitt, und drehte sich hastig um.

»Aber wohin ...«, begann Robert.

»Haltet ihn auf!« brüllten Eric und Farin gleichzeitig.

»O nein!« rief Caolin und wandte sich ihnen zu. »Niemand wird mich je wieder halten!« Jemand schrie erschrokken auf, die Leute wichen entsetzt vor ihm zurück. Macht pochte durch seine Adern und flammte die Bahnen eines jeden Nerves entlang.

Als er aus der Ratshalle trat, sah er, wie Laurelynn im Sonnenuntergang glühte, und er wußte, daß die Stadt bereits brannte – wie er selbst.

»Ich brenne ...«, sagte Faris deutlich. »Ich brenne wie Jehan, und bald werden die Flammen mich verschlungen haben, und ich werde davonschweben.« Die Luft glühte um sie wie Feuer, doch sie empfand keine Schmerzen.

Da fing Stern wieder zu weinen an.

Faris zuckte wie aus dem Schlaf gerissen zusammen und schaute sich mit geweiteten Augen um. Die Sonne ging unter. Ihr rötlicher Schein glomm auf den kahlen Stämmen alter Tannen und bedeckte den bewaldeten Hang mit goldenem Glanz. Sie befand sich im Gebirge. Sie saß auf dem Boden, den Rücken gegen einen Baum gelehnt. Und sie hatte Durst.

Das Baby quengelte immer noch, doch sie hatte noch etwas anderes gehört und deshalb hier angehalten. Sie ließ Stern in ihr Tuch gewickelt allein und kroch zu dem rauschenden Bach. Auf dem Bauch liegend hielt sie das Gesicht ins Wasser und trank, als könne sie nie mehr genug bekommen. Nach einer Weile gelang es ihr sich aufzusetzen, und obwohl der frühe Abend noch sommerlich warm war, zitterte sie vor Kälte. Sie hustete und versuchte, sich gegen den Schmerz in ihrer Brust zu wappnen.

Dann kroch sie zu Stern zurück und legte ihn immer noch fröstelnd an. Er verbiß sich in ihre Brustwarze und saugte verzweifelt, doch schon nach einer kurzen Weile gab er es auf und trommelte mit den Fäustchen auf ihre Brust.

Schweiß begann ihr Gesicht hinabzurinnen.

»Mein kleiner Liebling, was kann ich denn noch tun?« Sie legte ihn an die andere Brust, und Tränen kamen ihr, als sie spürte, daß auch hier die Milch versiegt war. Und als er wieder zu weinen begann, konnte sie nichts anderes für ihn tun, als ihn in den Armen zu wiegen.

Trotz ihrer Schwäche erkannte sie, daß er jetzt leichter war als vor ihrem Aufbruch. Sein Gesicht war schmal geworden, und nach einer kurzen Weile verließ ihn offenbar sogar die Kraft zu weinen. Wieder drohte Husten ihre Brust zu zerreißen. Sie preßte den Arm auf den Mund, und als sie ihn wegzog, entdeckte sie bräunliche Flecken auf dem Ärmel.

Wie zum Hohn dehnte sich der Weg schier endlos weiter und leuchtete golden in der untergehenden Sonne. *Gold der Träumer ...*, dachte Faris bitter. Sie erkannte ihre Krankheit jetzt, denn bereits als Kind hatte sie zweimal unter Lungenentzündung gelitten.

»Wir müssen Menschen finden. Auf dem Weg sind Karrenfurchen – das kann nur bedeuten, daß jemand in der Nähe wohnt. Sie werden sich deiner annehmen ...« Faris schloß kurz die Augen und sammelte, was ihr noch an Kräften geblieben war.

Als sie die Lider wieder hob, hatte sich das Rot am Horizont vertieft. In der Stille bellte ein Hund. Fröstelnd machte sie sich daran, Stern im Tuch vor ihre Brust zu binden.

Ihr Pony war vor zwei Tagen davongerannt, vielleicht war es auch schon länger her, sie hatte kein Gefühl mehr für die Zeit. Aber ihr hätte jetzt ohnehin die Kraft zum Aufsitzen gefehlt. Am ganzen Körper zitternd kämpfte sie gegen die Versuchung an, sich in die traumlose Dunkelheit sinken zu lassen. *»Hilf mir …«*, betete sie zu dieser Dunkelheit. Und dann war es eine Weile still.

»Hallo …«

Schmerzerfüllt blickte Faris hoch und sah einen krausköpfigen Jungen von etwa zehn Jahren über sich, mit zerkratzten Beinen und einem verschossenen Kittel voll Beerenflecken.

»Kommt Ihr uns besuchen? Fremde verirren sich nur selten hierher – nur Pilger aus den Städten. Ich war noch nie in einer Stadt, aber mein Vater schon. Er ist Gilbert Steinbrecher, und hier ist Steintal.« Er griff nach seinem abgestellten Korb.

Faris umklammerte seinen Arm. »Kannst du mir hochhelfen?« krächzte sie. »Ich bin krank …« Der Junge zuckte wie ein nervöses Pferd, aber er entzog sich ihrem Griff nicht. Unbeholfen half er ihr auf die Füße und stützte sie, als sie den Berg hinunterstiegen. Vage erkannte Faris ein Blockhaus, Ziegengeruch und aufgeregte Hunde. Sie taumelte, als der Junge sich plötzlich losriß und wegrannte. Schwankend blieb sie stehen, drückte Stern an sich und hoffte, daß sie nicht fallen würde.

»Mutter, Mutter – da ist eine kranke alte Frau mit einem Baby! Komm – schau!«

Faris spürte kräftige Arme um sich und zwang sich aufzuschauen. Sie blickte in das wettergebräunte Gesicht einer Frau mit fröhlichen Augen.

»Milch …«, flüsterte sie. »Ich brauche Milch für das Baby.« Das Sprechen strengte sie so sehr an, daß sie erneut husten mußte. Sie ließ zu, daß die Frau ihr Stern abnahm, und spürte mehr die Güte aus ihrem Wortschwall, als daß sie seinen Sinn verstand.

Dann schloß sie die Augen und gestattete sich endlich, von der Dunkelheit davongetragen zu werden.

Schatten hüpften wie Dämonen von Caolins Lampe zu den dunklen Ecken seines Gemachs, als er eine weitere Lade mit Akten aus dem Schrank zog und ihren Inhalt zu dem Stapel auf dem Boden häufte. Irgendwo brüllten Männer.

Caolin erstarrte, doch die Rufe verloren sich allmählich in der Ferne, und seine Muskeln entspannten sich wieder; er machte mit seiner Arbeit weiter. Man hatte ihn durch die Straßen von Laurelynn gejagt, und er hatte immer wieder eine andere Gestalt angenommen, um seine Verfolger in die Irre zu führen, bis sie schließlich glauben mußten, er habe die Oststraße genommen. Bald würde er sich in die entgegengesetzte Richtung auf den Weg machen. Sie würden gar nicht auf den Gedanken kommen, ihn auf dem Rotberg zu suchen. Er war nur noch einmal hierhergekommen, um seine Bücher zu holen und alles zu vernichten, was sie auf seine Spur setzen könnte.

Jedenfalls war das seine Absicht gewesen.

Er blickte auf das Bündel Papiere in seiner Hand – seine Notizen über die Beamten in Rivered. Sie waren Lord Roberts Männer, aber er bezweifelte, daß der Lord der Felsmark soviel über ihre Vergangenheit, ihre Leistungen, ihre Ambitionen und ihre verborgenen Laster wußte wie er.

»All dies ist meine Arbeit!« Sein Blick schweifte über die Regale voll von gebundenen Berichten und Akten – die Früchte seines fünfzehnjährigen Dienstes für Westria. Zum ersten Mal wurde ihm bewußt, welch unbezahlbare Informationsquelle das war! »Wollen sie nun auch noch meine Arbeit stehlen, nachdem sie mich schon beiseite geschoben haben?«

Sie haben es ja schon getan …

Die Papiere entglitten seinen Fingern. Er starrte auf sie herab, fröstelte ein wenig, und nun erst wurde ihm bewußt, daß er in seine Kanzlei zurückgekehrt war, weil er auch jetzt noch – nach all seinen trotzigen Worten in der Ratshalle – nicht richtig glauben konnte, daß er seines Amtes enthoben war. Dieser Raum war seine Zuflucht, sein Schlachtfeld, in dem er während des Tumults des Tages und in der Stille der Nacht seine Kräfte eingesetzt hatte, wie es richtig war.

Nie wieder werde ich hierher zurückkommen … Wehmütig strich er mit einem Finger über das glänzende Holz seines Schreibtischs, berührte den Behälter mit Federkielen, die wie Pfeile in einem Köcher steckten. Er setzte sich in den

Schreibtischsessel und machte es sich noch einmal bequem in den Mulden, die sein eigener Körper geprägt hatte.

»Sie jubelten mir als Seneschall zu, und nun verfluchen sie mich als Zauberer«, flüsterte er. »Ich hätte ihnen alles gegeben, aber sie wollen nichts von mir, darum sollen sie auch nichts von dem haben, was ich für Westria getan habe. *Sie* nannten mich böse, deshalb werde ich es jetzt sein … Ich habe jetzt keine andere Wahl …«

Er stand auf, hielt die Lampe hoch und verteilte das Öl auf den Papieren auf dem Boden. Er hörte eine Tür klicken, Schritte im Korridor hallen – er durfte hier nicht entdeckt werden! Er bemühte sich, schnell eine andere Gestalt anzunehmen, und stellte sich den kleinen Schreiber am Empfang vor.

»Durren! Was macht Ihr hier? Ich sah Licht und wunderte mich …«

Die Papiere raschelten auf dem Boden, als die Tür aufschwang und wieder geschlossen wurde. Caolin erkannte die momentan etwas mißbilligend klingende Stimme von Ercul Ashe. Es fiel ihm schwer, in seinem Haß Durrens Gestalt beizubehalten.

»Meister, verzeiht, daß ich Euch nicht erst um Erlaubnis ersuchte – ich hoffte, hier Beweisstücke zu finden.« Caolin duckte scheinbar unterwürfig den Kopf und ging seitwärts zur Tür. Die Lampe stellte er auf den Schreibtisch zurück, damit der hintere Teil des Gemachs wieder im Dunkeln lag.

Er erreichte die Tür und griff nach dem Schlüssel.

»Nun gut. Habt Ihr etwas gefunden? Wißt Ihr, wo er ist?« Ashes Stimme wurde schärfer.

»Ja …« Caolin drehte den Schlüssel im Schloß und schob ihn in seinen Gürtel, dann richtete er sich auf und gab Durrens Gestalt auf. Ashe taumelte zurück und starrte den Mann an, der sein Vorgesetzter gewesen war. Stumm formte sein Mund das Wort ›Verräter‹!

Caolin schüttelte den Kopf. »Der Verräter seid Ihr, Ercul Ashe – an Westria und an mir!« Plötzlich war er völlig ruhig. Er hatte sich mit seinem Geschick abgefunden und war mit dem Leben seines Feindes belohnt worden.

»Ich hatte keine Ahnung, daß Ordrey den Plan bereits

kannte!« Ashe hatte seine Stimme wiedergefunden. »Ich war nur Eure Marionette – ich bin unschuldig!«

Caolin zuckte verächtlich die Schultern. »Bejammert Ihr diese Schlacht immer noch? Sie gestattete mir, einen dauerhaften Frieden zu schließen, während ein größerer Sieg nur weiteren Krieg gebracht hätte! Ich tarnte meine Taten, um sie vor Narren wie Euch zu verbergen, die nicht verstehen können, daß alles nur Westrias Wohl diente!« Ein rauhes Gelächter schüttelte ihn, das lauter wurde, als er sah, wie Ercul Ashe erbleichte. Schatten schienen aus den Ecken des Gemachs zu greifen.

»Ihr nennt mich Verräter, dabei hat Euer empfindlicher Stolz Westria um *mich* gebracht! Wenn es überhaupt Stolz war ...« Er starrte seinen ehemaligen Stellvertreter an. »Was haben sie Euch für Eure Aussage geboten, Wurm? Habt Ihr Euch eingebildet, Ihr könntet mein Nachfolger werden?«

Ashe schüttelte den Kopf. Ein weiterer Schritt rückwärts brachte ihn an die Wand. Angsterfüllt blieb er stehen, während Caolin seine Beherrschung wiederfand.

»Wißt Ihr«, sagte er sanft, »daß ich einmal einen Mann tötete, dessen einziges Verbrechen die Treue zu seinem Herrn war? Und Ihr habt *mich* verraten ... Ihr habt Schutz gefordert, doch wo sind Eure feinen Freunde jetzt? Das Schicksal hat Euch in meine Hand geliefert. Früher oder später wird es mir auch die anderen zuspielen!«

Ercul Ashe benetzte die trockenen Lippen und bemühte sich, sich aufzurichten und sein Zittern zu überwinden. »Wollt Ihr jetzt mich umbringen? Ich *war* Euch treu ergeben ...«, seine Stimme überschlug sich, »aber zu des Königs Lebzeiten wart ihr anders!«

Wie angewurzelt hielt Caolin plötzlich inne, erinnerte sich, wie es gewesen war, als er Jehan anblickte und in ihm den Herrn des Lichtes sah – ehe er die Herrin der Finsternis umarmt hatte und verloren war. *Jehan!* Dunkelheit wirbelte um ihn, und er reichte mit den Händen in seine Leere, in der einst Liebe gewesen war.

Da begann ein Schluchzen Ercul Ashe zu schütteln, und Caolin kehrte in die Gegenwart zurück.

»Aber der König lebt nicht mehr, und niemand kann Euch oder mich noch retten ...« Er hob den Siegelring, so daß der Rubin im schwachen Lampenlicht zu glühen begann und bannte die Augen des verzweifelten Mannes. »Ihr seid Euer eigener Mörder, Ercul Ashe ... und Euer Herz wird bei der Berührung Eurer eigenen Hand stillstehen!«

Er blickte auf den andern und benutzte ihn als Spiegel, um zum letzten Mal seine Gestalt anzunehmen. Und wie in einem Spiegel sah Ercul Ashe sich selbst auf sich zukommen, und er sah den Tod in seinen eigenen Augen.

Ercul Ashe streckte die Hand aus und legte einen kalten Finger auf seine Brust.

Caolin blickte dem andern in die Augen. Er sah das Bewußtsein zurückkehren, ehe der Körper den Todesschmerz spürte. Rasch zog er die Hand zurück, um den Schmerz nicht mitzuerleben. Doch da war nichts, nur das Warten, bis das unregelmäßige Zucken des Körpers zu seinen Füßen aufhörte.

»Meine Herrin der Finsternis, nimm dieses Opfer entgegen«, sagte er stumpf. »Seid ein letztes Mal gegrüßt, Ercul Ashe!«

Caolin bückte sich, zerrte die Leiche zu den Papierhaufen, goß weiteres Öl darüber und zündete es an. Ein angemessener Scheiterhaufen, fand er. Feuerzungen leckten nach ihm, Licht und Schatten tanzten und vermischten sich rings um ihn, als besäße das Gemach und alles, was es enthielt, nicht mehr Substanz als seine verlorenen Träume. Er tastete nach seiner Tasche und suchte den Schlüssel hervor. Die Flammen züngelten bereits nach den Regalen. Er öffnete die Tür und glitt wie ein Schatten durch den Korridor, durch die krummen Straßen der Stadt und hinaus aus Laurelynn. Hinter ihm erhellten gierige Flammen den Nachthimmel und lenkten jene ab, die ihn gesucht hatten.

Wenn er den Rotberg und die Steine erreicht hätte, würden sie wissen, wohin er sich begeben hatte. Doch dann war es zu spät!

12 Der Weg nach Awahna

Plötzlich war die morgendliche Luft von Schmetterlingen erfüllt. Der Wacholdermeister stolperte und hielt sich rasch an einem Erdbeerbaum fest. Goldene Schwingen streiften seine Wange, und einen Augenblick flatterte auch sein Geist freudig umher. Dann spielte eine sanfte Brise mit seinem Haar und wirbelte die Schmetterlinge in den klaren blauen Himmel. Widerstrebend kehrte des Meisters Seele zurück, aber er lächelte immer noch, als er hinabschaute und den Kadaver erblickte, von dem die Schmetterlinge sich genährt hatten.

Hier ist nichts, wovor man Angst haben müßte ... Er atmete wieder gleichmäßig, als er sah, daß es der Kadaver eines Rehes war. *Gewiß gibt es Schlimmeres, als Schmetterlingen Nahrung zu bieten!* Heute war Mittsommertag. In den kommenden Monaten würden die Schmetterlinge sich paaren, ihre Eier legen und sterben, und im Frühjahr begann der Kreislauf von neuem.

Hatte ich wirklich befürchtet, Faris' Leichnam zu finden? fragte er sich, als er seinen Weg bergab fortsetzte. Aber was hatte ihn veranlaßt zu glauben, er würde den Pilgerweg oder gar die Königin finden?

In der zweiten Nacht seiner Wanderung hatte er geträumt, Faris am Tor von Awahna zu treffen. Als er erwachte, war er überzeugt gewesen, daß sie versuchte, dorthin zu gelangen. Aber was war, wenn er sich täuschte? Er stolperte weiter, bis er über eine Bergschulter kam und sah, daß sich unter ihm das in der Morgensonne schimmernde Band des Pilgerwegs dahinschlängelte.

Er blieb stehen, und sein Herz pochte heftig. »Nun muß ich einen Wohnsitz finden, dann können mir die Leute dort berichten, was mit der Königin ist. Und dann werde ich aufhören, an deinem Willen zu zweifeln, o Herr!«

»Warum?« Caolin hämmerte seine Faust auf die Steinbrüstung der Plattform auf dem Gipfel des Rotbergs. Er spürte den Aufprall, aber keinen Schmerz. Aller Schmerz war jetzt in seinem Innern.

»Warum wurde ich so hoch erhoben, wenn ich nicht zum Regieren bestimmt war?« Er war seinen Verfolgern entkommen, doch den Fragen, die ihn quälten, vermochte er nicht zu entgehen. Er beugte sich über die steile Felswand. Der Wind zerrte an seinem Gewand und schüttelte ihn. Wenn er sich noch ein bißchen weiter hinauslehnte, würde er sein Gleichgewicht nicht mehr halten können.

Warum lasse ich mich nicht fallen und mache aller Qual ein Ende?

Unter ihm flimmerte Laurelynn spöttisch in der Mittagshitze. Caolin schluchzte, er ertrug es nicht, auf die Stadt zu schauen, und vermochte doch auch nicht, seinen Blick davon abzuwenden. Das Bild verdunkelte sich vor seinen Augen: Die hellroten Ziegeltürme der Stadt schmolzen und rannen wie Blut in den Fluß, aus den gepflügten Äckern wuchsen Gebeine wie Getreidehalme.

Caolin brach zusammen. Seine Finger krallten sich in die Spalten zwischen den Steinen. *Sie lassen nicht zu, daß ich Westria diene, und ich wage nicht zu sterben,* sagte er sich. *Ich muß etwas so Schreckliches tun, daß nichts, was den Menschen etwas bedeutet, mich je wieder verlocken kann!*

Die Steine dämpften sein Gelächter. Eine Stimme in ihm flüsterte, daß dies der Wahnsinn sei. Aber so war es ganz gut, fand er, denn er mußte wahnsinnig sein, um die Steine anzulegen und sie zur Zerstörung Westrias zu benutzen! Nach einer Weile gelang es ihm, sich aufzusetzen, doch jeder Knochen seines Körpers schmerzte. Er schloß die Augen vor dem grellen Mittagslicht. *Das Licht weist mich ab! Ich muß Schutz vor der Sonne finden!*

Zusammengekauert wie ein Nachtgeschöpf, das der Tag überrascht hat, stolperte Caolin in das Haus des Leuchtturmwärters zurück. Margit wollte ihm helfen, doch er stieß sie zur Seite, verschloß die Tür hinter sich und zog die Vorhänge zu.

Dann warf er sich auf sein Bett, um zu warten, bis der Schrecken des Lichtes verging.

Faris drehte den Kopf, um dem Spiel von Licht und Schatten zuzusehen, das Caolins Gesicht formte und wieder auflöste. Sie lag im Schatten des Lorbeerbaums auf dem Berg der Herrin ... Nein, in einem Haus, und das scheckige Licht kam von der Sonne, die langsam an den raschelnden Blättern der Bäume draußen vorüberzog. Aber wo war Caolin?

Sie holte tief Luft, um ihn zu rufen, als sie zusammenfuhr und sich erinnerte, wo sie war und warum. Im Augenblick war es still, doch ein Geräusch hatte sie geweckt – das Öffnen und Schließen der schweren Haustür. Durch den Vorhang hörte sie Stimmengemurmel.

»Der Segen des Mittsommers sei mit Euch. Ich bin Megan von Steintal, die Lehnshalterin hier.« Eine Pause setzte ein. Draußen wisperte der Wind zu den Tannen.

»Das Kind in Euren Armen – wurde es von einer Fremden hierhergebracht? Von seiner Mutter? Ist sie noch hier?«

Faris' hielt schmerzhaft den Atem an und kämpfte gegen den Husten, der verhindern würde, daß sie weiter zuhören konnte.

»Seine Mutter?« fragte Megan. »Ja, sie ist es wohl, trotz ihres Silberhaars. Sie kam gestern hierher, von Fieber geschwächt. Das Baby war ausgehungert, doch die Ziegenmilch bekommt ihm offenbar.«

»Ja ...« Die andere Stimme zitterte. »Ich danke Euch! Ich habe die beiden gesucht.«

Rauh wie Granit und süß wie Honig – Faris hätte diese Stimme selbst am Rand der Welt erkannt. Sie stieß den Atem aus, und der Husten überwältigte sie, so daß sie es kaum bemerkte, als der Vorhang zurückgezogen wurde und der Wacholdermeister in die Kammer trat.

Einen Augenblick drang sein Schrecken durch ihren geschwächten Schild: Durch seine Augen sah sie ihr schweißverklebtes Haar und das eingefallene Gesicht auf dem Kissen und die dünnen Hände, die sich um die Decke krampften. *Wie Jehan!* dachte er. *Nein! Es soll nicht noch einmal passieren!* Der Wacholdermeister legte eine Hand auf ihre Stirn und hielt mit der andern die zerbrechlichen Knochen ihres Handgelenks, um den Puls zu messen. Er spürte

Fieber und ein Flattern wie vom Herzen eines verängstigten Vogels.

Faris zwang sich, die Lider zu heben, denn sie konnte seinen Schmerz nicht mehr ertragen. »Ihr seid es wirklich!« Ihre Stimme wurde kräftiger. »Ich dachte, ich hätte wieder nur von Euch geträumt!«

Der Meister blickte auf sie hinab. Sein Gesicht arbeitete, als er sich bemühte, ihr Lächeln zu erwidern. Wie dünn und sonnengebräunt er geworden war!

Sie bemerkte nun, daß seine Kutte zerrissen und zerschlissen war und sein Gesicht über dem wild wachsenden Bart ganz zerkratzt.

»Ich wollte nach Awahna ...«

»Ja, ich weiß.« Seine Lippen zuckten. »Ich ebenfalls.« Er untersuchte sie gründlicher. Sein Blick wirkte abwesend, als der Arzt den Freund verdrängte. Faris wollte etwas sagen, doch ihr Mund war zu trocken. Sie mußte warten, bis der Meister ihr Wasser aus dem irdenen Krug neben dem Bett einflößte, dann hielt er sie, bis sie den neuen Hustenanfall überstanden hatte.

»Ich muß Euch sagen, warum ...«, flüsterte sie schließlich. »Ich mußte irgendwohin, wohin mir Caolin nie folgen kann!« Rasch erzählte sie ihm, was zwischen ihr und dem Seneschall vorgefallen war, und deutete auf ihr Bündel, in dem sich Jehans Tagebuch befand.

»Ich hatte Euch fortgeschickt, und es gab niemanden in Laurelynn, dem ich vertrauen konnte. Was hätte ich sonst tun können? Ich muß zumindest soviel lernen, daß ich mein Kind beschützen und Caolin retten kann!«

»Caolin retten?« rief der Meister. »Wie könnt Ihr an so etwas denken? Ich spürte Eure Qualen über hundert Meilen Entfernung!«

»Und den Schmerz, den Jehan und ich *ihm* zufügten?« hauchte Faris.

Er schüttelte den Kopf. »Nein. Ich sah Caolin täglich und ahnte doch nie das Krebsgeschwür, das seine Seele zerfraß.«

Faris legte sich zurück und atmete behutsam. Das Bett unter ihr schien zu kippen. Sie kämpfte gegen die schwarze

Flut der Angst. Der Meister hielt ihre Hände, bis Kraft aus ihm in ihren Körper floß.

»Ehe Ihr Caolin retten könnt, müßt Ihr erst Euch selbst retten.« Seine Stimme klang tiefer, ruhiger – sie war nun die Stimme des Priesters. »Ihr seid das vollkommene Kind des All-Schöpfers. Füllt Euren Geist mit dem Muster dessen, was Ihr zu sein bestimmt wart!«

Das Bild aus seinem Geist begann in dem ihren Form anzunehmen. Sie sah sich, wie sie im vergangenen Sommer in Laurelynn gewesen war. Doch sie wußte nicht mehr, daß sie damals so schön gewesen war.

»Der Körper ist ein Widerstrahl der Seele. Ihr müßt Euren Geist beherrschen, dann seid Ihr frei.«

Um sich der Steine Westrias zu bedienen, muß ihr Träger erst seine Seele beherrschen. Er muß diejenigen seiner Eigenschaften erkennen, die denen der Elemente entsprechen. Die Steine werden ihn mit allem verbinden, über das die Elemente herrschen, er aber wird die Elemente durch Selbstbeherrschung meistern …

Caolin legte das Buch auf den Tisch. Am Grunde seines Geistes setzte sich eine Erkenntnis fast hörbar fest. Er schaute sich um, und zum ersten Mal seit diesem Morgen nahm er bewußt wahr und verstand, was seine Augen sahen. Bald würde die Sonne untergehen; ihr Licht, durch die Vorhänge gefiltert, brannte rot wie Feuer.

Irgendwann am Nachmittag war er aufgestanden und hatte zu lesen begonnen, um sich durch diese mechanische Tätigkeit von den chaotischen Gedanken abzulenken, die ihn beinahe in den Abgrund des Wahnsinns zogen, aus dem er nicht wieder zurückkehren würde. Er streichelte den abgegriffenen Ledereinband des Buches. In ihm lag seine Antwort – die Kraft des Geistes! Das war sein Schicksal, sein Schutz, das einzige, das immer sein eigen gewesen war. Hätte er die Steine am vergangenen Abend angelegt, hätten sie nur seinen Haß und seine Angst verstärkt. Doch heute abend würde sein kühler Verstand imstande sein, sie zu meistern. Trotz der im Volk geglaubten Legende, daß die Steine jeden überwältigen würden, der ihnen nicht feierlich geweiht war, hatte er nichts bemerkt, was darauf hinwies, daß mehr als eine mentale Ausbildung und Selbstvertrauen nötig waren.

Caolin begann in dem Gemach herumzugehen und die Muskeln zu lockern, die sich während der Stunden, die er zusammengekauert auf dem Stuhl verbracht hatte, verkrampft hatten. Er erinnerte sich jetzt an den Inhalt der Bücher, auf die er geblickt hatte.

»Die Welt, in der wir leben, ist weder so fest noch so unwandelbar, wie es den Anschein hat«, stand in dem *Buch Julian*. »Sie ist aus Kräften in ausgewogenen Mustern zusammengesetzt, und von ihnen ist die Kraft des Geistes die größte. Der Meister der Steine *benutzt* sie nicht, er *wird* sie, und sie werden er. Sie helfen oder schaden, entsprechend der geistigen Gesundheit oder Krankheit dessen, der sie lenkt. Möge der Meister der Steine deshalb seine Seele eingehend prüfen, wie er die Schneide seines Schwertes prüfen würde, bevor er es trägt. Denn gäbe es dort eine Schwachstelle, so wird sie ihn sicherlich im Ernstfall verraten ...«

Hatte Jehan das je gelesen? Hatte er sich deshalb gescheut, die Steine zu tragen? Und Faris, die so schwach war, daß er sie mit einem Blick seinem Willen zu unterwerfen vermochte, wie konnte sie hoffen, sich ihrer Macht zu bedienen? *Ich aber bin stark!* dachte er. *Ich habe keinen verborgenen Makel!*

Er zog die Vorhänge zurück und öffnete das Fenster. Tief atmete er die abkühlende Luft ein. Sein Blick wanderte zur geschlossenen Tür seines Tempels, wo die Steine der Berührung harrten, seiner Berührung, die sie wecken würde.

»Aber ich muß vorsichtig vorgehen!« Er hob die Hand, als legte er einen Eid ab. Dann hob er auch die andere und blickte beide schaudernd an. Sie waren zerkratzt und blutig und schmutzverschmiert. Sein staubiges und beflecktes Gewand hing in Fetzen von ihm. Rasch schlüpfte er hinaus und goß sich Wasser zum Waschen ein.

Die kühlen Tropfen glitzerten wie der Rubin seines Ringes. Im Westen sank die Sonne der See entgegen, die wie ein Feuermeer aufglühte. Bald würden überall in Westria die Sonnwendfeuer brennen. Doch die Macht der Sonne war gebrochen! Die armseligen Nachahmungen der Menschen würden sie jetzt nicht mehr retten können! Wenn Faris aus dem Loch herauskam, in das sie sich verkrochen hatte, würde es nichts mehr geben, über das sie herrschen könnte.

Caolin tauchte den Schwamm in das Waschbecken und wusch sich damit immer wieder ab, ließ das Wasser mit dem Schmutz auch die schlimmen Erinnerungen der vergangenen vierundzwanzig Stunden abspülen, bis nur noch sein Entschluß blieb.

Gewaschen, rasiert und mit der Welt im Einklang aß der Wacholdermeister seinen Anteil des Mittsommerfestmahls auf. Der Westhimmel glühte noch vom Sonnenuntergang nach, und auf dem Tisch brannten anheimelnd einige Kerzen.

»Papa, dürfen wir jetzt das Sonnwendfeuer anzünden?« fragte der älteste Junge. Die beiden anderen stimmten in seine Bitten ein und blickten hoffnungsvoll von ihrer Mutter, die neben dem Herd saß, zu ihrem Vater, der am gegenüberliegenden Tischende zu grübeln schien. Die Zinnbecher und die feingemaserten Holzschüsseln schimmerten im Kerzenschein.

»Noch nicht, es muß erst ein wenig dunkler werden, und Glimmer hat seine Nachspeise noch nicht gegessen«, antwortete Megan. Sie wandte sich an den Meister. »Die Dame sieht schon viel besser aus!«

Der Meister nickte. »Ja, der Löwenzahntee, den Ihr für sie gemacht habt, hat ihr geholfen. Und wenn Eure Söhne morgen Chaparral finden, braue ich einen Auszug, der ihre Lunge säubert. Ich glaube, daß die entscheidende Krise in ihrer Krankheit kurz bevorsteht.«

Stern bewegte sich in der Wiege. Megan ging sofort zu ihm und hob ihn mit der Erfahrung einer Mutter mehrerer

Kinder an ihre Schulter, während sie nach einer Lederflasche griff, mit der man mutterlose Lämmer aufzieht. Mit dem Kind setzte sie sich wieder auf ihren geschnitzten Stuhl, summte sanft vor sich hin und gab ihm die Flasche.

Der Meister betrachtete das Baby in den Armen der Bergfrau und überlegte, wie schnell es sich an diesen Muttterersatz gewöhnt hatte. Wie es das dunkle Köpfchen an Megans Brust schmiegte, hätte es ihr eigenes Kind sein können.

»Selbst wenn die Krise überstanden ist«, sagte der Meister nachdenklich, »wird es noch lange dauern, bis die – Dame – imstande ist, weiterzuziehen.«

»Tut mir leid, das zu hören«, sagte Gilbert, und durch die Barschheit seiner Stimme bekam der Satz eine unfreundliche Nebenbedeutung.

»Mir ebenfalls«, pflichtete seine Frau ihm bei. »Es tut mir gut, wieder ein Baby in den Armen halten zu dürfen.« Etwas wie ein alter, vernarbter Schmerz huschte über ihre Züge, und Gilberts grimmige Miene wurde sanfter.

»Ich habe gehört, daß Ihr in der Schlacht auf der Drachenöde verwundet wurdet«, wandte der Wacholdermeister sich an ihn. Auch wenn die Frau hier die Lehnshalterin war, mußte er schon ihretwegen ihren Mann ebenfalls gewinnen. Gilbert brummte bestätigend.

»Wenn Ihr möchtet, untersuche ich Euch – der Vater des Kindes war ein großer Krieger«, er deutete auf Stern, »ich habe ihn oft gepflegt.« Obgleich er vielleicht nie vollständig über den Verlust Jehans hinwegkommen würde, hatte das, was er heute nachmittag in des Königs Tagebuch gelesen hatte, ihn doch ein wenig von der Schuld befreit, die auch auf ihm lastete.

Einen langen Moment blickte Gilbert ihm in die Augen, dann versuchte er zu lächeln. »Ich hatte mich schon fast damit abgefunden, daß mein Bein gelähmt bleiben würde«, sagte er zögernd. »Da warte ich gern, bis die Dame sich erholt hat.«

Megans Lächeln verriet ihre Erleichterung. »Gestern nacht sprach die Dame im Fieber von einem Feind. War das nur Delirium? Sie nannte mir ihren Namen nicht. Wer ist sie? Und wovor fürchtet sie sich?«

Der Meister schüttelte den Kopf. »Es ist sicherer für sie und für euch alle, wenn ihr das nicht wißt. Der Vater ist tot, und es gibt einen mächtigen Feind, der Mutter und Sohn töten würde, wenn sie gefunden würden.« Faris hatte Caolin vergeben, doch sie kannte jetzt seine Geheimnisse, und das würde Caolin ihr nicht verzeihen, davon war der Meister überzeugt.

»Fiel er im Kampf gegen Elaya?« Gilberts Augen glitzerten.

Der Meister blickte ihn an. »Er starb im Dienste Westrias.«

»Mama, jetzt *ist* es dunkel, und ich habe meinen Nachtisch aufgegessen!« rief der jüngste Sohn. Seine Brüder schoben ihre Stühle zurück, als ihr Vater nickte, und rannten hinter Glimmer zur Tür.

Gilbert stand auf und griff nach seinem Stock, der an seinem Stuhl lehnte. Durch das Fenster funkelte ein einsamer Stern hell wie ein Edelstein am bleichen Abendhimmel.

»Ich passe auf die Dame und das Kind auf«, versicherte Megan dem Wacholdermeister. »Geht mit ihnen und segnet unser Sonnwendfeuer!«

Caolin zündete die Kerzen auf dem Altar der Erde an, danach die auf den Altären in den restlichen drei Ecken des Tempels, bis er von einem gleichmäßigen, schattenlosen Glühen erhellt wurde. Sein Blick wandte sich den Steinen zu, deren Schönheit ihn im Augenblick genauso stark anzog wie die Macht, die sie ihm versprachen.

Er hatte sich gereinigt und trug ein frisches Gewand aus ungebleichter Baumwolle, und er hatte das Brot und Obst gegessen, das Margit ihm vorgesetzt hatte.

Er stellte sich in die Mitte des Tempels und bemühte sich um völlige innere Ruhe. Seine Lehrer in der Schule der Weisen hatten ihm mehr beigebracht, als sie ahnten, und in der Zwischenzeit hatte er seine Zeit auch nicht vergeudet. Als sein Atem tiefer und regelmäßiger wurde, ließ er sein Bewußtsein von allem außerhalb dieses Gemaches weggleiten.

»Durch die Macht Meines Willens umschließe Ich alles. Es gibt nichts im ganzen Universum, das nicht auch in Mir existiert ...«

Caolin stand aufgerichtet, aber in völligem Gleichgewicht und bis in den letzten Muskel entspannt; er begann, sich ein Bild der Bereiche jedes Elements in seiner Seele zu entwerfen.

Wer bin ich? Was bin ich? In der Schule hatten diese Fragen zur Vorbereitung des Schülers gehört, der sich auf die anderen Ebenen begeben wollte. Doch ihm waren solche Reisen nicht vergönnt gewesen – bis jetzt, da er die Steine hatte, die ihm die Nebel vor den Bildern seiner Seele auflösen würden.

Es gab keinen Spiegel in diesem Gemach, aber er stellte sich vor, was er ihm gezeigt haben würde: einen hochgewachsenen Mann mit schlanken Gliedern, glattrasiertem Gesicht, feinem, hellblondem Haar und Augen wie das Meer im Winter. Das war der Körper, den Jehan geliebt hatte ... Doch im Augenblick war es nicht sein Körper, der ihn beschäftigte.

Er schaute zu den vier Altären, auf denen je einer der Steine lag, dann wandte er sich dem Altar im Norden und damit dem ersten Element zu. *Jetzt beschäftigen mich Form und Färbung meines Geistes und meiner Seele.*

Er holte tief Atem und trat vor diesen Altar.

»Ich beanspruche die Macht der Erde, fest gefügt und unbeugsam. Wie die Erde habe ich den Angriffen meiner Feinde standgehalten. Ich stehe unerschütterlich wie eine Bergkuppe im Sturm; ich bin hart wie Stein, und ihre Schwerter werden an meinem ehernen Willen zerschellen ...«

Er hielt inne und dachte an die sanfteren Eigenschaften, die diesem Element zugeschrieben wurden – Fruchtbarkeit, Empfänglichkeit –, doch das war etwas für Frauen! Nichts in ihm reagierte darauf. Er drückte die Hände auf den kahlen Fels des Rotbergs, der den Boden des Tempels bildete, als könne er durch die Handflächen die Kraft des Berges in sich aufsaugen.

Nach einer Weile stellte er sich vor den Altar des Wassers, auf dem Kristallflasche und Seestein gleichermaßen das Kerzenlicht brachen.

»Ich beanspruche die Macht des Wasssers: Die Kraft der Flut; die Unerbittlichkeit der Gezeiten; die Geduld des Regens, denn wie der Regen kann mein Wille den Stein abtragen …

Ich beanspruche die Macht der Luft!« Nunmehr verbeugte sich Caolin vor dem dritten Altar. »Denn die Kraft des Windes ist die Kraft des Willens, und die Luft trägt die Worte, mit denen ich die Wirklichkeit forme.«

Er wandte sich dem Altar des Feuers zu, auf dem der Stein des Feuers die Kerzenflammen zurückwarf. »Ich beanspruche die Macht des Feuers: Feuer, um meine Feinde zu vertilgen; Feuer vom Himmel, das wie ein Schwert herniederfährt!« Er verdrängte die Erinnerung an die Zeiten, da er die Herrin des Feuers angerufen hatte, damit sie seine Liebe segne, denn nun vermochte er nur noch die Herrin der Finsternis zu rufen. Einen Moment glomm ihr Gesicht in dem Stein und verhöhnte ihn mit Faris' Augen.

Er hatte die Macht gerufen – die handelnde, männliche Kraft eines jeden Elements, wie sie zu seinem Wesen paßte. Die Meister der Schule hatten immer gewarnt, daß ein Gleichgewicht von männlichen und weiblichen Eigenschaften vorhanden sein müsse, um solche Gewalten zu beherrschen. Zweifellos waren sie in einem Irrtum befangen – Macht konnte nur von Macht gemeistert werden!

Rasch verbeugte sich Caolin der Reihe nach vor jedem Stein. *Wenn ich sie angelegt habe, werde ich die Winde rufen, ich werde Wolken zusammenschlagen, auf daß Blitze sprühen. Jene, die mich mit ihrem Haß versengten und in die Dunkelheit warfen, sollen ihr Maß an Feuer und Finsternis bekommen!*

Licht fiel plötzlich in die Dunkelheit, in der Faris geschwebt hatte. Kühle Hände hoben sie, zogen das schweißgetränkte Bettuch unter ihr fort und ersetzten es durch ein frisches. Sie biß die Zähne zusammen, als diese Bewegung sie an ihren Körper erinnerte und an dessen schmerzempfindlichste Stellen, an die Muskeln und Gelenke, an die freigelegten Nerven.

Dann wurde sie wieder in die Decke gehüllt. Faris hielt sich ganz still und wartete, daß ihr Blut zu pochen aufhörte und die Welt sich zurückzöge.

Die Kerze bewegte sich, so daß ihr Schein nun nicht mehr blendete. »Könnt Ihr den Mund öffnen, Mylady? Ich möchte, daß Ihr dies jetzt trinkt.« Faris spürte den harten Rand einer Tasse an den Lippen. Das Getränk war herb und hatte einen Pfefferminznachgeschmack. Sie trank noch einmal, und Megan lächelte.

»Danke«, flüsterte Faris. »Geht es meinem Kind gut?« Ihre Brust sehnte sich nach seiner warmen Last, obwohl sie wußte, daß ihr die Kraft fehlte, Stern jetzt auch nur zu halten.

»Ja, und es ist sehr lieb. Morgen bringe ich es Euch.« Megan wartete, bis Faris die Tasse geleert hatte. »Ich gehe jetzt schlafen – es ist fast Mitternacht«, wandte sie sich an den Meister. »Aber Ihr müßt mich rufen, wenn Ihr mich braucht!«

Er nickte. »Löst mich am Morgen ab.«

Faris spürte, wie ein Luftzug ihre Wange streichelte, als Megan den Türvorhang zur Seite schob und die Kammer verließ. »Ich mache ihr soviel Mühe, und Euch ebenfalls, schon von Anfang an!« Sie seufzte. »Hätte ich nur zugelassen, daß Ihr mich lehrt, mich selbst und die Steine zu beherrschen, dann hätte ich mich gegen Caolin behaupten können …« Eine Erinnerung regte sich in ihr, während sie sprach – noch etwas, das der Meister wissen sollte …

»Nein«, sagte er, »wir haben Euch zuviel zu früh aufgebürdet. Doch kein Versagen währt ewig. Jetzt müßt Ihr Euren Körper heilen lassen, damit wir noch einmal beginnen können. Ich weiß, daß Ihr schlafen wollt, um die Schmerzen nicht zu spüren«, fuhr er fort. »doch Ihr werdet jetzt *hier* in Eurem Körper gebraucht, und Ihr müßt alle Eure Fähigkeiten einsetzen, Euch zu heilen!«

»*Meine* Fähigkeiten?« fragte sie ironisch.

»Ja«, antwortete der Meister sanft. »Ihr seid zu großer Bewußtheit fähig – richtet sie nach innen und erkennt Eure

Krankheit! Ihr seid empfänglich für Schönheit – haltet Euch an Euer eigenes Abbild! Ihr verfügt über die Gabe, in einer Krise das Richtige zu tun – ein Krieger würde Euch beneiden. Darum benutzt diese Gabe, um Eure Kräfte gegen den Feind zu sammeln!«

»Wie seht *Ihr* mich?« fragte Faris, als wäre er ein Spiegel, in dem sie ihre Seele zu erblicken vermöchte.

Der Meister schloß die Augen und mißverstand sie mit voller Absicht. »Ich sehe Euren Körper in Lichtmustern, doch wo die Farben klar sein und leuchten und die Energien ungehindert fließen sollten, sehe ich sie schlammverhüllt und träge dahinsickern, wie ein Fluß, wenn die Menschen das ABKOMMEN vergessen und ihn verunreinigen.«

Sie seufzte, als er sie wieder anblickte. »Was muß ich tun?«

»Zunächst müßt Ihr Euch der Erde bewußt werden, die Euch trägt. Fühlt den Puls ihrer Kraftströme, als läget Ihr auf frisch gepflügter Scholle. Dann stellt Euch einen goldenen Lichtstrahl vor, der herabfließt von jenem Ort, wo alles Helligkeit ist, und der durch Euch pulsiert und Euch mit Kraft füllt …«

Während sie es versuchte, spürte Faris ein Prickeln durch ihre Adern rennen und einen wechselnden Druck, als bliese der Wind über ihre Brust und über ihre Glieder. Ihr wurde bewußt, daß der Wacholdermeister ein paar Zoll über ihrem Körper die Hände hin und her strich, als wolle er Staub wegbürsten.

Faris schloß die Augen. Ihre Bewußtheit richtete sich auf die Bewegung dieser Kraftströme durch ihren Körper. *In Eurem Körper wütet eine Schlacht,* vernahm sie die Gedanken des Meisters. *Ihr müßt Euch die Kräfte vorstellen, die Euch zu Hilfe kommen!*

»Ihr seid der Mittelpunkt des Kreuzes im Kreis, in dem die Elemente vereint sind!« sagte er laut. »Nutzt ihre Kraft!«

Faris spürte ein Pochen in ihrer Brust; es fiel ihr leicht, sich vorzustellen, daß der Kampf dort tobte. Sie atmete schmerzhaft und konzentrierte sich darauf, das goldene

Licht zu ihrer Hilfe heranzuziehen, und in diesem Augenblick schwand das Bewußtsein für die Welt um sie herum.

Sie hatte das schon früher getan – hatte schon früher nach der Macht gegriffen und sie richtig eingesetzt. Sie spürte, wie der Stein des Feuers auf ihrer Stirn brannte, spürte das Anschwellen der ausgewogenen Kräfte, als sie und Jehan die bösartigen Flammen zurücktrieben …

Und wieder stand sie im Heiligen Hain – auf dem Berg der Herrin – in ihrem Gemach in Laurelynn – und trug die Vier Steine. *Die Steine!* Sie mühte sich ab, es dem Meister zu sagen, aber sie konnte sich nicht lösen.

Caolin hat die Steine!

Caolin stand auf der Plattform am Gipfel des Rotbergs und enthüllte die Vier Steine von Westria. Er nannte sie beim Namen und legte sie an:

Erdstein …
Seestein …
Windkristall …
Stein des Feuers …

Seine Haut fing zu prickeln an, als die Macht durch seine Nerven wallte. Er atmete tief und bedacht, und Bilder flimmerten unter den geschlossenen Lidern auf. Dann erzitterte er, denn er spürte etwas außerhalb der Reichweite seiner Sinne, etwas wie einen Ton, zu hoch für das Menschenohr, ein Jucken, zu tief, um es durch Kratzen zu erleichtern, eine Dunkelheit, in der man sich ewig vergebens anstrengt, etwas zu sehen. War seine Isolation zu groß, so daß selbst die Steine nicht zu ihm durchdringen konnten?

Sei still! befahl er sich. *Öffne dich … warte …* Er stand reglos und sehnte sich nach der Berührung der Macht, so wie er einst darauf gewartet hatte, daß Jehans Geist ihn berühren möge.

Und es kam wie eine Antwort.

Caolins Schrei zerriß die Luft und hallte über die vergänglichen Wälder und Fluren und durch die unvergäng-

liche Feste, von der das Westria genannte Land nur die äußere Erscheinung war, wie die Menschen sie sehen konnten.

Ich bin der Herr der Steine! Ich, Caolin!

Im Heiligen Hain bemerkte ihn der Herr der Bäume. Aus den Tiefen des westlichen Ozeans strömte die Seemutter empor, um wartend an der Oberfläche zu treiben. Auf einem Gipfel der Felsmark kauerte der Windherr, die mächtigen Schwingen leicht geöffnet, um das erste Regen des Sturmes wahrzunehmen. Und auf dem bewaldeten Hang tief unter ihm bewegte sich der Große Bär in den Schatten, in denen er geruht hatte, und brummte eine Frage, die wie Donner durch die Nacht grollte.

Auf den vielen Ebenen des Ortes, den die Menschen Awahna nannten, wandten sich jene Mächte, denen die Elemente untertan waren, plötzlich dem Rotberg zu.

Und Faris, die zwischen den Welten wandelte, vernahm Caolins Worte. Sie erwachte aus ihren Träumen.

Der Wacholdermeister, den dieser Schrei wachrüttelte, faßte Faris an den Schultern und rief ihren Namen. Ihr Puls hämmerte, als hätte man sie wie ein Wild gehetzt. War das nur ein Alptraum oder hatte die Krise eingesetzt?

»Beruhigt Euch – es ist schon vorbei!« Er nahm ein Tuch aus der Waschschüssel neben sich, wrang das Wasser aus und legte es ihr auf die Stirn.

»Nein ...«, gelang es ihr endlich zu keuchen, »Caolin – hat die Steine – genommen und sie – jetzt angelegt!«

Der Meister ließ sie los und lehnte sich zurück. Caolin und die Steine?

»Sie – waren das letzte – was ihm von – Jehan geblieben ist«, stieß Faris mühsam hervor. »Ich weiß nicht – wozu er mit ihnen imstande ist – ich habe Angst ...«

Der Meister blickte sie an. Ihr gequälter Atem war das einzige Geräusch in der Kammer. Er wollte ihr sagen, daß keine Gefahr bestand: Caolin, dem es nicht gelungen war, Awahna zu erreichen, konnte die Steine nicht halten. Aber was war, wenn es nicht an mangelnder Fähigkeit gelegen *hatte, sondern wenn ein weitaus tödlicherer Defekt ihn davon abgehalten hatte? Der Meister schüttelte den Kopf und kämpfte gegen das Entsetzen an, denn in der Schule hatte man immer vor den Folgen gewarnt, sollte jemals ein Unberufener die Steine berühren.*

»Ich dachte – er würde es zufrieden sein, über Westria zu herrschen«, sagte Faris nun ein wenig leichter. »Es ist meine Schuld. Er befindet sich jetzt auf dem Rotberg ... ich muß versuchen, ihn zu erreichen.« Sie schloß die Augen.

»Nein! Denkt daran, was ich Euch sagte! Euer Körper könnte nicht überleben, wenn Ihr ihn jetzt verlaßt!« Er blickte sie eindringlich an und erschrak aufs neue über ihre Zerbrechlichkeit, wie sie so in Megans viel zu weites Nachtgewand gehüllt auf dem Bett lag. »Nein!« wiederholte er. »*Ich* eile zu ihm. Versprecht Ihr mir, hierzubleiben und auf mich aufzupassen?«

Faris nickte. »Bis Ihr zurückkehrt.«

Der Meister lehnte sich in seinen Stuhl zurück und schloß die Augen. Er erbebte, als sein Geist sich mühte, aus dem Körper zu steigen, der nicht bereit war, ihn fortzulassen. Einen Augenblick quälte ihn die Angst, denn ihm war, als zwänge er sich durch eine schließende Tür, doch dann war er frei.

Er orientierte sich und fand eine leuchtende Linie, die auf Laurelynn wies. Aber er brauchte sie kaum als Wegweiser, denn die Astralebene pulsierte von Energieströmen, die alle auf einen Punkt zuflossen, an dem eine glühende, rote Gestalt ihre Befehle erteilte. Der Meister näherte sich ihr und schickte einen Geistesruf aus.

Einen Moment stockte der Energiestrom. Caolin starrte den Meister an. Der Ältere erschauderte, denn er spürte die gemischten Gefühle in Caolins Seele. War ihm bewußt, was die Kräfte anzurichten vermochten, mit denen er spielte?

»Halt! Oder Ihr werdet Laurelynn vernichten!«

»Ich weiß ...« Caolin lachte. *»Hat Eure Leiterin der Schule Euch geschickt, um mich umzustimmen? Das wird Euch nicht gelingen. Die Königin ist verschwunden, und Robert hat mich abgesetzt! Sucht die vermißte Königin und sagt Ihr, daß in Lau-*

relynn niemand mehr regieren wird! Findet Faris, und wenn sie auf Euch hören sollte, dann sagt ihr, wie sie Jehan verraten hat!«

Der Meister versuchte an ihn heranzukommen, doch die Macht der Steine schmetterte ihn zurück. Er wurde den Weg wieder zurückgeworfen, den er gekommen war. Bebend und mit den Fingern in die Stuhllehnen gekrallt kam er wieder in seinem Körper zu sich.

In diesem unbeschirmten Augenblick berührte Faris seinen Geist und las alles, was zwischen ihm und Caolin vorgefallen war.

»Er hat recht – es ist meine Schuld! Ich muß meine Kämpfe alleine durchstehen!«

Noch benommen schüttelte der Meister den Kopf. »Ihr würdet Euer Leben umsonst aufs Spiel setzen. Einem, der sich der Steine bedient, könnt Ihr Euch nicht stellen!«

»Und wenn er ungehindert weitermachen kann?«

»Ich bin überzeugt, daß die Kräfte, mit denen er spielt, ihn schließlich überwältigen. Er wird vernichtet werden!«

»Er und was sonst noch alles? Was wird aus Laurelynn, was aus dem Herzen Westrias?« fragte sie. Der Meister schluckte und stellte sich unwillkürlich eine Stadt in Schutt und Asche unter einem zerrissenen Himmel vor.

»Seht Ihr ...«, sagte sie ruhig. »Ich muß zu ihm. Was bedeutet schon mein Leben, wenn Caolin alles zerstört, was ich zu erhalten versuche? Er trägt zwar die Steine, doch sie gehören ihm nicht. Ich *fühle* sie sogar jetzt. Vielleicht sprechen sie noch auf mich an.«

Faris achtete nicht auf die Einwände des Meisters und fuhr fort. »Alles ist nun ganz klar. Ich hatte vor, die Wege der Macht zu lernen, aber ich bin nicht geschaffen, ein Leben lang die schwelenden Kämpfe um die Krone auszustehen. Nur in großer Gefahr weiß ich, was zu tun ist. Doch wenn es möglich ist, werde ich weiterleben, das verspreche ich Euch, Stern zuliebe ...«

Das Bewußtsein des Meisters griff nach ihr, und er erkannte, daß sie nicht im Fieberwahn sprach, sondern wie ein Krieger, der sich freiwillig zum Einsatz gegen einen übermächtigen Feind meldet.

»Ich gehe jetzt, aber ich würde viel schneller vorankommen, wenn Ihr mich leitet, und ich fände auch den Weg zurück leichter ... Helft Ihr mir?«

Dem Wacholdermeister legte sich ein Stein auf die Seele, denn Faris' Bitte erinnerte ihn daran, wie Jehan ihn gebeten hatte, ihn auf seinem letzten Weg zu geleiten. Doch gegen die Vernunftgründe der Königin kam er nicht an. Er nahm ihre Hand.

»Ja ...«

Ja – Windgeschöpf – komm zu mir ... Caolin griff nach der Wolke und lockte sie wie einen scheuen Vogel, der sich auf seine Hand setzen sollte. Den Wacholdermeister hatte er bereits vergessen, denn die Elemente im Gleichgewicht zu halten, erforderte seine ganze Aufmerksamkeit. Behutsam dirigierte er den Westwind hinter die Wolkenbank und wies ihn an, sie gen Laurelynn zu schieben.

Jeder Sinn bombardierte ihn mit Botschaften: Der Druck der Erde auf die tastenden Wurzeln eines Baumes; das Wogen der Wellen gegen den Strand; das Singen des Windes in den Schwungfedern einer Eule, während sie auf ihre Beute hinabstieß; die erwachende Erregung eines jungen Mannes, der sein Mädchen aus dem Schein des Sonnwendfeuers in die Dunkelheit zog, wo ihre Körper sich vereinten – so wie die Steine ihn mit dem Leben Westrias verbanden.

Aber er weigerte sich, darauf zu achten. Mit der Kraft der Steine wuchs auch Caolins Konzentration. Seinen Körper hatte er bereits völlig vergessen, denn unbewußt war er von den Felsen des Rotbergs auf den Brennpunkt der Macht hinübergestiegen, der dieser Berg auf der Astralebene war.

Faris schwebte über den verstreuten Dächern von Steintal; sie genoß die Freiheit ihres Energiekörpers und die Abwesenheit von Schmerz. In Lichtlinien sah sie sich über der Dunkelheit treiben, und nur der leuchtende Silberfaden, der unterhalb ihres Brustkorbs heraustrat, verband sie mit ihrem verbrauchten Körper tief unten.

Der Wacholdermeister wartete in der Nähe. Sie konnte den Lebenspuls von Pflanzen und Tieren im Gebirge spüren, die träumenden Seelen der Menschen in ihren Häusern. Die Liebe zu ihnen allen schwoll in ihrem Herzen an und strömte zu ihnen und zu ihrem Kind, das friedlich in seiner Wiege schlummerte.

Doch die Kraft der Steine zog sie an. *Ich bin bereit, mein Bruder,* versicherte sie dem Meister. *Gehen wir!* Sie nahm seine Hand, und sie folgten den Lichtlinien zu dem Sturm, der sich zwischen dem Rotberg und Laurelynn zusammenbraute.

»Caolin!«

Einen Moment lang war seine Aufmerksamkeit unterbrochen. Der Blitz, der für das Stadttor von Laurelynn gedacht gewesen war, zischte nun über das Wasser des Flusses wie eine gereizte Schlange und steckte einen morschen Baum am Ufer in Brand. Warnende Blitze zuckten bereits über den Feldern und Wiesen rings um die Stadt. Faris spürte die schreckliche Angst der Bürger, ihre Verblüffung über dieses so plötzlich auftretende Gewitter.

»Caolin! Bitte hört auf – um Westrias willen – um der Liebe zu Jehan willen!«

Als Caolin auf sie aufmerksam wurde, wußte Faris es sofort, denn wie am See von Laurelynn war ihr sein Geist geöffnet – und sie schreckte heftig zurück vor dem, was sie sah. Wieso hatte sie geglaubt, er würde auf sie hören? Wie hatte sie denken können, er würde gehorchen? Sie schauderte. Er spürte ihre Angt und lachte.

»Es gibt nichts, um dessentwillen ich jetzt aufhören würde! Habt Ihr Euch mit diesem bebenden Priester zusammen verkrochen? Ich staune, daß Ihr es wagt, mich hier aufzusuchen, nachdem Ihr vor mir geflohen seid. Doch ich freue mich über Euren Besuch – denn jetzt werdet Ihr sehen, was Ihr mit Eurem Verhalten angerichtet habt …«

Sie wußte, daß das stimmte, daß sie versagt hatte, daß sie sich falsch verhalten hatte – ihm gegenüber, und Jehan und Westria gegenüber. Sie stand allein und beklagte im Dunkeln ihr Versagen.

»Hört auf, an Euch zu denken …«, brach des Meisters

Gedanke durch ihre Verzweiflung. *»Ihr seid jetzt ohne Bedeutung!«*

Einen Moment wirkte Caolin erschüttert. Dann wandte er sich ab. *»Es ist zu spät – die Entscheidung ist gefallen! Ihr könnt mich nicht mehr zur Reue bewegen. Ich bin verdammt, und Ihr habt weder die Macht, mich zu retten, noch aufzuhalten, denn ich bin jetzt der Herr der Steine!«*

Seine Aufmerksamkeit wandte sich von Faris ab. Doch sie spürte, wie er die Winde sammelte und Blitze gegen die Türme der Stadt schleuderte. Sie fühlte, wie die verschiedenartigen Kräfte der Steine durch sie pulsten, empfand den vertrauten Druck ihrer Macht, so wie sie es im Hain und auf dem Berg der Herrin vor noch gar nicht so langer Zeit gespürt hatte.

Caolin bewegte eine Wolke, und Faris stieß sie so instinktiv gegen ihn zurück, wie sie eine Hornisse von ihrem Kind verscheucht hätte.

Der Rückprall der Macht ließ sie zusammenzucken. Sie blickte an sich hinunter, sah das weiße Strahlen an ihrem Busen, das blaue an ihrer Taille und das bernsteinfarbene Glühen an den Schenkeln. Und etwas brannte wie eine Flamme auf ihrer Stirn. Staunend erkannte Faris, daß sie die Steine trug. Caolin mochte zwar die Steine in ihrer stofflichen Form besitzen, doch *sie* war ihnen geweiht und mit ihnen verbunden, und auf dieser Ebene beherrschte sie auch ihre Kräfte.

»Caolin!« Ihr Ruf hallte durch alle Wirklichkeit. *»Ich kann Euch jetzt befehlen – ich, Faris, bin die Herrin der Steine!«* Sie stieß die Gewitterwolken zur Seite, daß sie wie panikerfüllte Pferde über die Berge davondonnerten.

Caolin hielt inne, drehte sich um und musterte Faris. *»Ich hätte Euch verschont, Faris, selbst jetzt noch. Doch nun wird mir klar, daß ich auch Euch vernichten muß ... Dachtet Ihr, diese Macht käme nur von mir allein?«* Sein Blick wandte sich nach innen. Er zitterte.

Hinter ihm löschte etwas die Sterne aus. Der Blick kehrte sich um und machte die Dunkelheit sichtbar: Ein Frauenantlitz, eine Wolke umhüllenden Haares, Augen wie erloschene Kohlen und eine Haut wie ein Schleier über dunklen Feuern. Der Wacholdermeister stöhnte, Caolin verbeugte sich.

Faris erkannte dieses Gesicht. Sie hatte es einmal in Caolins Erinnerung gesehen und einmal in ihrem eigenen Spiegel in Laurelynn, als sie in ihrer Verzweiflung die Steine angelegt hatte.

»Ich bin die Königin der Dunkelheit, und meine Macht ist die der Ewigen Nacht. Nun ist MEINE Stunde gekommen. Dein Traum vom Licht ist beendet – du hast Mich abgewiesen, Mich, die Ich in dir schlummerte, doch Ich werde nie wieder ruhen! Ich bin Dein zweites Ich!«

Das Gelächter der Herrin wogte über die Nacht, wallte zurück in einer glitzernden Flut, bis die Vernunft in bodenlose Abgründe stürzte und das Selbst, wahnsinnig und trunken, in grenzenloser See ertrank. Faris, die in dieser dunklen Umarmung dahintrieb, erkannte die Versuchung, der Caolin ausgesetzt war, und verstand ...

»Faris, kommt weg von hier! Euer Körper wird schwächer!« Faris klammerte sich verzweifelt an des Meisters flehende Stimme, an die Silben ihres Namens.

»Faris! Ihr müßt Euch losreißen!« Das Grauen des Meisters über die Finsternis der Herrin verstärkte noch ihr eigenes. Doch plötzlich flammte brennender Zorn in ihr hoch.

»Ich muß sie aufhalten, oder sie wird Westria zerstören – sie ist die dunkle Seite meiner Seele!«

»Um das zu schaffen, müßtet Ihr sie in Euch zurückholen, doch dazu habt ihr weder die Kraft, noch die Zeit ... Faris, kommt zurück, solange Ihr es noch könnt!«

Lichtlinien zogen sich zitternd über das Angesicht des Landes, als Caolin die Grundmauern Laurelynns erschütterte. Die Luft erbebte unter dem erneuten Toben des Sturms.

Doch die Augen der Herrin der Dunkelheit verschlangen das Licht. *»Komm zu MIR! Bei MIR findest du tieferes Vergessen als im See von Laurelynn!«*

»Herrin der Blumen! Herrin des Feuers! Herrin des Lichtes!«

Faris griff nach innen zu den Abbildern der Göttinnen, die sie besessen hatten, als man sie zur Königin machte. Ein strahlendes Leuchten blendete sie, Regenbogen bildeten sich unter ihren Lidern und spiegelten unzählige Bilder, Düfte und Lieder ...

»Schwester, wir sind hier, wir sind du, wir sind EINS ... Licht und Dunkelheit sind die zwei Flügel der Welt ...«

Und dann erkannte Faris sich selbst, und sie wußte, was in ihr gefehlt hatte, und sie umarmte die Dunkelheit und war wieder ganz und frei!

Sie war die Dunkelheit ... Sie war der Sternenschein ...

Sie war das Toben des Sturmes und die Stille in seinem Auge ...

Sie breitete ihre Schwingen über die Stadt, und Caolins Wut, die vergebens nach ihr schlug, kehrte zu ihrem Ursprung zurück ...

Nun wütete der Sturm über dem Gipfel. Faris spürte Caolins Verzweiflung und Zorn. Ihr Denken suchte ihn.

»Beruhigt die Elemente, Caolin!«

»Ich kann es nicht ...«

»Dann ruft sie in sanfterer Gestalt!«

»Ich weiß nicht, wie ...«

»So legt denn die Steine ab!«

Von Caolin kam keine Erwiderung. Der Rotberg brach in Flammen auf, das Beben seiner Hänge sandte ein Zittern über das ganze Land. Die Steine, die seinem Willen entkommen waren, lehnten sich auf. Die Kräfte, die das Gerüst der Welt bildeten, vibrierten, taumelten, verloren ihr Gleichgewicht.

»Das – werde – ich – NICHT!«

Faris spürte seine Antwort, seine Wut, seine Seelenqual, die sie nicht lindern konnte.

Sie erhob sich wie ein Bollwerk über Laurelynn und breitete ihren Schutz über das bestürmte Land. Sie setzte den Geist der Steine, der ihr eigener war, gegen ihr finsteres Gegenstück ein: Sie sog es auf, verwandelte es, breitete ihre Macht in einem dünnen Schleier darüber. Doch Caolins Qualen zerrissen ihn – und die Steine schlugen erneut zu.

Doch plötzlich spürte sie eine Erleichterung. Jemand half ihr, die Last zu tragen. Licht hob sich von ihrer Dunkelheit als Gegengewicht ab, und Dunkelheit hielt die Schönheit ihres Lichtes im Gleichgewicht. Aktion und Reaktion arbeiteten zusammen und gaben der Welt ihren Rhythmus zurück. Faris war nicht mehr allein …

»Oh, meine Liebste …«

»Oh, meine von mir gerissene Seele …«

Und nun erkannte sie ihn – die Summe all ihrer verstreuten Erinnerungen: Lachende Augen, liebevolles Streicheln, Rosenduft, die sanfte Vereinigung halb erwachter Körper, zarte, verhaltene Kraft, verwandelter Schmerz – *Jehan …*

Als sie ihn berührte, verstand sie alles, was seine geschriebenen Worte ihr mitzuteilen versucht hatten. Und er wußte, was Caolin war, was er sein würde.

»Liebste, wir müssen ihm helfen.«

»Ja, ich weiß.«

Ein letztes Mal erklangen ihre vereinten Gedanken: *»Caolin – wir vergeben dir! Rette dich jetzt!«*

»Ihr könnt mir nicht vergeben – ich habe euch beide vernichtet! Wie kann ich euch vergeben?«

Caolins Antwort war die Resonanz höchster Qual.

»Lege die Steine ab und lebe, bis einer kommt, der Vergebung in unserem Namen gibt und nimmt!«

Sie spürten seinen inneren Kampf, so wie sie die Kräfte fühlten, die an ihm rissen und seinen Körper versengten wie seine Seele.

»Helft mir …«, kam seine Bitte, gerade noch hörbar.

Faris und Jehan näherten sich Caolin. Kraft und Wärme, Stärke und Klugheit vereinten sich mit den sich bekriegenden Mächten der Steine und beruhigten sie für einen Augenblick. Jehan und Faris segneten ihn mit ihrer Liebe.

Und in diesem Augenblick der Freiheit riß Caolin die Steine von sich.

Endlich von diesem wenngleich schwachen Zwang befreit, vereinten sich die Steine mit den Mächten, die sie beherrschten, und wirbelten davon – wild, ohne Willen wurden sie fortgetragen und in einem letzten, reinen Pulsieren der Macht verstreut.

Die Steine waren verschwunden. Der Wacholdermeister öffnete den Schild seines Bewußtseins, doch er spürte nichts außer den unterschiedlichen Nachwirkungen der Elemente, die sie beherrscht hatten. Der Nachhall des Kampfes schwand bereits, und um ihn senkte sich Frieden herab, auf der stofflichen wie auf der geistigen Ebene des Landes.

Schwach nahm er Caolin wahr – nicht mehr als das stumpfe Glühen einer fast zur Asche verbrannten Kohle. Er lebte, doch der Rückschlag der Mächte, die sich seiner Herrschaft entledigt hatten, hatten zweifellos den Geist verwüstet, der sie gelenkt hatte. Es würde viel Zeit vergehen, bis Caolin wieder zu einer Bedrohung werden konnte.

Vor sich, die Umrisse gegen den Nachthimmel abgehoben, der wie mit Sternenblumen bedeckt schien, erblickte der Meister König und Königin. Sie trugen eine schimmernde Aureole um sich, und er dachte, daß all die Male, die er sie vereint gesehen hatte – im Beltaneritual, beim Großen Tanz im Heiligen Hain, auf dem Thron in der Ratshalle von Westria und die Steine tragend im Kampf gegen den Waldbrand –, daß all dies nur eine Ahnung dieser erhabenen Einheit gewesen war.

Dann bewegten sie sich ein wenig voneinander fort. *»Mein Liebster, ich muß jetzt zurück.«*

Der Meister blickte sie an, und seine Freude schwand dahin. *»Ihr könnt nicht mit mir zurückkehren ...«*, sagte er. *»Der Silberfaden ist gerissen – zu lange wart Ihr Eurem Körper fern.«*

Die Nacht erzitterte unter Faris' schmerzlicher Verwirrung, als sie an sich hinabblickte und erkannte, daß irgendwann während des Kampfes mit Caolin das Lichtband verschwunden war, das ihren Geist mit ihrem Körper verbunden hatte.

»Auf dieser Welt ist mir nichts mehr geblieben ...«, sagte der Wacholdermeister stockend. *»Mylord und Mylady, gestattet, daß ich mit Euch komme!«*

»Mein teuerster Freund!« Jehan schaute ihn an und erwiderte mit diesem Blick all die Liebe, die der Meister ihm geschenkt hatte. Seine Züge waren immer noch die des

Mannes, den der Meister gekannt hatte, vielleicht sogar noch intensiver – sie kamen dem vollkommenen Ausdruck jenes Geistes nahe, den er in Jehans Gesicht erblickt hatte, als er vor sechs Monaten gestorben war.

»Ihr seid der einzige von uns, der das Kind noch beschützen kann; der einzige, der die Erinnerung an das aufrechtzuhalten vermag, was wir getan haben …«, dachte der König.

»Mein Stern! Mein Kind! Wer wird ihn jetzt in den Armen wiegen? Ich habe ihn getragen und geboren, doch Ihr habt ihn ins Leben gehoben – o Meister, Ihr müßt ihn jetzt für mich lieben!« Morgen würde ein Kind Kristalle auf dem Boden verstreut finden und nie ahnen, daß es die Tränen der Königin von Westria waren.

»Haltet ihn verborgen und in Sicherheit, bis er groß und stark genug ist, sein Erbe zu übernehmen. Laßt ihn fern von jenen aufwachsen, die ihn benutzen oder mit zuviel falscher Liebe verziehen würden, wie man es bei mir getan hat«, fügte Jehan hinzu. *»Haltet es geheim, daß er noch lebt, damit das Wissen um ihn Caolin nicht wieder in Versuchung führt!«*

Der Meister zögerte, momentan von seiner Seelenqual paralysiert.

Ein Licht erhellte den Osthimmel. Der Meister drehte sich um und wußte, daß das nicht das Morgengrauen war, denn die Berge selbst schienen aus sich heraus zu leuchten; er erblickte einen schimmernden Weg, der zwischen zwei Felssäulen hindurchführte, und erkannte das Tor nach Awahna … Aber er erkannte auch, daß die Bäume und Wasserfälle des Tales, durch das er einst gewandelt war, nur ein Schleier gewesen waren, um Sterbliche vor dem strahlenden Stoff der Wirklichkeit zu schützen.

»Wir werden wiederkommen und Euch geleiten, wenn Eure Aufgabe vollbracht ist. Es wird nicht lange auf sich warten lassen.«

»Doch mir wird es lange vorkommen …« Der Meister fügte sich. *»Ich werde Stern behüten. Aber wenn er schließlich die Krone trägt, folge ich Euch.«*

Da hörte er ein Geräusch.

Sein Geist verstummte, um den Klängen zu lauschen, die sich Akkord um Akkord aufbauten, ohne sich aufzulösen, als spiele der Herr der Lüfte auf der Harfe des Windes. Faris und Jehan bewegten sich in dieser Musik. Sie verließen ihn, und ihre Gestalten erhellten die Dunkelheit und warfen einen tieferen Glorienschein auf das lebendige Licht. Über den Harfentönen erklang ein Fanfarenschmettern wie ein Ruf zum Sammeln.

Stimmen beantworteten ihn, und dann erschienen die Sänger, und sie tanzten wie Sonnenflimmern auf gekräuseltem Wasser. Es schien dem Meister, als wären Gesichter darunter, die er einst gekannt hatte. Er weinte, weil er nicht zu ihnen sprechen, weil er nicht mit ihnen singen durfte.

»Lasset uns preisen den Lord und die Lady. Lasset uns preisen die Kinder der Sonne. Lasset uns preisen alle lebenden Seelen, in denen sich das Allerheiligste offenbart.«

Die Musik wurde tiefer, die Erde zur Trommel, die den Takt der großen Prozession schlug, und Füße erschütterten sie, die zu gewaltig für die Welt der Sterblichen waren. Der Meister sah und verhüllte die Augen, doch in seinem Herzen erkannte er die Götter …

»Preiset die Mächte des Himmels, die in ihrer Erhabenheit über die Welten herrschen. Preiset die Herren des Lebens, die in strahlendem Glanz auf dem BAUM thronen …«

Und doch wußte er nicht, wann sie vorübergezogen waren, denn das Licht strahlte in allen Farben … und wieder in keiner … Die Musik umfaßte alle Melodien … und war doch still … und die Götter und Seelen vergessend verlor sich sein eigener Wille und fand sich in einem größeren wieder.

Preiset, preiset, preiset …

Einer kam.

Ein Augenblick war die Ewigkeit.

Dunkelheit und Licht und alles, was war, waren EINS.

Epilog

»Dem HÜTER der Menschheit sei Dank – Ihr weilt wieder unter uns!«

Der Wacholdermeister öffnete die Augen. Er befand sich in einer fremden Stube, in die das weiche Licht des frühen Morgens fiel. Die Luft roch frisch wie nach einem reinigenden Regen. Aus den Augenwinkeln bemerkte er eine Bewegung, und Megan beugte sich über ihn. Er schloß die Augen wieder und versuchte, die Melodie zurückzuholen, die seine Seele so erschüttert hatte, und vergebens bemühte er sich um die Worte des Liedes. Das Licht der Welt war soviel schwächer als die Helligkeit, aus der er zurückgekehrt war.

»Seid Ihr krank?« hörte er die Stimme der Frau. »Ich kam in die Kammer, um zu sehen, ob das Gewitter die Dame erschreckt hat, und fand euch beide vor, als wärt ihr aus Eis. Ich brauchte eine Stunde, um Euch warmzureiben, aber was die arme Dame betrifft ...«

Der Meister bemühte sich, seine Aufmerksamkeit Megan zuzuwenden, und bemerkte, daß Tränen über ihre Wangen rannen. Er mußte ihr sagen, daß Faris ihren Weg nach Awahna gefunden hatte und jetzt dort war ...

»Nein ...« Megans Stimme klang erschrocken. »Versucht jetzt nicht zu sprechen! Ihr seht mich an, als befändet Ihr Euch hundert Meilen entfernt.« Sie nahm den Stöpsel aus einem Tonkrug und schenkte Tee in eine Tasse, die sie an seine Lippen hielt. Der Tee war heiß, und allmählich spürte der Wacholdermeister, wie Leben in seinen Körper zurückkehrte.

»Es tut mir leid ...«, flüsterte er und unterbrach sich, denn wie sollte er dieser Frau verständlich machen, was hier vorgefallen war?

»Ihr braucht mir nichts zu erklären«, sagte Megan ruhig. »Ich wurde in diesen Dingen nicht ausgebildet, aber ich bin hier in den Bergen aufgewachsen und habe zu viele nach Awahna pilgern und zurückkehren sehen, als daß ich die Zeichen der anderen Welt nicht erkennen würde ...«

Sie blickte auf ihre von vieler Arbeit schwieligen Hände.

Der Meister beobachtete sie und erkannte in ihrer Stärke eine Manifestation jener Macht, die er gerade in ihrer unverfälschten Form erlebt hatte.

»Was habt Ihr mit dem Kind vor?« erkundigte sich Megan, ohne den Blick von ihren verschränkten Händen zu nehmen. »Mein Schoß wird nicht mehr gebären, und der Kleine ist mir bereits ans Herz gewachsen. Wenn Ihr keinen anderen Platz für ihn habt, würdet Ihr ihn mir dann lassen, damit ich ihn als eines meiner eigenen Kinder aufziehe?«

Er blickte sie überrascht an. Der König und die Königin hatten ihn zurückgelassen, damit er über den Thronerben wachte, aber wäre es sicher, ihn nach Laurelynn zurückzubringen? Caolin lebte noch, und obgleich er jetzt unendlich geschwächt war, mochte er doch eines Tages seine Kraft wiedergewinnen und mit ihr seinen Ehrgeiz, der Westria und ihn fast vernichtet hätte. Wenn er nach Laurelynn zurückkehrte, mußte er auf den Rotberg steigen und nach Caolin sehen. Er würde Pflege brauchen, und nun, da er geschlagen und verwundbar war, könnte er vielleicht sogar geheilt werden, dann wäre Faris' Opfer nicht vergebens.

Ja, mit Caolin würde er zurechtkommen; aber es gab andere, mit einem größeren Machtanspruch in den Augen der Welt oder einem stärkeren Machtbedürfnis, die möglicherweise verhindern könnten, daß er das Vertrauen rechtfertigte, das Faris und Jehan in ihn gelegt hatten.

Mit aller Kraft seines Geistes, die ihm geblieben war, tastete er nach Megan und fand in ihr eine Kraft und Unerschrockenheit, die von den Bergen kam, in denen sie aufgewachsen war.

»Ich glaube, ich könnte keine bessere Pflegemutter für ihn finden«, sagte er schließlich. »Nehmt Euch seiner an, um ...« Fast hätte er gesagt: *»um Westrias willen ...«*

»Um der Dame willen?« fragte Megan. »Ich werde mich seiner um seinetwillen annehmen, Meister!«

Er legte sich wieder auf die Kissen und kämpfte gegen seine Erschöpfung an. Er fragte sich, ob sie trotz all ihrer Vorsichtsmaßnahmen ahnte, wer Faris gewesen war.

Nach einer Weile sprach die Frau wieder. »Wir haben die Dame für die Bestattung hergerichtet. Wir ehrten sie, so gut wir es vermögen – wenn Ihr Euch soweit erholt habt, daß Ihr aufstehen könnt, wollt Ihr sie noch einmal sehen?« fragte sie schüchtern.

Als der Meister die Stube betrat, in der die Königin von Westria aufgebahrt lag, war es bereits heller Vormittag, doch die vorgezogenen Vorhänge hielten den Raum im Dämmerlicht. Sie hatten Kerzen aus duftendem Bienenwachs um sie aufgestellt und das Bett mit Astern, spätem Mohn und bunten Lilien bedeckt, so daß es wie eine Wiese mit Sommerblumen aussah.

Der Meister blickte auf die Tote und sah, daß alle Spuren ihres Leidens verschwunden waren. Megan hatte sie in die saubere Tunika aus der Schule der Weisen gekleidet und ihr Haar gekämmt, das nun in Wellen aus Schatten und Silber auf dem Kissen lag. Und doch war dies nur ein unvollkommenes Abbild der vollendeten Schönheit, die er in der Nacht in Faris' Gesicht geschaut hatte.

So hatte also der TOD, den er vor so langer Zeit in den Karten gelesen hatte, doch den Tod des Körpers bedeutet, aber er war zugleich auch die Karte der Umwandlung. Das Versprechen, das er gesehen hatte, war demnach erfüllt, und sie war jetzt die HOHEPRIESTERIN, die Braut des Prinzen, der nicht mehr von dieser Welt ist, eine Adeptin aller überirdischen Geheimnisse.

Mögen die Elemente diesen Körper, den ich liebte, mit sich nehmen ..., dachte er, während seine Hände das Zeichen des Segens und des Abschieds vollführten. *... So, wie sie die Steine der Macht mit sich nahmen, die sie trug, und so wie ihr Geist in die Obhut des All-Schöpfers wanderte ...*

Aus dem Nebenraum hörte er Sterns vergnügtes Krähen und Megans Wiegenlied. Eine sanfte Brise blies durch das offene Fenster und teilte die Vorhänge, und einen Augenblick wurde der Meister von einem leuchtenden Dunstschleier geblendet. Als er wieder sehen konnte, wirbelte der Wind die Blütenblätter der Blumen hoch und verbarg den Leichnam wie unter Schmetterlingsflügeln.

ENDE

Personenregister

AKHBAR, Emir – elayanischer Botschafter in Westria

Lady ALESSIA von Mondbucht – Gemahlin von Lord Brian und spätere Provinzregentin

ALEXANDER – König von Westria, Vater von Jehan und Jessica

Sir ALLEN von Badensbrück – Ritter und Lehnsmann in der Korona

Lady AMATA – Gemahlin Theodors von der Korona, Mutter von Sandremun und Rosemarie

Sir ANDREAS SCHWARZBART – Junker von Charles von Waldhall, später Lehnsmann

ARBUTA – ehemaliger Name der Leiterin der Schule der Weisen

ASHE, Ercul – stellvertretender Seneschall von Westria

Lady ASTRID vom Seetor – Erics Schwester

AURIANE, die ›Goldene Königin‹ – eine Herrscherin Westrias im dritten Jahrhundert

Sir AUSTIN von Seeburg – Ritter und Lehnsmann in der Korona

BARNI – Jäger im Dienst von Lord Theodor

Lady BERISA von Falkenruh – Gemahlin Sandremuns von der Korona und Schwester von Faris und Farin

BRANWEN – Faris' Zofe, die Farin liebt

BRIAN – Lord Befehlshaber von Las Costas

CAOLIN – Seneschall von Westria

CARLOTA – Haushälterin in Nebelhall

Sir CHARLES von Waldhall – Lehnsmann in der Korona

Meister COOPER, Alessandro – Haupt der Böttchergilde von Laurelynn, Angehöriger der nach Santibar entsandten Delegation

DACHS – Milchname des Sohnes von Brian und Alessia von Las Costas

Lord DIEGUES DOS ALTOS – Lehnsmann in der Felsmark

Sir DIETRICK vom Wolfberg – Lehnsmann in der Felsmark

DONNERHUF – Rapphengst Erics vom Seetor

DURREN – Pförtner in der Staatskanzlei in Laurelynn

Lady ELINOR von Schönhafen – Lord Theodors Halbschwester, Angehörige der nach Santibar entsandten Delegation

Meisterin ELISA – Priesterin auf Lord Theodors Burg

Lady ELNORA von Eichenberg – Landbesitzerin in der Felsmark, Führerin bei der Schlacht in der Drachenöde

ERIC vom Horn – Lord Befehlshaber vom Seetor

Meisterin ESTHER – Oberpriesterin von Elder in der Felsmark

Sir FARIN HARFNER – (von Falkenruh), Bruder von Faris und Berisa
FARIS von Falkenruh – Königin Westrias (›Die Lilie des Nordens‹)
FERRERO, Jonas – Schmied in Tamiston in der Felsmark
FIONA FEUERHAAR – eine legendäre Schöne von Westria
FLUTTEICHMEISTER – ein Adept der Schule der Weisen
GERARD von Falkenruh – Vater von Faris, Farin und Berisa
GEROL – ein Wolf, Caolins Begleiter
GILBERT von Steintal, Megans Gatte
GLIMMER – Milchname von Mega von Steintals jüngstem Sohn
GOLDKEHLE, Hilary – ein legendärer Poet von Westria
Lady GWENNA – Gemahlin des Bürgermeisters von Laurelynn
HAKON – Lord Befehlshaber vom Seetor, Erics Vater
HERRIN DER GOLDENEN BLÄTTER – Adeptin der Schule der Weisen
Lady HOLLY von Waldhall, – Tochter von Sir Charles und später Gemahlin von Andreas
HUHU – Rosemaries Eule
JAIME von Palodoro – Lehnsmann in der Königlichen Domäne
JEHAN Sternenkind – König von Westria
Lady JESSICA von Laurelynn – Gemahlin Roberts von der Felsmark
Meister JOAQUIN – Bürgermeister von Laurelynn
JULIAN STERNENKIND der Große – König von Westria im dritten Jahrhundert und Gründer des Königshauses
Lady KIMI von Langbucht – Lehnshalterin vom Seetor, Angehörige der nach Santibar entsandten Delegation
Sir LEWIS von Moorburg – Herold von Westria
LINNET – Milchname der ältesten Tochter Sandremuns und Berisas von der Korona
Lord MacLAIN, Rodrigo – Gesandter von Elaya
MacMORANN, Hakim – Händler und Spion für Elaya
Sir MANUEL von Orvale – Straßenmeister
MARA – Königin von Normontaine
MARGIT – Taubstumme, Dienerin Caolins auf dem Rotberg
Lady MARIANA von Claralac – eine ehemalige Geliebte König Jehans
Meisterin MARTINA – Lehnshalterin in der Königlichen Domäne
Meisterin MEGAN von Steintal – Lehnshalterin in der Felsmark, Sterns Pflegemutter
Sir MIGUEL de Santera – Kommandant der Festung Balleor bei Santibar
ORDREY – Geheimagent Caolins
PALOMON STARKBOGEN – Herr der Tambara und Prinz von Elaya

PATRICK – Haushofmeister von Nebelhall
PHILIP von Rivered – ältester Sohn Roberts von der Felsmark, kurze Zeit Knappe Jehans
RABENHAAR, Tania – Tochter des Miwokhäuptlings Langfuß in der Felsmark
RAFAEL – Jehans Knappe, von Räubern in der Korona getötet
RAFFZAHN, Gorgo – Händler zwischen Westria und dem Braunland
Meisterin RAMONA – Priesterin in Elder
Sir RANDAL von Registhorpe – Lehnsmann vom Seetor
Meister RAS von Santierra – Meisterbarde, Angehöriger der nach Santibar entsandten Delegation
ROBERT von Heiligberg – Lord Befehlshaber der Felsmark
Lady ROSEMARIE von der Hochburg, – Tochter von Lord Theodor und Schwester Sandremuns
Sir RUDIARD – Gesandter von Normontaine
SACHS, Frederic – Sprecher der Freien Städte im Rat von Westria
Lord SANDREMUN von der Hochburg – Sohn von Lord Theodor
Lord Ronald SANDRESON von Grünfell – Vetter von Lord Theodor von der Korona
Sir SERGE von Grünwald – ein Ritter vom Seetor
SOMBRA – Faris' Rappstute
STEFAN vom Langgrat – Sohn eines Lehnsmannes in der Korona
STURMSCHWINGE – Jehans Schimmelhengst
Lord THEODOR von der Hochburg – Lord Befehlshaber der Korona
WACHOLDERMEISTER – geistlicher Berater König Jehans, Adept der Schule der Weisen
WALDAN von Terra Linda (›Maulwurf‹) – ein ehemaliger Soldat Westrias
Sir WALTER von Wilhamsted – ein Landbesitzer in der Königlichen Domäne
WAREN – ein Schreiber in der Staatskanzlei
WEISSBART, Jonas – Händler und Spion für Westria
WEISSTREIF, Mik – Kammerdiener des Königs in Laurelynn